결혼 계약

을유세계문학전집 · 136

결혼 계약

LE CONTRAT DE MARIAGE

오노레 드 발자크 지음 · 송기정 옮김

을유문화사

옮긴이 송기정

이화여자대학교 명예교수. 이화여자대학교 불어불문학과를 졸업하고 프랑스 파리3대학교에서 문학 박사 학위를 받았다. 지은 책으로 『오노레 드 발자크, 세기의 창조자』, 『광기, 본성인가 마성인가』, 『스크린 위의 소설들』, 『신화적 상상력과 문화』(공저), 『자본주의와 인간 욕망』(공저), 『역사의 글쓰기』(공저) 등이 있으며, 옮긴 책으로는 『루이 랑베르』, 『13인당 이야기』, 『여명』, 『폭풍우』, 『빛나』, 『브르타뉴의 노래 · 아이와 전쟁』 등이 있다.

을유세계문학전집 136
결혼 계약

발행일 · 2024년 9월 30일 초판 1쇄
지은이 · 오노레 드 발자크 | 옮긴이 · 송기정
펴낸이 · 정무영, 정상준 | 펴낸곳 · (주)을유문화사
창립일 · 1945년 12월 1일 | 주소 · 서울시 마포구 서교동 469-48
전화 · 02-733-8153 | FAX · 02-732-9154 | 홈페이지 · www.eulyoo.co.kr
ISBN 973-89-324-0536-0 04860   978-89-324-0330-4(세트)

- 이 책의 전체 또는 일부를 재사용하려면 저작권자와 을유문화사의 동의를 받아야 합니다.
- 책값은 뒤표지에 있습니다.
- 잘못된 책은 구입하신 곳에서 바꾸어 드립니다.

차례

결혼 계약 • 7
금치산 • 233

주 • 357
해설 • 377
판본 소개 • 397
오노레 드 발자크 연보 • 399

일러두기

- 인명, 지명 등의 외래어 표기는 국립국어원의 외래어 표기법을 따랐으나, 일부 굳어진 표기는 예외로 두었다.
- 원주는 역주와 구별하기 위해서 (원주)로 표기하였다.

결혼 계약

조아키노 로시니*에게

 노르망디 귀족인 마네르빌 씨는 그와 친분이 두터웠던 리슐리외 원수* 덕분에 보르도의 부유한 상속녀와 결혼했다. 노공작이 프랑스 남서부의 기옌 지방 총독으로 군림하던 시절의 일이었다. 마네르빌 씨는 아내가 소유한 랑스트락 성의 아름다움에 매료되어 노르망디의 베생 지역에 있던 영지를 모두 팔고 보르도로 이주하여 가스콘 사람이 되었다. 루이 15세의 통치 말기에 왕실 수비대 장교직을 산 그는 대혁명 시기를 무사히 넘긴 후 1813년에 사망했다. 그가 대혁명 시기를 별탈 없이 보낸 사연은 다음과 같다. 대혁명이 일어난 다음 해인 1790년 말경, 그는 아내의 투자 수익이 있는 카리브해의 프랑스 영지 마르티니크로 갔다. 프랑스를 떠나 있는 동안 가스콘 지방의 재산 관리는 마티아스라 불리는 정직한 공증인 서기의 손에 닫겼다. 마티아스는 당시 혁명의 새로운 사상에 물들어 있었기에 혁명 세력으로부터 고객들의 재산을 지킬 수 있었다. 그래서 마네르빌 백작이 프랑스로 돌아왔을 때, 마티아스가 관리하던 그의 재산은 그대로 남아 높은 수익을 내고 있었다. 백작의 이러한 수완은 노르망디 사람의 특성과 가스콩 사람의 특성을 접목한 결과였다. 마네르빌 부인은 1800년에 사망했다. 젊은 시절에 방탕했던 까닭에 그 손실의 위험을 잘 아는 마네르빌 씨는 점점 인색해지면서 수전노가 되어 갔다. 노인들이 흔히 그렇듯이 백작도 낭비의 위험을 과도하게 경계했다. 아버지의 지나친 인색함이 오히려 자식의 낭비를 조장한다는 사실을 미처 생각지 못한 그는 아들에게 돈을 거의 주지 않았다. 하나밖에 없는 외아들임에도 말이다.

1810년 말 즈음, 방돔 기숙학교'를 졸업하고 집으로 돌아온 폴 드 마네르빌은 아버지 밑에서 3년을 보냈다. 일흔아홉 노인의 폭정은 아직 어렸던 상속자의 정신과 성격 형성에 필연적으로 큰 영향을 미쳤다. 폴에게 가스콩 사람 특유의 육체적 용기가 전혀 없었던 것은 아니다. 하지만 폴은 감히 아버지에게 대들지 못했다. 저항 능력을 잃어버렸기에 정신적 용기도 가질 수 없었다. 억눌린 감정은 한이 되어 마음속 깊이 새겨졌다. 그는 아무런 내색도 하지 않은 채 오랫동안 그 한을 가슴속에 품고 살았다. 그러다가 그런 감정이 사교계의 규범과는 전혀 어울리지 않는다는 사실을 깨달으면서 사교계의 규범에 따라 생각할 수 있었다. 하지만 생각만 할 뿐 생각대로 행동하지는 못했다. 투쟁을 위해서는 끈질긴 의지가 필요한 법이다. 하지만 그는 늘 소심하고 우유부단했다. 그러니 싫은 소리 한마디만 들어도 금방 포기하고 말아 버렸다. 하인 하나 해고하는 것도 그에게는 너무나 큰일이라 그런 생각만으로도 벌벌 떨곤 했다. 그는 학대당하지 않기 위해서라면 무엇이든 할 수 있었다. 일관성 있게 저항함으로써 학대를 미연에 방지하지도, 지속적인 용기를 발휘하면서 그것에 꿋꿋이 맞서지도 못했다. 사유할 때는 비열하고 행동할 때는 무모했던 그는, 밖으로 잘 드러나지는 않았지만, 오랫동안 어리석을 정도로 순진했다. 그러나 그렇게 순진한 사람은 희생자가 되거나 기꺼이 속임을 당한다. 그러고도 그것에 대해 항의하기를 꺼리면서, 불평을 늘어놓느니 차라리 남몰래 고통받는 편을 택하곤 한다. 그는 고풍스러운 부친의 저택에 갇혀 있다시피 했다. 젊은 청년들과 어울려 다니려면 돈이 필요했지만, 그에게는 그럴 만한 돈이 없었기 때문이다. 자신은 누리지 못하는 그들의 향락을 그는 동경했다. 저녁이면 노귀족은 초라한 행색의 늙은 하인들과 함께 엉성하게 고삐를 매단 늙은 말들이 끄는 낡은 마차를 타고 왕당파들의 사교 모임에 그를 데려갔다. 의회 귀족과 무관 귀족의 잔재인 노인들로 구성된 사교계였다. 대혁명 이후 나폴레옹 황제의 영향에 저항하기 위해 결집한 이 두 종류의 귀족들은 토지 귀족으로 변모할 수밖에 없었다. 보르도의 생제르맹*이라 할 수 있는 이 귀족 동네의 사람들은 해안 도시의 엄청난 유동 재산에 압도되었지만, 상인과 행정가와 군인들의 호사와 사치에 대해 경멸을 표함으로써 스스로 위안받곤 했다. 사회적 차별과 그 차별이 만들어 낸 허울뿐인 허영심 밑에 감추어진 가난을 이해하기에는 너무 젊었던 폴은 구시대의 유물인 노인들 사이에서 권태롭기만 했다. 당시에는, 젊은 시절의 그 친분 관계가 훗날 귀족의 우월함을 보장받는 데 큰 힘이 될 거라는 사실을 그는 알지 못했다. 프랑스는 귀족의 우월함을 영원히 사랑할 테니 말이다. 아버지는 아들에게 펜싱과 승마 그리고 테니스 등의 훈련을 강요했다. 젊은이들이 좋아하는 그런 육체적 훈련은 저주스러운 저녁 모임에 대한 최소한의 보상이었다. 노귀족에게는 이처럼 펜싱을 잘하고, 뛰어난 기수가 되고, 테니스를 잘 치고, 훌륭한 예의범절을 지키는 것, 즉 구체제 귀족들의 가벼운 교양을 익히는 것이야말로 젊은이에게 필요한 자질이었다. 따라서 폴은 매일 아침 펜싱을 했고, 승마 연습장에 갔고, 사격 연습을 했다. 나머지 시간에는 소설을 읽었다. 오늘날 교육은 초월적 연구를 통해 완성되지만 폴의 아버지는 그것을 허락하지 않았다. 그런 삶을 더 이상 견딜 수 없을 지경에 이르렀을 즈음에 아버지가 사망했고, 폴은 폭정으로부터 해방될 수 있었다. 그렇지 않았다면 그는 그토록 단조로운 삶에 지쳐 죽고 말았을 것이다. 폴은 아버지의 인색함 덕분에 차곡차곡 쌓인 엄청난 현금과 더불어 관리가 잘 된 최상급의 토지를 상속받았다. 하지만 폴은 보르도가 지긋지긋했다. 매년 여름 더물면서 아버지가 아침부터 저녁까지 사냥을 데리고 다니던 랑스트락 성도 싫었다.

상속 절차를 마친 젊은 상속자는 현금 자산을 국채에 투자했다. 영지 관리는 아버지의 공증인이었던 마티아스 노인에게 맡겼다. 향락에 굶주렸던 그는 보르도를 떠나 먼 타지에서 6년을 보냈다. 나폴리 대사관에서 근무를 시작하여 서기관이 되어 마드리드와 런던으로 갔다. 그는 온 유럽을 돌아다녔다. 그렇게 세상을 알고 난 후, 숱한 환상에서 깨어난 후, 아버지가 긁어모았던 현금 재산을 탕진한 후, 이제까지의 생활 수준을 유지하기 위해서는 공증인 덕분에 늘어난 토지에서 나오는 소득에 손을 대야 하는 시기에 이르렀다. 그처럼 위태로운 순간에 이르자, 폴은 자칭 현명한 판단을 내리고 파리를 떠나 보르도로 돌아와 직접 재산을 챙기면서 랑스트락 영지에서 귀족다운 삶을 영위하고자 했다. 영지를 넓히고 결혼도 하고, 그러다 보면 언젠가 국회의원도 될 터였다. 폴은 백작이었다. 왕정복고와 더불어 귀족 신분이 다시 중요한 결혼 조건이 되어 있었다. 따라서 그는 좋은 결혼을 할 수 있었고, 또 당연히 그래야 했다. 많은 여인이 귀족의 작위를 원한다면, 더 많은 여인은 인생에 조예가 깊은 남자를 원한다. 폴의 경우 6년 동안 70만 프랑을 먹어 치운 덕분에 그런 자격증을 획득했다. 그것은 돈으로는 살 수 없는 것으로, 증권 중개인직을 사기 위한 돈보다도 더 많은 돈을 투자해야 한다. 돈뿐만 아니라 오랜 시간의 연구와 연수와 시험과 지식이 필요하며, 친구도 있어야 하고, 적도 있어야 한다. 게다가 매력적인 몸매와 예의범절도 요구된다. 이름도 발음하기 편하고 우아해야 한다. 막대한 재산까지 안겨 줄 공직을 가져야 하고, 결투도 해봐야 하며, 경마 내기에서 져 보기도 해야 한다. 좌절과 고뇌도 맛보아야 하고, 연구도 해야 하며, 난잡한 쾌락도 경험해 보아야 한다. 어쨌든 그런저런 과정을 거쳐 그는 우아한 남자가 되었다. 그러나 돈을 펑펑 썼음에도 유행의 첨단을 걷는 일류 멋쟁이 신사 축에는 끼지 못했다. 사교계 남자들의 서열을 익살스럽게 군대 지위에 비유할 때, 일류 멋쟁이 신사가 프랑스의 원수라면 우아한 남자는 그저 사령관 정도에 불과했다. 폴은 우아한 남자라는 보잘것없는 명성을 누리면서 그런대로 그 명성을 잘 유지할 수 있었다. 하인들의 옷차림은 훌륭했고, 그의 장신구는 장안에 화제가 되곤 했으며, 그가 주최하는 만찬은 항상 성공적이었다. 따라서 그의 독신 아파트는 파리의 최고 저택에 버금가는 사치와 호사로 칠팔 등 안에 들곤 했다. 그러면서도 불행하게 만든 여자는 하나도 없었으며, 도박은 했어도 돈을 잃지는 않았다. 그는 담담하게 행복을 누렸다. 상대가 거리의 여자라 할지라도 누군가를 속이기에는 너무 정직했으며, 다정한 편지가 여기저기 돌아다니게 하지도 않았다. 그에게는 옷 입고 면도하는 동안 친구들이 뒤져 볼 수 있는 연애편지가 가득 담긴 상자도 없었다. 고향의 영지는 건드리지 않겠다는 일념하에 한방에 돈을 벌 수 있는 투자에 무모하게 달려들지도 않았고, 젊은이들이 빠지기 쉬운 경솔한 행동도 하지 않았다. 아무한테도 빚지지 않았지만, 친구들에게 돈을 빌려 주는 오류를 범하긴 했다. 그러나 그 친구들은 폴을 버렸고, 그 이후로 그들은 폴에 대해 좋은 말도 나쁜 말도 하지 않았다. 그는 아마도 그동안의 방탕한 삶으로 인해 생긴 손실을 액수로 계산해 보았던 모양이다. 남들은 잘 모르는 폴의 그러한 성격은 아버지의 압제하에서 길러진 것이었다. 아버지의 엄한 교육으로 그는 사회적 혼혈아 같은 인간이 되었다. 어느 날 아침, 그는 훗날 이름을 날릴 마르세'라는 친구에게 말했다.

"이보게, 인생은 값진 것이야."

"그것을 이해하려면 스물일곱 살은 되어야지!" 마르세가 빈정대는 투로 말했다.

"맞아. 내가 바로 그 스물일곱 살이 되었거든. 스물일곱 살이라는 바로 그 이유로 나는 랑스트락에서 귀족으로 살고 싶네. 아버지가 사시던 보르도의 고택에 파리 가구들을 옮겨 놓고 그곳에서 살 거야. 이 집은 팔지 않을 테니, 겨울철 석 달은 파리에서 지내야지."

"결혼도 하고?"

"결혼도 하고."

"이보게 폴, 자네도 알다시피 나는 자네 친구네." 마르세는 한참 동안 아무 말도 하지 않고 있다가 입을 열었다. "그래 좋아. 좋은 아버지, 좋은 남편이 되게. 하지만 자네는 죽는 날까지 조롱거리가 될 걸세. 행복하게 살면서 조롱거리가 될 수 있다면 그런대로 괜찮겠지. 하지만 자네는 행복하지 않을 걸세. 자네는 가정을 잘 다스릴 만큼 강하지 못해. 자네에게 장점이 많다는 것을 인정하네. 최고의 기수지. 자네만큼 향도들이 헤쳐 모이게 잘 지휘할 사람도, 말이 앞발로 멋지게 땅을 걷어차게 하면서 안장 위에 꼿꼿이 앉아 있을 사람도 없을 걸세. 하지만 이보게, 결혼은 다른 문제라네. 나는 이곳 멀리서도 마네르빌 백작부인에 이끌려 호화로운 생활을 하는 자네의 모습이 보이네. 그저 조금 빠른 속도로 달리고 싶을 뿐임에도 어쩔 수 없이 전속력으로 질주하다가 낙마하는……. 오! 다리가 부러질 정도로 말에서 격하게 떨어져 구덩이에 처박히는 자네의 모습이! 잘 들어보게. 자네에게는 아직 지롱드 지방에 연간 4만 몇천 리브르*의 수익을 가져다주는 영지가 있네. 좋아. 말과 하인들을 데리고 보르도로 가게. 파리의 가구들을 가지고 보르도 저택을 멋지게 꾸미게. 그러면 자네는 보르도에서 제왕처럼 살 수 있어. 우리가 파리에서 제정하는 법령을 보르도에서 발표하도록 하게. 어리석은 짓만 하는 정부의 통신원이 되다고. 그래. 지방에서 마음대로 객기를 부리며 살게. 바보짓을 한다면 금상첨화지! 명성을 얻게 될지도 모르거든. 하지만……. 결혼만은 하지 말게. 이 시대에 누가 결혼하나? 재산상의 이득을 보기 위해서거나 힘든 사업을 같이하려는 상인들, 일손이 필요한 농사일을 위해 아이를 많이 낳으려는 농부들, 직을 사기 위해 아내의 지참금이 필요한 증권 중개인이나 공증인들, 하찮은 왕국을 계승해야 하는 불행한 왕들이라면 몰라도 말일세. 우리 같은 사람은 그런 짐을 질 필요가 없지 않은가. 그런데 기꺼이 멍에를 지고 살겠다고? 도대체 결혼은 왜 하려는 건가? 자네의 절친에게는 그 이유를 말해줘야 하지 않나? 우선, 자네만큼 부유한 상속녀와 결혼한다 해도, 두 사람의 연 수입 8만 리브르는 한 사람의 연 수입 4만 리브르와는 다르다네. 곧 아이가 생길 터, 그렇게 되면 둘이 아니라 셋, 넷이 될 테니 말일세. 부모에게 고통만 안겨 줄 바보 같은 마네르빌 가문의 후손에 대해 행여 애정을 가지기라도 할 참인가? 자네는 부모라는 직업에 대해 그렇게도 모른단 말인가? 이보게 폴, 결혼이란 가장 어리석은 사회적 자기희생이라네. 자식들만 그 혜택을 받지. 그 자식들은 자기가 부리는 말들이 우리 무덤 위에 핀 꽃을 뜯어먹을 때가 되어서야 그 희생의 가치를 깨닫게 되거든. 자네는 자네의 젊음을 짓밟았던 폭군 아버지가 그리운가? 자네는 자식들로부터 사랑받기 위해 무엇을 할 텐가? 그들의 미래를 내다보고 신중하게 교육하고, 그들의 행복을 위해 한없이 배려하고, 그러나 어쩔 수 없이 엄격하게 대하는 자네에게 아이들은 애정을 느끼지 않아. 아이들은 돈을 펑펑 쓰거나 나약한 아버지를 좋아하거든. 물론 나중에는 그런 아버지를 경멸하지. 그러니까 자네는 두려움과 경멸 사이에 있게 되는 거야. 훌륭한 아버지가 되고 싶겠지. 하지만 그렇게 되는 사람은 없어. 주위를 둘러보게, 자네 아들이 저랬으면 하는 친구가 있던가? 그저 가문의 이름을 더럽히는 친구들뿐이지. 이보게, 자식이란 관리하기 어려운 상품과도 같다네. 자네 아이들은 천사일 거라고? 좋아, 그렇다고 치세. 총각의 삶과 유부남의 삶 사이 간격이 얼마나 큰지 생각해 보았나? 잘

결혼 계약 **17**

든게. 총각일 때는 이렇게 생각할 수 있어. '아무리 조롱해 봤자 저러다 말겠지. 내가 용인하는 한도에서만 이러쿵저러쿵 할 거야.' 하지만 일단 결혼이란 걸 하고 나면, 자네에 대한 조롱은 끝이 없어지네. 총각일 때는 자네 마음대로 행복을 추구할 수 있어. 오늘은 행복을 추구하지만 내일은 그럴 필요를 안 느끼기도 하거든. 하지만 결혼하고 나면, 있는 그대로 받아들여야만 한다네. 행복하고 싶은 날에 행복할 수 없는 거지. 결혼하고 나면 자네는 바보 얼간이가 될 걸세. 지참금을 계산하고 공중도덕과 종교적 윤리를 들먹이겠지. 자네 눈에 젊은이들은 부도덕하고 위험하게 보일 테고 말이야. 한마디로 자네는 사회 최고의 지도자가 되는 거야. 자네가 참 측은해 보이네. 상속을 기다리다 죽어 가면서 늙은 간호사에게 마실 물을 달라고 부질없이 애원하는 노총각도 유부남보다는 행복한 사내라네. 서로 뜻이 잘 맞는다고 생각하면서 상대방의 올가미에 걸려들어 영원히 묶여 있는 두 사람 사이의 전쟁에서 일어날 온갖 종류의 귀찮고, 짜증 나고, 참을 수 없고, 괴롭고, 난처하고, 불쾌하고, 불편하고, 어처구니없고, 지겹고, 돌아 버리게 만드는 일들을 다 열거하지 않겠네. 그것은 우리가 모두 암송하는 부알로의 풍자시를 처음부터 다시 시작하는 것과 같네. 하지만 대귀족다운 결혼을 하고, 자네 재산으로 세습 재산인 마조라를 설립하고, 신혼 때의 감정을 이용하여 두 명의 합법적인 아이를 낳고, 자네 집 말고 모든 것이 갖추어진 다른 집을 아내에게 주고, 두 사람은 사교계에서만 만나고, 여행에서 돌아올 때는 반드시 우편으로 미리 알린다면, 자네의 어리석은 생각을 용서하겠네. 20만 리브르의 연금은 있어야 그런 생활이 가능하지. 자네 선배들은 귀족 작위에 목마른 부유한 영국 여자와 결혼함으로써 그런 삶을 영위할 수 있었다네. 아! 그런 귀족의 삶이야말로 진정 프랑스적인, 유일하게 위대한 삶이 아닌가! 한 여인의 존경과 우정을 받을 만하고, 대중과 구분되는, 한마디로 젊은이가 총각의 생활을 포기할 만한 가치가 있는 유일한 삶이지. 그처럼 사려 깊게 행동한다면, 마네르빌 백작은 이 시대 사람들에게 조언해 줄 정도의 탁월한 사람이 되어, 장관이나 대사의 지위에 오를 수밖에 없을 걸세. 바보들은 절대 그 경지에 이를 수 없거든. 하지만 내가 말한 대로 한다면 결혼이 주는 사회적 이점을 쟁취한 후에도 총각의 특권을 누릴 수 있을 걸세."

"하지만 이보게, 친구. 나는 마르세가 아니야. 자네가 말했듯이, 난 그냥 폴 드 마네르빌에 불과해. 좋은 아버지, 좋은 남편이 되어 중도파의 국회의원이 되고, 어쩌면 귀족원 의원까지 될지도 모르지. 난 아주 평범하고 보잘것없는 사람이야. 하지만 나는 겸손하다네. 체념할 줄 알아."

그러자 냉혹한 마르세가 가차 없이 말했다.

"자네 아내는? 자네 아내도 체념할까?"

"내 아내는 내가 원하는 대로 할 거야."

"이런 한심한 친구 같으니! 자넨 아직도 그 정도밖에 안 되나? 잘 가게, 폴. 오늘부로 나는 자네를 존중하는 마음을 거두겠네. 한마디만 더 하지. 아무렇지도 않게 자네의 체념에 동의할 수는 없으니 말일세. 우리 같은 상황에 있는 사람이 가진 힘은 어디에서 나오는지 잘 보게. 연금이라고는 6천 리브르밖에 없고, 재산으로는 우아하다는 평판과 여성들에게 인기가 좋았다는 기억밖에 남기지 않은 총각이 있다고 치세……. 그런데 말일세, 그런 불가사의한 그림자는 어마어마한 가치를 지닌다네. 한물간 그 총각에게 인생은 또다시 기회를 부여하거든. 그렇다니까. 우쭐대며 이것저것 시도할 수 있단 말일세. 하지만 폴, 결혼, 그건 말이야……. 그건 사회적으로 '거기까지'임을 의미한다네. 일단 결혼하고 나면 자네는 그저 그런 사람이 될 수밖에 없어. 자네 아내가 자네를 잘 돌봐 준다면 몰라도 말일세."

"자네는 항상 특별한 이론으로 나를 괴롭히는군!" 폴이 말했다. "이제 다른 사람들을 위해 살면서, 보여 주기 위해 말을 타고, 평판에 신경 쓰며 행동하고, 멍청이들이 지껄이는 말을 듣기 싫어 많은 돈을 쓰는 데에도 지쳤네. 그들은 "저런, 폴이 아직도 마차를 안 바꿨네. 재산은 다 어디로 간 거야? 다 먹어 치운 거야? 주식 투자라도 했나? 아니야. 그는 백만장자인걸. 어떤 부인이 그에게 홀딱 반했다는데! 영국에 멍에 메우는 도구를 주문했다는군. 파리에서 가장 멋진 것일걸. 롱샹에서 마르세와 마네르빌이 탄 사륜마차를 보았는데, 마차에는 근사한 멍에 메우는 도구가 달려 있더라고"라고 말하곤 하지. 그러니까 다수의 멍청이에게 놀아나게 되는 거야. 그들은 우리가 바보짓을 하게 만들지. 천천히 걷기보다는 정신없이 굴러가는 그 인생이 우리를 지치게 하고 늙게 만든다는 사실을 깨닫기 시작했어. 이보게 앙리, 난 자네의 역량에 감탄을 금치 못해. 하지만 그것이 부럽진 않아. 자네는 정치가로서 판단하고 행동하고 사유할 줄 알지. 일반법과 사회 통념, 용납되는 편견, 통상의 관습들을 뛰어넘을 줄도 알아. 요컨대 나 같은 사람은 불행밖에 느끼지 못하는 상황에서도 자네는 그 상황이 주는 이점을 발견해 낸단 말일세. 그런데 냉정하고 체계적이고 어쩌면 실질적일 수도 있는 자네의 추론은 일반 대중의 눈에는 지독하게 부도덕한 것으로 보인다네. 그리고 나는 그 일반 대중에 속하거든. 나는 사회의 법칙에 따라 행동해야만 해. 어쩔 수 없이 그 속에서 살아야 하니까 말일세. 인간 만사란 얼음으로 뒤덮인 산과 같더군. 자네는 그 정상에서도 감정을 발견할 위인이지. 하지만 나는 그곳에서 꽁꽁 얼어붙고 말 거야. 많은 이의 삶은, 나도 부르주아들처럼 그 사람들에 속하네만, 감정으로 이루어진다네. 이젠 내게도 그 감정이 필요해. 막대한 재산을 가지고 열 명의 여인을 거느렸음에도 한 여인의 사랑도 받지 못하는 경우가 종종 있거든. 아무리 큰 권력을 가지고 있고, 능숙하고, 사교계의 예절에 익숙한 남자일지라도, 어느 순간 두 문 사이에 끼어 질식할 것만 같은 순간이 온다네. 나는 지속적이고 다정한 사랑을 주고받으면서 살고 싶어. 오로지 한 여자만 곁에 있는 행복한 삶을 원해."

"경솔한 짓이야. 결혼 말이야." 마르세가 큰 소리로 말했다.

폴은 당황하지 않고 계속해서 말을 이어 갔다.

"마음대로 비웃게. 하지만 나는 하인이 내 방으로 와서 '부인께서 점심 식사를 위해 기다리고 계십니다'라고 말할 때, 내가 이 세상에서 가장 행복한 남자라고 느낄 거야. 저녁에 집으로 돌아왔을 때……."

"그래도 너무 경솔해, 폴! 자네는 아직 결혼할 만큼 도덕적이지 않아."

"집으로 돌아왔을 때, 나의 사업에 대해 의논하고 비밀을 터놓고 말할 수 있는 따뜻한 마음을 가진 여인을 만날 수 있다면! 옳고 그름에 따라 애정이 좌우되지 않고, 최고의 미남이라 할지라도 우리의 사랑을 깨뜨리지 못할 만큼 한 여인과 다정하게 살고 싶어. 그러니까 나는 자네가 말하는 좋은 아버지, 좋은 남편이 되기 위해 필요한 용기를 가지고 있다네. 나는 가정의 행복을 느끼기에 적합한 인물인 것 같아. 아내와 자식들과 함께 가정을 꾸리기 위해 사회가 요구하는 조건들을 받아들이고 싶네."

"벌통처럼 위험해 보이는군. 잘 듣게. 자넨 평생 속고 살 걸세. 아! 한 여자를 소유하기 위해 결혼하고 싶단 말이지. 달리 말하면, 프랑스 혁명이 만들어 낸 부르주아의 풍습이 낳은 여러 문제 중 가장 어려운 문제를 자네에게 유리하도록 잘 해결해 보고 싶단 말이군. 그러기 위해 우선 파리의 사교계를 벗어나겠다는 것이고! 자네가 경멸하는 그 사교계의 삶을 자네 아내도 싫어하리라 생각하나? 자네처럼 그런 삶을 혐오하리라 생각하나? 자네 친구 마르세가 제안한 프로그램에 따른 근사한 부부 생활은 거부해도 좋으니, 최소한 나의 마지막 충고는 듣게. 아직은 결혼하지 말고 13년 동안 총각으로 지내게. 천벌을 받을 만큼 실컷 즐기게. 그러다 마흔이 되어 통풍성 관절염 증세가 나타나기 시작하면 서른여섯 살의 과부와 결혼하게. 그러면 행복할 수 있네. 하지만 만일 젊은 아가씨와 결혼하게 된다면, 자네는 화병에 걸려 죽고 말 걸세."

"뭐라고? 왜 그런지 말해 주겠나?" 다소 기분이 상한 폴이 외쳤다.

"이보게. 여성을 비난하는 부알로의 풍자시에는 특별한 내용이 없다네. 시적으로 표현했을 뿐이지. 여자라고 왜 결점이 없겠나? 인간이라면 누구에게나 있는 특징이 바로 결점인데, 왜 여인들은 결점을 가지면 안 된단 말인가? 그러니까 결혼의 문제는 부알로가 비난하는 것처럼 여성의 잘못이 아니야. 결혼과 사랑은 다르지 않으니, 그저 남자이기만 하면 남편으로서 사랑받을 수 있다고 생각하나? 자네는 여인들의 규방에서 보낸 시간 중 행복했던 순간만 기억하나? 총각 시절에는 가능했던 모든 것이 결혼한 남자에게는 치명적인 오류가 된다네. 결혼한 남자는 인간의 마음을 깊이 관찰하지 않거든. 우리의 이상한 풍습상, 행복했던 젊은 시절에는 남자란 항상 즐거움을 주는 존재라서 여인들에게 인기가 있지. 매혹당한 여인들은 욕망에 굴복하거든. 두 사람 모두에게 적용되는 법적 난관, 그럼에도 감정적으로 끌리는 마음, 게다가 여자들의 본능적인 자기받어 욕구, 이런 것들은 오히려 남녀가 서로 호감을 느끼게 하는 요소로 작용한다네. 순진한 사람들은 결혼한 후에도 그런 감정이 지속될 거라고 착각하지. 하지만 결혼하고 나서 더 이상 난관이 없어지면, 아내는 남편과의 사랑을 기꺼이 받아들이는 것이 아니라 그저 마지못해 사랑을 허락한다네. 욕망을 원하기보다는 욕망을 거부한단 말일세. 그렇게 되면 우리네 남자들에게는 삶의 양상이 바뀌어 버리지. 자유분방하고 조심성 없고 언제나 공격적이어서 여인의 호감을 사는 데 성공하지 못한 남자일지라도, 총각이라면 별로 걱정할 필요가 없다네. 하지만 결혼한 상태에서 그런 난관에 부딪힌다면 그건 치명적이지. 애인은 자신을 거부한 여인이 다시 돌아오게 할 수 있지만, 남편에게 실패는 워털루 전쟁의 패배와도 같아 절대 돌이킬 수 없거든. 나폴레옹처럼 남편은 반드시 승리해야 한다네. 아무리 많이 승리할지라도 첫 번째 패배는 수많은 성공을 무의미하게 만들어 버리거든. 여자는 애인이 끈질기게 구애하면 우쭐해지고 설사 화를 내도 행복을 느끼지만, 남편이 그런 태도를 보이면 거칠고 난폭하다고 비난한다네. 총각은 스스로 결투장을 선택할 수 있어. 총각에게는 모든 것이 허용되지. 하지만 집안의 가장에게는 모든 것이 금지된다네. 그에게 결투장은 정해져 있어. 선택의 여지가 없단 말일세. 게다가 대결 양상도 완전 반대라네. 아내는 의무적으로 해야 할 일에 대해서도 제멋대로 거부하지. 하지만 애인은 꼭 해야 할 일이 아닌 일에도 기꺼이 동의하거든. 자네는 결혼하고 싶고, 분명 결혼하겠지. 하지만 '민법'이라는 것에 대해 생각해 보았나? 나는 온갖 해석이 난무하는 선술집이나 장황한 말만 무성한 다락방 같은 그 법과대학이라는 곳에 한 번도 발을 들여놓은 적이 없고, 민법전 한 번 펼쳐 본 적도 없네. 하지만 그것이 실제로 이 세상에 어떻게 적용되는지는 잘 알아. 그런 점에서 병원장이 의사이듯, 나는 법률가라고 할 수 있지. 질병은 책에 들어 있지 않아. 환자의 몸속에 있지. 이보게, 민법은 여성에게 피후견인의 지위를 부여했네. 여성을 미성년자나 어린이 취급을 했단 말일세. 그런데 어린이를 어떻게 다스리나? 두려움으로 다스리지. 폴, 이 말은 동물에 재갈을 물린다는 뜻이야. 자네 자신에게 물어보게! 자네처럼 순하고 착하고 남의 말을 쉽게 믿는 친구가 폭군으로 변장할 수 있을지 생각해 보란 말일세. 나도 처음에는 자네를 비웃었지만, 지금은 내 학문을 전수할 만큼 자네를 좋아한다네. 그 학문은 일찍이 독일인들이 '인간학'이라 부른 학문으로부터 유래한 것이지. 내가 쾌락에 근거한 삶을 살겠다고 결심하지 않았다면, 행동 대신 생각만 하는 사람들에 대해 지독한 반감을 품지 않고 인생이 책에 쓰여 있는 대로 굴러간다고 믿는 바보들을 경멸하지 않는다면, 런던, 베네치아, 파리, 로마의 누군지도 모르는 수많은 사람의 유해가 가루가 되어 아프리카의 사막을 형성하게 될 때, 현대의 결혼과 기독교 제도의 영향에 대한 책을 한 권 쓸 수도 있을 걸세. 그렇게 함으로써 뾰족한 바위들을 쌓아 올린 돌무덤 위에 등불 하나를 밝힐 수도 있겠지. 하느님께서 이 땅을 창조하실 때 말씀하신 '번성하라'라는 말을 추종하는 자들이 잠들어 있는 그 돌무덤 위에 말일세. 하지만 내 시간의 극히 일부라도 할애할 단한 가치가 인류에게 있는 것일까? 게다가 잉크의 유일한 합리적 사용은 연애편지를 써서 상대방의 마음을 훔치기 위한 데 있는 것 아닌가? 그건 그렇고! 우리에게 마네르빌 부인을 소개할 거지?"

"아무렴." 폴이 말했다.

"우린 계속 친구로 지낼 걸세." 마르세가 말했다.

"만일……." 폴이 응수했다.

"걱정하지 말게. 우린 자네에게 예의를 갖출 걸세. 퐁트누아 전투에서 프랑스 군대가 영국군에게 그랬듯이 말일세."*

마르세와의 대화로 마음이 약간 흔들리긴 했지만, 마네르빌 백작은 자신의 계획을 실행에 옮기기 위해 1821년 겨울 보르도로 돌아왔다. 저택을 보수하고 가구를 들여놓기 위해 그가 쓴 닥대한 비용 덕분에, 그는 도착하기도 전에 우아하고 세련된 늡자라는 명성을 얻었다. 이름이나 재산만큼이나 정치적 견해로 인해 보르도의 왕당파에 속해 있었던 그는 과거의 인연 덕둔에 일찍이 보르도 사교계에 받아들여졌고, 그곳에서 멋쟁이 신사라는 명성을 얻었다. 그의 처세술과 예절 그리고 파리에서 닦은 소양은 보르도의 생제르맹 사교계를 매료시켰다. 나이 든 한 후작부인은 잘생기고 멋쟁이인 청년들의 빛나는 젊음을 지칭하기 위해 과거 궁정에서 사용하던 표현을 쓰곤 했는데 그 용어와 말투는 하나의 기준이 되었다. 부인은 그를 '완두꽃'이라 불렀다. 자유주의자들은 그 표현을 살려 조롱 섞인 별명으로 사용했던 반면, 왕당파들은 그 별명을 좋게 해석했다. 폴 드 마네르빌은 그 별명이 부과하는 책무를 영광스럽게 받아들였다. 시시한 배우들은 대중이 자신에게 호의를 보이는 순간 착해진다. 폴에게 닥친 상황은 바로 그런 것이었다. 편안함을 느낀 그는 자신의 장점을 늘어놓았다. 하지만 그의 장점은 곧 그의 단점이기도 했다. 그의 조롱은 가혹하지도 씁쓸하지도 않았으며, 그의 태도는 조금도 거만하지 않았다. 여인들과 대화할 때는 존경심을 표했고 여자들은 그의 그런 태도를 좋아했다. 게다가 지나치게 공손하지도 지나치게 친밀하지도 않았다. 그의 교만한 태도는 신분에 걸맞은 것이었으므로 오히려 그를 호감 가는 인물로 만들었다. 말하자면 그는 늘 자신의 신분을 의식했으며, 어느 정도까지는 다른 젊은이들이 마음대로 하도록 내버려두었다. 파리에서의 경험을 통해 그 한계를 설정할 수 있었던 것이다. 칼과 총을 다루는 솜씨는 뛰어났지만, 태도는 여자처럼 부드러웠기에 사람들은 그런 폴을 높이 평가했다. 키는 크지 않았고 비만은 아닐지라도 통통한 편이었다. 이 두 가지 특징은 우아한 남자라는 평판을 얻기 위해서는 큰 결점이 될 터였지만, 보르도의 브뤼멜*이라는 명성을 얻는 데는 크게 방해되지 않았다. 건강한 혈색으로 인해 더욱 돋보이는 하얀 얼굴빛, 아름다운 손과 예쁜 발, 긴 속눈썹의 푸른 눈, 검은 머리칼, 우아한 몸동작, 중간 음을 유지하며 가슴으로부터 떨면서 울려 나오는 목소리, 이 모든 것이 그의 별명고· 조화를 이루었다. 폴은 진정 잘 가꾸어야 하는 섬세한 꽃이었다. 습하고 기름진 토양에서만 그 진가가 발휘되는, 가혹하게 다루면 자라지 못하는, 햇빛이 너무 강해도 타 버리고 온도가 영하로 내려가면 죽어 버리는 완두꽃. 그는 행복을 주기보다는 행복을 받기 위해 태어난 사람이었다. 아내에게 많이 의지하는 남자, 자기 생각을 미리 알아주기를 바라고 격려받기를 원하는 남자, 한마디로 부부의 사랑을 일종의 신의 섭리로 여기는 남자였다. 이러한 특징은 가정생활에서는 어려움과 갈등을 유발하지만, 사교계에서는 더없이 우아하고 매력적으로 보인다. 따라서 폴은 좁은 범위의 지방 사교계에서 엄청난 성공을 거두었다. 그곳에서는 그의 섬세한 재치가 파리에서보다 훨씬 더 좋은 평가를 받았다. 영국식 호사와 안락함을 도입하면서 보르도의 저택을 보수하고 랑스트락 성을 수리하느라, 그는 공증인이 6년 동안 저축한 돈을 모두 써 버렸다. 수입이 4만 몇천 리브르로 확연히 줄었기에 고용인들에게 그 이상은 절대 소비하지 말 것을 명령하면서, 그는 자신이 현명한 사람이라고 생각했다. 공식적으로 이사를 마치고 그 도시의 상류층 인사들을 초대하고 보수한 성에서 그들과 함께 사냥 시합을 한 후, 폴은 지방에서는 결혼이 필수적이라는 사실을 깨달았다. 지방 사람들은 결국 누구나 재산 증식에 관심을 가진다. 그것은 아이들을 결혼시키기 위해서도 꼭 필요하다. 그러나 폴은 돈이 안 드는 일거리로 시간을 보내거나, 투자를 통한 재산 증식에 관심을 가지기에는 아직 너무 젊었다. 그래서 보르도에 도착한 지 얼마 되지 않아, 파리인들에게는 일상인 다양한 여흥의 필요성을 느꼈다. 보존해야 하는 이름, 재산을 물려주어야 할 상속인, 지역 유지들이 자기 집에 모임으로써 형성될 인간관계, 문란한 애정 관계에 대한 권태 등도 중요한 요인이었겠지만, 그런 것들이 결혼의 결정적인 이유는 아니었다. 보르도에 도착하자마자, 그는 보르도 사교계의 여왕인 그 유명한 에방젤리스타 양에게 홀딱 반해 버렸던 것이다.

19세기 초, 에방젤리스타라 불리는 스페인의 부자가 보르도에 정착했다. 여러 사람의 추천도 있었거니와, 막대한 재산으로 인해 그는 보르도 귀족들이 모이는 사교계에 받아들여졌다. 아마도 귀족들은 이류로 분류되는 사교계를 자극하려는 유일한 목적으로 그를 기꺼이 받아들였을 테지만, 그가 귀족 사회에서 좋은 평판을 유지하는 데는 아내의 역할이 컸다. 식민지 태생으로서 노예들의 시중을 받는 데 익숙한 데다가 스페인 왕국의 저명한 카자 레알 가문에 속하는 에방젤리스타 부인은 돈의 가치에는 완전히 무관심한 채, 아무리 돈이 많이 들더라도 사고 싶은 것은 다 사고, 하고 싶은 것은 다 하면서 귀부인으로 살았다. 게다가 아내를 사랑하는 남편은 자신의 재정 상태를 감춘 채 아내의 욕구를 다 만족시켜 주었다. 사업상 보르도에 머물러야 했던 스페인 남자는 아내가 그 도시를 좋아한다는 사실이 기뻤기에, 저택을 구입하고 손님들을 초대했다. 그는 호화롭게 손님들을 맞이하면서 모든 면에서 최고의 취향을 가지고 있음을 확실하게 보여 주었다. 그리하여

1800년부터 1802년까지 보르도에서는 온통 에방젤리스타 씨와 그의 아내에 관한 이야기뿐이었다. 1813년 스페인 남자는 서른둘에 홀로된 아내에게 막대한 재산과 세상에서 제일 예쁜 딸을 남기고 세상을 떠났다. 그 딸은 완벽한 아름다움이 약속된, 아니 이미 완벽하게 아름다운 열한 살의 아가씨였다. 에방젤리스타 부인의 능숙한 수완에도 불구하고, 1814년 왕정복고의 시대가 도래하자 그녀의 지위는 낮아졌다. 왕당파는 순수 혈통을 중시했고, 몇몇 가문은 보르도를 떠났다. 홀로된 부인에게는 사업 경영을 위해 남편이 갖췄던 두뇌도 수완도 없었다. 그녀는 식민지 태생의 크레올 여인답게 무사태평했을 뿐만 아니라, 사랑받는 멋쟁이 여인들이 다 그렇듯이 사업 경영의 적임자는 아니었다. 그러나 그녀는 생활 방식을 바꿀 생각이 전혀 없었다. 폴이 고향으로 돌아갈 결심을 할 당시, 나탈리 에방젤리스타 양은 놀라우리만치 아름다운 여인이 되어 있었다. 게다가 외관상으로는 보르도에서 가장 돈이 많은 결혼 상대였다. 하지만 나탈리 어머니의 재산은 점점 줄어들고 있었다. 그럼에도 보르도에서 그 사실을 아는 사람은 아무도 없었다. 그녀는 자기의 지배력을 계속 유지하기 위해 어마어마한 액수의 돈을 낭비하고 있었기 때문이다. 화려한 파티를 열고 호화로운 생활을 계속하는 것을 보면서, 사람들은 에방젤리스타 집안의 재산이 어마어마하다고 믿었다. 나탈리의 나이가 열아홉이 되었지만, 그녀와의 결혼을 원하는 구혼자는 나타나지 않았다. 젊은 처녀의 변덕스러운 욕망을 다 충족시키며 살

앉기에 그런 삶에 익숙한 에방젤리스타 양은 캐시미어 옷을 입었고, 보석을 가졌고, 온갖 사치를 부리며 살았다. 그녀의 사치는 그 시대에 그 지방에 사는 주도면밀하고 타산적인 남자들을 아연실색하게 했다. 아이들도 부모만큼이나 계산에 밝았던 시대였다. "에방젤리스타 양과 결혼할 수 있는 사람은 왕자뿐일걸!"이라는 치명적인 말이 사교계 사람들 사이에 돌아다녔다. 특히 딸을 가진 어머니들, 혼기를 앞둔 손녀딸을 가진 지체 높은 집안의 할머니들, 나탈리의 변함없는 우아함과 압도적인 미모를 질투하는 또래의 아가씨들은 허위의 말들을 퍼뜨리면서 은근히 그러나 철저하게 나탈리에 대한 평판을 악화시켰다. 무도회에 나탈리가 도착하는 것을 보고 아가씨들의 구혼자가 "세상에! 저렇게 아름다울 수가!"라는 황홀한 찬사를 보내면, 그 어머니들은 "그래요, 무척 아름답지요. 하지만 저 아가씨는 비싸게 먹힌답니다"라고 응수했다. 누군가 새로 온 사람이 에방젤리스타 양이 매력적이라고 말하면서 그녀와의 결혼은 혼기에 있는 남자에게 최고의 선택일 것이라고 말할라치면, 그녀들은 "몸치장을 위해 어머니로부터 매달 6천 프랑을 받고, 말도 몇 필 소유하고 있고, 하녀도 딸려 있고, 레이스 장식 달린 옷만 입는 아가씨와 결혼할 만큼 경솔하고 무모한 남자가 있을까요? 목욕 가운에도 플랑드르 지방의 메헬렌 산 흰 레이스를 단다니까요. 고급 세탁에 들어가는 돈이면 심부름꾼 하나를 고용할 수 있을걸요. 아침에는 6프랑이나 나가는 케이프를 두른답니다"라고 말하곤 했다.

찬사처럼 보이는 이런 종류의 수없이 반복되는 험담은 남자들에게 에방젤리스타 양과 결혼하고 싶다는 열렬한 욕망을 완전히 포기시켰다. 지나갈 때마다 듣는 추종자들의 온갖 아첨과 미소와 찬사에 무감각해진 무도회의 여왕 나탈리는 세상살이에 무지했다. 그녀는 날아다니는 새처럼, 피어나는 꽃처럼, 그녀의 욕구를 충족시켜 줄 준비가 되어 있는 사람들에 둘러싸여 살았다. 그녀는 물건값이 얼만지도 몰랐고, 어디서 수입이 발생하는지도 그 수입을 어떻게 유지하고 보존하는지도 알지 못했다. 아마도 그녀는 어느 집에나 요리사와 마부와 하녀와 하인들이 있다고 생각했을 것이다. 들판에 건초 더미가 쌓여 있고 나무에 열매가 달리는 것처럼 말이다. 그녀가 볼 때 거지나 가난한 사람들은 부러진 나무나 척박한 땅과 다를 것이 없었다. 어머니는 자신의 유일한 희망인 딸을 애지중지했다. 그래서 그녀는 아무 근심 걱정 없이 쾌락을 추구했다. 재갈도 고삐도 족쇄도 풀린 준마가 대초원을 뛰어다니듯, 그녀는 사교계에서 마음껏 뛰어다녔다.

  폴이 도착한 지 6개월이 지났을 때, 보르도의 상류 사회는 완두꽃과 무도회의 여왕을 대면시켰다. 이 두 송이의 꽃은 겉으로 냉정한 척하면서 서로를 바라보았고, 둘 다 상대방에게 호감을 느꼈다. 계획된 이 만남의 효과를 몰래 살피던 에방젤리스타 부인은 폴의 시선에서 그의 마음이 흔들리는 것을 간파하고는, 마음속으로 '저 남자는 내 사위가 될 거다!'라고 말했다. 마찬가지로 폴 역시 나탈리를 보면서 '저 여자는 나의 아내가 될 거야!'라고 생각했다. 에방젤리스타 집안의 재산은 보르도에 정평이 나 있었기에, 그것은 유년기 시절에 각인된 절대 지워지지도 변하지도 않는 선입견처럼 폴의 마음에 새겨져 있었다. 따라서 우선 금전적인 상황이 서로 잘 맞으니, 언쟁을 벌일 필요도 상대방을 조사할 필요도 없었다. 오만한 사람에게도, 소심한 사람에게도, 자신의 신상에 대한 뒷조사는 불쾌감을 주지 않는가. 누군가 폴에게 예의상 어쩔 수 없이 나탈리의 예의범절과 미모와 말투에 대해 찬사를 늘어놓은 후, 마침내 미래에 대하여 잔인하리만치 계산적인 충고와 더불어 에방젤리스타 집안의 경제적 형편이 초래할 문제점을 언급할라치면 완두꽃은 경멸조로 응수했다. 그와 같은 시골의 편협한 생각은 경멸받을 만했다. 폴의 이러한 사고방식은 사람들에게 금방 알려졌고 사람들은 더 이상 아무 말도 하지 않았다. 말하는 태도나 그 내용뿐 아니라 그의 사상이나 언어도 본받을 만큼 훌륭했기 때문이다. 그는 영국인의 기질을 발휘했고, 냉정하게 선을 그을 줄 알았으며, 바이런식 농담을 즐겼고, 인생살이를 우습게 여겼고, 종교적인 속박을 경멸했다. 영국산 은식기와 영국식 농담을 좋아했으며, 지방의 오랜 관습과 사정을 얕보곤 했다. 그는 시가를 피웠고, 에나멜 구두를 신었으며, 노란 장갑을 꼈고, 말을 타고 질주하곤 했다. 그러니까 폴은 그때까지 그곳에서 통상적으로 행해지던 모든 것과 반대였다. 젊은 처녀들도 할머니들도 더 이상 그의 의욕을 꺾으려 하지 않았다. 에방젤리스타 부인은 격식을 갖춘 저녁 식사에 그를 초대하기 시작했고, 그는 여러 차례에 걸쳐 그녀의 초대를 받아들였다. 그 도시의 가장 멋진 젊은이들이 참석하는 파티에 완두꽃이 빠질 수 있나! 무심한 척했음에도, 폴은 어머니의 눈도 딸의 눈도 속일 수 없었다. 그는 자기도 모르게 결혼을 향해 한 발짝 한 발짝 다가가고 있었던 것이다. 마네르빌이 이륜마차나 멋진 말을 타고 산책로를 지나갈 때면 몇몇 젊은이들은 가던 걸음을 멈추고 서로 말을 주고받았다. 폴은 그들이 하는 말을 들었다. "참으로 행복한 사내로군. 부자지, 잘생겼지, 게다가 에방젤리스타 양과 결혼할 거라네. 세상이 온통 자신을 위해 만들어진 것 같은, 그런 사람들이 있는 법이지." 폴은 에방젤리스타 부인의 사륜마차를 만날 때 두 모녀가 자신에게 인사하며 보내는 몸짓에서 다른 사람들에게 보내는 것과 다른 특별함을 느끼며 우쭐해졌다. 설사 폴이 마음속으로 에방젤리스타 양에게 반하지 않았더라도, 사교계 사람들은 그의 의도와 상관없이 그를 그녀와 결혼시켜 버렸을 것이다. 사교계란 그 누구의 행복에도 기여하지 못하지만, 수많은 불행에는 공범자가 된다. 사교계 사람들은 자신이 꾸민 악행이 드러나게 되면 그 사실을 부인한다. 그러고는 그 사실을 폭로한 자에게 복수한다. 보르도의 사교계는 에방젤리스타 양을 백만 프랑의 지참금을 가진 아가씨로 규정해 버리면서, 양측이 합의하기도 전에 그녀를 폴에게 주어 버렸다. 그런 일은 종종 일어난다. 수려한 용모만큼이나 그들의 재산도 서로 엇비슷하지 않나. 폴은 사치와 세련됨에 익숙했고, 나탈리는 그런 사치와 세련됨

손에서 살고 있었다. 그는 바로 얼마 전에 자신을 위해 저택을 아름답게 꾸민 터였다. 보르도의 그 누구도 나탈리를 위해 그렇게 멋지게 집안을 장식할 수 없을 것이다. 파리의 소비와 파리 여인들의 변덕스러운 욕망에 익숙한 남자만이 크레올 출신인 어머니만큼이나 매력적이고 사치에 익숙할 뿐 아니라 귀부인의 자질을 갖춘 이 여인과의 결혼으로 인해 발생할 금전적인 불행을 피할 수 있을 것이다. 사람들은 에방젤리스타 양과 사랑에 빠지면 보르도 남자들은 모두 파산하겠지만, 마네르빌 백작만은 그런 재앙을 피할 수 있을 거라고 말하곤 했다. 그렇게 하여 결혼은 이미 결정되었다. 왕당파 상류층의 사교계 사람들은 그 결혼에 관해 이런저런 이야기를 나누면서 다음과 같이 듣기 좋은 말로 폴의 허영심을 만족시켰다.

"여기 있는 우리는 만장일치로 자네에게 에방젤리스타 양을 주려 하네. 그녀와 결혼한다면 자네는 결혼을 잘하는 걸세. 그 어디에서도, 파리에서조차, 저토록 아름다운 여인은 만나지 못할 걸세. 고상하고 우아한 데다 어머니 쪽으로 카자 레알 집안과 연결되거든. 자네들은 이 세상에서 가장 멋진 부부가 될 걸세. 두 사람은 서로 취향도 같고, 삶에 대한 조예도 깊지 않나. 보르도에서 가장 아름다운 가정을 꾸릴 걸세. 자네의 아내가 될 여인은 그저 침실 모자 하나만 들고 와도 될 정도의 신붓감이지. 상승하는 집안은 결혼이라는 사업에서 지참금만큼의 가치가 있거든. 게다가 에방젤리스타 부인 같은 장모를 만난다는 것은 얼마나 큰 행운인가. 재기가 넘치고 언변도 뛰어난 그 부인은 앞으로 자네가 열망할 정치 생활에 큰 도움이 될 걸세. 게다가 부인은 사랑하는 딸을 위해 모든 것을 희생하지 않았나. 어머니를 사랑하는 것으로 보아 나탈리는 분명 좋은 아내가 될 걸세. 그리고 이제 자네도 결혼해야지."

"좋은 말씀이십니다. 하지만 행복한 결혼을 해야지요." 사랑에 빠졌음에도 자신의 자유의지는 지키고 싶은 폴이 말했다.

폴은 누구보다도 한가한 시간을 견디지 못하는 사람이었기에, 무료한 시간을 보내기 위해 에방젤리스타 부인 댁을 들락거렸다. 그에게 습관이 되어 버린 귀족적 취향과 사치를 느낄 수 있는 곳은 그곳 뿐이었던 것이다. 마흔 살의 에방젤리스타 부인은 여름날 저녁 구름 한 점 없는 화려한 석양의 아름다움에 비견될 만한 미모의 여인이었다. 한 번도 비난받은 적 없는 그녀의 평판은 보르도의 사교계 사람들에게 끊임없는 이야깃거리를 제공했다. 에방젤리스타 부인은 스페인 여인들과 식민지 태생의 크레올 여자들을 유명하게 만든 신체적 특징을 지녔는데, 그런 모습에 보르도 여인들은 강렬한 호기심을 느꼈다. 그녀는 스페인 여인 특유의 검은 머리와 검은 눈, 예쁜 발과 가는 허리를 가졌다. 특히 그녀의 허리는 활처럼 휘었는데, 스페인어에는 그런 허리의 움직임을 지칭하는 단어도 있다고 한다. 항상 아름다운 그녀의 얼굴은 크레올 여인 특유의 피부색으로 사람들을 매료시켰다. 그 피부색에서 느껴지는 생동감은 자줏빛 외투 위에 던져진 모슬린하고만 비교될 수 있을 정도였다. 그만큼 그녀의 하얀 피부는 살짝 그슬려 있었다. 그녀의 풍만한 몸매는 무기력과 생동감, 활력과 태만을 우아하게 결합했기에 더욱더 매력적이었다. 그녀는 아무것도 약속하지 않았지만, 사람들은 그녀에게 끌렸고 압도당했고 매혹되었다. 그녀는 키가 컸다. 큰 키는 자연스레 여왕의 태도와 풍모를 부여했다. 그녀는 천성적으로 음모가들에게 꼭 필요한 재능을 가지고 있었기에, 새들이 새 잡는 끈끈이에 붙어 있듯 남자들은 그녀와의 대화에 매달렸다. 대화할 때도 그녀는 자신의 의견을 고집하지 않으면서 상대방을 존중하는 태도를 보였다. 그러나 더 많은 것을 얻어 내기 위해서는 상대방이 동의한 바 있는 자기의 의견을 무기 삼아 상대방의 공격에 잘 대비했다. 반대급부로 무엇인가를 요구하면 멀찌감치 뒤로 물러설 줄도 알았다. 사실 그녀는 무식했지만, 스페인과 나폴리의 궁정 사람들과 친분이 있었고 남북 아메리카의 저명인사들이나 영국과 유럽 대륙의 몇몇 저명한 가문과도 교류한 바 있었기에, 그러한 경험은 비록 피상적일지라도 엄청나 보이는 폭넓은 지식을 제공했다. 그리하여 그녀는 높은 안목과 고귀한 태도로 사람들을 접견할 수 있었다. 그런 것은 배워서 익힐 수 있는 것이 아니다. 선천적으로 아름다운 영혼만이 좋은 것들을 만날 때마다 그 장점들을 자기 것으로 만들면서 그런 안목과 고귀함을 제2의 천성으로 만드는 법이다. 정숙한 여인이라는 그녀의 평판에 대해서는 여전히 의문의 여지가 있었지만, 그렇더라도 그 평판은 그녀의 행동이나 그녀의 말에 대단한 권위를 부여하는 데 요긴하게 사용되었다. 어머니와 딸은 자식의 부모

사랑이나 부모의 자식 사랑을 넘어서는 진실한 우정을 나누고 있었다. 두 여인은 서로 뜻이 잘 맞았다. 그들 두 사람은 늘 함께 있었지만 한 번도 충돌한 적이 없었다. 그래서 많은 사람이 에방젤리스타 부인의 희생을 딸에 대한 모성애로 설명했다. 하지단 고집스럽게 과부로 지내는 어머니를 나탈리가 위로했을지는 몰라도, 그녀가 재혼하지 않는 것이 나탈리 때문만은 아니었다. 사람들 말에 의하면, 에방젤리스타 부인은 어떤 남자를 깊이 사랑했다고 한다. 그런데 그 남자는 나폴레옹이 워털루 전쟁에서 패배한 후 두 번째 왕정이 복고되던 1815년 당시 귀족의 지위와 영지를 되찾았다는 것이다. 1814년에만 해도 에방젤리스타 부인과 결혼할 수 있음에 행복해하던 그는 1816년 점잖게 그녀와의 관계를 단절했다. 외형상 사교계에서 가장 훌륭한 여인으로 보였던 에방젤리스타 부인은 사실상 기질적으로 무시무시한 성격의 소유자였다. 그녀의 성격은 "증오하라. 그리고 기다려라!"라는 카트린 드 메디치*의 좌우명으로만 설명되었다. 언제나 순종하는 것처럼 보였지만 실상은 남을 지배하는 데 익숙했던 에방젤리스타 부인은 절대 권력을 가진 모든 이와 닮았다. 평소에 친절하고 다정하고 완벽하고 재치 있던 그녀는 여자의 자존심, 특히 스페인 카자 레알 가문 여성의 자존심에 상처를 입자 냉혹하고 무자비해졌다. 그녀는 절대로 용서하지 않았다. 자신이 품은 증오의 위력을 믿었다. 그 증오는 반드시 적에게 닥쳐야만 할 불행을 초래할 것이었다. 그녀는 자신을 가지고 놀았던 그 남자에게 치명적인 위력을 행사했다. '저주의 시선'이 가진 영향력을 증명하는 것처럼 보이는 여러 사건은 그녀의 미신적 믿음을 확인시켜 주었다. 장관과 귀족원 의원을 역임했음에도 그 남자는 파산하기 시작하더니 결국 완전히 몰락했다. 그의 재산, 그의 정치적 개인적 명성, 그 모든 것이 무너졌다. 어느 날, 화려한 옷차림과 마차를 자랑하며 산책하던 에방젤리스타 부인은 샹젤리제 거리를 걸어가는 그 남자를 보고는, 승리의 광채가 빛나는 오만한 시선으로 그를 제압하면서 그 앞을 지나갔다. 2년 동안 그녀의 마음을 사로잡았던 그 사건 이후 그녀는 재혼할 수 없었다. 그녀의 자존심은 매번 구혼자들과 그녀가 만족할 만큼 진심으로 자신을 사랑해 주었던 남편을 비교하게 했다. 그리하여 오산과 타산, 희망과 절망을 오락가락하다 보니 이제는 여인의 삶에서 더 이상 어머니의 역할밖에 할 수 없는 시기, 딸을 위해 모든 것을 희생하면서 인간애의 마지막 보루인 가정의 구성원들을 위해 개인의 사리사욕을 버리는 그런 시기에 도달해 버렸다. 에방젤리스타 부인은 재빨리 폴의 성격을 간파했다. 그리고 자신의 성격은 철저히 숨겼다. 폴은 바로 그녀가 원하던 사윗감이었다. 앞으로 자신이 파리에서 권력을 잡을 수 있게 해 줄 적임자로 보였던 것이다. 그는 모계 쪽으로 몰랭쿠르 가문에 속했고, 파미에 주교 대리와 가까운 몰랭쿠르 노(老) 남작부인은 생제르맹 구역 한가운데 살고 있었다. 그리고 그녀의 손자인 오귀스트 드 몰랭쿠르*는 파리에서 높은 지위에 있었다. 따라서 폴은 에방젤리스타 가문을 파리 사교계로 이끌 최고의 안내자가 될 터였다. 에방젤리스타 부인은 제국 시절에만 가끔씩 파리를 방문했을 뿐이었다. 그녀는 복고왕정 체제하의 파리 한가운데에서 빛을 발하고 싶었다. 사교계 여인들은 오직 정치적 성공에만 몰두하는바, 그러한 정치적 성공의 요인들이 존재하는 곳은 파리뿐이었다. 남편 사업 때문에 보르도에서 살아야 했지만, 에방젤리스타 부인은 그곳이 마음에 들지 않았다. 보르도에서 그녀는 손님들을 초대했다. 그런데 보르도라는 작은 도시에서는 얼마나 많은 의무가 따르는지, 그리하여 한 여인의 삶이 얼마나 방해받는지 사람들은 잘 안다. 부인은 이제 보르도에 관심이 없었다. 보르도에서는 더 이상 즐거움을 찾을 수 없었던 것이다. 도박사들이 점점 더 큰 도박장으로 달려가듯, 그녀는 더 큰 극장을 원했다. 따라서 그녀는 자신의 이익을 위해 폴의 위대한 인생을 계획했다. 그녀는 사위를 위해 자신이 가진 재능과 살면서 터득한 수완을 발휘하고자 했다. 드 마네르빌이라는 이름 덕분에 누릴 수 있는 권력의 기쁨을 만끽하기 위해서였다. 이렇듯 많은 남자가 이름도 없는 여인들의 야망을 이루기 위한 병풍 역할을 한다. 그뿐만 아니라 에방젤리스타 부인은 딸의 남편을 지배함으로써 많은 이득을 볼 터였다. 폴은 기어이 부인의 포로가 되었다. 게다가 외관상 그에게 아무런 영향력도 행사하고 싶지 않은 것처럼 보였던 만큼, 그녀는 그를 완벽하게 장악했다. 그리하여 그녀는 최대한의 영향력을 발휘하여 자기 자신과 딸을 고귀한 존재로 만들었으며, 자기의 외모며 성격이며 내면 등 모든 것에 최고의 가치를 부여했다. 귀족의 삶을 계속 유지하게 해 줄 남자를 미리 지배하기 위해서였다. 어머니와 딸이 자신을 인정해 주자, 폴은 자신을 과대평가하게 되었다. 폴이 깊은 생각에 빠져 있을 때나 사소한 한마디 말을 던질 때면, 에방젤리스타 양은 미소 짓거나 살포시 고개를 들어 올리며 민감하게 반응했고, 아첨이 몸에 밴 것처럼 보이는 부인은 기분 좋은 말로 비위를 맞춰 주었다. 그런 두 여인의 반응을 보면서 폴은 자신이 무척 재치 있다고 생각했다. 그러나 실제로 그는 그리 재치 있는 남자가 아니었다. 두 여인이 너무도 친절했기에 그는 자신이 그들 마음에 들었다고 확신했다. 그들은 폴의 자만심을 만족시켜 주면서 그를 완전히 지배했다. 그리하여 얼마 되지 않아 그는 에방젤리스타 부인의 저택에서 대부분의 시간을 보냈다.

폴이 보르도에 정착하고 일 년이 지났다. 폴 백작은 자기 의사를 분명히 밝히지는 않았다. 하지만 나탈리에게 너무도 친절했기에 사람들은 그가 나탈리에게 구애하고 있다고 생각했다. 어머니도 딸도 결혼을 생각하는 것처럼 보이지 않았다. 에방젤리스타 양은 매력을 유지하면서도 친밀한 관계에서 한 발짝도 앞으로 나가지 않은 채, 즐겁게 대화할 줄 아는 귀부인처럼 신중하게 행동했다. 시골에서는 익숙하지 않은 이러한 과묵한 태도는 무척이나 폴의 마음에 들었다. 소심한 사람들은 의심이 많다. 갑작스러운 제안은 그들을 불안하게 한다. 떠들썩하게 다가오면 행복 앞에서도 도망치지만, 조용한 그림자와 함께 슬그머니 모습을 드러내면 불행에도 몸을 맡긴다. 그리하여 폴은 에방젤리스타 부인이 자신을 구속하기 위해 아무 노력도 하지 않는 것을 지켜보면서, 스스로 자신을 속박했다. 어느 날 저녁, 스페인 여인은 남자들과 마찬가지로 탁월한 여인에게는 인생의 첫사랑보다 야망이 더 중요한 시기가 있다고 말함으로써 그의 마음을 사로잡았다.

'저 여인은 내가 정부 대표로 임명되기도 전에 중요한 대사직을 얻게 해 주겠군.' 그날 저녁 폴은 에방젤리스타 부인의 집을 나오면서 이렇게 생각했다.

이러한 상황에서 여러 가지 일과 생각들을 이리저리 궁리하면서 다양한 측면에서 살펴보지 않는다면, 그런 남자는 파멸의 위험에 빠지기 쉽다. 미숙하고 나약하기 때문이다. 그러나 그 순간 폴은 낙관적이었다. 그는 모든 면에서 이점만을 보았기에, 야심 많은 장모가 폭군이 될 수 있으리라고는 생각도 하지 못했다. 그래서 매일 저녁, 에방젤리스타 부인의 저택을 나오면서 그는 신랑처럼 보이게 되었고, 이미 신랑이 된 듯 스스로 만족했으며, 서서히 결혼이라는 멍청한 슬리퍼를 신기에 이르렀다. 무엇보다도 그는 너무 오랜 시간 동안 자유를 만끽해 왔기에 자유의 상실이 하나도 아쉽지 않았다. 더 이상 새로울 것 하나 없는 총각 생활에 지쳤던 것이다. 게다가 불편한 점 투성이였다. 결혼 생활을 상상할 때면 종종 결혼에 따른 어려움을 우려하기도 했지만, 어려움보다 즐거움을 느낄 때가 더 많았다. 그에게는 결혼의 모든 것이 새로웠다. 그는 생각했다.

'결혼은 시시한 소시민들에게나 짜증스러운 것이야. 부자들에게는 불행의 반이 사라지거든.' 이러한 긍정적인 생각으로 결혼에서 얻을 수 있는 이득의 목록이 매일같이 늘어 갔다. 그는 또 이런 생각도 했다. '내가 아무리 높은 지위에 오르더라도 나탈리는 그 지위에 걸맞은 여인이 될 거야. 그리고 그것은 여자에게 절대로 시시한 자질이 아니거든. 제국 시절, 얼마나 많은 남자가 아내 때문에 괴로워했던가! 나는 그런 사람을 수없이 보았지. 공허하다고 느끼지 않는 것, 자신이 선택한 배우자 때문에 자존심이 구겨졌다고 느끼지 않는 것, 이런 것들은 행복의 중요한 조건이 아닌가? 교양 있는 여인과 함께라면 절대로 불행할 수 없어. 그런 여인은 남편을 조롱거리로 만들지 않아. 어떻게 해야 남편에게 유익한 존재가 될지 잘 알거든. 나탈리는 손님 초대도 기막히게 잘할 거야.' 그런 생각을 하면서 그는 생제르맹 구역에서 가장 뛰어난 여성들에 대한 기억을 떠올려 보았다. 나탈리는 그들을 압도하면서 그들의 광채가 흐려지게 하던가, 아니면 적어도 그들과 완벽히 대등한 위치에 설 것이라고 자신을 설득하기 위해서였다. 모든 비교는 나탈리에 이로웠다. 상상 속에서 여러 항목을 비교해 보았지만, 폴이 바라는 대로 모든 면에서 나탈리가 우세했다. 파리였다면 매일매일 새로운 사람들과 각양각색의 미인들을 만날 수 있었을 테니, 그들에 대한 다양한 인상과 느낌은 그에게 균형 잡힌 판단력을 제공했을 것이다. 하지만 보르도에서는 나탈리에게 경쟁자가 없었다. 그녀는 군계일학이었다. 폴은 대부분의 남자들이 빠지기 쉬운 한 가지 생각에 사로잡혀 있었고, 바로 그때 그녀가 능수능란한 방식으로 나타났던 것이다. 따라서 자만심에 따른 여러 이성적 판단, 그러나 결혼밖에는 다른 해결책이 없는 현실적 열정, 그리고 그것들에 더해 앞서 열거한 여러 가지 이유가 폴을 무모한 사랑으로 이끌었다. 그래도 그에게 속마음을 드러내지 않는 분별력은 있었다. 그는 무모한 사랑에 빠진 남자가 아니라 그저 결혼하고 싶은 남자로 보이고자 했다. 자신의 미래를 망치고 싶지 않은 남자의 입장에 서서 에방젤리스타 양을 면밀하게 관찰하려고 애쓰기도 했다. 친구 마르세의 냉혹한 말들이 종종 귀에서 윙윙거렸기 때문이다. 그러나 원래 사치에 익숙한 사람일수록 겉으로는 소박해 보인다. 그리고 그 소박함에 사람들은 속아 넘어간다. 사치에 익숙한 사람들은 사치를 경멸하면서도 사치를 이용한다. 그들의 삶에서 사치란 도구지 목적이 아니다. 폴은 자신과 두 모녀가 생활하는 방식과 풍습이 서로 너무나 비슷하다고 생각했기에, 그들이 파산의 유일한 원인을 숨기고 있다고는 상상할 수 없었다. 결혼 생활에서 발생하는 걱정거리를 줄이기 위한 일반 법칙은 여러 개 있을 수 있지만, 그것을 예측하거나 예방할 수 있는 법칙은 존재하지 않는다. 각자 감당하기 쉽고 유쾌한 삶을 살자고 했던 두 사람에게 불행이 닥칠 경우, 그들은 계속 친밀함을 유지하고 그렇게 함으로써 그들에게는 특별한 관계가 형성된다. 그러나 결혼을 약속한 두 젊은이 사이에는 그러한 친밀함이 존재하지 않는다. 게다가 프랑스의 관습과 법이 변하지 않는 한 그것은 결코 존재할 수 없을 것이다. 결혼하려는 두 사람 사이에서는 모든 것이 거짓이고 기만이다. 하지만 결코 악의가 있어서도 아니고, 고의로 그러는 것도 아니다. 두 사람은 각자 필연적으로 자신에게 유리하게 행동한다. 그들은 각자 누가 더 평판이 좋을지 서로 경쟁하면서 자기에게 유리한 판단을 내린다. 하지만 훗날 그들은 자신의 판단에 대해 책임지지 않는다. 매일매일의 날씨가 그렇듯이, 실제 삶에서는 태양이 빛나면서 들판에 환희가 넘치는 날보다 자연을 우중충하게 만드는 흐리고 음울한 순간들이 더 많다. 그러나 젊은이들은 맑은 날만 본다. 그러다 시간이 흐른 후에는 인생 자체가 불행한 것은 결혼 때문이라고 생각하기에 이른다. 인간에게는 자신에게 닥친 불행의 원인을 주변에서 벌어진 일이나 가까운 사람들에게서 찾는 경향이 있기 때문이다.

폴이 에방젤리스타 양의 태도와 용모와 말과 몸짓에서 인간이라면 누구에게나 있는 성격적 결함의 징후를 발견하기 위해서는 라바터와 갈'의 과학 이론뿐 아니라 학설의 실체가 없는 관찰자 고유의 과학 이론, 거의 우주 만물에 대한 지식을 요구하는 이론을 알아야 했으리라. 젊은이들이 다 그렇듯이, 나탈리는 속을 알 수 없는 무표정한 얼굴을 가지고 있었다. 조각가들이 정의의 여신과 순결의 여신 등 지상의 풍파에 대해서는 아무것도 모르는 여신들을 상징하는 순결한 처녀의 얼굴에 새긴 심오하고 차분한 평화. 나탈리의 얼굴에서 느껴지는 이러한 평온 상태는 젊은 여인이 가진 최고의 매력이다. 그것은 순결의 표시다. 이제껏 아무것도 그녀의 마음을 혼란스럽게 한 적이 없었다. 사랑의 좌절을 맛본 적도 없었다. 그 어떤 호기심도 그녀 얼굴의 냉정하고 평온한 표정에 변화를 주지 않았다. 그녀의 그런 모습 때문에 폴은 속았다. 그러나 그녀는 그렇게 순진한 아가씨가 아니었다. 모든 스페인 여성처럼 나탈리는 줄곧 오로지 종교적인 교육과 어머니가 딸에게 전하는 가르침, 즉 딸이 연기해야 할 역할에 필요한 가르침만을 받았다. 나탈리 얼굴에서 느껴지는 평온함은 따라서 자연스러운 것이었다. 그러나 그 평온함은 일종의 베일이었으니, 그 여인은 애벌레 속에 웅크리고 있는 나비처럼 그 베일로 몸을 둘러싸고 있었던 것이다. 그렇더라도 분석의 메스를 다루는 데 능숙한 남자라면, 결혼 생활이나 사회생활을 할 경우 나탈리의 성격 때문에 발생할 여러 가지 문제점을 발견했을 것이다. 참으로 경이로운 그녀의 미모는 얼굴과 몸의 비율이 완전히 조화를 이루는 반듯한 용모에서 비롯되었다. 그러나 이와 같은 완벽함은 성격적으로 결함이 있음을 드러낸다. 이 법칙에는 예외가 별로 없다. 훌륭한 성품을 지닌 사람은 누구나 육체적으로 사스한 결함을 지니고, 그 결함은 저항할 수 없는 매력이 된다. 상반되는 느낌을 불러일으키고 모든 시선을 멈추게 하는 빛나는 요소가 되기도 한다. 그러나 완벽한 조화는 특징 없는 신체의 무미건조함을 예고한다. 나탈리의 허리는 통통한 편이었는데, 그것은 건강함의 표시였다. 하지만 그것은 발랄하지도 포용적이지도 않은 사람들에게서 흔히 발견할 수 있는 특징으로서, 그녀가 고집불통의 여인임을 여실히 드러내는 표시기도 했다. 그녀의 얼굴과 몸매는 무조건 지배하려는 성격을 예고했던바, 그리스 조각 같은 그녀의 손은 그러한 예측을 더욱 확고히 했다. 그녀의 양 눈썹은 서로 붙을 만큼 가까웠는데, 관찰력이 뛰어난 사람들에 따르면 그런 용모는 질투심이 많은 성향을 나타낸다고 한다. 뛰어난 사람들의 질투심은 경쟁을 유발하고 위대한 업적을 낳게 하지만, 편협한 사람들의 질투는 증오가 된다. 그녀는 "증오하라, 그리고 기다려라!"라는 어머니의 좌우명을 거리낌 없이 자신의 좌우명으로 삼았다. 언뜻 보아 검은색으로 보이지만 사실은 오렌지빛이 도는 갈색 눈은 옅은 황갈색 머리칼과 대조를 이루었다. 로마인들은 영국에서 적갈색이라 부르는 그녀의 머리칼 색을 좋아했다고 한다. 에방젤리스타 부부처럼 검은 머리의 부모에게서 나온 아이들의 머리칼은 대부분 그렇게 황갈색을 띠게 마련이다. 눈과 머리칼 색의 대비뿐만 아니라 하얗고 섬세한 피부도 뭐라 표현할 수 없는 매력을 부여했다. 하지만 그것은 순전히 외적인 매력일 뿐이다. 세부적으로 아무리 완벽하고 우아하다 할지라도, 얼굴 윤곽에 부드러운 곡선이 없다면 그 사람에게서 훌륭한 성품의 징조를 찾으려 하지 말지어다! 젊은 시절의 장미꽃은 기만적이라 속기 쉽다. 그러나 몇 년 후 꽃잎이 떨어지고 나면, 장미의 고귀함이 부여하는 아름다움을 찬미했던 당신은 그 꽃의 냉담함과 냉혹함에 놀라게 될 것이다. 얼굴 윤곽에서는 당당함을 느낄 수 있었지만, 그녀의 턱은 살짝 '덧칠한' 것처럼 조금 통통했다. 화가들이 사용하는 이 어휘는 한 인물 안에 내재하는 난폭한 성격이나 감정을 표현하기 위해 사용되는데, 그러한 난폭성은 중년의 나이가 되어야만 드러나는 법이다. 약간 움푹하게 들어간 그녀의 입은 손과 턱과 눈썹과 아름다운 허리와 조화를 이루면서 그녀의 강한 긍지를 나타내고 있었다. 결국 전문가들의 판단에 결정타가 될 수 있을 마지막 진단은 나탈리의 맑은 목소리에 관한 것이 될 터인바, 너무도 매력적인 그 목소리는 금속성을 띠고 있었다. 그 금속은 부드럽게 조정되어 있었고, 뿔피리의 나선 속으로 흐르는 소리는 무척이나 매력적이었지만, 그 목소리는 카자 레알 가문 방계 혈족의 후예면서 난폭하고 잔인하기로 유명했던 달브 공작*의 성격을 예고하고 있었다. 그러한 특징은 다정함이라고는 찾아볼 수 없는 격렬한 열정과 갑작스러운 헌신, 화해 불가능한 증오심과 현명치 못한 정신, 그리고 스스로 자신의 포부에 못 미친다고 느끼는 사람들에게서 흔히 볼 수 있는 지배 욕구를 예측케 한다. 기질과 체질에서 나온, 그러나 고귀한 혈통 덕분에 상쇄된 그러한 결점들은 광산의 금처럼 깊이 파묻혀 있었다. 그 결점들은 사교계에서 푸대접을 받는다거나 강한 성격의 소유자들도 견뎌 내지 못하는 심리적 타격을 받을 때만 드러날 것이다. 폴이 나탈리를 만나던 당시 나탈리의 우아함과 젊은이 주는 신선함, 기품 있는 태도, 순진무구함, 젊은 아가씨의 상냥함 등은 그녀의 세련된 외모를 더욱 돋보이게 했다. 겉만 보고 피상적으로 판단하는 사람들은 틀림없이 그런 모습에 속아 넘어갈 터였다. 게다가 그녀의 어머니는 일찍부터 딸에게 우월함을 연기하고 반대 의견에 대해서는 농담으로 응수하면서 귀여운 수다로 상대방을 매혹하는 유쾌한 대화법을 가르쳤다. 단명하는 풀들이 무성하게 덮여 있으면 사람들은 그 땅의 척박함을 알지 못하는 법, 여인의 매혹적인 대화는 그 밑에 감추어진 정신의 본질을 못 보게 한다. 말하자면 나탈리는 고통이라고는 모르는 응석받이의 매력을 지니고 있었다. 그녀는 솔직했다. 결혼할 때가 되면 어머니들이 딸에게 우스꽝스러운 태도나 언어를 가르치면서 강요하는 엄숙한 표정도 짓지 않았다. 마치 결혼에 대해서는 아무것도 모르는 소녀처럼 그녀는 잘 웃었고 꾸밈이 없었다. 결혼에서는 기쁨만을 기대했고, 결혼 생활이 불행할 수 있다고는 생각조차 하지 않았으며, 결혼을 통해 자기 마음대로 할 수 있는 권리를 얻으리라 굳게 믿었다. 폴은 욕망으로 인해 점점 더 그녀를 사랑하게 되었고 급기야 완전히 사랑에 빠지게 되었으니, 눈이 부시도록 아름다운 소녀에게서 서른 살이 되었을 때의 모습을 어떻게 예측할 수 있었겠는가? 아무리 관찰력이 뛰어난 사람이라 할지라도 그녀의 외모에 속아 넘어갔을 것이다. 그 아가씨와의 결혼 생활에서 행복을 찾는 것이 어려웠을지는 몰라도, 그것이 아주 불가능한 것은 아니었다. 겉으로 드러나지 않고 잠재하는 결함들 사이에는 장점들도 간혹 눈에 띄기 때문이다. 능숙한 남편이라면 연마한 자질을 통해 여인의 결점을 다스릴 수 있다. 특히 그 여인이 남편을 사랑한다면 말이다. 하지만 별로 유순하지 않은 여인을 유순하게 만들기 위해서는, 마르세가 폴에게 말했던 것처럼 힘센 손목이 필요했다. 파리 멋쟁이 신사의 말이 닿았다. 사랑이 불러일으키는 불안은 여인의 마음을 조종하기 위해 꼭 필요한 도구다. 사랑하면 불안해진다. 그리고 불안한 사람은 증오심보다 애정을 더 느낀다. 폴은 능숙한 남편으로서 아내가 눈치채지 못할 그 투쟁이 요구하는 냉정함과 판단력과 단호함을 가질 수 있을까? 그런데 과연 나탈리는 폴을 사랑하고 있을까? 대다수 젊은이가 그러하듯, 나탈리는 결혼이나 가정에 대해서는 아무것도 모른 채, 그저 폴의 외모를 보고 처음 느꼈던 감정의 동요와 기쁨을 사랑이라 생각했다. 유럽의 궁정에 대해 잘 아는 애송이 외교관이자 파리 멋쟁이 청년 중 하나인 마네르빌 백작이 그녀에게 평범한 남자로 보일 수는 없었다. 정신력이 강하지 않은, 수줍으면서도 용기 있는. 아마도 역경이 닥치면 힘이 생길지도 모르지만 행복을 망치는 고난에 대해서는 속수무책인 그런 평범한 남자 말이다. 먼 훗날, 나탈리는 폴의 사소한 결점들 사이에서 그가 가진 훌륭한 자질들을 알아볼 수 있는 직관을 가지게 될까? 인생에 대해 아무것도 모르는 젊은 여인들이 그러하듯, 결점들은 확대하고 훌륭한 자질들은 잊어버리지 않을까? 갈등을 유발하지 않는다면 방탕마저 용서하는 시기도 있고, 부부간의 갈등을 불행이라 여기는 시기도 있다. 얼마나 많이 화해하고 얼마나 많은 경험을 공유해야 젊은 부부는 밝고 환한 가정을 유지할 수 있을까? 젊은 아내는 결혼 초기에 기꺼이 보여 주던 아양 섞인 다정한 태도를 유지하고, 남편은 무도회에서 돌아오면서 아내에게 찬사를 보내고, 두 사람이 여전히 서로를 욕망한다면, 폴과 그의 아내는 서로 사랑한다고 생각하지 않을까? 그런 상황에서 폴은 자신의 왕국을 건설하는 대신 기꺼이 아내의 지배를 받아들이지 않을까? 폴은 다음과 같이 말할 것이다. "아니야, 약한 남자에게는 모든 것이 위기이겠지만, 그런 상황에서도 강한 남자는 위험을 무릅쓰고 싸울 수 있어"라고. 이 소설의 주제는 총각에서 유부남으로 넘어가는 이행 과정에 있지 않다. 하지만 폭넓게 묘사된 이 그림에는 흥미로운 점이 없지 않을 것이다. 우리 내면에서 일어나는 감정의 폭발이 인생의 가장 평범하고 시시한 것들에 미치는 영향을 잘 보여 주기 때문이다. 폴이 에방젤리스타 양과 결혼하도록 만든 여러 사건과 생각은 작품의 서론에 해당하는바, 이는 오로지 모든 부부 생활에 앞서 벌어지는 흥미로운 코미디를 서술하기 위한 것이다. 이제까지 드라마 작가들은 이 장면을 소홀히 했다. 그들의 작품에 영감을 불러일으킬 새로운 소재를 제공할 텐데도 말이다. 폴의 미래를 지배할 이 장면, 에방젤리스타 부인이 불안한 마음으로 지켜볼 이 장면은 귀족이건 부르주아건 모든 가족이 결혼 계약을 위해 벌이는 논쟁의 한 장면이다. 인간의 감정이란 커다란 이해관계만큼이나 하찮은 이해관계에 의해서도 격렬하게 동요된다. 공증인 앞에서 벌어지는 결혼 계약과 관련된 모든 연극은 앞으로 우리가 묘사할 이 연극과 어느 정도는 유사하다. 이 연극에 등장하는 양측의 이해관계는 이 책에서

보다 결혼한 모든 사람의 기억 속에서 더 많이 존재할 것이다.

  1822년 겨울이 시작되던 때였다. 폴 드 마네르빌은 보르도에서 그리 멀지 않은 메독에서 여름을 보내는 외숙모 할머니 몰랑쿠르 남작부인을 통해 에방젤리스타 양에게 청혼했다. 남작부인은 메독에서 두 달 이상 머문 적이 없었음에도, 폴의 어머니 역할을 하면서 그를 도와주기 위해 10월 말까지 그곳에 머물렀다. 에방젤리스타 부인에게 필요한 말을 전한 후, 경험 많은 노부인은 폴에게 만남의 결과를 알려 주기 위해 그의 집으로 왔다.

  "이보게, 자네 일은 잘 성사되었네." 노부인이 말했다. "그런데 이해관계에 관한 이야기를 나누면서, 에방젤리스타 부인이 자기 멋대로 딸에게 지참금을 주지 않을 거라는 생각이 들었네. 하지만 나탈리 양에게는 지참금을 가지고 결혼할 권리가 있네. 결혼하시게. 물려줄 이름과 토지 그리고 지켜야 할 가문을 가진 사람들은 결국 언젠가는 결혼해야 하거든. 나의 사랑하는 손자 오귀스트도 그런 길을 가길 바란다네. 결혼식에는 참석하지 않을 걸세. 그저 멀리서 축복을 내리겠네. 나처럼 늙은 여자는 결혼식에서 할 일이 아무것도 없거든. 그러니 나는 내일 파리로 돌아가겠네. 자네가 아내를 사교계에 소개하면, 우리 집에서 여기보다 훨씬 편하게 그녀를 만나겠네. 파리에 저택이 없다면 우리 집에서 보금자리를 마련해도 좋네. 자네들을 위해 기꺼이 우리 집 3층에 자리를 마련해 줄 테니 말일세."

"할머니, 감사해요. 그런데 '그 어머니는 자기 멋대로 딸에게 지참금을 주지 않을 것이다. 하지만 나탈리 양에게는 지참금을 가지고 결혼할 권리가 있다'라는 말은 무슨 뜻이죠?"

"이보게, 그 어머니는 딸의 미모를 이용하여 자기에게 유리한 결혼 조건을 받아들이게 하면서, 남편이 딸의 지참금으로 남긴 재산만 자네에게 남겨 줄 아주 교활한 여우라네. 아버지가 남긴 지참금을 내놓지 않을 수는 없으니 말일세. 우리처럼 나이 든 사람은 신랑의 재산은 얼마고, 신부의 재산은 얼마인지를 대단히 중요하게 생각한다네. 자네 공증인에게 그런 내용들을 단단히 일러두시게. 이보시게, 계약은 가장 성스러운 의무라네. 자네 부모가 만사를 잘 처리하지 않았더라면 자네에게는 한 푼도 남아 있지 않았을 것이네. 자네는 아이도 가지게 될 걸세. 결혼 다음에 아이를 가지는 것은 일반적인 순서이니 그것도 생각해야 하네. 우리 집안의 오랜 공증인 마티아스 영감을 만나 보시게."

몰랭쿠르 부인은 떠났다. 그녀가 떠난 후 폴은 뭐라 말할 수 없는 당혹함에 빠졌다. 장모가 될 여자가 교활한 여우라니! 계약할 때 이해관계를 잘 따지면서 반드시 이권을 지켜야겠다. 그러면 누가 그 이익을 침해하겠나? 그는 외숙모 할머니의 충고에 따라 마티아스 씨에게 결혼 계약서 작성의 임무를 맡겼다. 하지만 그는 앞으로 전개될 갈등을 예상하면서 고민에 빠졌다. 그래서 에방젤리스타 부인의 집에 갔을 때 그의 감정은 예민해져 있었다. 그는 부인에게 결혼 계약을 위해 공증인을 선임하는 건에 관한 자기 생각을 말했다. 소심한 사람들이 다 그렇듯이, 그는 할머니가 그에게 암시했던, 부인에게는 모욕적일 수 있는 경계심을 부인이 눈치챌까 봐 두려웠다. 미래의 장모처럼 위압적인 사람과는 사소한 충돌도 피하고 싶었던 그는 완곡한 표현을 찾으려 애썼다. 그것은 난관에 부딪혔을 때 그 난관을 감히 정면으로 다루지 못하는 사람들에게서 흔히 볼 수 있는 태도다.

그는 나탈리가 없을 때를 이용해 이렇게 말했다.

"부인께서는 집안의 공증인이 어떤 존재인지 잘 아시리라 믿습니다. 우리 가문의 공증인은 나이가 많이 드신 분인데, 만일 저의 결혼 계약 건을 위임받지 못한다면 매우 서운해하실 것이기에……."

"아니, 그게 무슨 말인가요?" 에방젤리스타 부인은 폴의 말을 끊으면서 대답했다. "우리 같은 사람의 결혼 계약은 언제나 양측 공증인의 개입을 통해 이루어지지 않나요?"

폴이 이 질문에 토를 달지 않고 가만히 있는 동안 에방젤리스타 부인은 자문했다. '도대체 무슨 생각을 하는 거지?' 여인들은 표정만으로도 상대방의 마음을 꿰뚫어 볼 수 있는 고도의 능력을 소유하고 있지 않은가. 마음속으로 갈등하고 있음을 드러내는 폴의 난처한 눈빛과 동요하는 목소리에서 그녀는 외숙모 할머니가 그에게 어떤 충고를 했는지 짐작할 수 있었다.

그녀는 속으로 말했다.

'결국, 운명의 날이 왔구나. 위기의 시작이다. 결과가 어떻게

될까?'

잠시 후 그녀는 말했다.

"우리의 공증인은 솔로네 씨입니다. 당신의 공증인은 마티아스 씨라고 했죠? 내일 그분들을 저녁 식사에 초대할게요. 그분들은 이 문제에 관해 서로 잘 통할 겁니다. 우리의 개입 없이 양측의 이해관계를 잘 조정하는 것이 그들의 역할 아닌가요? 마치 요리사가 우리에게 맛있는 음식을 먹게 해 주는 것처럼 말이죠."

"부인 말씀이 맞습니다." 폴은 보일락 말락 안도의 한숨을 내쉬면서 말했다.

두 공증인이 교묘하게 개입하게 되면서, 폴은 비난받을 일을 하지 않았음에도 부들부들 떨었던 반면 에방젤리스타 부인은 아주 평온해 보였다. 하지만 그녀는 내심 극도의 불안에 휩싸였다. 홀로된 부인은 남편인 에방젤리스타 씨가 남긴 재산의 3분의 1인 120만 프랑을 딸의 지참금으로 내놓아야 했다. 하지만 자기가 가진 재산을 모두 포기할지라도 그만한 돈을 마련할 수 없었다. 그러니 사위의 처분을 바랄 수밖에 없었다. 폴이 혼자라면 자기 마음대로 그를 좌지우지할 수 있었다. 하지만 공증인을 통해 상황을 파악한 후에도 그녀가 제시한 후견인 계산서에 대해 적당히 타협하려 할까? 그가 결혼을 포기한다면 보르도 전체가 그 이유를 알게 될 터, 그러면 나탈리는 아무하고도 결혼할 수 없게 된다. 그녀는 딸의 행복을 소망하는 어머니인 동시에 태어날 때부터 귀족의 삶을 살았던 여인이기도 했다. 하지만 다음날부터는 속임수도 마다하지 않을 만큼 부정직해져야겠다고 생각했다. 자신의 인생에서 자기만 알고 아무도 모르는 비열했던 순간을 지우고 싶은 위대한 장수처럼, 그녀는 자기 삶에서 그날을 삭제하고 싶었으리라. 그날 밤, 현실과 직면한 그녀는 견디기 힘든 빈곤을 생각하면서 자신의 경솔함을 질책하기도 했다. 그러느라 밤사이 그녀의 머리는 분명 많이 하얘졌을 것이다. 우선 자신의 공증인에게 모든 비밀을 털어놓아야 했다. 그녀는 일어나자마자 공증인을 불렀다. 그녀는 아무에게도 말하지 못할, 절대로 인정하고 싶지 않았던 혼자만의 고민을 털어놔야 했다. 절대로 일어나지 않을 우연을 기대했지만, 실제로는 깊은 구렁 속으로 계속 빠져들고 있었기 때문이다. 그녀의 마음속에서 폴에 대한 약간의 반감이 생겼다. 아직은 증오도 혐오감도 악의도 없었다. 하지만 폴은 이 은밀한 싸움에서 적이 아닌가? 폴에게 아무 죄가 없을지라도, 그는 자기도 모르는 사이에 무찔러야 할 적이 되지 않았나? 잘 속는 사람을 좋아할 사람이 어디 있나? 그러니 속임수를 써야만 했던 이 스페인 여인은, 모든 여자가 그러하듯, 이 전투에서 자신이 차지하고 있는 유리한 입장을 이용하기로 했다. 술책을 썼다는 불명예는 완벽한 승리를 통해서만 용서받을 수 있을 것이다. 밤의 정적 속에서 그녀는 자존심이 내세우는 여러 이유를 들어가면서 자신을 변호했다. 자신이 낭비한 것은 사실이지만, 나탈리도 그 혜택을 받지 않았나? 자신의 행위에 영혼을 더럽히는 저열하고 비열한 동기가 단 하나라도 있었나? 계산할 줄 몰랐을 뿐이다. 그것이 죄란 말인가? 그것이 그렇게도 중죄인가? 게다가 나탈리같은 여인을 아내로 맞이하는 남자는 너무도 행복하지 않나? 그 아이가 간직한 보물은 지참금 증서만큼이나 큰 가치를 지니지 않나? 수많은 남자가 사랑하는 여인을 얻기 위해 온갖 희생을 치르지 않나? 어째서 정식 부인보다 화류계 여인을 위해 더 많은 희생을 치러야 하나? 게다가 폴은 무능하고 멍청한 남자다. 그러니 자신이 수완을 발휘하여 그가 사교계에서 성공할 수 있게 할 것이며, 그는 자기 덕분에 권력을 가질 것이다. 그렇게 되면, 결국 언젠가는 그에게 진 빚을 갚는 것이 되지 않나? 폴의 입장에서도 더 이상 망설이는 것은 바보짓이리라! 돈 몇 푼을 더 받느냐 덜 받느냐 때문에 망설인다? 만일 그렇다면 그는 비루한 남자다.

그녀는 또 이런 생각도 했다. '만일 이 결혼을 성사시키지 못한다면 보르도를 떠날 거야. 그리고 저택, 보석, 가구 등 내게 남은 모든 것을 현금화하여 생활비로 쓸 연금만 남기고 나탈리에게 다 주면 그 애는 멋진 결혼을 할 수 있을걸.'

브루아주*로 은퇴한 리슐리외처럼 무척이나 강인한 정신의 소유자가 은둔하여 장엄한 최후를 맞이하려 할 경우, 승리에 도움이 되는 지지 세력이 생긴다. 그러니 불행한 상황이 닥친다 해도 결국 모든 일은 다 잘될 것이다. 그러한 생각은 에방젤리스타 부인을 안심시켰다. 게다가 그녀는 이 결투를 위해 소개받은 공증인을 전적으로 신뢰했기에 편히 잠들 수 있었다. 그녀는 유능한 보르도의 공증인 솔로네 씨를 굳게 믿었다. 스물일곱 살의 그 청년은 제2차 왕정복고에 적극적으로 기여함으로써 레지옹 도뇌르 훈장을 받았다. 공증인으로서가 아니라 보르도 왕당파 사교계의 일원으로서 에방젤리스타 부인 댁에 초대받은 것이 기쁘고 자랑스러운 솔로네는 석양처럼 아름다운 이 중년의 여인에게 일종의 연정을 품었다. 에방젤리스타 부인 같은 여인들은 그런 연정에 냉담하면서도 우쭐해지는 법이다. 아주 근엄한 여인일지라도 그런 여자들은 남자들이 자신에게 빠지도록 내버려둔다. 솔로네는 거만하면서도 존경과 적당한 희망이 가득 담긴 태도를 취했다. 그로서는 희망을 품을 만도 했다. 그다음 날, 공증인은 주인을 섬기는 노예처럼 정중하게 그녀를 방문했고, 매력적인 부인은 그녀의 침실에서 그를 맞이했다. 그녀는 위선의 가면이 벗겨진 학자처럼 혼란스럽고도 불안한 태도를 보였다.

그녀는 말했다. "비밀을 지켜 주시고, 오늘 저녁 벌어질 논쟁에서 절대적으로 제게 헌신해 주시리라 믿어도 될까요? 제 딸의 결혼 계약에 관한 일이라는 것을 눈치채셨을 겁니다."

젊은이는 성의를 다하여 신사다운 맹세를 했다.

"그런데 말이죠." 부인이 말했다.

"말씀하세요." 깊이 생각하는 척하면서 공증인이 답했다.

에방젤리스타 부인은 그에게 자신이 처해 있는 상황에 대해 있는 그대로 솔직하게 털어놓았다.

"아름다운 부인, 그런 것은 하나도 중요하지 않습니다." 공증인 솔로네는 에방젤리스타 부인이 정확한 숫자를 제시하려

하자 거만한 태도로 말했다. "마네르빌 씨에게는 어떤 태도를 보이셨나요? 이런 일에서는 심리적 문제가 법과 재정의 문제를 지배합니다."

에방젤리스타 부인은 자신의 탁월함을 과시했다. 젊은 공증인은 그날까지 자신의 고객이 거만한 태도와 위엄을 지키면서 폴과의 관계를 유지해 왔음을 알게 되었다. 또한, 반쯤은 확고한 자부심하에 그러나 고의적은 아닐지라도 반쯤은 타산적인 셈법에 따라 부인이 마네르빌 백작보다 훨씬 우월한 존재인 것처럼 행동해 왔다는 사실도, 에방젤리스타 양과 결혼하는 것이 백작에게 무한한 영광인 것처럼 꾸준히 처신해 왔다는 사실도 알게 되었다. 이와 같은 몇 가지 중요한 사실들을 발견한 공증인은 무척 기뻤다. 그녀도 그녀의 딸도 타산적인 의도를 가지고 행동했다는 의심을 받을 수 없었다. 그들의 감정에는 그 어떤 저속함이나 비열함도 섞이지 않은 것처럼 보였다. 폴이 조금이라도 재정적 문제를 제기한다면, 그들은 아무 거리낌 없이 딴청을 피우면서 한없이 먼 곳으로 도망갈 수 있었다. 말하자면 그녀는 미래의 사위에 대해 절대적인 지배권을 행사하고 있었다. 그는 부인의 지배로부터 절대 벗어나지 못할 터였다.

"그렇다면 부인께서는 어디까지 양보하고 싶으십니까?" 솔로네가 물었다.

"가능한 한 적게 양보하고 싶지요." 부인이 웃으면서 말했다.

"여인다운 대답이군요." 솔로네가 큰 소리로 대답했다. "부인, 딸을 꼭 결혼시키고 싶으십니까?"

"네."

"사위가 될 분에게 제시해야 하는 후견인 증서에 따라 115만 6천 프랑의 지불 증서가 필요한 거죠? 그런데 그만큼의 돈은 없으니, 부인께서는 부족한 액수만큼 그에게 빚을 지는 것이고요?"

"네."

"부인을 위해서는 얼마를 남기고 싶으십니까?"

"적어도 연금 3만 리브르는 되어야지요." 부인이 답했다.

"정복이냐 몰락이냐, 둘 중 하나군요."

"네."

"그렇다면 우리의 목적 달성을 위해 필요한 방법들을 생각해 보겠습니다. 이런 일에는 요령도 필요하고, 우리가 가진 강점도 잘 살려야 하기 때문입니다. 다시 올 때 부인께 몇 가지 지시를 내리겠습니다. 어김없이 실행해 주시기 바랍니다. 그렇게만 하면 완벽한 성공을 거둘 것이라고 미리 말씀드릴 수 있습니다."

"그런데 폴 백작은 나탈리 양을 사랑합니까?" 공증인이 일어나면서 말했다.

"많이 사랑하죠."

"그것만으로 충분치 않습니다. 여자로서의 나탈리를 욕망하나요? 금전적인 문제를 무시할 만큼 말입니다."

"네."

"좋습니다. 저는 그것이야말로 여인이 가진 가장 큰 재산이라고 생각합니다." 공증인이 큰 소리로 말했다. 그러고는 야릇한 표정을 지으면서 다음과 같이 덧붙였다. "오늘 저녁 아름답게 보이게 하세요."

"우리는 세상에서 가장 예쁘게 치장할 수 있답니다."

"제가 볼 때 예쁜 옷은 지참금을 반으로 줄일 수 있습니다." 솔로네가 말했다.

이 마지막 말은 에방젤리스타 부인에게 너무나 중요해 보였기에, 그녀는 몸소 나탈리의 몸치장을 도왔다. 딸을 잘 돌봐 주기 위해서뿐 아니라, 자신의 금전적 음모에 대해서 아무것도 모르는 순진한 딸도 공모자로 만들기 위해서였다.

17세기에 유행하던 스타일인 돌돌 말린 곱슬머리에, 장밋빛 리본이 달린 하얀 캐시미어 옷을 입은 딸이 너무도 아름답게 보였기에 부인은 성공을 예감했다. 하녀가 방에서 나가고 그들 이야기를 엿들을 사람이 아무도 없다는 것을 확인하자, 부인은 말을 꺼내기 위해 딸의 곱슬곱슬한 머리칼을 정리해 주었다.

"아가, 마네르빌 씨를 진심으로 사랑하니?" 부인은 단호해 보이는 굳은 목소리로 말했다.

어머니와 딸은 미묘한 시선을 주고받았다.

"어머니, 왜 오늘에야 그런 말씀을 하시는 거죠? 어제까지만 해도 아무 말씀 안 하셨잖아요. 어째서 그 남자를 만나게 내버려두셨나요?"

"우리가 영원히 헤어져야 한대도, 너는 이 결혼을 고집하겠니?"

"아니요, 어머니와 헤어져야 한다면 이 결혼을 포기할 거예요. 그런다 해도 죽을 만큼 슬프지는 않을 거예요."

"아가, 넌 그 남자를 사랑하지 않는구나." 어머니는 딸의 이마에 키스하면서 말했다.

"하지만, 어머니, 왜 무서운 취조관처럼 말씀하세요?"

"열렬하게 사랑하지도 않으면서 그저 결혼이라는 걸 하고 싶은 건 아닌지 알고 싶었다."

"그 남자를 사랑해요."

"잘 생각했다. 그는 백작이니, 우리 둘이 그를 프랑스 귀족원 의원으로 만들 것이다. 하지만 곤란한 문제가 좀 있단다."

"사랑하는 사람들 사이에 곤란한 문제라니요? 아니요, 완두꽃은 여기에 잘 심겨 있어요." 나탈리는 어머니에게 가볍게 이의를 제기하기 위해 귀여운 몸짓으로 자기 가슴을 가리키면서 말했다. "확실해요."

"그렇지 않다면?" 에방젤리스타 부인이 말했다.

"그는 내게서 완전히 잊힐 거예요." 나탈리가 대답했다.

"좋아. 과연 너는 카자 레알 가문의 여인이다! 하지만 아무리 너를 미친 듯이 사랑할지라도 그에게 익숙하지 않은 재정 문제에 대한 논쟁이 벌어진다면? 그는 너나 나를 위해 그 논쟁을 극복해야겠지, 그렇지? 만일 예법에 어긋나지 않는 약간의 애교와 아양 덕분에 그가 마음의 결정을 할 수 있다면? 그러니까 아무것도 아닌 것, 그저 한마디 말 같은 것 말이다. 남자들은 다 그렇단다. 심각한 토론에는 저항하지만 다정한 시선에는 무너지고 말거든."

"알았어요! 우승 후보인 말이 장애물을 뛰어넘을 수 있도록 가볍게 때려 주라는 말이죠?" 말에게 채찍질하는 몸짓을 하면서 나탈리가 말했다.

"아가야, 유혹 비슷한 짓을 하라는 말이 아니다. 우리는 한계를 넘는 것을 용납하지 않는 카스티야 사람의 오랜 명예심을 간직하고 있단다. 폴 백작은 내가 처해 있는 상황을 알게 될 거다."

"어떤 상황이요?"

"너는 아무것도 이해하지 못할 거다. 빛나게 아름다운 네 모습을 보았음에도, 그의 시선은 약간의 망설임을 드러내더구나. 그를 잘 지켜볼 생각이다. 그가 조금이라도 망설인다면, 나는 당장 이 결혼을 취소할 거야. 재산을 모두 정리해서 보르도를 떠나 네덜란드에 있는 두에의 클레 가족을 찾아갈 것이다. 어쨌든 그들은 탕닝크 가문과의 결혼을 통해 우리와 친척 간이 되지 않았니.' 그리고 난 너를 프랑스 귀족원 의원과 결혼시킬 것이다. 재산을 전부 네게 준 후, 수녀원으로 들어가 은둔할지라도 말이다."

"어머니, 그런 불행을 막으려면 제가 무엇을 해야 하나요?" 나탈리가 말했다.

"네가 이렇게 아름다웠던 적은 없었다. 아가야, 약간의 애교를 부려 보아라. 그러면 모든 것이 다 잘될 것이다."

결혼 계약

에방젤리스타 부인은 생각에 잠긴 나탈리를 내버려두고, 딸과 비교해도 손색이 없을 자신의 몸치장을 위해 자기 방으로 갔다. 나탈리가 폴에게 매력적으로 보여야 한다면, 그녀 자신은 이 싸움에서 그녀를 위해 싸워 줄 투사인 솔로네의 마음에 불을 지펴야 하지 않나? 폴이 몇 달 전부터 매일같이 나탈리에게 바치던 꽃다발을 가지고 도착했을 때, 어머니와 딸은 전투 준비를 마친 후였다. 양측의 공증인을 기다리면서 세 사람은 이야기를 나누기 시작했다.

그날은 폴에게 결혼이라 불리는 길고도 피곤한 전쟁의 첫 번째 소규모 교전이 벌어질 날이었다. 따라서 각 진영은 부대를 편성하고, 전투할 부대의 위치를 정하고, 그들이 작전을 지휘해야 할 땅을 다질 필요가 있었다. 전투의 중요성을 전혀 모르는 폴을 방어해 줄 사람은 늙은 공증인 마티아스뿐이었다. 양측 모두 이미 작전 계획을 짠 적군에 밀려 방어해 보지도 못한 채 기습당하거나 거칠게 공격당할 수 있었다. 깊이 생각할 시간도 없이 어떤 결정을 내려야 할 수도 있었다. 그런 경우라면 유명한 법률가인 퀴자스와 바르톨로*의 도움을 받는다 한들 패배하지 않을 자 누가 있겠는가? 모든 것이 평온하고 자연스러워 보이는 곳에 배신이 웅크리고 있음을 어떻게 알 수 있겠는가? 마티아스 혼자 어떻게 에방젤리스타 부인과 솔로네와 나탈리에 대항할 수 있을까? 게다가 사랑에 빠진 그의 고객은 어려운 문제가 생기더라도, 그것이 행복을 위협할 기미가 보인다면 바로 적의 편에 설 위인이 아닌가! 폴은 이미 연인들 사이에 주고받는 관례적인 다정한 말을 퍼부으면서 제 꾀에 넘어가고 있었다. 그러나 열정적인 그의 말에서 엄청난 가치를 발견한 에방젤리스타 부인은 기회를 놓치지 않고 그를 위험에 빠뜨렸다.

결혼이라는 전쟁에서 '용병 대장'의 역할을 하는 공증인들은 각자의 고객을 위해 서로 싸울 것이다. 이 엄숙한 만남에서는 그들 개인의 직업적 역량이 승패를 좌우할 터였다. 두 공증인은 각각 과거의 풍습과 새 시대의 풍습을, 과거 공증인의 임무와 새로운 시대 공증인의 임무를 대표했다.

마티아스 씨는 20년 동안 공증인 직을 수행한 것을 자랑스럽게 생각하는 예순아홉 살의 노인이었다. 통풍 환자였기에 늘 부어 있는 그의 발에는 은으로 만든 고리로 장식된 신발이 신겨져 있었으며, 그 두꺼운 발은 한없이 가는 다리와 툭 튀어나온 무릎을 받치고 있었다. 무릎이 앞으로 툭 튀어나왔기에 만일 그가 다리를 꼰다면, 그 모습을 본 사람들은 '여기에 잠들다'라는 묘비명 위에 두 개의 뼈가 새겨져 있는 것 같다고 말할 것이다. 그의 작고 마른 넓적다리는 볼록 튀어나온 배와 온종일 사무실에 앉아 있는 사람들처럼 발달한 상반신의 무게에 짓눌려 버클 달린 헐렁헐렁한 검은색 바지 안에서 놀고 있었다. 그것은 또한 네모난 초록색 연미복의 옷자락이 잘 감싸고 있는 통통한 공처럼 생긴 엉덩이를 잘 지탱하고 있는 것처럼 보였다. 그런데 아무도 그가 새 옷을 입은 것을 본 기억이 없다. 잘 정돈되고 분칠한 그의 머리는 항상 옷깃과 꽃무늬의 하얀 조끼 사이에 쥐 꼬랑지처럼 묶여 있었다. 둥근 얼굴, 포도나무 잎처럼 창백한 혈색, 푸른 눈, 약간 위로 들린 코, 두꺼운 입술, 이중 턱의 이 키 작은 남자가 나타나면, 그를 모르는 사람일지라도 누구나 웃음 짓지 않을 수 없었다. 자연이 허락하고 예술이 희화화하기를 즐기는, 우리가 우스꽝스러운 사람이라 부르는 보잘것없는 창조물에 대해 프랑스인들이 넉넉한 마음으로 부여한 그런 웃음 말이다. 그러나 마티아스 씨의 지성은 외모를 압도했고, 아름다운 영혼은 육체의 기이함을 이겨 냈다. 대부분의 보르도 사람들은 그를 아끼고 존중했으며 그에게 존경심 가득한 경의를 표했다. 그 공증인의 말에는 정직함이 배어 있었기에, 그의 목소리는 사람들의 마음을 사로잡았다. 그는 모든 계략이나 속임수에 대항하여 진실을 향해 똑바로 나아갔다. 그 과정에서 그는 정확한 질문을 통해 상대방의 악의를 밝혀냄으로써 상대방을 쓰러뜨렸다. 사건을 빨리 파악할 수 있는 통찰력과 익숙하게 사건을 처리해 온 경험은 그에게 상대방의 마음을 꿰뚫어 보면서 그 속에 감추어진 생각을 읽어 내는 예지력을 부여했다. 그 노인은 사건을 처리할 때는 신중하고 침착했지만, 옛 조상들의 쾌활함을 간직한 사람이기도 했다. 식사 도중 노래를 불렀고, 가족들 사이에서 행해지는 축제의 격식을 존중했으며, 집안 할머니들과 아이들의 생일을 챙기고, 크리스마스 전날 밤이면 풍습에 따라 격식을 갖추고 벽난로에 통나무 장작을 집어넣었다. 새해 선물을 하는 것도, 깜짝 선물을 하는 것도, 부활절 달걀을 선물하는 것도 좋아했다. 그는 대부의 책무를 중요하게 생각했으며, 구시대 삶에 생기를 부여하던 모든 풍습을 존중했다. 마티아스 씨는 지금은 찾아보기 힘든 위엄 있고 존경받는 구시대 공증인의 전형이었다. 그는 속을 잘 드러내지 않았다. 하지만 수백만 프랑의 이유 없는 돈을 받을 경우, 그에 대한 영수증을 써 주는 대신 그 돈을 묶었던 끈으로 다시 묶고 그 돈이 담겼던 가방 속에 다시 담아, 받은 돈을 되돌려 주는 위인이었다. 곧이곧대로 신탁 유증을 시행했고, 정확한 목록을 작성했으며, 아버지처럼 고객의 이해관계를 따졌고, 때때로 낭비가 심한 고객에게는 소비를 금하기도 했다. 사람들은 그에게 기꺼이 가족의 비밀을 털어놓았다. 그는 그런 사람이었다. 말하자면 고객들의 잘못된 행위에 대해 오랫동안 깊이 생각하면서 그에 대한 책임이 자기에게 있다고 생각하는 공증인이었다. 그가 공증인 직을 수행하는 동안 투자의 손실을 불평하는 고객은 아무도 없었다. 저당을 잘못 잡았느니 잘못 잡혔느니 하면서 투덜대는 고객도 없었다. 그는 상당한 재산가였다. 하지만 정당한 방법으로 천천히 돈을 벌었기에, 30년 동안 저축한 후에야 지금의 재산을 보유할 수 있었다. 그동안 그는 사무실에 데리고 있던 열네 명의 서기를 독립시켰다. 신앙심이 깊고, 남몰래 좋은 일도 많이 하는 마티아스는 여기저기에 대가 없는 선행을 베풀었다. 양육원 후원회와 자선 기관 후원회의 회원으로 활발히 활동하는 그는 역경에 처한 사람들을 구하고 그에 필요한 기관을 창설하기 위한 기금 모으기 운동에 참여하고자 자발적으로 상당한 액수의 돈을 기부했다. 그러다 보니 공증인 부부에게는 마차도 없었다. 그런 인물이었기에 그가 하는 말에는 누구도 이의를 제기할 수 없을 만큼 무게가 실렸다. 그리하여 그의 지하 창고에는 은행만큼이나 많은 고객의 돈이 보관되어 있었고, 사람들은 그를 '훌륭한 마티아스 선생님'이라 불렀다. 그가 죽으면 즉히 3천 명은 장례식에 참석하리라.

노래를 흥얼거리며 도착한 젊은 공증인 솔로네는 가벼워 보였다. 웃으면서 일해도 근엄한 태도를 유지하며 일하는 것만큼 잘할 수 있다는 것이 그의 주장이었다. 국민병 대위의 지위에 있었던 만큼, 그는 사람들이 자신을 일개 공증인 취급하면 화를 내면서 레지옹 도뇌르 훈장을 내세우곤 했다. 그는 마차를 가지고 있었고, 서기들에게 연극 프로그램을 확인해 보라고 시켰다. 무도회에 갔고, 극장에 갔으며, 그림을 수집하고, 에카르테 카드놀이를 했다. 고객들이 맡긴 돈은 금고 안에 보관했고, 금화로 받은 돈은 은행 지폐로 바꾸었다. 그는 시대와 함께 전진하면서, 자본 손실의 위험을 무릅쓰고라도 의심쩍은 투자를 하고 때로는 투기도 서슴지 않는 공증인이었다. 그렇게 10년 동안 공증인 직을 수행한 후에는 3만 프랑의 연금을 가진 부자가 되어 은퇴하고자 했다. 그의 수완은 그의 이중성에서 유래했다. 사람들은 자신의 비밀을 알고 있는 공모자인 공증인을 두려워하는 법이다. 요컨대 그에게 공증인 직은 유식한 척하는 돈 많은 상속녀와 결혼하기 위한 수단이었다.

머리를 지지고 향수를 뿌리고 가벼운 희극의 젊은 주인공이 신는 장화를 신고, 가장 중요한 사업이라고는 결투밖에 없는 멋쟁이 신사처럼 차려입은 날씬한 금발 청년 솔로네는 관절염 통증 때문에 뒤처진 늙은 동료보다 먼저 거실로 들어왔다. 이 두 남자는 그야말로 '옛날 그리고 오늘'이라 부를 수 있는, 제국 시대에 무척이나 유행했던 풍자를 떠올리게 했다. '훌륭한 마티아스 선생님'을 잘 모르는 에방젤리스타 부인과 그녀의 딸은 그의 우스꽝스러운 모습을 보고 처음에는 웃지 않을 수 없었다. 하지만 곧이어 인사말을 건네는 그의 우아한 태도에 깊은 인상을 받았다. 어떤 생각이나 그 생각을 표현하는 방식에서 온화함을 풍기는 사랑스러운 노인들이 종종 있다. 그 노인의 말에는 그런 온화함이 배어 있었다. 그런 점에서 쾌활한 목소리의 젊은 공증인은 그보다 한 수 아래였다. 폴에게 다가가는 마티아스의 절도 있는 태도 또한 그가 솔로네와는 비교할 수 없을 정도로 예의 바른 사람임을 보여 주었다. 노인에 대해서는 예우하는 법이며 모든 사회적 특권은 견고하다는 사실을 알면서도, 노인은 자신이 머리가 흰 노인이라는 사실에 아랑곳하지 않고 젊은이의 귀족 신분에 경의를 표했다. 반면, 솔로네의 가벼운 인사는 자신이 사교계 사람들과 완전히 동등한 계급임을 드러내는 표시였기에, 거만한 사교계 사람들은 분명 비위가 상했을 것이다. 그뿐만 아니라 진짜 귀족들의 눈에는 그가 우습게 보였을 것이다. 젊은 공증인은 에방젤리스타 부인과 이야기를 나누기 위해 허물없이 친근한 몸짓으로 부인을 창가로 불렀다. 그들은 웃음을 지어 가면서 얼마 동안 귓속

말을 주고받았다. 그들의 명랑한 웃음은 아마도 이 대화의 심각성을 감추기 위한 것이었으리라. 부인과 대화하면서 공증인 솔로네는 고객에게 이 전투에 대한 자신의 구상과 계획, 작전과 복안을 설명했다.

설명을 끝내면서 공증인이 말했다. "그런데 부인께서는 정말 저택을 파실 용의가 있으십니까?"

"그럼요." 부인이 대답했다.

어 방젤리스타 부인의 단호한 결정은 공증인을 놀라게 했다. 하지만 부인은 그 영웅적 행위의 이유를 그에게 말하고 싶지 않았다. 자신의 고객이 보르도를 떠나려 한다는 사실을 알았다면 솔로네의 열의는 식었을 것이다. 정치인으로 살기 위해서는 처음부터 얼마나 큰 보호막이 필요한지 알게 되면 놀랄까 봐, 폴에게조차 아무 말도 하지 않았다.

저녁 식사를 마친 후, 전권을 가진 두 공증인은 연인들을 어머니 곁에 놔두고 회담을 위해 옆방으로 갔다. 그러니까 두 개의 장면이 동시에 전개되고 있었다. 커다란 살롱의 벽난로 가에서는 웃음과 즐거움이 넘치는 사랑의 장면이, 옆방에서는 무겁고 심각한 장면이 전개되고 있었던 것이다. 공증인들의 심각한 회합에서는 겉으로 보아 꽃이 만발해 보이는 인생 밑에 감추어진, 그러나 적나라하게 드러난 이권에 대한 사전 협의가 진행되고 있었다.

솔로네가 마티아스에게 말했다. "친애하는 선배님, 증서는 선배님 사무실에 보관될 것입니다. 저는 선배님 덕을 많이 보고 있음을 잘 압니다." 그의 말에 마티아스는 점잖게 경의를 표했다. 솔로네는 서기를 시켜 대충 작성한, 무용지물이 되어 버릴 계약서 초안을 펼쳐 보이면서 말을 이어 갔다. "우리는 신부 측이니 불리한 입장에 있는 만큼, 선배님의 수고를 덜어 드리기 위해 제가 계약서를 작성해 보았습니다. 우리는 부부 공동 재산제에 따른 권리를 가지고 결혼합니다. 상속자 없이 사망할 경우, 모든 재산은 부부 중 살아남은 사람에게 돌아가고, 자녀가 있다면 4분의 1의 용익권을, 4분의 1의 허유권을 행사할 것입니다. 아니면, 양측에서 각자의 재산 중 4분의 1을 출자하여 부부 공동 재산을 형성할 수도 있습니다. 가구는 목록을 작성할 필요도 없이 남은 사람이 소유할 것이고요. 모든 것이 '안녕'이라는 인사말처럼 아주 단순하죠."

"말도 안 되는 소리! 나는 아리아를 노래하듯 일을 그렇게 처리하지 않습니다. 신부 측 지참금은 얼마인가요?" 마티아스가 말했다.

"신랑 측은요?" 솔로네가 응수했다.

"우리의 재산으로는 랑스트락 영지, 그 영지에서 나오는 현물 지급 세금을 제외한 연 2만 3천 리브르의 현금 소득, 각각 3천6백 리브르의 연 소득을 가져오는 그라솔과 귀아데의 농장, 그리고 평균 1만 6천 리브르의 연 소득을 올리는 벨로즈 포도밭이 있습니다. 합계 4만 6천2백 리브르의 연 소득입니다. 그밖에 세습 재산으로 900프랑의 세금을 내는 보르도의 저택이 있지요. 또한, 파리의 페피니에르 가에는 안마당과 정원 사이에 있는 예쁜 집도 있습니다. 그 집의 세금은 천5백 프랑입니다. 파리의 집을 제외한 모든 재산은 부모로부터 물려받은 것이며, 그것들에 대한 증서는 모두 우리 사무실에 보관되어 있습니다. 파리의 집은 본인이 취득한 것 중 하나입니다. 게다가 브르도와 파리의 저택 그리고 랑스트락 성에 있는 가구도 계산에 넣어야 합니다. 그 가구들은 다 합해서 45만 프랑으로 평가됩니다. 자, 이제 식탁이 차려졌고, 냅킨과 첫 번째 요리가 준비 되었습니다. 당신은 두 번째 요리와 디저트로 무엇을 제공하시겠습니까?"

"지참금입니다." 솔로네가 말했다.

"구체적으로 말씀해 주시지요. 선생님." 마티아스가 다시 말했다. "무엇을 가져오시나요? 에방젤리스타 씨의 사망 후 작성된 재산 목록은 어디 있습니까? 결산서와 재산의 사용처를 보여 주시지요. 자본이 있다면, 그 자본은 어디 있습니까? 토지가 있다면, 그 토지는 어디 있습니까? 그러니까 제 말은 후견인의 재산 명세서를 보여 달란 말입니다. 그리고 어머니가 딸에게 무엇을 주고, 무엇을 약속할 것인지 말해 주십시오."

"마네르빌 백작은 에방젤리스타 양을 사랑합니까?"

"백작은 그녀를 아내로 맞이하고 싶어 합니다. 모든 조건이 맞는다면 말입니다." 늙은 공증인은 말했다. "나는 어린아이가 아닙니다. 여기서 중요한 것은 거래지 감정이 아닙니다."

"너그러운 마음을 가지지 않는다면 이 거래는 결렬될 것입니다. 왜 그런지 말씀드리겠습니다." 솔로네가 말을 이었다.

"우리 의뢰인 측에서는 남편 사망 후 목록을 작성하지 않았습니다. 우리의 의뢰인은 식민지 태생의 스페인 분이셔서, 프랑스 법을 잘 모릅니다. 게다가 부인은 남편의 죽음으로 너무나 큰 충격을 받아 법적 절차 같은 걸 생각할 여유가 없었습니다. 냉혈한들이나 그런 서류를 꼼꼼하게 처리하지요. 고인으로부터 많은 사랑을 받았기에 부인께서는 남편의 죽음을 너무도 슬퍼하셨습니다. 모두가 다 아는 사실이지요. 목록이 없었기 때문에, 부인 측에서는 두 사람에 대한 주변인들의 증언에 따라 재산 목록을 작성한 후에 재산을 정리했습니다. 이에 대해서는 후견인을 감시하고 견제하는 역할을 했던 후견인 대리에게 감사해야 할 것입니다. 그는 런던으로부터 영국 채권에 투자한 엄청난 액수의 투자금을 회수하여, 이자가 두 배인 파리에 그 돈을 재투자하기 위해 재무 상태에 대한 서류 작성을 요구하면서 딸에게 얼마큼의 재산이 있음을 인정하도록 요청했거든요."

"쓸데없는 이야기는 하지 마시고요. 서류를 살펴보고 사실을 확인할 방법은 많습니다. 영지 매입을 위해 지참금 중 얼마를 지불했습니까? 계산서 작성을 위해서는 숫자만 있으면 됩니다. 본론으로 들어갑시다. 부인은 남편으로부터 얼마를 받았고, 지금 남아 있는 돈은 얼마인지 솔직히 말씀해 주십시오. 글쎄요, 우리의 의뢰인이 완전히 사랑에 빠졌는지 아닌지는 나중에 생각해 볼 일이지요"

"돈을 위해 결혼하고자 한다면, 포기하고 산책이나 하러 가세요. 에방젤리스타 양에게는 1백만 프랑 이상의 지참금에 대한 권리가 있습니다. 하지만 현재 그녀의 어머니에게 남아 있는 것은 이 저택과 가구, 1817년에 40만 몇천 프랑을 주고 산 5퍼센트 금리의 국채가 다입니다. 연 4만 프랑의 수익을 가져다주지요."

망연자실해진 마티아스는 "연 10만 리브르 이상의 연금은 있어야 할 텐데, 그분들은 어떻게 생활비를 감당하지요?"라고 외쳤다.

"우리의 따님은 돈이 많이 든답니다. 게다가 우리는 소비를 좋아하지요. 아무튼 선생님이 아무리 한탄하셔도 그들이 써버린 돈은 한 푼도 되돌아오지 않습니다."

"나탈리 양의 몫인 5만 프랑의 연금만으로도 파산하지 않고 딸을 부유하게 키울 수 있었을 겁니다. 하지만 아가씨 시절에 그렇게 낭비했다면, 결혼 후에는 가산을 완전히 거덜 내고 말겠군요."

"내버려두세요. 세상에서 가장 아름다운 여인은 항상 가진 것보다 더 많이 지출한답니다."

"내 의뢰인에게 한마디 해야겠습니다." 노 공증인이 말했다.

'자, 자. 예언자 영감, 신부에게는 한 푼도 없다고 당신의 의뢰인에게 말해 보시지.' 솔로네는 마음속으로 생각했다. 그는 조용한 사무실에서 미리 전략을 짰더랬다. 우선 의뢰인들에게 마음의 준비를 시켰고, 자신의 계획을 늘어놓았으며, 논쟁에서의 전환점을 마련했다. 그러고는 양측이 모두 졌다고 생각하면서 포기할 즈음에 타협안을 제시하면서 그들을 행복하게 해 줄 수 있을 순간을 노렸다. 그 타협에서 승리하는 측은 자신의 고객이 되리라.

분홍 리본이 달린 하얀 의상, 17세기에 유행하던 돌돌 말린 곱슬머리, 작은 발, 상냥한 시선, 풀어지지 않는 멀쩡한 버클임에도 그것을 조정하느라 바쁜 예쁜 손, 한낮에 부채처럼 꼬리를 펼치는 꿩처럼 교태를 부리는 젊은 아가씨의 술책, 이 모든 것으로 인해 폴은 미래의 장모가 바라는 바로 그 지점에 이르러 있었다. 그는 욕망에 취했고, 고등학생이 화류계 여인을 욕망하듯 약혼녀를 원했다. 감정에 대한 확실한 척도인 그의 시선은 그의 열정이 얼마나 뜨거운지 보여 주었다. 그렇게 사랑에 빠진 남자는 온갖 바보짓을 다 할 수 있다.

"나탈리가 너무도 아름답군요." 폴은 장모에게 귓속말로 말했다. "그녀와의 쾌락을 위해서라면 목숨이라도 걸 만큼 미쳐버릴 지경입니다."

에방젤리스타 부인은 고개를 끄덕이며 답했다.

"사랑에 빠진 남자의 말이군요! 우리 남편은 한 번도 그런 다정한 말을 한 적이 없어요. 하지만 그는 재산이 한 푼도 없는 저와 결혼했고, 13년 동안 한 번도 저를 슬프게 한 적이 없답니다."

"제게 주시는 교훈인가요?" 폴이 웃으면서 말했다.

"내가 얼마나 백작을 좋아하는지 잘 아실 거예요." 그녀는 폴의 손을 꼭 잡으면서 말했다. "백작에게 사랑하는 나의 나탈리를 주려면 백작을 많이 좋아해야 하지 않겠어요?"

"나를 준다고요? 나를 준다고요?" 젊은 아가씨가 미소와 더불어 인도 새의 깃털로 만든 부채를 흔들면서 말했다. "무슨 말을 속삭이신 거예요?"

폴이 말을 이었다. "내가 얼마나 당신을 사랑하는지 말하고 있었어요. 그런데 관습은 당신에게 내 소망을 표현하는 것을 금하고 있어요."

"왜요?"

"그러게 말입니다. 하지만 나도 모르게 그런 말을 하게 될까 봐 두렵군요."

"으! 당신은 재치가 넘치네요. 그래서 아첨을 잘하시는군요. 당신에 대한 내 의견을 말할까요? 좋아요. 나는 당신이 사랑에 빠진 남자에게서는 볼 수 없는 재치를 가진 사람이라고 생각해요." 그러고는 시선을 떨구면서 다음과 같이 말했다. "완두꽃이면서 동시에 재치 있는 남자라면, 장점이 너무 많은 거죠. 남자들은 하나의 장점만 가지거든요. 저도 두려워요."

"정말입니까?"

"그렇게 말하지 말아요. 어머니, 아직 결혼 계약서에 서명도 안 했는데 이런 대화를 하는 것은 위험하다고 생각하지 않으세요?"

"계약은 이루어질 겁니다." 폴이 말했다.

"젊은 아킬레우스와 현명한 노인 네스토르가 무슨 이야기를 하는지 알고 싶어요." 나탈리는 어린아이의 호기심 가득한 시선으로 공증인들이 있는 작은 방의 문을 가리키면서 말했다.

"그들은 우리 아이들에 대해, 우리의 죽음에 대해, 또 그와 비슷한 자질구레한 하찮은 일들에 관해 이야기하지요. 우리가 계속 다섯 마리의 말을 소유할 수 있을지 말해 주기 위해 우리의 돈을 계산하기도 한답니다. 상속이나 증여에 관한 것도 논의하지요. 하지만 나는 이미 다 이야기했습니다."

"뭐라고 이야기하셨는데요?"

"이미 당신에게 모든 것을 드리지 않았습니까?" 폴은 젊은 아가씨를 바라보며 이렇게 말했다. 그녀의 볼이 발갛게 상기되었다. 그 대답이 주는 행복감 때문이었으리라. 볼이 발개지자 그녀의 아름다움은 배가 되었다.

"어머니, 이런 관대함에 어떻게 감사해하죠?"

"아가야, 보답할 시간은 많단다. 평생을 함께할 텐데 뭐가 걱정이냐? 매일매일의 행복을 만들 줄 아는 것, 그것은 아무리 보아도 질리지 않는 보석을 가져가는 것이 아니겠니? 난 그것 이외에 지참금은 한 푼도 없었다."

"랑스트락을 좋아하시나요?" 폴이 나탈리에게 물었다.

"당신에게 속한 것을 어떻게 좋아하지 않을 수 있어요? 당신 집을 보고 싶어요."

"'우리' 집이지요." 폴이 말했다. "내가 당신의 취향을 잘 아는지, 그 집이 당신 마음에 드는지 알고 싶으시겠죠. 당신 어머니께서 아내에 대한 남편의 소임을 참으로 어렵게 만드셨어요. 당신은 항상 행복하셨으니까요. 하지만 무한한 사랑을 느끼는 남편에게 불가능이란 없답니다."

"얘들아, 결혼 후 신혼기에 여기 보르도에 남아 있을 수 있겠니? 두 사람을 잘 아는 이곳 사교계 사람들에게 맞설 용기가 너희들에게 있을지 모르겠구나. 그들은 항상 너희들을 감시하면서 불편하게 할 테니 말이다. 하지만 너희 둘 다 수줍어 아무 내색도 하지 못한 채 그들의 시선에 마음을 졸인다면, 우리는 파리로 갈 것이다. 파리에서는 신혼부부가 아무 방해도 받지 않고 마음껏 사랑할 수 있으니 말이다. 연인이 웃음거리가 되는 것을 두려워하지 않고 살 수 있는 곳은 오직 파리뿐이란다."

"장모님 말씀이 맞습니다. 그런 것은 생각지 못했습니다. 그러려면 파리의 집을 손 보아야겠습니다. 시간이 빠듯하군요. 당장 오늘 저녁, 믿을 수 있는 친구 마르세에게 편지를 쓰겠습니다. 그 친구라면 일꾼들이 작업을 시작하도록 애써 줄 겁니다."

필요한 경비를 미리 계산해 보지도 않은 채 쾌락을 만족시키는 데 익숙한 젊은이처럼, 폴이 무분별하게 파리의 소비 속으로 빠져드는 바로 그 순간, 마티아스가 살롱으로 들어왔다. 그는 의뢰인에게 할 말이 있다는 표시를 했다.

"무슨 일이죠?" 폴은 창가 쪽으로 공증인을 따라가면서 물었다.

"백작님, 지참금이 한 푼도 없습니다. 백작님께서 합리적인 결정을 내리기 위해서는 회합을 다른 날로 미루는 것이 좋겠습니다." 노인이 말했다.

"폴 씨, 저도 따로 드릴 말씀이 있어요." 나탈리가 다가오며 말했다.

에방젤리스타 부인의 태도는 침착했다. 그러나 펄펄 끓는 기름이 가득한 가마솥 안에서 극심한 고통을 겪는 중세의 유대인도 보랏빛 벨벳 드레스를 입고 있는 그녀만큼 고통스럽지는 않았을 것이다. 솔로네는 결혼이 성립될 것임을 보장했다. 하지만 그녀는 성공의 수단도 조건도 알 수 없었기에, 이 생각 저 생각으로 극심한 불안에 휩싸였다. 그녀가 성공한다면 그것은 나탈리가 호락호락하지 않기 때문이리라. 어머니 얼굴에 불안감이 확연히 드러나는 것을 보았을 때, 나탈리는 어머니의 말을 제대로 해석하지 않았던가. 자신의 교태가 성공적임을 확인하자, 나탈리는 여러 가지 상반되는 생각들로 마음이 착잡했다. 어머니를 비난하지는 않았지만, 그런 술책이 조금은 수치스러웠다. 그 술책에 대한 보상은 하찮은 승리에 불과하지 않은가. 그런데 그녀는 강한 호기심에 사로잡혔다. 하긴 그런 호기심을 가질 만도 했다. 그녀는 어머니가 예견한 재정 문제를 극복할 수 있을 만큼 폴이 자신을 사랑하는지 알고 싶었다. 공증인 마티아스의 어두운 얼굴은 그 어려움을 드러내고 있었다. 그러한 생각은 그녀를 당당하게 만들었고, 그런 태도로 인해 그녀는 유리한 자리에 서게 되었다. 가장 사악한 배신도 그녀의 순진함만큼 위험하지는 않을 것이다.

"폴," 나탈리가 낮은 목소리로 말했다. 그녀가 그를 그렇게 이름으로 부른 것은 처음이었다. "만일 금전적 문제로 우리가 헤어질 수도 있다면, 나는 당신과의 약속을 없었던 것으로 치겠어요. 그러니, 그 경우 제게 비호의적인 태도를 보여 주셔도 됩니다. 그러면 우리의 결혼 협상은 결렬되겠지요."

그녀는 관대함을 표현하면서 대단한 위엄을 보였기에, 폴은 나탈리가 욕심이 없는 여자이며 공증인이 방금 언급한 내용에 대해서는 아무것도 모르고 있다고 생각했다. 그는 나탈리의 손을 꼭 잡았다. 그러고는 이해관계보다 사랑을 중요시하는 남자가 되어 그녀의 손에 키스했다. 나탈리는 살롱을 나갔다.

"빌어먹을! 백작님, 백작님은 바보짓을 하고 계십니다." 노공증인은 의뢰인에게 다시 다가가면서 말했다.

폴은 생각에 잠겼다. 그는 자신과 나탈리의 재산을 합하면 약 10만 리브르의 연금 소득은 될 것으로 생각했었다. 그런데 아무리 사랑에 빠진 남자라 할지라도, 사치에 익숙한 여인을 아내로 맞이하면서 수입이 10만 프랑에서 4만 6천 프랑으로 줄어드는 것에 대해서는 태연할 수 없었다.

"우리 딸은 여기 없어요. 그러니 무슨 일인지 말씀해 주시겠어요?" 에방젤리스타 부인이 사위가 될 남자와 공증인을 향해 위풍당당하게 걸어왔다.

"부인," 폴이 아무 말도 하지 않자 불안해진 마티아스가 서먹서먹한 분위기를 깨고 부인에게 답했다. "협상을 지연시키는 장애 사유가 발생……."

이 말을 들은 솔로네가 옆 방에서 나와 새로운 제안을 하면서 마티아스의 말을 끊었다. 그의 제안에 폴의 얼굴에는 생기가 돌았다. 나탈리에게 보냈던 다정한 말과 애정 가득한 태도를 생각하니 폴은 마음이 무거웠던 것이다. 그렇다고 이제까지의 말이나 태도를 부인할 수도, 수정할 수도 없지 않나. 차라리 깊은 구렁 속으로 몸을 던지고 싶었으리라.

"부인께서 딸에 대한 의무를 이행하실 방법이 있습니다." 젊은 공증인이 경쾌한 어조로 말했다. "에방젤리스타 부인은 연금 4만 프랑의 수익을 가져오는 5퍼센트 금리의 국채를 가지고 계십니다. 원금은 곧 액면가*에 이를 것입니다. 액면가를 웃돌 수도 있지요. 아무튼, 현재로서는 그 국채의 자본을 80만 프랑으로 잡을 수 있습니다. 이 저택과 정원은 족히 20만 프랑은 나갈 겁니다. 그렇다면 부인은 계약에 따라 딸에게 허유권을 넘길 수 있습니다. 즉, 그 재산에 대한 권리는 딸에게 양도하되, 어머니는 생존하는 동안 그 재산에 대한 용익권을 가지는 것이지요. 백작님도 장모가 빈털터리가 되시길 바라지는 않을 것으로 생각되기에 이런 제안을 하는 겁니다. 부인이 본인의 재산을 다 탕진한 것은 사실입니다. 하지만 이렇게 하면 결국 딸의 재산을 모두 돌려주는 셈이 됩니다. 약간의 푼돈을 제외하고 말입니다."

"여자들은 사업에 대해서는 아무것도 모르니 참으로 딱한 일이지요." 에방젤리스타 부인이 끼어들었다. "제가 허유권을 가진다고요? 도대체 그게 무슨 말이죠?"

솔로네의 타협안을 들은 폴은 일종의 황홀경에 빠져들었다. 함정이 던져졌고 그 함정에 자신의 고객이 이미 한 발을 내딛는 것을 보면서, 노 공증인은 아연실색했다. 그는 혼잣말로 중얼거렸다. '저들이 우리를 가지고 노는군!'

"부인께서 제 충고를 따르신다면 평안한 삶이 보장될 겁니다." 젊은 공증인은 말을 계속했다. "그렇게 본인을 희생하신다면, 적어도 젊은이들이 부인을 괴롭혀서는 안 되지요. 누가 먼저 죽을지는 아무도 모르지 않습니까! 이렇게 되면 백작님은 계약을 통해 에방젤리스타 양이 부친으로부터 받은 재산 전부를 받는 것임을 인정하실 것입니다."

마티아스는 끓어오르는 분노를 억제할 수 없었다. 그의 눈에는 분노가 이글거렸고 얼굴은 붉게 상기되었다. 그는 부들부들 떨면서 물었다.

"상속받은 재산의 액수는……."

'증서에 따르면 115만 6천 프랑……."

솔로네의 말이 끝나기도 전에 마티아스가 말했다. "차라리 백작에게 지금 당장 자신의 재산권을 미래의 신부에게 넘기라고 하지 그래요? 당신의 제안보다 그편이 훨씬 더 솔직해 보이는군요. 내가 있는 한, 내 눈앞에서 마네르빌 백작이 파산하는 일은 없을 겁니다. 저는 이만 가보겠습니다."

그는 자신의 고객에게 사태의 심각성을 알려 주고자 문 쪽으로 갔다. 그러나 그는 다시 돌아와 에방젤리스타 부인에게 말했다. "부인, 저는 부인께서 제 동료의 의견에 동조했다고는 생각하지 않습니다. 부인은 그저 사업에 대해서는 아무것도 모르시는 정직한 귀부인이시라 믿어 의심치 않습니다."

"그런 식으로 동료를 비방하시다니, 고맙군요." 솔로네가 비아냥거리며 말을 받았다.

"우리네 공증인들끼리는 서로 그 어떤 비방도 하지 않는다는 사실을 잘 아실 겁니다." 마티아스가 그에게 답했다. "부인, 그러나 적어도 그 약정 조건이 어떤 결과를 가져올지는 아셔야 합니다. 부인은 아직 젊고, 여전히 아름다우십니다. 충분히 재혼하실 수 있지요." 그 말을 들은 부인이 공증인의 말을 저지하자 그가 말했다. "아, 그러니까 부인, 누군들 앞으로 어떻게 될지 알 수 있나요!"

"선생님, 7년'이라는 좋은 세월 동안 홀로 남아 있으면서 딸에 대한 사랑 때문에 훌륭한 남자들의 청혼을 거부해 온 제가 서른아홉의 나이에 그런 터무니없는 행동을 할 거라는 의심을 받다니요! 우리가 결혼에 대해 논의하는 중이 아니었다면, 저는 선생님의 그러한 가정을 대단히 무례한 말로 간주했을 것입니다."

"더 이상 결혼할 수 없을 거라고 말하는 것이 더 무례하지 않나요?"

"'원하다'와 '할 수 있다'는 서로 다른 말이죠." 솔로네가 교묘하게 말했다.

"좋습니다." 마티아스가 말했다. "결혼 이야기는 하지 맙시다. 부인께서는 아직도 45년은 더 사실 수 있습니다. 우리도 그러기를 바라고요. 그런데 부인께서 에방젤리스타 씨의 재산에 대한 용익권을 가지고 계신다면, 어머니가 살아 계신 한 아이들은 치아가 있어도 밥을 먹지 못합니다. 재산권을 포기해야 한다는 말입니다."

"이게 다 무슨 말이죠?" 부인이 물었다. "치아는 뭐고, 용익권은 또 뭐죠?"

고급 취향을 가진 우아한 신사 솔로네는 웃음을 터뜨렸다. "제가 설명해 드리죠." 노인이 대답했다. "부인의 아이들이 현명하다면 미래를 생각할 것입니다. 미래를 생각한다는 것, 그것은 수입의 반을 절약하는 것입니다. 그들에게 두 명의 아이만 생긴다는 전제하에서 말입니다. 그들은 아이들에게 우선 좋은 교육을 시켜야 하고, 그다음에는 큰 액수의 지참금을 남겨 주어야 합니다. 따라서 부인의 딸이나 사위 중 한 사람이 결혼도 하기 전에 이미 5만 리브르의 연금을 써 버렸다면, 그들이 쓸 수 있는 돈은 백작의 연금 4만 리브르의 절반에 해당하는 2만 리브르에 불과합니다. 그건 아무것도 아닙니다. 제 고객은 언제고 아내의 지참금인 110만 프랑을 자식들에게 지참금으로 주어야 합니다. 그런데 만일 아내가 먼저 사망하고 아이들의 할머니인 에방젤리스타 부인이 여전히 생존하실 경우, 그럴 수도 있으니까요, 백작에게는 아이들에게 줄 돈이 없습니다. 솔직히 말해서 이 계약에 서명한다는 것은 손과 발이 묶인 채 지롱드강에 빠지는 것과 다르지 않습니다. 그렇지 않나요? 부인께서는 딸이 행복하기를 바라십니까? 나탈리 양이 남편을 사랑한다면, 그의 슬픔을 이해하고 받아들일 것입니다. 물론 사랑의 감정에 대해 공증인들이 왈가왈부할 수는 없지만 말입니다. 부인, 저는 그러한 상황이 훤히 보입니다. 나탈리 양은 그 상황이 무척이나 괴로울 겁니다. 빈곤에 빠지게 될 테니까요. 그렇습니다, 부인. 10만 리브르의 연금이 필요한 사람에게 2만 리브르의 연금밖에 없다면, 그것이 바로 빈곤이지요. 백작께서 사랑 때문에 과다한 지출을 하실 경우, 불행이 닥친다면 아내는 재산 분할을 할 것이고 결국 남편은 파산할 겁니다. 저는 부인을 위해서, 두 사람을 위해서, 그들의 아이들을 위해서, 그러니까 모든 사람을 위해서 이렇게 항변하는 것입니다."

'저 늙은이가 온갖 대포에 제대로 불을 지폈군.' 솔로네는 생각했다. 그러고는 자신의 고객에게 눈짓으로 '자, 이제 부인 차례입니다'라는 신호를 보냈다.

"양측의 이해관계를 일치시킬 방법이 하나 있어요." 에방젤리스타 부인은 침착하게 말했다. "저는 그저 수녀원에 들어가는 데 필요한 연금만 있으면 돼요. 지금 당장 내 모든 재산을 가져가세요. 내가 일찍 죽음으로써 딸의 행복이 보장된다면 나는 기꺼이 세속을 포기하겠습니다."

"부인," 노 공증인이 말했다. "모든 문제가 해결될 수 있도록 시간을 두고 천천히 검토해 봅시다."

"어머나, 세상에! 선생님," 공증인의 시선에서 패배를 감지한 에방젤리스타 부인은 말했다. "이미 다 검토했잖아요. 프랑스에서의 결혼이 이런 건지는 몰랐어요. 나는 크레올 출신의 스페인 여자입니다. 딸을 결혼시키기 전에 신이 아직 내게 허용한 날이 얼마나 되는지 알아야 한다는 것도, 내 딸은 내가 살아 있는 것을 참고 견뎌야 한다는 것도, 내가 살아 있는 것이

죄고 이제까지 살아온 것도 잘못이라는 것도 몰랐습니다. 남편이 나와 결혼할 때, 내가 가진 것은 내 이름과 '나'라는 사람뿐이었습니다. 내 이름 하나만도 그에게는 보물의 가치가 있었지요. 내가 가진 그 보물에 비하면 그의 보물은 빈약해 보였습니다. 아무리 큰 재산인들 고귀한 이름에 비할까요? 나의 지참금은 아름다움과 정숙함, 행복과 가문 그리고 내가 받은 교육이었습니다. 돈으로 그런 소중한 것들을 살 수 있나요? 나탈리의 아버지가 우리의 대화를 들었더라면, 관대한 그의 영혼은 무척이나 상처받았을 겁니다. 낙원에서의 행복도 깨졌겠지요. 나는 수백만 프랑을 썼습니다. 어쩌면 과도하다 할 수 있겠지요. 하지만 남편은 나의 그런 낭비에 대해 눈 하나 깜짝하지 않았습니다. 남편이 죽은 다음에 나는 나름대로 절약하면서 그가 내게 영위하게 해 주고 싶었던 삶에 비하면 아주 건실한 삶을 살았습니다. 그러니, 없던 일로 합시다. 마네르빌 씨가 너무도 낙심해 계시니……."

그 어떤 의성어도 그 어떤 의태어도 대화 속에 담긴 "없던 일로 합시다"라는 한마디 말만큼 혼란과 당혹감을 불러일으킬 수 없었을 것이다. 그토록 예의 바른 네 사람이 모두 동시에 한마디씩 했다는 사실만으로도 그 당혹감을 짐작할 수 있으리라.

"스페인에서는 스페인식으로 그들이 원하는 대로 결혼하겠지요. 하지만 프랑스에서는 프랑스식으로, 합리적으로, 그리고 최선을 다해 결혼합니다." 마티아스가 말했다.

"아! 부인," 어안이 벙벙해졌던 폴은 정신을 차리고 외쳤다. "제 감정을 오해하고 계십니다."

그러자 노 공증인은 고객의 말을 중단시키면서 말했다. "여기서 중요한 것은 감정이 아닙니다. 삼대에 걸친 일입니다. 수백만 프랑을 탕진한 쪽이 우리입니까? 우리는 그저 재정적 난관이 극복되기를 바랄 뿐입니다. 게다가 우리는 그 문제에 대해 아무런 책임도 없습니다."

"그냥 아이들을 결혼시킵시다. 쩨쩨하게 굴지 말고요." 솔로네가 말했다.

"쩨쩨하게? 쩨쩨하게 군다고요? 부모와 자식의 재산을 지키는 일에 대해 당신은 쩨쩨하게 군다는 표현을 씁니까?" 마티아스가 응수했다.

"그렇습니다, 부인." 폴이 장모에게 하던 말을 계속했다. "부인께서 사업에 대해 무지함을 후회하고 본의 아니게 무절제한 삶을 사신 것을 한탄하시듯, 저 역시 젊은 시절 돈을 탕진한 것을 후회합니다. 그러지 않았다면 한마디로 이 논쟁을 끝낼 수 있었을 것입니다. 지금 제가 저 자신을 걱정하는 것이 아님을 신은 아십니다. 저는 랑스트락에서의 순박한 삶이 두렵지 않습니다. 하지만 그러려면 나탈리가 자신의 취미도 습관도 버려야 하지 않을까요? 우리의 생활 방식이 달라져야 할 겁니다."

"그런데 에방젤리스타 씨는 도대체 어떻게 수백만 프랑을 벌었나요?" 부인이 물었다.

"예방젤리스타 씨는 사업을 하셨습니다. 선박을 통해 무역을 크게 하시면서 막대한 돈을 버셨지요. 반면에 우리 측은 토지 소유자입니다. 토지에서 나오는 자본을 투자했고, 수입은 일정합니다." 노 공증인이 약간 격한 어조로 말했다.

"타협할 수 있는 한 가지 방법이 남아 있습니다." 솔로네가 말했다. 테너 가수처럼 큰 소리로 하는 그의 말은 나머지 세 사람의 시선과 주의를 끌었고, 그들을 침묵하게 했다.

더 젊은이는 네 필의 말이 끄는 마차의 고삐를 잡고 박차를 가하기도 하고 당기기도 하는, 그러면서 그 상황을 즐기는 능숙한 마부와도 같았다. 그는 자신의 마구간에 있는 말들을 부리듯 폴과 고객을 진땀 나게 만들면서 가지고 놀았다. 열정이 폭발하게 했다가, 그 열정을 진정시키기도 했다. 냉탕과 온탕을 오가는 동안 폴의 인생과 행복은 오락가락했으며, 부인은 이 빙빙 도는 논쟁에서 오가는 이야기들이 무엇을 의미하는지 명확하게 알지 못했다.

잠시 침묵이 흐른 후 솔로네가 말했다. "에방젤리스타 부인께서는 오늘 당장 5퍼센트 금리의 국채를 포기하실 수 있습니다. 저택도 파실 수 있습니다. 그것을 경작지로 개발하게 함으로써 30만 프랑을 받아 드리겠습니다. 매각 대금 중 백작님께 15만 프랑을 전달하실 것입니다. 그러면 부인은 백작님께 당장 95만 프랑을 내놓으시는 게 됩니다. 40프랑에 매수했지만, 국채의 현 시가는 80프랑에 이를 테니 말입니다. 부인이 딸에게 빚진 돈 전체는 아니지만, 프랑스에서 그 정도의 지참금을 가진 여인을 쉽게 찾을 수 있다고 보십니까?"

"그렇다 칩시다. 그럼 부인은 어떻게 되는 거죠?" 마티아스가 말했다.

일종의 동의를 전제로 하는 이 질문을 듣고 솔로네는 마음속으로 생각했다. '자, 늙은 늑대 같은 친구야, 당신은 제대로 걸려들었어.'

"부인이요?" 젊은 공증인은 큰 소리로 답했다. "부인은 저택을 파신 대금 중 백작께 전달할 15만 프랑을 제외한 15만 프랑을 가지시게 될 겁니다. 그 금액과 가구 판 돈을 합쳐서 종신 연금에 투자할 예정이고, 그러면 거기에서 매년 2만 리브르의 연금이 나올 겁니다. 백작님께서 부인의 거처는 마련해 주시겠지요. 랑스트락은 아주 넓으니까요." 그러고는 폴에게 직접 말을 이어 건넸다. "게다가 백작님께서는 파리에도 저택을 가지고 계시지 않습니까. 그러니 백작님의 장모님께서는 자식들과 함께 어디에서든 사실 수 있습니다. 저택의 관리비를 감당할 필요가 없으면서, 2만 프랑의 연금을 가진 부인은 스스로 모든 재산을 관리할 때보다 훨씬 부자랍니다. 에방젤리스타 부인에게는 외동딸 하나뿐이고, 백작님도 혼자이시죠. 게다가 상속인들은 멀리 있으니, 상속과 관련된 금전적 충돌을 걱정할 필요도 없습니다. 지금과 같은 상황에서 장모와 사위는 영원히 한 가족을 형성하게 됩니다. 에방젤리스타 부인은 2만 리브르의 종신 연금 중 연금 수익 일부를 백작님께 드림으로써 백작님이 보신 손해를 보상할 겁니다. 그러면 두 분의 생활에

도움이 되겠지요. 우리는 부인을 잘 압니다. 너무도 고결하고 위엄이 있으신 분이라 절대로 자식들에게 부담이 되기를 원치 않으실 겁니다. 그러니 백작님께서는 결혼한 후에 연 10만 프랑을 가지고 행복하게 사시게 될 겁니다. 이 나라 어디서건 두 분이 인생을 즐기고, 또 하고 싶은 것을 마음껏 하면서 살기에 10만 프랑이면 충분하지 않습니까, 백작님? 게다가, 제 말 잘 들으세요, 젊은 부부의 부부 생활에는 종종 제삼자가 필요하답니다. 정말 그렇다니까요. 그렇다면 어머니보다 더 다정한 제삼자가 어디 있겠어요?"

솔로네의 말은 폴에게 천사의 말처럼 들렸다. 솔로네의 열정적인 웅변에 경탄을 금치 못한 폴은 자신의 공증인도 자기처럼 솔로네의 말에 감탄했는지 확인하기 위해 마티아스를 바라보았다. 변호사들이 그렇듯이 공증인들은 열정적으로 웅변을 토하지만, 그렇게 위장된 격정 밑에는 외교관의 냉정함과 부단한 주의력이 숨어 있다는 사실을 폴은 몰랐던 것이다.

"작은 낙원이로군요." 노인이 목소리를 높이며 말했다.

고객의 환희에 아연실색한 마티아스는 동양풍의 긴 의자로 가서 앉았다. 그는 한 손으로 머리를 감싼 채 상념에 잠겼다. 물론 고통스러운 상념이었다. 사업가들이 의도적으로 자신의 간교함을 감추기 위해 떠벌여 대는 조잡한 미사여구에 대해서는 익히 아는 바였다. 그리고 그는 그런 술수에 속아 넘어갈 위인이 아니었다. 그는 계속 폴과 이야기를 주고받는 솔로네와 에방젤리스타 부인을 몰래 살펴보았다. 그러고는 그들 사이에 존재하는 공모의 징후를 간파하려고 애썼다. 공모를 위해 교묘하게 꾸며진 그 술책이 모습을 드러내기 시작했다.

"선생님," 폴이 솔로네에게 말했다. "우리의 이해관계를 조정하기 위해 애써 주심에 감사드립니다. 그 타협안은 제가 기대했던 것보다 훨씬 더 좋은 방향으로 모든 문제를 해결해 주는군요. 물론 이 제안이 부인 마음에 드신다면 말입니다." 그는 에방젤리스타 부인 쪽으로 몸을 돌리면서 말했다. "부인께서도 만족하실 만한 타협안이 아니라면 저는 그 어떤 안에도 동의하고 싶지 않습니다."

부인이 다시 말했다. "나야 뭐! 우리 아이들의 행복을 위한 것이라면, 그것이 무엇이든 다 나를 기쁘게 하니까요. 나에 대해서는 신경 쓰지 말아요."

"그러시면 안 되죠." 폴이 힘 있게 말했다. "부인의 명예로운 생활이 보장되지 않는다면, 부인보다 저와 나탈리의 마음이 훨씬 더 아플 겁니다."

"걱정하지 마십시오. 백작님." 솔로네가 답했다.

'아, 저들은 백작의 음경이라도 핥아 줄 인간들이야. 그런 후에는 그에게 회초리를 대겠지.' 마티아스는 생각했다.

"안심하세요." 솔로네가 폴에게 말했다. "지금 보르도에 투기가 한창이니, 매우 유리한 비율로 종신 연금에 투자할 수 있습니다. 저택과 가구의 매각 대금 중 백작님께 드려야 할 지참금으로 5만 에퀴*를 제하고 나면, 부인께는 25만 프랑이 남을 것임을 보장할 수 있을 겁니다. 제가 책임지고 그 돈으로 백만

결혼 계약

프랑에 달하는 공동 투자에 제1 투자자로 합류하여 10퍼센트의 이자가 나오는 종신 연금을 받게 해 드리겠습니다. 그러면 부인께서는 2만 5천 리브르의 연금을 받게 되시는 겁니다. 그러면 우리는 대략 대등한 재산을 가진 사람들끼리 결혼하는 것이 됩니다. 사실상 백작님의 연금 4만 6천 리브르에 대해 나탈리 양은 5퍼센트 금리의 연금 4만 리브르와 7천 리브르의 연금 소득이 가능한 15만 프랑의 현금, 도합 4만 7천 리브르의 연금 소득을 지참금으로 가져오는 셈이죠."

"정말이지 명쾌하군요." 폴이 말했다.

말을 마친 솔로네는 자신의 고객을 향해 곁눈질로 신호를 보냈다. 마티아스는 그의 시선을 포착했다. 그 시선은 '이제 숨겨 놓았던 다음 패를 던지시죠'라는 의미를 담고 있었다.

그러자 부인이 기쁨의 탄성을 지르며 소리쳤다. 그녀는 연기하는 것처럼 보이지 않았다.

"아, 참! 내가 가진 다이아몬드를 나탈리에게 줄 수 있어요. 적어도 10만 프랑은 나갈 겁니다."

"보석 가격의 감정을 의뢰해 보겠습니다." 공증인이 말했다. "그렇다면 상황은 완전히 달라집니다. 그 경우, 백작님께서는 나탈리 양이 아버지로부터 물려받은 재산 전체를 지참금으로 받는다는 사실을 인정하실 수밖에 없을 겁니다. 그리고 미래의 부부가 계약서에 기재될 후견인의 재산 목록에 동의하는 데에도 아무 문제가 없습니다. 부인께서 대단히 스페인적인 고귀함으로 본인의 재산을 모두 포기하신 채 10만 프랑까지 희생하면서 정확하게 자신의 의무를 다하신다면 영수증을 써 드리는 것이 정당하지요."

"그보다 더 정당한 것은 없을 겁니다." 폴이 말했다. "저는 다만 부인의 관대함에 송구스러울 뿐입니다."

"내 딸은 나의 분신이 아닌가요?" 에방젤리스타 부인이 응수했다.

문제가 해결되자 에방젤리스타 부인은 기뻐서 어쩔 줄 몰라 했다. 마티아스는 그녀의 얼굴에서 환희의 표정을 읽었다. 잊고 있었다는 듯 다이아몬드 이야기를 꺼낸 것, 그리고 겉으로 드러난 그녀의 기쁨과 환희, 이런 것들로 인해 그가 가졌던 의심은 확신으로 바뀌었다. 마치 새로 투입되는 병사들처럼 갑자기 다이아몬드가 등장하지 않았던가.

'도박꾼들이 도박판을 미리 준비해 놓고 얼간이 하나를 완전히 파산시키는 것처럼, 저들은 이 장면을 미리 준비한 것이 분명해.' 노 공증인은 생각했다. '나는 저 아이가 태어나는 것을 지켜보았지. 그런데 불쌍한 저 아이는 장모에게 털을 다 뽑히고, 사랑으로 들볶이고, 아내에게 물어뜯기고 말 것인가? 그 가문의 훌륭한 토지를 그토록 잘 관리했던 내가 아닌가? 그런데 하룻저녁에 그 모든 것이 날아가 버리는 것을 보고만 있을 것인가? 110만 프랑의 지참금을 위해 350만 프랑을 저당 잡히다니! 게다가 저 두 여자는 결국 폴이 그 지참금을 다 써 버리게 만들겠지.'

마티아스는 그 여자의 마음에서 숨은 의도를 읽었다. 그녀의 의도에는 악랄한 행위도, 범죄도, 절도도, 사기도, 기만도, 나쁜 감정도, 비난받을 만한 감정도 존재하지 않았다. 하지만 거기에는 범죄의 싹이 포함되어 있었다. 부인의 엉큼한 의도를 파악했음에도 마티아스는 고통스럽지 않았다. 화가 나지도, 분개하지도 않았다. 그는 사람들과 어울리기 싫어하는 인간 혐오자가 아니라, 많은 사람을 만나왔던 노 공증인이었다. 따라서 직업상 사교계 사람들의 교활한 술책과 능숙한 비열함에 익숙했다. 그러한 비열함은 어떤 불쌍한 남자가 대로에서 공공연하게 저지르는 살인 행위보다 더 나쁘다. 그 불쌍한 사내는 단두대에서 거대한 기계에 의해 처형되지 않는가. 상류 사회에서의 그러한 광경이나 그러한 외교적 회합은 마치 각자 자기 오물을 버리는 수치스러운 작은 공간인 화장실만큼이나 더럽다. 자신의 고객에게 연민을 느끼면서 마티아스는 한참 동안 고객의 미래를 그려 보았다. 그 미래는 불길해 보이기만 했다.

'저들과 똑같은 무기를 가지고 군사 작전을 개시하자. 그리고 저들을 무찌르자.' 그는 생각했다.

폴과 솔로네와 에방젤리스타 부인은 노 공증인의 침묵이 무척이나 불편하고 신경 쓰였다. 그러나 타협이 성사되기 위해서는 이 검열관의 동의가 얼마나 중요한지 잘 알고 있었기에 세 사람은 동시에 그를 쳐다보았다.

폴이 먼저 입을 열었다.

"자, 그러면 친애하는 마티아스 선생님, 그 제안에 대해 어떻게 생각하십니까?"

"제가 생각하는 바는 다음과 같습니다." 정직하고 양심적이면서도 까다로운 공증인이 대답했다. "백작님은 왕족처럼 과다한 지출을 하실 만큼 부자가 아닙니다. 연 3퍼센트의 소득이 추산되는 랑스트락 영지의 가치는 성에 있는 가구를 포함해서 백만 프랑 이상에 달합니다. 그라솔과 귀아데 농장 그리고 벨로즈 포도밭까지 포함한 농지도 백만 프랑의 가치가 있습니다. 보르도와 파리의 두 저택과 가구들 역시 백만 프랑이 나가지요. 이것만으로도 백작님의 재산은 300만 프랑에 달하며 거기서 나오는 수입은 연 4만 7천2백 프랑입니다. 그에 반해, 나탈리 양은 국채 장부에 기록된 80만 프랑을 지참금으로 가져옵니다. 다이아몬드 가격을 10만 프랑이라 칩시다. 제가 보기에는 그 가격도 불확실해 보입니다만, 아무튼 그렇다 칩시다. 그리고 현금으로 15만 프랑이 있지요. 도합 105만 프랑입니다. 이러한 엄연한 현실 앞에서 나의 동료인 솔로네 씨는 우리가 동등한 재산과 결혼한다고 영광스럽게 말하는군요! 게다가 그는 백작님으로 하여금 자식들에게 10만 프랑의 빚을 지라고 합니다. 왜냐하면 그는 합의된 후견인 계산서에 따라 115만 6천 프랑을 지참금으로 받았음을 인정해야 하지만 실제로는 105만 프랑만 받게 되기 때문입니다. 백작님, 백작님께서는 사랑에 빠진 남자의 황홀경 속에서 이런 헛소리를 듣고 계십니다. 그런데 사랑을 모르는 공증인 마티아스가 계산하는 방법도 잊어버린 채, 백작님의 엄청난 토지 재산과 현금으로 가져오는 신부의 지참금 사이의 차이를 지적하지 않을 거라고 생각하십니까? 토지 재산은 그 가치가 점점 증가하는 반면, 지참금에서 나오는 수입은 운에 따라 혹은 이자의 오르내림에 따라 그 가치가 정해집니다. 그러니 둘 사이에는 엄청난 차이가 있는 것이지요. 저는 현금의 가치는 점점 줄어드는 반면 토지의 가치는 점점 늘어나는 것을 목격할 만큼 충분히 나이를 먹었습니다. 백작님, 백작님께서는 계약 조건을 분명히 하기 위해 저를 부르셨습니다. 그러니 백작님의 이권을 지키도록 저를 내버려두십시오, 아니면 저를 해고하십시오."

"선생님이 백작님과 동등한 재산을 가진 신부를 찾으신다면, 우리에게 350만 프랑은 없습니다. 그것만큼 명백한 사실은 없습니다. 백작님께서 3백만 프랑이라는 무거운 재산을 소유하고 계신 데 반해, 우리는 그저 백만 프랑이라는 빈약한 지참금을 드릴 수밖에 없습니다. 하찮은 액수지요! 하지만 그것은 오스트리아 공주가 가져온 지참금의 세 배나 되는 액수랍니다. 마리 루이즈는 나폴레옹과 결혼하면서 25만 프랑의 지참금을 가져왔다지요."

"마리 루이즈는 나폴레옹을 파멸시켰습니다." 마티아스가 중얼거리면서 말했다.

나탈리의 어머니는 그 말의 의미를 알아차렸다.

"나의 희생이 아무 소용도 없다면," 그녀는 소리쳤다. "이런 논쟁을 계속하고 싶지 않습니다. 백작님은 이 일에 대해 비밀을 지켜 주시리라 믿습니다. 우리 딸에 대한 백작님의 청혼을 받아들이는 영광을 포기하겠습니다."

젊은 공증인이 공들여 꾸민 계획에 따라 일이 무척이나 잘 진전됨으로써 이 이해관계의 전쟁은 결말에 이르고 있었다. 그리고 승리는 에방젤리스타 부인의 몫이 될 터였다. 장모는 마음을 열었고, 재산을 넘겨주었고, 모든 것을 거의 다 내놓았다. 관대함이 보여 준 호의를 버리지 않고 사랑이 어긋나지 않으려면, 미래의 사위는 공증인과 에방젤리스타 부인이 문제 해결을 위해 사전에 합의한 그 조건들을 받아들였어야 했다. 톱니바퀴에 의해 움직이는 시곗바늘처럼 폴은 충실하게 목표에 다다르고 있었다.

"무슨 말씀이세요, 부인!" 폴이 소리쳤다. "이 순간 부인께서는 어떻게 이 결혼을 그만두겠다는 말씀을……."

"하지만 백작님," 부인이 대답했다. "내가 누구에게 빚지고 있지요? 내 딸에게지요. 딸아이가 스물한 살이 되면 자기 몫을 받을 것이고, 내게 수령증을 써 줄 겁니다. 그 애는 백만 프랑을 가질 것이고, 원하기만 한다면 프랑스 귀족원 의원의 아들 중 하나를 골라 결혼할 수 있을 겁니다. 카자 레알 가문의 여식이 아닌가요?"

"부인 말씀이 맞습니다. 왜 지금 14개월 후보다 더 가혹한 대접을 받아야 하나요? 부인에게서 어머니로서의 호의를 빼앗지 마세요." 솔로네가 말했다.

"마티아스 씨." 폴은 극도로 고통스러운 목소리로 말했다. "파산에는 두 종류가 있습니다. 선생님은 지금 저를 파멸시키고 계십니다!"

폴은 공증인에게 다가갔다. 아마도 당장 계약서를 작성하고 싶다고 말하기 위해서였을 것이다. 노 공증인은 그에게 "기다리세요"라고 말하는 듯한 시선을 보냄으로써, 그의 성급한 결정이 초래할 불행을 경고했다. 그러나 그는 폴의 눈에서 눈물을 보았다. 돈 문제를 가지고 싸우는 논쟁에 대한 수치심, 그리고 협상의 결렬을 통보하는 에방젤리스타 부인의 단호한 말 때문에 흘러나오는 눈물이었다. "유레카!"라고 외치는 아르키메데스 같은 몸짓으로 그는 폴의 눈물을 닦아 주었다. '프랑스 귀족원 의원'이라는 말은 폴에게 마치 지하에서 활활 타는 횃불처럼 들렸던 것이다.

바로 그때 오로라처럼 황홀할 정도로 매혹적인 모습으로 나탈리가 나타났다. 그러고는 순진한 표정을 지으면서 물었다. "내가 있으면 안 되나요?"

"안 된단다, 아가." 그녀의 어머니가 차갑고 냉혹하게 말했다.

"이리 와요, 나의 사랑하는 나탈리," 폴이 말했다. 그러고는 그녀의 손을 잡고 벽난로 옆에 있는 의자로 데려가면서 "모든 것이 다 잘 해결되었어요"라고 말했다. 자신의 희망이 깨져 버리는 것을 견딜 수 없었기에 그렇게 말했던 것이다.

마티아스는 얼른 말을 받아 단호하게 말했다. "그렇습니다. 도두 잘 해결될 수 있을 겁니다."

적이 준비한 술책을 금방 알아채고 적을 쳐부수는 장군처럼, 공증인 직 수행에 매우 중요한 재능을 발휘하면서 노 공증인은 폴과 자식들의 미래를 보장하기 위해 법적으로 유효한 방책을 구상했다. 솔로네는 합의 불가능한 이 문제를 해결하기 위해 오로지 젊은 남자의 사랑에만 의지했다. 그는 그 방법밖에 몰랐다. 그리하여 이해관계에 반하는 감정의 폭풍우는 젊은이를 공증인이 제시한 해법으로 이끌었다. 그러니 해결될 수 있을 거라는 동료의 단호한 말에 솔로네는 놀라지 않을 수 없었다. 신부가 무일푼인 지금 상태에서는 더 이상 해결책이 없어 보이는 상황에서 마티아스가 생각할 수 있는 대책이란 과연 무엇일까가 무척이나 궁금했던 솔로네는 노 공증인에게 물었다. "선생님은 어떤 제안을 하시렵니까?"

"나탈리, 아가야, 좀 나가 있으렴." 에방젤리스타 부인이 말했다.

"나탈리 양이 계셔도 됩니다." 미소를 지으면서 마티아스가 말했다. "제가 드리는 말씀은 백작님만큼이나 나탈리 양을 위한 것이기도 합니다."

깊은 침묵이 흐르는 동안 흥분한 사람들은 억누를 수 없는 호기심을 가지고 노인의 즉흥 연설을 기다렸다.

잠시 뜸을 들이던 마티아스가 입을 열었다. "오늘날 공증인이라는 직업의 양상은 많이 바뀌었습니다. 오늘날 정치 혁명은 가족의 미래에도 영향을 줍니다. 예전에는 그렇지 않았지요. 사람들은 정해진 대로 살았고, 계급은 이미 결정된……."

"우리는 지금 정치 경제 강의를 듣고 있는 것이 아니라 결혼 계약을 하고 있단 말입니다." 솔로네가 거만한 태도로 노인의 말을 가로막으면서 말했다.

"제 말을 끊지 말고 들어주십시오." 노인이 말했다.

솔로네는 동양풍의 긴 의자에 가 앉으면서 에방젤리스타 부인에게 낮은 목소리로 말했다. "소위 횡설수설이라는 것이 무엇인지 아시게 될 겁니다."

"따라서 공증인들은 정치적 흐름을 따라야 합니다. 그런데 오늘날 정치는 개인의 사생활과 불가분의 관계에 있습니다. 예를 하나 들어보겠습니다. 과거 귀족 가문은 견고한 재산을 소유했습니다. 그런데 혁명은 그 재산을 모두 몰수했고, 왕정이 복고된 후 지금의 새로운 제도는 그 재산을 복구하려 합니다." 노인은 왕구렁이 같은 공증인 특유의 달변으로 말을 이었다. "이름이나 재능이나 재산으로 보아 백작님은 언제고 의회로 진출하실 겁니다. 아마도 운명에 따라 세습직인 귀족원 의원이 되시겠지요. 백작님께서는 이러한 예측이 타당함을 입증할 능력과 재력이 충분하다는 것을 우리는 잘 알고 있습니다. 제 생각에 동의하지 않으십니까, 부인?" 그는 부인에게 물었다.

'선생님의 예측은 저의 가장 큰 소망이기도 하답니다. 마네르빌 백작은 귀족원 의원이 될 겁니다. 그렇게 안 된다면 저는 너무 슬퍼 죽고 말 것입니다."

"그렇다면 그 목표를 위해 우리가 할 수 있는 일은 무엇일까요?" 마티아스는 순박한 노인의 동작으로 교활한 부인에게 질문을 던졌다.

"그 목표에 이르는 것이야말로 제가 가장 원하는 것이죠."

부인이 답했다.

"그렇다면, 이 결혼이야말로 마조라˙ 설립의 자연스러운 기회가 아닐까요?" 마티아스가 말을 이었다. "현 정부의 성향으로 보아 마조라 설립은 분명 정부가 그를 귀족원 의원으로 임명하는 데 영향을 미칠 겁니다. 마조라 설립을 위해 백작님은 기꺼이 백만 프랑에 달하는 랑스트락 영지를 내놓으실 겁니다. 저는 에방젤리스타 양에게 동일한 금액을 출자하시라고 요구하지 않겠습니다. 그것은 정당하지 않지요. 하지만 지참금으로 가져오는 80만 프랑은 마조라 설립에 충당했으면 합니다. 랑스트락과 인접한 두 개의 영지가 현재 매물로 나와 있습니다. 80만 프랑을 주고 이 영지들을 매입한다면 언제고 4.5퍼센트 금리의 연 소득을 보장할 겁니다. 파리의 저택도 마조라에 포함되어야 합니다. 운영만 잘한다면 두 분의 재산에서 나오는 수익금으로 충분히 아이들을 결혼시킬 수 있을 겁니다. 계약 체결의 당사자들이 이 조항에 합의한다면 백작님은 후견인 계산서를 인정하고, 결산 후 남은 돈에 대해서는 책임을 지실 수 있을 겁니다. 그렇다면 저도 동의합니다."

"케스타 코다 논 에 디 케스토 가토(이 꼬리는 그 고양이의 꼬리가 아니네)!" 에방젤리스타 부인은 자신의 보호자인 솔로네를 쳐다보고는 마티아스를 가리키면서 이탈리아 말로 외쳤다.

"바위 밑에 뱀장어가 숨어 있군요." 솔로네는 이탈리아 속담에 프랑스 속담으로 응수하면서 부인에게 낮은 목소리로 말했다.

"므엇 때문에 이런 쓸데없는 짓을 하죠?" 폴은 마티아스를 작은 방으로 끌고 가면서 물었다.

"백작님의 파산을 막기 위해섭니다." 노 공증인이 낮은 목소리로 말했다. "백작님은 기어코 7년 동안 200만 프랑을 먹어치운 모녀와 결혼하고 싶어 하십니다. 게다가 언제고 백작님은 아이들에게 어머니의 재산 115만 6천 프랑을 갚아야 합니다. 그런데 백작님이 받으실 지참금은 기껏해야 100만 프랑밖에 되지 않습니다. 그러니 백작님은 벌써 자녀들에게 10만 프랑 이상의 빚을 지고 계신 겁니다. 백작님은 그것도 수락하셨지요. 백작님의 재산이 5년 안에 모두 사라져 버릴 수도 있습니다. 아내와 아이들에게 엄청난 빚을 진 채, 세례자 요한처럼 빈털터리가 될 수도 있단 말입니다. 굳이 이 노예선을 타시겠다면, 그렇게 하십시오, 백작님. 하지만 최소한 백작님의 이 늙은 친구가 마네르빌 가문만은 구할 수 있게 해 주십시오."

"그래서 어떻게 가문을 구한단 말입니까?"

"잘 들어 보십시오, 백작님. 백작님은 사랑에 빠져 있지요?"

'네.'

'사랑에 빠진 사람은 전쟁터에서 대포를 쏠 때처럼 신중해야 합니다. 아무 말도 하지 않겠습니다. 제 생각을 말씀드리면 백작님은 그것을 누설해 버리실 터, 그렇게 되면 결혼은 깨질 것입니다. 저는 침묵으로 백작님의 사랑을 지키겠습니다. 백작님에 대한 저의 헌신을 신뢰하십니까?"

'그걸 질문이라고 하세요?"

"그렇다면 에방젤리스타 모녀와 그녀의 공증인이 자기들 멋대로 우리를 가지고 논다는 사실을 아셔야 합니다. 그리고 그들은 아주 교활하고 능란합니다. 제기랄, 얼마나 어려운 도박인지요!"

"나탈리가요?" 폴이 소리쳤다.

"아닐 수도 있겠지요." 노인이 말했다. "그녀를 원하신다니, 결혼하십시오! 하지만 백작님께 최소한의 잘못도 없었다면 저는 이 결혼이 파기되기를 바랍니다."

"왜 그렇죠?"

"나탈리 양은 막대한 돈을 낭비할 겁니다. 게다가 서커스 곡마사처럼 말을 탈 겁니다. 말하자면 그녀는 자유분방한 여자지요. 그런 여자들은 정숙한 부인이 되지 못합니다."

폴은 마티아스의 손을 꽉 쥐었다. 그러고는 거만한 태도로 말했다. "그런 말씀은 삼가세요. 하지만 이 상황에서 저는 어떻게 해야 합니까?"

"제가 제안한 조건은 꼭 지키세요. 절대 양보하지 마시고요. 저들은 동의할 겁니다. 손해 볼 것이 전혀 없거든요. 게다가 에방젤리스타 부인이 원하는 건 오직 딸을 시집보내는 것뿐입니다. 부인은 기막히게 연기를 잘하지만, 저는 그 연기에서 그녀의 속마음을 읽었습니다. 부인을 조심하십시오."

폴은 살롱으로 돌아왔다. 폴이 작은 방에서 마티아스와 이야기를 나누었듯이, 그곳에서는 미래의 장모와 솔로네가 낮은 목소리로 이야기를 나누고 있었다. 나탈리는 이 은밀한 두 회합과 무관하게 부채를 가지고 혼자 놀고 있었다. 그녀는 난처한 분위기를 어색해하면서 생각했다. '이상하네. 내 일인데 왜 나한테는 아무 말도 안 해 주는 거지?'

젊은 공증인은 양측의 이기심 때문에 만들어진 이 조항이 먼 훗날 대충 어떤 결과를 가져올지 정확히 파악했다. 그런데 자신의 고객은 무턱대고 그 조항을 받아들이려 하고 있었다. 하지만 마티아스가 자신의 직업에만 충실한 공증인 그 자체였다면, 솔로네에게는 인간의 속성이 더 많았기에 젊은이다운 이기심을 가지고 사건을 처리하곤 했다. 이렇듯 이 젊은이는 개인적 이기심 때문에 고객의 이익을 잊어버리는 경우가 종종 있었다. 이 상황에서 늙은 네스토르가 젊은 아킬레스를 이겼다는 사실을 부인이 아는 것을 원치 않았던 솔로네는 상대가 제시한 조건에 따라 얼른 일을 끝내라고 부인에게 충고했다. 나중에 이 계약이 어떤 결과를 가져올지는 그에게 중요하지 않았다. 그에게 성공의 조건은 일단 에방젤리스타 부인이 이 일에서 해방되고, 그녀의 생활이 보장되는 것, 그리고 나탈리가 결혼하는 것이었다.

"보르도 전체가 부인께서 약 110만 프랑의 지참금을 주었으며 부인에게 2만 5천 프랑의 연금이 남았다는 사실을 알게 될 것입니다." 솔로네는 에방젤리스타 부인의 귀에 대고 속삭였다. "이렇게 멋진 결과를 얻을 수 있으리라고는 기대하지 못했습니다."

"그런데 어째서 마조라의 설립이 폭풍우를 잠재웠는지 설명해 주시겠어요?"

"부인과 나탈리에 대한 경계지요. 마조라는 양도할 수 없는 재산입니다. 부부 중 아무도 마조라에 손댈 수 없습니다."

"그건 정말 모욕적이네요."

"아닙니다. 우리는 그것을 선견지명이라 부릅니다. 저 영감이 부인을 함정에 빠뜨렸습니다. 마조라 설립을 거부해 보세요. 그럼 그는 이렇게 말할 겁니다. '마조라 설립으로 인해 그의 재산은 안전할 것입니다. 신랑 신부가 부부 재산 제도하에서 결혼하는 것과 마찬가지죠. 그런데 마조라 설립을 반대하신다니, 그렇다면 부인께서는 우리 고객의 재산을 탕진하고 싶으신가요?'라고 말입니다."

솔로네는 다음과 같이 생각하면서 불안감을 잠재웠다.

'저 조항의 효과는 먼 훗날에 가서야 나타날 거야. 그때가 되면 에방젤리스타 부인은 이미 죽어 땅에 묻힌 후겠지.'

공증인은 그런 생각을 하고 있었지만, 에방젤리스타 부인은 솔로네를 완전히 신뢰했기에 그의 설명에 만족했다. 게다가 그녀는 법에 대해 무지했다. 그저 딸의 결혼이 성사되었으니 그날 아침 더 이상 바랄 것이 없었다. 에방젤리스타 부인은 자신의 성공을 진심으로 기뻐했다. 그러니까 마티아스가 생각했던 것처럼, 솔로네도 에방젤리스타 부인도 반박할 수 없는 이유에 근거한 마조라의 개념에 대해 아직 잘 이해하지 못하고 있었던 것이다.

"자, 마티아스 선생님," 부인이 말했다. "이제 다 잘되었군요,"

"부인, 부인과 백작님이 이 조항에 동의하신다면, 두 분은 말씀을 나누시지요." 마티아스는 그들을 차례로 쳐다보면서 그렇게 말했다. "랑스트락 영지, 신랑이 소유한 파리의 페피니에르 가 저택, 그리고 신부의 지참금인 현금 80만 프랑으로 매입할 영지로 구성된 마조라를 설립한다는 조건 아래서만 결혼이 성립된다는 사실에 동의하시는 겁니까? 이 말을 다시 반복함을 양해해 주십시오, 부인. 지금 이 자리에서의 확실하면서도 엄숙한 약속이 필요합니다. 마조라 설립은 형식을 요구합니다. 사무국의 절차도 필요하고 왕의 칙령도 필요합니다. 따라서 왕의 칙령에 따라 그 토지를 양도 불가능한 재산으로 지정하기 위해 우리는 토지 매입에 대해 빨리 결론지어야 합니다. 많은 경우 가족들 간의 타협이 필요합니다. 하지만 부인과 백작님 사이에는 간단한 동의만으로 충분해 보입니다. 동의하시겠습니까?"

"네." 에방젤리스타 부인이 답했다.

"네." 폴도 답했다.

"나는?" 나탈리가 웃으면서 말했다.

"아가씨는 미성년자입니다." 솔로네가 그녀에게 답했다. "미성년자라고 불평하지 마세요."

마티아스가 계약서를 작성하고 솔로네는 상세한 후견인 재산 목록의 정본을 작성하기로 합의했다. 그러고 나서 결혼식 며칠 전에 법에 따라 양측이 서명할 것이다. 몇 마디 인사말을 주고받은 후 두 공증인은 일어났다.

"비가 오네요. 마티아스 씨, 모셔다드릴까요? 제게 마차가 있습니다." 솔로네가 말했다.

"제 마차는 선생님 부부만 기다립니다. 제 마차로 모셔다드리겠습니다." 폴은 노인을 동반할 의사가 있음을 밝혔다.

"잠깐이라도 백작님을 훔쳐 가고 싶지 않군요." 노인이 말했다. "제 동료의 호의를 받아들이겠습니다."

"그런데 말입니다," 마차가 움직이기 시작하자, 아킬레스는 네스토르에게 말했다. "선배님은 정말이지 가부장적이시더군요. 솔직히, 저 젊은이들은 파산할 겁니다."

"저들의 미래를 생각하면 정말 앞이 캄캄합니다." 자신의 제안에 대한 동기는 말하지 않은 채 마티아스가 말했다.

그 순간, 두 공증인은 극장 무대에서 증오에 찬 도전 장면을 연기한 후 무대 뒤로 가서는 서로 악수하는 두 배우와 닮았다.

"그런데 선생님이 말씀하신 토지 매입 건은 제가 맡는 거지요? 우리 측의 지참금으로 사는 것이니 말입니다." 직업의식이 발동한 솔로네가 말했다.

"마네르빌 백작의 마조라에 에방젤리스타 양의 재산이 포함되도록 해야 합니다. 선생이 어떻게 그 일을 할 수 있겠소?" 마티아스가 대답했다.

"그런 문제는 사무국에서 알아서 하겠지요." 솔로네가 말했다.

"하지만 나는 토지를 파는 양도인의 공증인인 동시에 토지를 사는 취득인의 공증인이기도 합니다." 마티아스가 답했다.

"게다가 지참금으로 사더라도 마네르빌 백작 본인 이름으로 취득할 수 있어요. 매매 대금 지급 시 지참금으로 토지를 매입했음을 명시하면 되니까요."

"모든 것에 대한 답을 가지고 계시네요, 선배님." 솔로네는 웃으면서 말했다. "오늘 저녁 선배님은 정말 대단하셨어요. 우리가 한 방 먹었습니다."

'화포로 무장한 포병 부대와의 전투를 예상치 못한 늙은이'치고는 나쁘지 않았죠?"

"하하하!" 솔로네가 응수했다.

한 가정의 물질적 행복이 극도로 위협받을 수 있었던 가증스러운 싸움이 그들에게는 그저 공증인들 간의 공방에 불과했다.

"40년의 경력이 무의미하지는 않지요. 솔로네 씨, 잘 들으세요." 그는 다시 말을 이었다. "나는 욕심만 부리는 사람이 아닙니다. 마조라에 편입시킬 토지 매매 계약 업무를 선생께서 도와주시기 바랍니다."

"감사합니다. 선배님. 기회가 되면 저도 선배님께 일을 나누어 드리겠습니다."

목만 조금 아플 뿐 아무런 감정의 동요가 없는 두 공증인이 한가히 돌아가고 있을 때, 살롱에 남은 폴과 에방젤리스타 부인은 신경이 예민해졌다. 마음은 흥분되었고, 골과 골수는 떨렸다. 열정에 사로잡힌 사람들이 이해관계와 감정이 격렬하게 충돌하는 일을 겪은 후 느끼는 감정이리라. 마지막에 겪은 요란한 폭풍우는 에방젤리스타 부인을 무시무시한 생각에 잠기게 했다. 그녀는 붉은 색조의 희미한 불빛 속으로 빠져들었다. 그 어두운 빛에 담긴 의미를 밝혀내고 싶었다.

'6개월 동안 공들인 내 계획을 마티아스가 단 몇 분 만에 망가뜨린 건 아닐까?' 그녀는 생각했다. '작은 방에서 은밀한 이야기를 나누면서 나를 의심하게 만듦으로써 폴이 내 영향력에서 벗어나게 한 것은 아닐까?'

그녀는 대리석 벽 구석에 팔꿈치를 기댄 채 벽난로 앞에 서서 생각에 잠겼다. 두 공증인을 태운 마차 출입문이 닫히자, 의심스러운 여러 사항을 빨리 확인하고 싶어 초조해진 부인은 사위를 향해 돌아섰다.

"아, 제 일생에서 가장 힘들었던 날입니다." 모든 문제가 다 해결된 것에 대해 진정으로 기쁜 폴이 외쳤다. "마티아스 영감님처럼 빡빡한 사람은 처음 봤어요. 신이 그가 하는 말을 듣기를! 그리하여 내가 프랑스 귀족원 의원이 되기를! 사랑하는 나탈리, 나는 이제 나를 위해서가 아니라 당신을 위해 귀족원 의원이 되고 싶습니다. 당신은 나의 야망 자체입니다. 나는 이제 당신을 위해 살 겁니다."

마음에서 우러나는 이 말을 들은 후, 그리고 무엇보다도 폴의 눈에서 투명한 푸른 빛을 본 후, 에방젤리스타 부인의 기쁨은 극에 달했다. 그의 이마에서도 그의 시선에서도 의심할 만한 저의를 찾아볼 수 없었다. 그녀는 사위에게 격한 공격을 퍼부은 것에 대해 자신을 나무랐다. 성공에 취한 그녀는 앞으로 평온하게 살 것을 결심했다. 침착함을 되찾은 그녀는 다정한 시선으로 애정을 표시했다. 애정이 담긴 그 모습은 너무도 매력적이었다. 부인은 폴에게 말했다. "나도 똑같이 말할 수 있어요. 아마도 스페인 사람의 기질이 내 마음과 달리 나를 너무 격하게 만들었나 봅니다. 지금처럼 그대로, 신처럼 선하게 계셔 주세요. 생각 없이 뱉은 말들에 대해서는 언짢게 생각지 말아요. 손을 주시겠어요?"

폴은 당황했다. 모든 잘못은 자기에게 있는 것 같았다. 그는 에방젤리스타 부인을 포옹했다.

"친애하는 폴," 부인은 감격하여 말을 이었다. "저 두 남자는 왜 자기들끼리 일을 해결하지 않았을까요? 모든 것이 잘 합의될 수 있었을 텐데 말이에요."

'부인께서 이토록 고귀하고 관대하신지 몰랐습니다." 폴이 말했다.

"맞아요, 폴!" 나탈리가 그의 손을 꼭 잡으면서 말했다.

'우리에게는 해결해야 할 몇 가지 자질구레한 일이 남아 있어요. 친애하는 나의 사위님, 우리 딸하고 나는 보통 사람들이 집착하는 하찮은 일들에 대해서는 초연하답니다. 그래서 나탈리는 다이아몬드에도 별 관심이 없어요. 하지만 내가 그 아이에게 내 보석을 줄 겁니다."

"아, 세상에, 어머니! 제가 그걸 받을 수 있다고 생각하세요?" 나탈리가 소리쳤다.

"그래, 아가야. 그것이 결혼 계약의 조건이란다."

"싫어요. 그럼 난 결혼 안 할래요." 나탈리가 격한 어조로 말했다. "아버지가 기쁜 마음으로 드린 그 보석은 어머니가 간직하세요. 폴 씨는 어떻게 그런 요구를……?"

"아무 말도 말아라. 아가야." 그렇게 말하는 부인의 눈에는 눈물이 가득 고여 있었다. "사업에 대해 무지했던 탓에 그것 이상을 요구받았단다."

"또 뭐죠?"

"네게 진 빚을 갚기 위해 이 집을 팔 것이다."

"어머니가 제게 빚을 지셨다고요? 어머니께 생명의 빚을 진 사람은 제가 아닌가요? 제가 어머니께 진 그 빚을 갚을 수 있나요? 제 결혼을 위해 어머니가 조금이라도 희생을 치르셔야 한다면, 저는 결혼하고 싶지 않아요."

"어린애 같으니!"

"사랑하는 나탈리," 폴이 말했다. "어머니께 희생을 요구하는 사람은 나도, 당신의 어머니도 당신도 아닙니다. 하지만 우리의 아이들은……."

"만일 제가 결혼하지 않는다면요?" 나탈리가 폴의 말을 끊으며 말했다.

"당신은 나를 사랑하지 않나요?" 폴이 말했다.

"자, 말도 안 되는 소리 그만해라. 계약이 무슨 훅하고 불면 날아가는 종이 성이라도 되는 줄 아느냐? 아무것도 모르는 아가야, 너희들의 장남에게 마조라를 만들어 주느라 우리가 얼마나 애썼는지 모르니? 이제 겨우 문제가 해결되었으니 다시 근심에 빠지게 하지 말아라."

"왜 우리 어머니를 파산시키나요?" 나탈리가 폴을 보며 말했다.

"당신은 왜 그렇게 부자인가요? 어머니를 파산시킬 만큼!" 폴이 웃으며 말했다.

"얘들아, 너무 싸우지 말아라. 너희들은 아직 결혼한 것이 아니란다." 에방젤리스타 부인이 말했다. 그러고는 다시 말을 이었다. "폴, 그러니까 신혼부부에게 주는 선물 바구니도, 패물도, 혼수도 없는 거지요? 나탈리에게 그런 것은 많이 있어요. 결혼 선물에 써 버릴 돈을 아꼈다가 차라리 두고두고 호사스러운 삶을 보장하는 데 사용하도록 하세요. 나중에는 그저 하얀 비단 주머니만 남을 선물 바구니에 10만 프랑을 낭비하는 것만큼 어리석은 속물 취향은 없다고 생각해요. 반대로, 연간 5천 프랑을 옷에 투자하는 것은 젊은 여인의 온갖 근심을 덜어 주지요. 그리고 그런 것들은 평생 남는답니다. 게다가 선물 보따리를 위해 쓸 돈은 파리의 저택을 준비하는 데 필요할 거예요. 봄에는 랑스트락으로 돌아올 겁니다. 겨울 동안 솔로네가 우리의 일을 처리해 놓을 테니까요."

"모든 것이 다 잘되었습니다." 행복의 절정에 이른 폴이 말했다.

"그럼 나는 파리를 보겠네!" 나탈리가 외쳤다. 그렇게 말하는 나탈리의 말투를 들었더라면, 마르세 같은 남자는 분명 무척이나 불안했을 것이다.

"그렇게 결정되었으니," 폴이 말했다. "저는 마르세에게 편지를 써서 이탈리아 극장과 오페라 극장에 겨울 동안 이용할 칸막이 좌석을 마련해 놓으라고 부탁하겠습니다."

"너무 친절하시네요. 차마 그런 부탁은 하지 못했거든요." 나탈리가 말했다. "남편에게 아내가 무엇을 원하는지 알아맞히는 능력을 부여하는 것이 결혼이라면, 결혼은 아주 매력적인 제도네요."

"네, 그렇습니다." 폴이 말했다. "그런데 벌써 자정입니다. 가야겠네요."

"오늘은 왜 이렇게 빨리 가세요?" 에방젤리스타 부인이 애교를 부리면서 말했다. 남자들이란 그런 애교에 아주 민감한 법이다.

모든 대화가 가장 우아한 말들로 이루어지고 가장 세련된 예법에 따른 것이었음에도, 이해관계가 걸린 논쟁의 결과는 사위에게도 장모에게도 경계심과 적대감의 씨를 심어 주었다. 조금만 화가 나거나 감정이 격해져 흥분할 경우, 그 적대감은 바로 끓어오를 터였다. 대부분의 경우, 결혼 계약 당시 지참금과 증여의 설정에 대한 논쟁은 가족들 간의 원초적인 적대감을 낳는다. 그 적대감은 자존심 때문에, 감정이 상해서, 희생을 후회하기에, 희생을 최소화하고 싶은 욕심 때문에 생긴다. 어려운 문제가 발생하면 누군가는 승리하고 누군가는 패배해야 하지 않는가? 신랑 신부의 부모는 술수가 난무하고 이득이 존재하며 거래에서의 실망이 포함된, 그들이 볼 때 순전히 영리가 목적인 이 사업에서 가능한 한 유리한 결론을 끌어내려고 애쓴다. 대부분의 경우, 이러한 비밀스러운 논쟁에는 신랑만 참여한다. 그리고 신부는, 나탈리가 그랬던 것처럼, 자신을 부자로 만들 수도 가난뱅이로 만들 수도 있는 계약 조건에 대한 논의에 적극적으로 참여하지 않는다. 집으로 돌아가면서, 폴은 공증인의 노련함 덕분에 파산을 피하고 재산을 지킬 수 있었다고 생각했다. 에방젤리스타 부인이 딸과 헤어지지 않는다면, 그들의 생활비는 일 년에 10만 프랑을 넘을 것이다. 이제 그의 예상대로 행복한 삶은 실현될 터였다.

'장모는 정말 멋있는 분인 것 같아.' 논쟁이 불러일으킨 불안감을 해소하기 위해 애써 보여 주었던 에방젤리스타 부인의 애교스러운 태도에 매료된 폴은 혼잣말로 중얼거렸다. '마티아스가 잘못 생각하는 거야. 공증인들은 참 이상해. 모든 일을 왜곡하고 악화시키거든. 능숙한 척하고 싶어 궤변을 늘어놓는 저 솔로네 때문에 일이 꼬인 거야.'

이날 저녁에 이룬 이득을 되짚어 보면서 폴이 잠자리에 들 때, 에방젤리스타 부인 역시 자신의 승리를 자축했다.

"자, 어머니, 만족하세요?" 침실까지 어머니를 따라가면서 나탈리가 말했다.

"그래. 내 사랑!" 어머니는 대답했다. "모든 것이 내가 바라던 대로 되었다. 오늘 아침까지만 해도 어깨를 짓누르던 무게가 줄어든 느낌이다. 한시름 놓았다. 폴은 참으로 호인이다. 사탕스러운 아이, 정말 그렇다니까! 우리는 그 애가 멋진 삶을 살게 해 줄 게다. 너는 그 아이를 행복하게 해 주어라. 나는 정치적인 출세를 책임질 것이다. 스페인 대사는 내가 잘 아는 분이다. 그와 다시 친밀한 관계를 이어가야겠다. 다른 지인들과도 그래야겠지. 오! 우리는 이제 파리 사교계의 중심에 설 거다. 우리에게는 모든 것이 환희일 것이다. 너희들은 마음껏 즐기려무나. 나는 내 인생 마지막 활동인 야망의 게임에 뛰어들 것이다. 우리 저택을 판다고 너무 놀라지 말아라. 우리가 다시 보르도에서 살겠니? 랑스트락? 그래, 랑스트락에서는 살겠지. 하지만 겨울은 파리에서 지낼 거다. 우리의 진정한 관심은 이제 그곳 파리에 있거든. 그런데 나탈리, 내가 네게 요구한 것이 그리 힘들지는 않더냐?"

"어머니, 때때로 수치심을 느끼기도 했어요."

"솔로네는 저택을 매각한 돈으로 종신 연금에 투자하라고 충고하는데," 에방젤리스타 부인은 혼잣말처럼 중얼거렸다. "하지만 나는 그러고 싶지 않다. 나는 내가 가진 재산을 한 푼도 빠짐없이 모두 너에게 상속하고 싶어. 그런데 내가 죽을 경우, 종신 연금은 원금 회수가 안 되거든."

"사람들이 막 화를 내는 것을 보았어요. 그런데 어떻게 그 폭풍우가 잠잠해졌죠?"

"내가 다이아몬드를 내놓았기 때문이지." 에방젤리스타 부인이 말했다. "솔로네 말이 맞았어. 그는 얼마나 기막히게 능숙한 솜씨로 일을 처리했는지! 어쨌든 내 보석함을 가져라, 나탈리! 그 보석들이 얼마나 나가는지 궁금했던 적은 한 번도 없다. 가까 10만 프랑이라고 말할 때는 제정신이 아니었어. 너희 아버지가 결혼식 날 내게 선물로 준 그 목걸이와 귀걸이는 적어도 그만큼은 나갈 거라고 기아 부인이 주장하지 않았니. 불쌍한 네 아빠는 참으로 인심이 후했었지! 그리고 내 가문의 보석, 펠리페 2세가 달비 공작에게 주고, 또다시 숙모가 내게 남긴 다이아몬드 '디스크레토'는 내 생각에 8만 리브르는 족히 나갈 거다."

나탈리는 진주 목걸이와 장신구들, 금 팔지와 여러 종류의 보석들을 어머니 화장대 앞으로 가져와서는 뭐라 말로 표현할 수 없는 감정을 드러내면서 만족스럽게 그것들을 펼쳐놓았다. 여자들은 그런 보석을 보면 행복감을 느끼게 마련이다. 탈무드의 해설에 따르면, 저주받은 천사들은 땅속 깊은 곳에서 캐온 그 보석들을 가지고 지상의 딸들을 유혹했다고 한다. 그들은 천상의 불꽃을 찾으러 땅속 깊은 곳까지 가서, 꽃 대신 땅속에 묻혀 있는 보석들을 캐왔다는 것이다.

"물론," 에방젤리스타 부인이 말했다. "나는 보석을 선물 받고 보석으로 치장할 줄만 알았지 가격에 대해서는 아무것도 모르지만, 그래도 값이 꽤 나갈 것으로 생각한다. 그리고 우리가 함께 살면서 한집 살림만 한다면 은식기도 팔 수 있다. 무게로만 쳐도 3만 프랑은 나갈 것이다. 우리가 페루의 리마에서 그 식기들을 가져올 때, 세관에서 그렇게 값을 매겼던 것으로 기억하거든. 솔로네 말이 맞아! 엘리 마귀스를 불러오라고 해야겠다. 그 유대인은 보석들의 가격을 평가해 줄 것이다. 어쩌면 내 남은 재산을 종신 연금에 맡길 필요가 없을지도 몰라."

"진주 목걸이가 너무 예뻐요!" 나탈리가 말했다.

"폴이 너를 사랑한다면, 그 목걸이를 팔지 않고 네게 주었으면 좋겠구나. 그에게 지참금으로 준 보석들을 다시 세팅해서 너에게 선물해야 하는 것 아니니? 계약에 의하면 다이아몬드들은 네 것이다. 자, 이제 잘 자라, 내 천사! 피곤한 하루였다. 이제 우리에게도 휴식이 필요하구나."

계약 조항들을 하나하나 꼼꼼히 분석할 줄 모르는 멋쟁이 크레올 여인이자 귀부인인 에방젤리스타 부인은 아직 계약이 끝나지 않았음에도, 자기 마음대로 조종하기 쉬운 남자와 결혼한 딸의 모습을 그리면서 잠이 들었다. 그 남자와 결혼하면 자기들 모녀가 집주인이 될 터였다. 게다가 두 집안의 재산이 합쳐지면 이제까지 살아온 대로 사치스럽게 살 수 있을 것이다. 모든 재산 목록이 기록된 보고서를 딸에게 넘기고 나면 에방젤리스타 부인은 홀가분해지리라.

'너무 걱정할 필요가 없었던 것 아냐? 그렇게 걱정하다니, 내가 정신이 나갔었나 보다.' 그녀는 생각했다. '결혼이 얼른 마무리되었으면 좋겠다.'

이처럼 에방젤리스타 부인, 폴, 나탈리 그리고 두 공증인은 모두 첫 만남에 대해 만족했다. 양 진영에서 감사와 찬송의 노래 테데움이 울려 퍼졌다. 하지만 그것은 위험한 상황을 예고하는 것이었으니, 패배자의 실수가 사라지는 순간, 부인이 패배자라고 생각했던 상대방이 결코 손해를 보지 않았음을 깨닫는 시점에 이르게 될 터였다. 부인에게 패배자는 사위였다.

다음날, 에방젤리스타 부인은 엘리 마귀스를 불렀고, 그는 나탈리 양과 폴 남작의 결혼에 대해 돌아다니는 소문에 따라 그들이 보석을 팔 것이라 예상하면서 부인의 집으로 왔다. 따라서 유대인은 부인이 보석을 팔기 위해서가 아니라 소유한 다이아몬드에 대한 감정가를 알고 싶어 그를 불렀음을 알고 적이 놀랐다. 엉큼한 유대인의 본성에 따라 그는 그 감정가가 분명 결혼 계약에 명시될 것임을 파악했다. 팔기 위해 내놓은 다이아몬드가 아니므로 굳이 싸게 평가할 필요가 없었기에, 그는 보석상에서 개인이 그 다이아몬드를 살 때 치러야 하는 값으로 그것을 평가했다. 보석상만이 아시아산 다이아몬드와 브라질산 다이아몬드의 차이를 안다. 인도의 골콘다와 비자푸르의 돌은 투명한 하얀빛과 밝기의 정도가 다르다. 수분을 많이 포함할수록 누런색을 띠게 마련이고, 그 경우 같은 무게라도 값이 훨씬 싸기 때문이다. 엘리 마귀스는 완전히 아시아 다이아몬드로 세팅된 에방젤리스타 부인의 귀걸이와 목걸이를 25만 프랑으로 감정했다. '디스크레토'의 경우, 그의 말에 따르면 그것은 개인 소유의 다이아몬드로는 가장 아름다운 보석 중 하나이고, 이는 업계에 이미 알려진 사실이며, 감정가는 10만 프랑이라는 말도 덧붙였다. 보석들의 가격은 남편이 얼마나 돈을 잘 쓰는 사람이었는지를 알게 해 주었다. 10만 프랑이라는 말을 들은 에방젤리스타 부인은 당장 그 돈을 받을 수 있는지 물었다.

"부인, 만일 지금 그 보석을 파신다면 다이아몬드는 7만 5천 프랑, 목걸이와 귀걸이는 16만 프랑밖에 드릴 수 없습니다." 유대인이 대답했다.

"왜 그렇게 값이 내려가죠?" 그 말에 깜짝 놀란 에방젤리스타 부인이 물었다.

"부인, 다이아몬드가 아름다우면 아름다울수록 사람들은 그 보석을 오래 간직합니다. 따라서 매물을 내놓는 경우가 극히 드물기에 보석값이 비싼 겁니다. 상인들도 이윤을 남겨야 하지 않습니까. 그러니 물건값의 차이에 따라 이윤이 결정되는 것이고, 따라서 사는 값과 파는 값은 당연히 차이가 나게 마련이지요. 상인들은 자신이 얼마의 이득을 보는지 말하지 않습니다. 부인께서는 20년 동안 30만 프랑에 대한 이자를 계속 손해 보고 계셨던 겁니다. 그 다이아몬드를 일 년에 열 번 착용하셨다면, 착용하실 때마다 매번 3천 프랑을 낭비하신 셈이죠. 3천 프랑 드는 옷이 얼마나 있을까요! 그러니 다이아몬드를 고이 간직하고 있는 사람들은 정신이 나간 거죠. 하지만 여자들은 그런 계산을 이해하려 들지 않습니다. 우리에게는 다행스러운 일이죠."

"보석들에 대해 잘 설명해 주셔서 감사합니다. 참고하겠습니다."

"파시겠습니까?" 유대인이 탐욕스레 말했다.

"다른 보석들은 값이 얼마나 나가나요?" 에방젤리스타 부인이 물었다.

유대인은 보석 테로 쓰인 금을 관찰했고, 진주를 햇빛에 비춰 쪼았으며, 루비, 머리띠, 브로치, 팔찌, 쇠고리, 목걸이 줄 등을 주의 깊게 살펴보았다. 그러고는 중얼거리면서 말했다. "브라질에서 온 포르투갈 다이아몬드가 많군요! 제가 볼 때 이 보석들은 10만 프랑밖에 나가지 않습니다. 하지만 상인과 단골손님 사이에서는 15만 프랑 이상으로 팔릴 수 있을 것입니다."

"팔지 않을 겁니다." 에방젤리스타 부인이 말했다.

"잘못 생각하시는 겁니다." 엘리 마귀스가 대답했다. "보석을 판 돈에서 발생할 소득을 가지고, 원금은 그대로 둔 채 5년 안에 그만큼 아름다운 보석을 사실 수 있습니다."

참으로 이상했던 이 회합이 알려지면서 사람들은 계약에 관한 논쟁이 불러일으켰던 소문에 대한 확증을 가지게 되었다. 지방에서는 비밀이 없다. 하인들은 조금만 큰 소리가 나도 실제보다 훨씬 격렬한 싸움이 있었다고 넘겨짚는다. 그리하여 다른 집 하인들과의 쑥덕공론을 통해 소문은 서서히 퍼진다. 하인들 사이에서 시작된 소문은 주인들에게까지 옮아간다. 사교계와 도시 전체의 관심이 동등한 부를 가진 두 사람의 결혼에 집중되었고, 어른이건 아이건 그 사건에 몰두했다. 그러다 보니 일주일 후 보르도에는 다음과 같은 아주 이상한 소문이 돌았다. "에방젤리스타 부인이 저택을 팔았대. 그러니까 부인은 파산한 거지. 가지고 있던 다이아몬드를 엘리 마귀스에게 내놓았다는군. 부인과 마네르빌 백작 사이에 결정된 건 아직 아무것도 없대. 그들이 결혼할 수 있을까?" 몇몇 사람들은 그렇다고 말했고, 또 다른 몇몇 사람들은 아니라고 했다. 질문을 받은 두 공증인은 그런 험담을 부인하면서, 단지 마조라 설립을 위해 순전히 행정적인 몇 가지 문제가 남아 있을 뿐이라고 말하곤 했다. 그러나 일단 이상한 방향으로 흘러가기 시작한 여론의 방향을 돌리기는 무척이나 어려웠다. 폴이 매일같이 에방젤리스타 부인의 저택을 방문하고, 두 공증인이 그 소문을 극구 부인함에도. 상냥한 말투로 전해지는 험담은 계속되었다. 자신들이 꿈꾸었던 결혼이 다른 누군가에 의해 실현되는 것에 무척이나 기분이 상했던 혼기에 있는 처녀들뿐 아니라 그들의 어머니와 숙모들도 에방젤리스타 부인의 행복을 도저히 용인할 수 없었다. 동료 작가의 성공을 참지 못하는 작가와는 비교도 할 수 없을 정도였다. 그들 중 몇몇은 20년 동안 그들의 자존심을 상하게 했던 스페인 가정의 호화스러움과 고귀함에 대해 톡톡히 복수했다. 한편 도지사는 만일 협상이 결렬되었다면, 두 공증인이 그렇게 말할 수도 그렇게 행동할 수도 없을 것이라며 백작과 부인의 편을 들었다. 그러나 마조라 설립을 위해 시간을 끌게 되자, 보르도의 교묘한 의심은 확신으로 바뀌었다.

"저들은 겨울 내내 시간을 벌기 위해 객석을 늘어놓겠지. 하지만 봄이 오면 온천으로 휴양 갈 것이고, 그러면 우리는 그들의 결혼 협상이 결렬되었다는 것을 알게 될 거야."

어떤 사람들은 또 이렇게 말했다. "그들은 두 가문의 명예를 지키기 위해 협상이 결렬된 이유가 양측 그 누구에게도 있지 않다고 말할 겁니다. 아시겠어요? 그러고는 법무부에서 그 결혼을 승인하지 않았다고 하겠죠. 마조라 때문에 발생한 약간의 달다툼이 아마 협상 결렬의 이유일 겁니다."

"에방젤리스타 부인은 발렌시아에 여러 개의 광산을 소유한대드 감당할 수 없을 만큼 엄청나게 사치스러운 생활을 했지요. 오랜 시간 공들여 만든 종을 녹이고 나면 남는 것은 아무것도 없는 법이랍니다!" 이렇게 속담을 들어가며 말하는 사람들도 있었다.

아름다운 부인의 과도한 소비를 따져 봄으로써 그녀가 파산했다는 것을 확실히 밝힐 수 있는 절호의 기회가 아닌가! 얼마나 소문이 자자했던지, 결혼이 성립할 것인가 아닐 것인가에 대해 사람들끼리 내기를 하는 지경까지 이르렀다. 사교계의 관례에 따르면 이러한 소문은 당사자들만 모른 채 사방으로 퍼진다. 폴이나 에방젤리스타 부인에게는 그런 소문을 알려줄 만큼 그들에게 적의를 품은 사람도, 그럴 만큼 그들과 친한 사람도 없었다. 폴은 랑스트락에 볼 일이 있었다. 그래서 그 기회를 이용해 시내의 몇몇 젊은이들과 사냥 파티를 열었다. 일종의 총각 생활에 종지부를 찍는 마지막 모임이었다. 그런데 이 사냥 파티는 사람들이 가졌던 의심이 확신으로 바뀌는 확실한 계기가 되었다. 이러한 상황에서 시집갈 나이가 다 된 과년한 딸을 둔 기아 부인은 정황을 살펴봐야겠다고 생각했다. 이제 에방젤리스타 가문의 실패에 대해 기꺼이 슬퍼해야 할 때가 된 것이다. 나탈리와 에방젤리스타 부인은 후작부인의 얼굴이 어색한 화장으로 푸석푸석해진 것을 보고는 적이 놀라면서, 그녀에게 무슨 안 좋은 일이 있냐고 물었다.

"보르도에 돌아다니는 소문을 정말 모른단 말인가요?" 후작 부인이 말했다. "물론 나는 그 소문을 믿지 않아요. 하지만 진실을 알고 싶어 왔어요. 그래야 보르도 전체에, 아니 적어도 친구들 사이에서라도 그 소문이 사실이 아님을 알릴 수 있지 않겠어요. 그런 거짓 소문에 속거나, 심지어 공모자가 되는 것은 너무나 부적절하고 위선적인 태도지요. 진정한 친구는 절대 그럴 수 없어요."

"도대체 무슨 일이죠?" 모녀가 물었다.

기아 부인은 막역한 사이인 두 친구의 가슴에 비수를 꽂으며 기쁜 마음으로 사람들이 그들에 대해 이러쿵저러쿵하는 말을 전했다. 나탈리와 에방젤리스타 부인은 마주 보며 함께 웃었다. 하지만 그 부인의 말에 담긴 의미와 그녀가 그 말을 한 동기를 금방 파악했다. 스페인 여인은 셀리멘이 자신을 질투하는 아르지노에*에게 그랬던 것처럼, 다음과 같이 말함으로써 그녀에게 앙갚음했다.

"부인, 지참금도 없고, 사랑하는 사람도 없고, 예쁘지도 않고, 똑똑하지도 않고, 게다가 아무것도 가진 것이 없어 시집을 못 가는 딸을 둔 어머니라면 무슨 말인들 못 하겠어요? 부인은 지방 사람들을 잘 아시면서도 그런 사실은 모르시나요? 그 어미는 지나가는 마차라도 불러 세울 겁니다. 살인이라도 하겠죠. 길모퉁이에서 한 남자를 기다릴 수도 있겠군요. 조금이라도 매력 있는 여자라면 백번이라도 몸을 던질 겁니다. 보르도에는 자기들이 생각하고 처신할 행동을 마치 우리가 한 것처럼 갈하는 사람이 많군요. 박물학자들은 수많은 맹수의 풍습을 묘사했지요. 그런데 그들은 남편감을 찾는 어미와 딸에 대한 묘사는 빠뜨렸더군요. 시편 작가의 말에 따르면, 그네들은 먹잇감을 찾고 있는 하이에나와 같다고 합니다. 그 짐승은 동물적 본성에 인간의 지능과 여자의 재능을 덧붙인다죠. 파리를 잡기는커녕 주위에서 날개를 퍼덕이는 소리조차 듣지 못한 채 오랫동안 열심히 그물만 치고 있는 벨로르 양이나 트란스 양 같은 보르도의 하찮은 거미들은 무척 화가 났겠지요. 이해해요. 그들의 악의적인 말들을 용서합니다. 하지만 부인은 언제든 원하기만 하면 딸을 결혼시킬 수 있지 않나요? 부자에다 귀족이고 전혀 촌스럽지도 않고요. 따님은 재치도 있고 장점이 많은 데다가 예쁘기도 하니 얼마든지 사윗감을 고르실 수 있잖아요. 다른 부인들과 달리 파리의 우아함까지 갖추신 분이 그런 걱정을 하시다니, 우리로서는 정말 놀랍군요! 내가 결혼 계약의 조건들을 사람들한테 일일이 보고해야 하나요? 그 조건들은 장차 우리 사위의 삶을 지배하게 될 정치적 상황을 고려할 때 필요하다고 공증인들이 판단하여 첨부한 내용이랍니다. 공개 토론에 대한 편집증적인 강박관념이 가족 내부로까지 침투할 참인가요? 봉인된 편지를 보내 이 지방의 모든 아버지 어머니를 소집했어야 했나요? 결혼 계약의 조항들을 결정하는 자리에 참석해 달라고 말이에요."

보르도에 쉴 새 없이 신랄한 말들이 돌아다녔기에, 에방젤리스타 부인은 보르도를 떠나 시골을 돌아다녔다. 그녀는 친구들과 적들을 하나하나 점검하고, 그들을 희화화시키고, 아무 두려움 없이 그들을 마음대로 호되게 비판할 수 있었다. 그리하여 한낮에도 태양의 존재를 부인했던 이런저런 사람들이 그렇게 함으로써 어떤 이익을 얻었는지 곰곰이 생각하면서, 그들에 대한 감시를 계속했고 복수를 미루었다.

"하지만 부인," 기아 부인이 말했다. "이런 상황에서 마네르빌 백작은 랑스트락에 체류하면서 젊은 친구들과 파티를 벌이고……."

"저런, 부인!" 에방젤리스타 부인은 그녀의 말을 끊으면서 말했다. "부인은 우리가 부르주아의 저급한 격식을 따랐다고 생각하세요? 도망갈지도 모르는 사람이기라도 한 듯 백작의 자유를 속박해야 하나요? 헌병을 시켜 그를 감시하게 해야 할 필요가 있다고 생각하세요? 보르도 사람들이 음모를 꾸며 백작을 납치할까 봐 두려워해야 하나요?"

"당신의 말을 들으니 정말 기쁘다는……."

그녀의 말은 폴의 도착을 알리는 하인의 안내로 인해 중단되었다. 사랑에 빠진 모든 사람이 그렇듯이, 폴은 나탈리와 한 시간을 보내기 위해 16킬로미터를 달려오는 것은 멋진 일이라고 생각했다. 그래서 친구들을 사냥터에 남겨 두고, 박차를 달고 장화를 신고 손에는 승마용 채찍을 든 채 달려왔던 것이다.

"사랑하는 폴," 나탈리가 말했다. "우리가 지금 후작부인께

뭐라고 답했는지 모르죠?"

보르도에 돌아다니는 험담을 듣자, 폴은 화를 내는 대신 웃음을 터뜨렸다.

"잘난 척하는 그 딱한 사람들은 지방의 관례와 달리 결혼식도 피로연도 하지 않을 것이고, 교회에서의 종교 미사도 없을 거라는 사실을 곧 알게 될 겁니다. 그들은 노발대발하겠죠. 그럼 이렇게 하지요, 장모님." 그는 에방젤리스타 부인의 손에 입을 맞추면서 말했다. "샹젤리제 대로에서 국민을 위해 축제를 벌이듯이, 우리는 계약서에 서명하는 날 무도회를 열도록 해요. 그리고 친절한 우리의 친구들이 계약서에 서명하는 쓸쓸한 기쁨을 느끼도록 하지요. 지방에서는 흔한 일이 아니죠."

이것은 매우 중요한 사건이었다. 에방젤리스타 부인은 계약서에 서명하는 날 보르도 전체를 초대했다. 그러고는 보르도에서 개최하는 마지막 파티에 온갖 사치를 과시해 보이겠다는 의사를 드러냈다. 그럼으로써 사교계에 돌아다니는 터무니없는 허위 사실을 분명하게 부인할 수 있을 터였다. 폴과 나탈리를 결혼시키는 것, 그것은 관객 앞에서 이루어지는 엄숙한 약속이었다. 이 파티 준비에는 40일이 걸렸다. 그 파티의 이름은 '동백꽃의 밤'이었다. 어마어마한 양의 동백꽃이 계단과 대기실과 식당으로 쓰일 살롱을 가득 채웠다. 결혼 전에는 여러 형식적 절차가 필요한 법이다. 따라서 무도회 준비 기간은 자연스레 그 절차를 마치기 위해 요구되는 시간과 일치했다. 파리에서도 마조라 설립을 위한 조치를 취하기 위해 그 정도의 시간이 필요했다. 랑스트락에 접한 토지 매수가 이루어졌고 혼인 공지가 발표되었다. 이쯤 되자 모든 의혹이 다 사라졌다. 친구건 적이건 이제는 모두 파티에 입고 갈 의상에만 신경을 썼다. 이렇게 여러 사건을 거치면서 첫 회합에서 제기되었던 어려운 문제들은 극복된 것처럼 보였다. 결혼 계약에 대한 격렬한 논쟁과 서로 주고받았던 말들은 망각 속으로 날려 보냈다. 폴도 장모도 미묘했던 그날의 논쟁을 더 이상 생각하지 않았다. 에방젤리스타 부인이 말했듯 그것은 공증인들 간의 일이 아닌가? 하지만 시간이 너무도 빨리 흐르는 우리의 삶에서, 누구에게나 갑자기 그러나 뒤늦게 떠오르는 과거 기억 속의 어떤 목소리에 이끌려, 매우 중요한 사실이나 앞으로 닥칠 위험을 상기하는 경우가 있지 않나? 폴과 나탈리의 결혼 계약에 서명하기로 한 날 아침, 비몽사몽 상태에 있던 에방젤리스타 부인의 머릿속에서 도깨비불 같은 그런 생각이 번뜩 떠올랐다. 마티아스가 솔로네의 제안에 동의했던 순간 자기 자신이 언급했던 '이 꼬리는 그 고양이의 꼬리가 아니다'라는 속담이 그녀의 귓가를 맴돌았다. 사업에 대해서는 아무것도 모르는 부인이었음에도 그녀는 속으로 생각했다. 능수능란한 공증인 마티아스가 잠잠해졌다면, 분명 양측 중 한쪽이 지출한 비용에 만족했기 때문일 것이다. 그런데 그녀가 원했던 것처럼 손해를 보는 측이 폴일 리 없다. 그렇다면 딸의 재산으로 이 전쟁의 비용을 치른단 말인가? 그녀는 자신의 이해관계가 과도하게 침해될 경우 어떻게 할 것인지에 대해서는 깊이 생각해 보지 않은 채, 일단 계약서 내용에 대한 설명을 요구하기로 했다. 그날은 폴의 부부 생활에 너무도 큰 영향을 미쳤기에, 사람들이 기억하는 몇 가지 외적 상황을 설명할 필요가 있다. 에방젤리스타 저택이 매각될 예정이었기에, 마네르빌 백작의 장모는 피로연을 위해 돈을 아끼지 않았다. 모래가 뿌려진 마당은 터키식 텐트로 덮이고, 겨울임에도 소관목들로 장식되었다. 앙굴렘에서 닥스에 이르기까지 소문이 퍼졌던 동백꽃은 계단과 현관을 장식했다. 피로연장과 무도회장을 넓히기 위해 벽면은 헐렸다. 식민지로부터 들어온 거액의 돈으로 사치가 넘치던 보르도는 예고된 요정극에 대한 기대에 차 있었다. 계약에 대한 논의가 끝나 가던 8시경, 호기심 가득한 사람들은 무도회 복장을 하고 마차에서 내리는 여성들을 구경하러 몰려와 마차 출입문 양옆으로 늘어섰다. 이렇듯 호화스러운 무도회의 분위기는 계약서에 서명하는 순간 사람들 마음에 영향을 주었다. 절정의 순간, 점화된 초롱불은 삼각형의 촛대 꽂이 위에서 환한 빛을 발했고, 마당에서는 가장 먼저 도착한 마차 소리가 울려 퍼졌다. 두 공증인은 약혼한 젊은이들 그리고 미래의 장모와 함께 저녁 식사를 했다. 마티아스 사무실의 일등 서기도 이 식사에 초대받은 손님 중 한 명이었다. 그는 양측 모두에게 계약서를 꼼꼼하게 읽게 한 후 서명받는 임무를 맡았다.

  사람들은 모두 각자의 기억을 되살려 보았지만, 그 어떤 옷도 그 어떤 여인도 그 무엇도 나탈리의 아름다움과는 비교될 수 없었다. 레이스와 공단으로 장식한 옷을 입고, 목까지 내려오는 곱슬머리를 매력적으로 손질한 나탈리는 꽃잎으로 둘러싸인 한 송이의 꽃 같았다. 광채로 빛나는 피부를 돋보이려고 교묘하게 선택한 버찌 색의 벨벳 드레스를 입은, 검은 눈과 검은 머리의 에방젤리스타 부인은 마흔 살 여인의 아름다움을 마음껏 뽐내고 있었다. 그녀의 목에는 가문의 보석인 '디스크레토'가 박힌 진주 목걸이가 걸려 있었다. 사람들 입에 오르내리는 중상모략을 일축하기 위한 것이었다.

계약서 서명의 장면을 이해하기 위해서는, 그날 저녁 폴과 나탈리가 후견인 보고서의 내용을 하나도 듣지 않았다는 사실을 언급할 필요가 있다. 그들은 벽난로 구석의 2인용 안락의자에 앉은 채 꼼짝도 하지 않았다. 둘 다 어린아이였기에 그들은 행복했다. 폴은 욕망 때문에 행복했고, 나탈리는 호기심 어린 기대 때문에 행복했다. 젊고, 부자이고, 사랑에 빠진 그들에게 인생은 파랗기만 한 하늘이었다. 그들은 귓속말로 끊임없이 이야기를 나누었다. 벌써 자신의 사랑에 합법성을 부여한 폴은 기꺼이 나탈리의 손가락 끝을 애무했고, 눈처럼 하얀 그녀의 등을 가볍게 스쳤으며, 그녀의 머리칼을 살짝 만졌다. 그러면서 아무도 몰래 아직은 법적으로 허락되지 않은 행위가 주는 기쁨을 맛보았다. 나탈리는 폴이 선물한 인디언 깃털로 만든 부채를 가지고 놀고 있었다. 그런데 몇몇 나라의 미신에 따르면, 그 선물은 신화적 인물인 파르카'의 예리한 도구나 가위처럼 사랑하는 사람들에게 불길한 징조를 예고한다고 한다. 두 공증인 옆에 앉은 에방젤리스타 부인은 누구보다도 계약서

결혼 계약

낭독에 세심한 주의를 기울였다. 솔로네가 교묘하게 작성한 후견인 보고서에는 에방젤리스타 씨가 남긴 3백만 몇천 프랑 중 나탈리의 몫은 115만 6천 프랑으로 한정한다는 내용이 담겨 있었다. 후견인 보고서 내용을 들은 후, 그녀는 아이들에게 "얘들아, 좀 들어라. 너희들의 계약서 아니니!"라고 말했다. 공증인 서기는 설탕물을 한 컵 마셨고 마티아스와 솔로네는 코를 풀었다. 폴과 나탈리는 네 사람을 쳐다보고 계약서 서문을 듣고 난 후 다시 속닥거리며 이야기를 나누기 시작했다. 지참금의 설정, 자손 없이 사망할 경우 행해지는 일반적인 증여, 민법 규정이 허락한 대로 자녀의 수와 상관없이 용익권에 의한 4분의 1 증여와 허유권에 의한 4분의 1 증여, 부부 공동 재산의 구성, 다이아몬드는 아내에게, 서고와 말은 남편에게 증여, 이 모든 사항에 대해 이견 없이 의식은 잘 진행되었다. 마지막으로 마조라 구성에 대해 논의할 순서가 되었다. 모든 조항이 낭독되고 서명할 일만 남았을 때, 에방젤리스타 부인은 마조라가 어떤 효력을 가지는지 물었다.

"부인, 마조라는 양측의 재산 중 일부를 떼어 내어 형성한 가족의 재산으로서, 마조라에서 발생하는 이득은 장자의 몫입니다. 하지만 마조라는 대대손손 이어지는 양도 불가능한 재산입니다. 다른 재산의 상속에 대해서는 장자도 다른 자손들과 동등한 권리를 가집니다." 솔로네가 대답했다.

"마조라 설립은 우리 딸에게 어떤 결과를 가져다주나요?" 부인이 물었다.

진실을 숨길 줄 모르는 마티아스는 다음과 같이 대답했다. "부인, 마조라는 두 가문의 재산을 투자하여 만든 영지인 만큼, 아내가 한 명 혹은 여러 명의 자식을 남기고 먼저 사망할 경우, 그중에 아들이 있다면 마네르빌 백작은 아내의 재산 중 마조라 설립을 위해 부담한 금액 80만 프랑을 제외한 35만 6천 프랑만 아이들에게 증여하면 됩니다. 그리고 후작은 증여분 중 4분의 1은 용익권을, 4분의 1은 허유권을 가집니다. 이렇듯 자식들에게 진 빚은 약 16만 프랑으로 축소됩니다. 부부 공동 재산의 이득과 회수금 등은 별도로 하고 말입니다. 반대의 경우, 즉 남편이 아들들을 남기고 먼저 사망할 경우, 마네르빌 부인은 35만 6천 프랑에 대한 권리만 가집니다. 그리고 마조라와 무관한 백작님의 재산에 대해서는 아이들에게 증여해야 합니다. 다이아몬드는 다시 부인 것이 되고 부부 공동 재산 중 부인 몫은 다시 부인 소유가 됩니다."

마티아스의 심오한 전략의 결과가 이제 밖으로 훤히 드러난 것이다.

"우리 딸은 망했군." 에방젤리스타 부인이 작은 목소리로 말했다.

작게 말했음에도 노 공증인과 젊은 공증인은 이 말을 들었.

마티아스가 나직이 물었다. "따님의 가족을 위해 파괴될 수 없는 견고한 재산을 설정하는 것이 망하는 건가요?"

고객의 얼굴에 드러난 표정을 본 젊은 공증인은 손해 보는 액수를 정확히 계산하지 않을 수 없다는 것을 느꼈다. 솔로네는 쿠인에게 말했다.

"우리는 30만 프랑을 확보하려고 했습니다. 저들은 물론 우리데게서 국채 원금 80만 프랑을 가져갑니다. 하지만 우리가 손해 보는 액수는 과거에 투자했던 원금 40만 프랑에 불과하니 계약은 우리에게 불리한 것이 아닙니다. 우리가 확보하는 액수와 빼앗기는 액수가 얼추 비슷하니까요. 게다가 우리가 손해 보는 40만 프랑은 자식들을 위한 것입니다. 계약을 파기하던가, 계속 진행하던가 둘 중 하납니다."

참석자들 사이에 침묵이 흘렀다. 그 침묵의 순간을 말로 표현하기는 불가능하다. 두 사람은 폴을 완벽히 속였다고 생각했다. 그런데 승리자는 그들이 아닌 마티아스가 아닌가. 승리에 찬 마티아스는 두 사람이 서명하길 기다렸다. 나탈리는 자기 재산의 반을 뺏긴다는 내용을 이해하기에는 너무 어렸고, 폴은 그 재산을 마네르빌 가문이 획득했다는 사실 자체를 몰랐기에, 그들은 여전히 웃으면서 담소를 나누고 있었다. 솔로너와 에방젤리스타 부인은 서로 마주 보았다. 공증인의 시선은 담담했지만 부인의 시선에는 분노가 가득 담겨 있었다. 그녀는 그동안 자신이 과도하게 낭비한 것을 이루 말할 수 없이 후회했었다. 그러면서도 자신이 정직하지 못한 이유가 폴 때문이라고 생각했기에, 폴을 희생양으로 삼아 후견인인 본인의 잘못을 그에게 전가하기 위해 수치스러운 술책을 쓸 결심을 했었다. 그러나 순식간에 그녀는 깨달았다. 승리를 기뻐하고 있을 때, 사실상 패배한 자는 자기 자신이었음을! 그리고 희생양은 바로 자기 딸이었음을! 그녀는 죄를 지었고 노인은 정직했다. 하지만 죄인인 그녀는 정작 아무런 이득도 보지 못한 채 정직한 노인에게 완전히 속았다. 분명 그 노인으로부터의 존경심도 잃었으리라. 그녀의 은밀한 행동 때문에 마티아스는 여러 조항을 첨부했던 것일까? 얼마나 소름 끼치는 생각인가! 마티아스가 폴을 깨우쳐 주었을 것이다. 아직 폴에게 말하지 않았을 수도 있다. 하지만 일단 계약서 서명이 끝나고 나면, 이 늙은 늑대는 지금은 보이지 않더라도 앞으로 닥칠 수 있는 위험을 고객에게 경고할 것이다. 누구나 칭찬받고 싶은 법, 그 역시 칭찬받기 위해서라도 그렇게 할 것이다. 공증인은 비열한 음모 속에 그를 밀어 넣은 여인을 조심하라고 경고하지 않을까? 자신이 사위를 정복하고 세운 왕국을 공증인이 파괴하지 않을까? 나약한 인간은 경고를 받으면 그 생각에 몰두하기에, 절대 그 전으로 돌아가지 않는다. 그렇다면 이제 만사는 끝장이다. 결혼 문제를 논의하기 시작하던 날, 그녀는 폴의 나약함을 믿었다. 그는 이미 많이 진전된 결혼을 파기하지 못할 위인이었다. 그때는 그들의 관계가 지금과 달랐었다. 3개월 전에는 폴이 결혼을 파기하기 위해 물리쳐야 할 장애가 별로 없었다. 하지만 지금은 보르도 전체가 두 달 전부터 공증인들이 어려움을 제거했다는 사실을 다 알고 있다. 혼인이 공시되었다. 이틀 후에는 결혼식을 올려야 한다. 이미 양가의 친지들과 성대하게 차려입은 사교계 인사들이 모두 도착하고 있었다. 그런데 어떻게 결혼이 연기되었다고 발표한단 말인가? 파혼의 원인은 모두에게 알려질 것이다. 사람들은 진지하고 정직한 공증인 마티아스를 신뢰하면서, 그의 말을 훨씬 더 잘 들을 것이다. 그동안 에방젤리스타 가족에게 질투심을 느꼈던 만큼 마음껏 그들을 비웃을 것이다. 그러니 양보해야만 했다. 잔인하리만큼 정확한 이 생각들이 마치 소용돌이처럼 그녀에게 몰아쳤다. 머리가 터질 것 같았다. 그녀는 책략가의 진지한 태도를 유지하고 있었지만, 그녀의 턱은 뇌졸중 환자처럼 덜덜거리고 있었다. 이와 유사한 상황에서 러시아의 권좌에 있던 예카테리나 2세는 자신에게 용감히 맞섰던 스웨덴의 젊은 왕에게 분노하면서 궁정인들 앞에서 그런 표정을 지었으리라. 솔로네는 부인의 얼굴에서 근육의 섬세한 움직임을 포착했다. 그 움직임은 극도의 증오심으로 인해 일그러진 표정을 드러냈다. 그것은 천둥소리도 나지 않고 번개도 치지 않는 폭풍우였다! 그 순간 에방젤리스타 부인은 사위에게 한없는 증오심을 품었다. 그 증오심의 뿌리는 아랍인들이 스페인 본국과 식민지의 대기에 퍼뜨린 증오심이리라.

"솔로네 씨," 부인은 몸을 숙이고 공증인의 귀에다 대고 다음과 같이 말했다. "당신은 이런 것을 횡설수설이라고 부르시는군요. 하지만 제가 볼 때는 우리가 당했다는 사실보다 더 분명한 것은 없어 보입니다."

"부인, 제 말씀은……."

"솔로네 씨," 솔로네의 말을 듣지 않은 채 부인은 말을 계속했다. "우리가 결혼에 대해 논의할 당시에는 저 조항들의 결과를 파악하지 못했다 칩시다. 하지만 사무실의 고요함 속에서도 그것에 대해 생각하지 못했다는 사실은 정말 놀랍습니다. 공증인의 무능력 때문이라고 생각하지 않을 수 없군요."

젊은 공증인은 고객을 작은 방으로 끌고 가면서 속으로는 다음과 같은 생각을 했다.

'후견인 보고서 작성 사례금으로 천 에퀴 이상, 계약 체결에 천 에퀴, 저택 매매 중계비로 6천 프랑, 도합 만 5천 프랑은 벌 것이다. 그러니 화내지 말자.' 그는 방문을 닫고 사업가의 냉정한 시선으로 에방젤리스타 부인을 바라보았다. 그는 그녀가 흥분한 이유를 간파했다. 그러고는 이렇게 말했다.

"부인, 저는 분명 부인을 위해 한계를 넘는 과도한 술책을 부렸습니다. 그런데 부인은 저의 그런 헌신에 대해 이런 말로 보답하십니까?"

"하지만. 솔로네 씨……."

"부인, 저는 증여의 결과를 계산하지 않았습니다. 그것은 사실입니다. 하지만 마네르빌 백작을 사위로 삼고 싶지 않으시다면, 그렇게 하시면 됩니다. 누가 그를 사위로 받아들이라고 강요하던가요? 계약서에 서명이라도 했나요? 파티를 여세요, 그리고 서명은 미루세요. 부인 자신을 속이는 것보다 보르도 전체를 속이는 편이 낫습니다."

"이미 사교계 전체에 알려졌는데 결혼 계약이 파기되었다는 사실을 어떻게 정당화하죠?"

"모르고 있던 파리에서의 실수, 서류의 결함 등, 이유야 만들면 되지요." 솔로네가 말했다.

"가조라 설립을 위해 이미 취득한 것들은요?"

"마네르빌 씨에게는 지참금도 혼처도 없지 않을 겁니다."

"그래요, 그 남자는 아무것도 잃을 것이 없어요. 하지만 우리는요? 우리는 모든 것을 잃게 되지요!"

"따님께서는 큰돈 들이지 않고 백작부인이 되십니다. 이 결혼을 성사시키려는 가장 큰 이유가 귀족 작위에 있다면 말입니다." 솔로네가 말했다.

"아니요, 아니에요. 우리의 행복을 가지고 그런 도박을 할 수는 없어요. 솔로네 씨, 저는 함정에 빠진 거예요. 내일이면 온 보르도에 그 사실이 알려질 겁니다. 우리는 공식적인 대화를 나누었으니까요."

"부인께서는 나탈리 양이 행복하기를 바라십니다." 솔로네가 말을 이었다.

"그 무엇보다도 그 아이의 행복이 가장 중요하죠."

"프랑스에서 행복하다는 것은 가정에서 실권을 쥔 지배자가 된다는 것을 의미하지 않나요? 따님은 저 바보 같은 마네르빌을 마음대로 조종할 것입니다. 그는 너무나 멍청해서 아무것도 눈치채지 못할 겁니다. 지금은 부인을 경계하고 있지만, 결혼하고 나면 아내를 전적으로 신뢰할 겁니다. 그의 아내는 부인과 거의 한 몸이 아닌가요? 폴 백작의 운명은 여전히 부인 손안에 있는 겁니다."

"그 말이 사실이라면, 솔로네 씨, 당신의 제안을 거절할 수 없군요." 시선이 붉어질 만큼 흥분한 상태에서 부인이 말했다.

"들어가시죠, 부인." 고객의 의도를 분명히 읽은 솔로네가 말했다. "하지만 무엇보다도, 이제 제가 하는 말을 잘 들으십시오! 그런 다음에는 부인 다음대로 제가 미숙하다고 생각하셔도 좋습니다."

"친애하는 선배님," 거실 안으로 들어가면서 젊은 공증인은 마티아스에게 말했다. "'능숙하신 실력에도 불구하고' 선배님께서는 마네르빌 씨가 자손 없이 사망할 경우, 또한 딸들만 남기고 사망할 경우를 예상하지 못하셨습니다. 이 두 경우, 마조라는 마네르빌 가문 사람들과 소송전에 들어갈 것입니다. 그러니,

무슨 일이 생길 수 있으니, 그 모든 것에 대비할지어다!

따라서 첫 번째의 경우, 마조라는 부부간에 조성된 부부 공동 재산에 속해야 할 것입니다. 그리고 두 번째의 경우에는 마조라의 설립이 무효가 되는 겁니다. 이 협약은 오직 아내가 될 사람에게만 관련됩니다."

"그 조항은 전적으로 정당해 보입니다." 마티아스가 말했다. "그것에 대한 승인이 필요하다면, 아마도 백작께서 법원 행정처와 합의하실 겁니다."

젊은 공증인은 펜을 가지고 계약서의 여백에 이 끔찍한 조항을 첨부했다. 폴과 나탈리는 그것에 대해서는 아무 신경도 쓰

지 않았다. 마티아스가 첨부된 조항을 읽어 보는 동안 에방젤리스타 부인은 눈을 내리깔았다.

"서명합시다." 어머니가 말했다.

에방젤리스타 부인의 억눌린 목소리는 격한 감정을 드러내고 있었다. 그녀는 자신에게 이렇게 다짐했다. '아니, 우리 딸은 망하지 않아. 저 남자가 파산하고 말걸! 우리 딸은 이름과 작의와 재산을 가질 거야. 저 아이가 남편을 사랑하지 않는다는 걸 깨닫게 된다면, 언제고 저항할 수 없을 정도로 누군가를 사랑하게 된다면, 폴은 프랑스에서 추방되고 말걸! 그리고 우리 딸은 자유와 행복과 부를 얻게 되는 거야!'

마티아스는 이해관계에 대한 분석에는 뛰어났지만, 인간의 열정에 대해서는 별로 아는 바가 없었다. 그는 이 조항이 전쟁 선포임을 깨닫지 못한 채, 그저 잘못을 인정하고 기꺼이 받아들이겠다는 신호로 받아들였다. 솔로네와 공증인 서기는 나탈리가 모든 조항에 서명하는 것을 지켜보았다. 그동안 마티아스는 폴을 십자형 창가로 데리고 가서 그의 파산을 막기 위해 고안한 조항들의 비밀을 들려주었다.

"백작님은 이 저택에 대해 15만 프랑의 저당권을 가지고 계십니다." 공증인은 말을 마치면서 말했다. "내일 저당권이 행사될 것입니다. 백작님 아내 이름으로 등록한 국채 대장 서류는 제 사무실에 보관하고 있습니다. 모든 것이 다 잘 해결되었습니다. 하지만 계약서에 다이아몬드 감정가에 대한 수령증이 포함되어야 합니다. 그것을 요구하십시오. 일은 일이니까요.

지금은 다이아몬드 가격이 오르고 있지만 언제 내려갈지 모릅니다. 새로 매입하는 오작과 생프루의 영지를 잘 활용하면 높은 수익을 낼 수 있을 겁니다. 그 경우 백작님 아내의 연금에는 손을 대지 않아도 됩니다. 따라서 백작님은 당연한 것을 요구하시는 것이니만큼 수치심을 느끼실 필요가 전혀 없습니다. 모든 수속을 마친 후에는 첫 번째 지불금으로 20만 프랑을 요구해야 합니다. 다이아몬드를 그 대금으로 충당하십시오. 두 번째 지불을 위해서는 에방젤리스타 저택에 대한 저당권을 가지시면 됩니다. 마조라에서 나오는 소득은 나머지 대금을 청산하는 데 도움이 될 겁니다. 3년 동안 5만 프랑만 쓰실 용기가 있으시다면, 백작님은 훗날 자녀들에게 빚지고 계시는 20만 프랑을 회수하실 수 있습니다. 서류상의 지참금과 실제 받으시는 지참금 사이의 차액이지요. 생프루 영지의 산 쪽 비탈에 포도나무를 심으신다면 연간 2만 6천 프랑의 소득이 생길 겁니다. 그렇게 되면 백작님의 마조라는 언젠가 파리의 저택을 제외하고도 5만 리브르의 연금 소득을 보장할 겁니다. 그리고 그것은 제가 아는 한 가장 값진 마조라가 될 것입니다. 그렇게만 된다면 백작님은 성공적인 결혼을 하시는 겁니다."

폴은 매우 다정하게 노 친구의 손을 잡았다. 폴에게 펜을 건네면서 에방젤리스타 부인은 두 사람의 동작을 놓치지 않았다. 이제까지의 의심이 사실로 확인된 셈이다. 그녀는 폴과 마티아스 두 사람이 서로 짰다고 생각했다. 마음속에서 분노와 증오로 피가 끓어올랐다. 모든 것이 분명해졌다.

도든 참고 조항이 다 확인되었는지, 계약 당사자들이 계약서 밑에 이름과 서명을 정확히 기입했는지 등을 확인한 후, 마티아스는 폴과 그의 장모를 번갈아 쳐다보았다. 그러고는 폴이 다이아몬드를 달라고 요청하지 않는 것을 보면서 다음과 같이 말했다. "다이아몬드의 인도에 문제가 있을 것으로 생각하지 않습니다. 여러분은 이제 한 가족이니까요."

"부인께서 다이아몬드를 인도하시는 것이 훨씬 적법할 것입니다. 마네르빌 씨는 후견인 보고서에 명시된 잔금을 모두 받아야 하니까요. 게다가 누가 먼저 죽을지는 아무도 모르지 않습니까." 이 상황에서 사위에 대한 장모의 반감을 부추길 방도를 발견한 솔로네가 그렇게 말했다.

"아, 장모님," 폴이 말했다. "그렇게 하는 것은 우리 모두에 대한 모욕이 될 것입니다." 그러고는 솔로네에게 라틴어로 말했다. "수뭉 주 수마 인주리아(과도한 법 적용은 최고의 불공정이다)."

증오에 차 있던 에방젤리스타 부인은 마티아스의 간접적인 요구에서 모욕감을 느끼면서 다음과 같이 말했다. "백작께서 다이아몬드를 안 받으신다면 저는 계약서를 찢어 버릴 겁니다."

피가 끓어오르는 분노를 느끼면서 그녀는 거실을 나왔다. 분노에 찬 그녀는 모든 것을 파멸시킬 수 있는 권력을 꿈꾸었다. 그런데 지금은 아무것도 할 수 없다는 사실 때문에 돌아 버릴 지경이었다.

나탈리가 폴의 귀에 대고 말했다. "제발, 보석들을 받으세요.

어머니가 무척 화나셨어요. 왜 그러시는지 오늘 저녁 알 수 있을 거예요. 나중에 말해 드릴게요. 우리가 어머니를 진정시킬 수 있을 거예요."

처음 부려 본 간계에 만족한 에방젤리스타 부인은 귀걸이와 목걸이는 간직한 채, 엘리 마귀스가 15만 프랑으로 감정한 보석들을 가져오게 했다. 가문에서 상속을 통해 내려오는 다이아몬드에 익숙한 마티아스와 솔로네는 보석들을 세심히 살펴보면서 그 보석의 아름다움에 경탄을 금치 못했다.

"백작님, 지참금을 하나도 빼놓지 않고 다 챙기시는군요." 솔로네의 말에 폴은 얼굴을 붉혔다.

"네." 마티아스가 말했다. "이 보석들은 매입한 영지의 1기분 대금으로 사용될 수 있을 것입니다."

"계약 수수료도요." 솔로네가 덧붙였다.

사랑처럼 증오도 아무것도 아닌 것 때문에 점점 커진다. 사랑받는 사람은 악행을 저지르지 않는 것처럼, 미움받는 사람은 절대 착한 일을 하지 않는다. 에방젤리스타 부인은 폴이 점잖은 척하고 있다고 단정하면서 그를 비난했다. 그러나 그의 태도는 진정 수치심에서 비롯된 것이었다. 다이아몬드를 안 받은 채 그냥 내버려두고 싶었던 폴은 보석함을 어디 두어야 할지 몰랐다. 차라리 창밖으로 던져 버리고 싶었으리라. 에방젤리스타 부인은 당혹스러워하는 폴을 보고는 '그 보석들을 이리로 가져오세요'라고 말하는 듯한 시선으로 그를 압박했다.

"사랑하는 나탈리," 폴이 미래의 아내에게 말했다. "이 보석들을 잘 보관하세요. 당신 것입니다. 당신에게 드립니다."

나탈리는 보석들을 콘솔 테이블의 서랍에 집어넣었다. 바로 그때, 마차들이 도착하는 시끄러운 소리가 들렸다. 도착하는 사람들의 대화 소리가 옆 살롱에서 들렸기에 나탈리와 그녀의 어머니는 살롱에 모습을 드러내야 했다. 살롱은 사람들로 꽉 찼고 무도회는 시작되었다.

"신혼 기간을 이용해서 다이아몬드를 파십시오." 노 공증인은 자리를 떠나면서 말했다.

구도회의 시작을 알리는 신호를 기다리면서 사람들은 서로 속삭이며 결혼에 대한 말을 나누었다. 몇몇 사람들은 신랑 신부의 미래에 대한 우려를 표했다.

"잘 끝났나요?" 보르도에서 가장 중요한 인사 중 한 명이 에방젤리스타 부인에게 물었다.

"읽어야 할 서류도, 들어야 할 이야기도 너무 많더군요. 그래서 늦었습니다. 이해해 주시리라 믿습니다." 그녀가 답했다.

"나는 아무것도 듣지 못했어요." 폴의 손을 잡고 무도회의 시작을 알리면서 나탈리가 말했다.

"저 젊은이들은 둘 다 호사와 낭비를 좋아하지요. 그렇다고 저들의 어머니가 그것을 만류할 리도 없고요." 남편의 재산을 상속받은 한 귀족 부인이 말했다.

"하지만 5만 리브르의 연금을 보장할 마조라를 설립했다고 하더군요."

"글쎄요!"

"유능한 마티아스 씨가 그렇게 한 것 같습니다." 한 법관이 말했다. "그렇다면 그 양반은 분명 마네르빌 가문의 미래를 지키고 싶었을 겁니다."

"나탈리는 너무도 아름답군요. 그러니 어찌 그 매력에 넘어가지 않을 수 있겠어요. 나탈리가 결혼 후 2년만 잘 지낸다면, 나는 마네르빌 씨가 가정적으로 불행한 남자라고 말하지 않겠어요." 어떤 젊은 여인이 말했다.

"그럼, 버팀대가 완두꽃을 잘 받쳐 주는 것이 아닌가요?" 솔로네가 물었다. "그에게는 긴 막대기만 있어도 되었어요." 젊은 여인이 대답했다.

"에방젤리스타 부인은 불만스러워 보이지 않아요?"

"방금 들었는데요, 부인에게는 겨우 2만 5천 리브르만 남는답니다. 그녀에게 그 액수는 무엇을 의미하겠어요?"

"가난이죠."

"맞아요. 부인은 딸을 위해 모든 것을 다 빼앗겼어요. 마네르빌 씨의 요구가 무척이나……."

"과도했지요!" 솔로네가 끼어들었다. "하지만 그는 귀족원 의원이 될 겁니다. 몰랭쿠르 가문과 파미에 주교 대리가 그를 밀어 줄 테니까요. 그는 파리 생제르맹 사교계의 일원이랍니다."

"오! 그곳에 받아들여진다니, 그거면 만사형통이죠." 폴을 사윗감으로 점찍었었던 부인이 말했다. "상인의 딸에 불과한 에방젤리스타 양이 그에게 쾰른 참사회의 문을 열어 줄 수는 없잖아요."

결혼 계약 **143**

"그녀는 카자 레알 공작의 증손녀랍니다."
"외가 쪽으로 그렇죠!"

더화의 내용이 모두 고갈되었다. 카드놀이 하는 사람들은 카드놀이를 했고, 젊은 아가씨들과 청년들은 춤을 추었다. 야식이 제공되었고, 파티의 떠들썩한 소리는 새벽의 희미한 빛이 격자창을 비추는 아침 새벽이 되어서야 잠잠해졌다. 마지막까지 남아 있다 돌아가는 폴에게 작별 인사를 한 후, 에방젤리스타 부인은 딸의 방으로 올라갔다. 무도회장을 넓히기 위해 건축가가 부인의 방을 없애 버렸기 때문이다. 둘만 남자 졸음이 엄습함에도 나탈리와 부인은 이야기를 나누었다.

"어머니, 왜 그러세요?"
"아가야, 오늘 저녁, 나는 어미의 사랑이 어디까지 갈 수 있는지 알았단다. 너는 돈 문제에 대해서는 알지 못하니, 오늘 나의 정직성이 얼마나 의심을 받았는지 모를 게다. 결국 나는 내 자존심을 발밑으로 던져 버렸다. 너의 행복과 우리의 평판이 중요했기 때문이다."
"그 다이아몬드를 말씀하시는 거예요? 그 가엾은 남자는 그것에 대해 너무 속상해했어요. 폴은 그 보석들을 원하지 않았어요. 제가 가지고 있잖아요."
"이제 자라. 아가야. 내일 아침 일어나서 다시 이야기하자. 왜냐하면," 그녀는 한숨을 쉬면서 말했다. "돈 문제가 걸려 있으니까. 이제 우리 사이에 제삼자가 끼어들었단다."
"아! 어머니, 폴은 절대 우리의 행복을 방해하지 않을 거예요." 나탈리는 잠들면서 말했다.

 '가엾은 것! 저 애는 그 남자가 자기를 파산시켰다는 것을 몰라.'

 그 순간, 에방젤리스타 부인은 나이 든 사람들이 결국에는 빠지고 마는 탐욕스러운 생각에 빠져들었다. 그녀는 딸을 위해 남편이 남긴 재산을 전부 다 복구하고 싶었다. 그녀는 그 일에 자신의 명예를 걸었다. 이제까지 돈에 대해 무심했고 그저 아무 생각 없이 낭비만 했던 만큼, 딸에 대한 사랑은 순식간에 그녀를 능수능란하고 타산적인 인물로 만들었다. 그녀는 자기 재산 일부를 국채에 투자함으로써 재산 가치를 높일 생각을 했다. 당시 국채 가격은 80프랑 정도였다. 열정은 성격도 단숨에 바꾸어 버린다. 조심성 없이 행동하던 그녀는 외교관이 되었고, 겁이 많던 그녀는 갑자기 용감해졌다. 증오심은 돈을 헤프게 쓰던 에방젤리스타 부인을 구두쇠로 만들었다. 재산은 복수를 위해 사용될 수 있을 것이다. 아직은 윤곽이 드러나지 않았고 그저 막연할 뿐이지만, 그녀는 복수를 위해 치밀한 계획을 세울 것이다. 그녀는 '내일 보자!'라고 혼잣말을 내뱉으면서 잠이 들었다. 어떤 알 수 없는 현상에 따라, 그녀의 정신은 잠자는 동안 아이디어를 개발하고 그 아이디어를 명확히 하고 조정하면서 폴의 삶을 지배할 방법을 고안했을 뿐 아니라, 당장 그다음 날 그것을 실행에 옮길 계획을 세웠다. 그런 현상은 설명되지 않는다. 하지만 사상가들에게는 그 현상의 결과가 낯설지 않다.

므도회에서 여기저기 끌려다니느라 정신이 없었기에 폴은 때대로 그를 짓눌렀던 걱정에서 벗어날 수 있었다. 하지만 무도회가 끝난 후 집으로 돌아와 혼자 침대에 눕자, 다시 불안한 생각에 사로잡혔다. 그는 중얼거렸다. '친절한 마티아스가 아니었다면 장모한테 완전히 당할 뻔했어. 말이 돼? 도대체 어떤 이해관계 때문에 나를 속이려고 했던 것일까? 두 집안의 재산을 통합하고 함께 살아야 하는 것 아냐? 하기야 걱정해 보았자 무슨 소용이야? 며칠 후면 나탈리는 내 아내가 될 테고, 우리의 투자 수익은 명확히 정해져 있어. 아무도 우리를 갈라놓지 못해. 될 대로 되라지! 어쨌든 조심해야지. 마티아스가 옳다고 해도, 설사 그렇더라도, 결국 내가 장모와 결혼하는 건 아니잖아.'

이 두 번째 전투를 통해 폴의 운명은 자기도 모르는 사이에 완전히 바뀌었다. 그는 두 여인과 결혼한 셈이었는데, 그들 중 더 교활한 여인은 최고의 적이 되어 본인의 이해관계와 폴의 이해관계를 완전히 분리할 궁리를 했다. 전형적인 크레올 여인인 장모는 다른 여인들과 달랐다. 하지만 폴은 그 차이를 파악할 능력이 없었기에, 완벽할 정도로 능숙한 그녀의 술수를 의심조차 할 수 없었다. 크레올 여인들의 기질은 특별했다. 총명하다는 점에서는 유럽인에 가까웠지만, 열정에 관한 한 논리고 뭐고 할 것 없이 격렬하다는 점에서는 열대 지방 사람이었다. 그런가 하면, 초연하고 무사태평한 태도로 선과 악을 행하기도 하고, 선과 악을 견디기도 한다는 점에서는 인도인다웠다. 게다가 그녀는 친절하고 상냥했다. 하지만 감시의 눈을 떼면 곧 난폭해지는 어린아이처럼 위험한 존재였다. 어린아이처럼 당장 모든 것을 가지고 싶어 했고, 어린아이처럼 달걀 하나를 익히기 위해 집에 불이라도 지를 수 있었다. 삶이 무기력할 때는 아무것도 생각하지 않지만, 열정에 사로잡히면 오만가지 생각에 사로잡히곤 했다. 태어날 때부터 흑인 노예들에 둘러싸여 있었던 만큼, 그녀에게는 노예들 특유의 음흉한 구석이 있었다. 하지만 그들처럼 순진하기도 했다. 노예들이나 어린아이들처럼, 그녀는 점점 커지는 강렬한 욕망을 가지고 한 가지 사실에 꾸준히 몰두할 줄 알았다. 그리고 어떤 생각을 실현하기 위해서는 그 생각을 가슴속에 품고 있을 줄도 알았다. 에방젤리스타 부인에게는 장점과 단점이 묘하게 뒤섞여 있었다. 그리고 스페인 사람 특유의 재주를 가지고 본인의 장단점을 확실하게 하나로 결합했다. 거기에 프랑스의 예절이 더해지면서 그 장단점의 이상한 결합은 더욱 빛이 났다. 사교계의 사소한 일들에 몰두하며 행복했던 16년 동안 잠자고 있던 그러한 기질은 처음으로 증오심을 갖자 화재의 불꽃처럼 무섭게 타오르며 그 힘을 발휘했다. 그 기질은 가장 소중하게 아끼던 것들을 잃는 순간, 그리고 그녀를 사로잡는 일에 몰두하기 위해 새로운 조건이 필요해진 순간 확연히 드러났다. 나탈리가 떠나기까지는 사흘이 남았다. 그러니까 아직 사흘 동안은 어머니 영향 아래 있지 않나! 패배한 에방젤리스타 부인은 그 사흘 중 다음날 하루만 온종일 딸과 함께 있을 수 있었다. 딸과 단둘이 보내는 마지막 날이리라. 크레올 여인은 말 한마디로 파리 사교계라는 거대한 숲과 대로를 함께 걸어가도록 운명지어진 두 젊은이의 인생에 지대한 영향을 끼칠 수 있었다. 나탈리가 맹목적으로 어머니를 신뢰하고 있었기 때문이다. 그렇게 사교계에 대해 미리 교육받은 사람에게 한마디의 충고는 얼마나 큰 효과를 발휘하겠는가! 한마디 말에 의해 모든 미래가 결정될 수 있었다. 그 어떤 법전도, 그 어떤 인간의 제도나 관습도 말 한마디로 사람을 죽이는 정신적 범죄를 예방하지 못한다. 바로 거기에 사회 정의의 허점이 있다. 상류 사회와 하층민들 간의 관습 차이도 바로 거기에 있다. 민중은 솔직하고 상류층은 위선적이다. 민중은 칼을, 상류층은 언어나 사상의 독을 사용한다. 민중은 사형당하지만, 상류층은 벌을 받지 않는다.

다음 날 정오경, 에방젤리스타 부인은 나탈리의 침대 가장 자리에 비스듬히 몸을 기대었다. 잠이 깬 상태에서 뜸을 들이는 동안, 그들은 둘이 보냈던 그동안의 행복한 추억들을 되새기면서 서로 응석도 부리고 애교도 떨면서 정을 나누었다. 이제까지 그들 모녀 사이에는 그 어떤 불화도 존재하지 않았기에, 두 사람의 감정은 항상 완벽한 조화를 이루었고, 그들의 생각은 완전히 일치했으며, 서로에게 기쁨을 주곤 했었다.

"가엾은 것," 진정으로 눈물을 흘리면서 어머니가 말했다. "이제까지 하고 싶은 것을 다 하면서 마음대로 살던 네가 내일 저녁이면 한 남자의 아내가 되어 그에게 복종할 것을 생각하니, 마음이 아프구나."

"오! 어머니, 그 남자에게 복종하다니요!" 나탈리는 우아하게 장난기를 표현하듯 고개를 살랑살랑 흔들어 보이면서 말했다. "농담하세요? 아버지는 항상 어머니가 원하는 걸 다 들어주지 않으셨나요? 왜 그러셨을까요? 어머니를 사랑하셨기 때문이죠. 그렇다면 저는 사랑받지 않을 거란 말인가요? 제가요?"

"물론 폴은 너를 사랑하지. 하지만 결혼하고 나면 항상 조심해야 한다. 부부의 사랑만큼 빨리 식는 것도 없거든. 남편에 대한 아내의 영향력은 결혼 초기에 어떻게 하냐에 달려 있단다. 너에게는 특별한 충고가 필요해……."

"하지만 어머니는 우리와 함께 사실 것……."

"그럴 수도 있겠지. 하지만 어제 무도회가 열리는 동안, 우리가 함께 살 경우의 위험성에 대해 많이 생각했단다. 나의 존재가 너에게 해가 된다면, 차근차근 아내로서의 권위를 세우기 위해 네가 취하는 행동들이 내 영향 탓이라고 여겨진다면, 너의 가정은 지옥이 되지 않겠니? 네 남편이 눈살을 찌푸리기라도 한다면, 그런 모습을 보는 즉시 자존심 강한 나는 당장 그 집을 떠나지 않겠니? 언제고 그 집을 떠나야 한다면, 아예 그 집에 발을 들여놓지 않는 편이 낫다는 것이 내 생각이다. 나는 네 남편이 우리를 갈라놓는 것을 절대 용서하지 못할 것이다. 하지만 네가 안주인으로서 완전히 그를 지배할 때가 되면, 그러니까 너의 아버지가 내게 그랬듯이 네 남편이 너를 대하게 된다면, 그런 불행을 걱정할 필요가 없어질 것이다. 너처럼 젊고 다정한 마음을 가진 아이가 이런 전략을 쓰기는 쉽지 않겠지만, 너의 행복을 위해서는 가정에서 절대 군주로 군림해야 한단다."

"어머니, 그럼 왜 그에게 복종해야 한다고 말씀하셨어요?"

"아가야, 아내가 지배하고 명령하려면 항상 남편이 원하는 대로 하는 척해야 한다. 그것을 모른다면 너는 쓸데없이 화를 냄으로써 너의 미래를 망칠 수 있어. 폴은 나약한 젊은이다. 친구에게 휘둘릴지도 몰라. 어쩌면 한 여인의 손아귀에서 벗어나지 못할 수도 있겠지. 그렇게 되면 너는 그들의 영향력을 감내해야 한다. 그러니 네가 남편을 완벽하게 지배함으로써 그런 고통을 예방해라. 다른 사람의 지배를 받느니 너의 지배를 받는 게 낫지 않겠니?"

"물론이지요," 나탈리가 말했다. "저는 오직 그이가 행복하길 바랄 뿐이에요."

"아가, 나는 오직 너의 행복만 생각한단다. 그리고 이렇게 심각한 문제에서 네가 안내자 하나 없이 앞으로 만나게 될 장애물들 한가운데 서 있는 것을 원치 않는다."

"하지만 사랑하는 어머니, 어머니가 우려하시는 것처럼 폴이 눈살을 찌푸리는 일은 없을 거예요. 그런 걱정 없이 그 남자와 같이 살 수 있을 만큼 우리는 충분히 강하지 않나요? 폴도 엄마를 사랑해요."

"오! 오! 그 아이는 나를 사랑하는 것 이상으로 나를 두려워하지. 오늘 내가 그에게 너희들끼리 파리에서 살라고 말할 테니, 그때 그의 반응을 잘 보아라. 그의 얼굴에서 환희를 읽을 것이다. 기쁨을 감추려고 애를 쓰겠지. 하지만 너는 그의 표정에서 그의 속마음을 알 수 있을 것이다."

"왜요? 그 사람이 왜 기뻐하죠?" 나탈리가 물었다.

"왜냐고? 어린아이 같으니! 나는 '황금 입'이라는 별명을 가진 성인 요하네스처럼 웅변술의 대가란다. 네가 보는 앞에서 그에게 직접 그 말을 할 것이다."

"만일 내가 엄마와 헤어지지 않는다는 조건하에서만 결혼할 거라고 말하면요?"

"우리의 이별이 필요해졌다." 에방젤리스타 부인이 말을 이었다. "왜냐하면 몇 가지 사항이 나의 미래를 바꾸었기 때문이지. 나는 파산했단다. 너희들은 파리에서 가장 화려한 생활을 할 것이다. 내가 만일 파리에 갈 경우, 그곳에서 적당한 삶을 영위하기 위해서는 그나마 내게 남은 재산을 모두 탕진하고 말 거야. 하지만 랑스트락에 남는다면, 너희들의 재산을 관리하면서 절약해서 다시 내 재산을 만들 수 있을 것이다."

"엄마가 절약한다고요?" 나탈리가 비웃듯이 외쳤다. "벌써 할머니처럼 굴지 말아요. 그런 이유로 나와 헤어진다고요? 엄마, 엄마가 볼 때 폴이 조금 바보처럼 보일 수 있어요. 하지만 그는 돈에 아무 관심도……."

"아!" 에방젤리스타 부인은 깊이 생각한 듯한 어조로 말했다. 그런 어머니의 목소리를 듣고 나탈리는 불안한 생각에 심장이 뛰었다. "계약에 관한 논쟁은 내게 경계심을 갖게 했고,

몇 가지 의혹을 불러일으켰다. 하지만 걱정하지 말아라, 아가.' 그녀는 딸의 목에 키스하면서 말했다. "너를 오래 혼자 두지는 않을 것이다. 내가 너희에게 돌아가도 더 이상 아무런 문제가 되지 않을 때, 폴이 나를 제대로 평가하게 될 때, 우리는 다시 행복하게 살 것이다. 저녁이면 함께 속내 이야기도……."

"세상에! 말도 안 돼요! 엄마가 나 없이 살 수 있다고요?"

'그렇단다, 착한 우리 아가. 너를 위해 살 테니, 내 마음은 엄마로서 딸의 재산을 두 배로 늘리는 데 공헌한다는 생각에 항상 만족하지 않겠니? 그것은 나의 의무이기도 하고."

"하지만 어머니, 그럼 지금 당장 폴과 단둘이 있게 되는 거예요? 난 어떻게 되는 거죠? 무슨 일이 벌어지는 거죠? 무엇을 해야 하고, 또 무엇을 하면 안 되는 거죠?"

"가엾은 것! 첫 번째 전투에서 내가 너를 그냥 내버려둘 것 같으냐? 우리는 연인들처럼 일주일에 세 번씩 편지를 쓰면서 서로 속마음을 주고받을 것이다. 나는 네게 일어난 일을 다 알고, 네게 아무런 불행도 닥치지 않도록 할 것이다. 게다가 내가 너희들을 보러 파리에 가지 않는다면 그건 너무 우습지 않겠니? 그것은 네 남편을 불신하는 것이 될 터이니, 언제든지 파리의 너희 집에서 한두 달은 보낼 것이다."

"혼자, 벌써 혼자라니! 게다가 폴과 단둘이!" 불안감에 사로잡힌 나탈리가 어머니의 말을 가로막으며 말했다.

"너는 그의 아내가 되어야 하지 않니?"

"그러고 싶어요. 하지만 어떻게 행동해야 하는지만이라도 가르쳐 주세요. 엄마는 항상 아버지한테 하고 싶은 대로 하셨으니 어떻게 해야 하는지 잘 아시잖아요. 무조건 엄마 말을 들을게요."

에방젤리스타 부인은 나탈리의 이마에 키스했다. 그녀는 딸이 그렇게 간청하기를 바라면서 기다리고 있었던 것이다.

"아가야, 내가 너에게 해 주는 충고는 상황에 따라 다르게 적용되어야 한다. 남자들은 다 다르거든. 사자와 개구리의 차이는 이 인간을 저 인간과 비교할 때의 차이보다 더 크지 않아. 정신적인 면에서 그렇단 말이다. 오늘의 나와 내일의 나는 같을까? 그러니 오늘 나는 너의 행동 전반에 대한 일반적인 충고만 하련다."

"사랑하는 어머니, 그러니까 어머니가 아시는 건 어서 모두 다 말해 주세요."

"우선, 아가, 결혼 후에도 계속 남편의 마음을 얻고 싶은 아내들이 실패하는 이유는……." 부인은 중간에 다음과 같은 문장을 삽입했다. "남편의 마음을 얻는 것과 남편을 지배하는 것은 같은 것이란다." 그러고는 말을 계속했다. "그런데 말이다, 부부간의 불화나 반목의 주된 원인은 늘 함께 붙어 있다는 사실에 있단다. 과거에는 그렇지 않았지, 그런데 가족에 대한 강박관념과 더불어 그러한 풍습이 이 나라에 도입되었어. 프랑스에서 일어난 대혁명 이후, 부르주아의 풍습이 귀족들의 가정을 침범한 거지. 이러한 불행은 부르주아들이 좋아하는 작가 중 한 명인 루소 때문이야. 야비한 이단자인 그 사람은 반사회적 사상만 가졌었지. 그는 지극히 비합리적인 사실들을 정당화했어. 어떻게 그것이 가능했는지 도무지 알 수 없더구나. 그는 모든 여성이 동등한 권리와 동일한 능력을 갖추고 있다고 주장했어. 사회의 일원인 인간은 자연에 복종해야 한다는 주장도 했지. 마치 너나 나처럼 스페인 대귀족 가문의 여성과 하층 계급의 여성 사이에 어떤 공통점이라도 있는 것처럼 말이야. 그래서 그 이후, 품위 있는 여성들도 자녀들에게 직접 젖을 먹였고 딸들을 가르쳤지. 그러고는 가정에 머물러 있었어. 그러면서 인생이 복잡하게 꼬이게 되었고 행복은 거의 불가능해졌지. 왜냐하면 우리처럼 성격이 비슷해서 친구처럼 사이좋게 지내는 모녀는 예외적이거든. 부부가 늘 붙어 있으면 위험하듯이, 부모와 자식도 함께 살면서 늘 같이 있으면 위험하단다. 늘 옆에 있는 사람을 영원히 사랑하는 사람은 별로 없거든. 그런 기적은 신에게나 가능하지. 그러니 폴과 너 사이에 사교계라는 장벽을 쳐라. 무도회에도 가고, 오페라에도 가거라. 아침에는 산책하고, 저녁이면 밖에서 식사하거라. 남의 집을 많이 방문하면서 폴에게는 가능한 한 적은 시간을 할애해라. 그렇게 하면 너는 절대 너의 가치를 잃지 않을 것이다. 죽을 때까지 같이 늙어 가기 위해 두 남녀가 오직 사랑의 감정만 가진다면, 얼마 가지 않아 그들에게는 사랑의 원천이 고갈되고 말아. 그러고 나면 서로 무관심해지고, 싫증이 나고, 혐오감을 느끼게 되지. 일단 감정이 식어 버리면 어떻게 되겠니? 애정이 사라지면 무관심과 경멸만 남는단다. 그러니 그에게 항상 젊고 새롭게 보여야 한다. 네가 그에게 싫증을 낼 수도 있겠지. 하지만 절대로 네 남편이 너에게 싫증 내게 해서는 안 된다. 싫증을 낼 수 있는 자격은 모든 권력을 가진 자에게만 있단다. 재산을 잘 관리하고 살림을 잘한다고 해서 여러 행복을 누릴 수 있는 것은 아니야. 따라서 네가 남편과 사교계 활동을 함께하지 않는다면, 또한 네가 남편을 즐겁게 하지 않는다면, 너희들은 끔찍한 무기력증에 빠질 것이다. 바로 그 지점에서 사랑의 권태가 시작되는 법이란다. 하지만 상대방을 즐겁게 하거나 행복하게 해 주는 사람은 늘 사랑받지. 행복을 주고 행복을 받는 것, 그것은 여자들이 취하는 행동의 두 체계거든. 그런데 그 두 체계는 커다란 간격을 두고 서로 분리되어 있어."

"어머니, 어머니 말씀을 잘 듣고 있어요. 하지만 무슨 말인지 하나도 모르겠어요."

"네가 폴이 원하는 것을 다 해 주고 싶을 정도로 폴을 사랑하고, 또 폴은 너를 진정으로 행복하게 해 준다면, 모든 것은 끝이다. 너는 지배자가 되지 못할 것이고 세계 최고의 가르침도 아무 소용 없을 것이다."

"무슨 말인지 알았어요. 그러니까 난 이론을 적용해 보지 못한 채, 그 이론을 배우고 있는 것이군요." 나탈리가 웃으면서 말했다. "이론은 알았으니, 이젠 실습해야죠."

"아가야," 딸의 결혼을 생각하니 흐르는 눈물을 주체할 수 없었던 부인은 나탈리를 품에 안으면서 말을 이었다. "내가 한 말들을 기억해야 할 때가 있을 거다. 요컨대," 말하는 중간에 부인은 잠시 사이를 두었고, 그동안 엄마와 딸은 서로에 대한 애정을 느끼면서 꼭 끌어안았다. 부인은 말을 이었다. "나탈리, 잘 알아 두어라. 남자들에게 개인이나 국가에 대한 사명감이 존재하듯, 우리네 여자들에게는 여자에게 부과된 숙명이 있단다. 그러니까 남자의 경우 장군이나 시인으로 태어나듯이. 여자는 유행을 따르는 여자로, 가정에서는 매력적인 여주인으로 태어나는 것이다. 너의 소명은 다른 사람의 마음에 들게 하는 것이다. 더욱이 너는 사교계에 알맞도록 교육받아 왔다. 과거의 여자들이 규방에서 살도록 교육되었다면, 오늘날 여자들은 사교계의 살롱에 어울리게 교육받아야 하거든. 너는 한 가정의 어머니나 한 집안의 관리인이 되기 위해 태어나지 않았다. 아이들을 가진다 해도, 결혼하자마자 아이들 때문에 몸매를 망치는 일은 없길 바란다. 결혼식을 마치고 한 달 만에 임신하는 것만큼 부르주아적인 것은 없다. 무엇보다도 그것은 남편이 아내를 사랑하지 않는다는 증거란다. 결혼 후 2년이나 3년이 지난 후에는 아이가 생길 수 있겠지. 그런 경우라면, 그 아이들을 가정부나 가정 교사가 기르게 해라. 그리고 너는 가정의 사치스러운 생활과 즐거움을 상징하는 귀부인이 되어라. 하지만 남자들의 자존심을 만족시켜 줄 수 있는 한에서만 우월감을 드러내고, 중요한 사안에서 네가 얻을 수 있는 우월감은 감추거라."

"하지만 무서워요, 엄마." 나탈리가 외쳤다. "이런 교훈을 어떻게 다 기억해요? 이렇게 덤벙대고 어린아이인 내가 행동하기 전에 모든 것을 다 계산하고 모든 것을 다 생각하려면 어떻게 해야 하죠?"

"아가야, 끔찍한 잘못을 저지르거나 잘못 행동하고 나면 막심한 후회를 하기도 하고 난처한 상황에 놓이기도 한단다. 그러면 비로소 깨닫게 되는 것이 있지. 오늘은 네가 나중에 그렇게 비싼 값을 치르고 나서야 스스로 깨닫게 될 것들에 관해서만 이야기하는 거다."

"그런데 무엇부터 시작해야죠?" 나탈리가 순진하게 말했다.

"직관에 따라 행동하면 된다." 어머니는 말을 이었다. "지금 폴은 너를 사랑하는 것 이상으로 너를 원한다. 너에 대한 사랑보다 너를 가지고 싶은 욕망이 더 크단 말이다. 욕망으로 생겨난 사랑은 희망이거든. 그리고 그 욕망이 충족되고 난 후의 사랑은 현실이지. 바로 거기에 너의 권력이 존재할 것이다. 모든 문제는 바로 거기에 있거든. 전날 밤에 사랑받지 않는 여인이 어디 있니? 다음 날도 사랑받도록 해라. 그러면 영원히 사랑받을 것이다. 폴은 나약한 남자다. 습관에 쉽게 익숙해지지. 너에게 한 번 복종하고 나면 영원히 복종할 것이다. 열렬한 욕망의 대상이 되는 여인은 무엇이든 요구할 수 있단다. 결혼 초기에는 여자들이 남자를 지배하지. 그 시기의 중요성을 알지 못한 채, 하나도 중요하지 않은 우둔하고 바보 같은 짓에 그 시간을 다 써 버리는 어리석은 행동은 하지 말아라. 나는 그런 여자들을 많이 보았다. 네 남편이 처음에 가졌던 열정이 너에게 부여할 지배력을 잘 이용하여 그가 네게 복종하는 데 익숙해지

결혼 계약

도록 해라. 그런데 그를 완전히 굴복시키기 위해서는 가장 무모한 행동을 찾아 그것을 시도해 봐야 한다. 양보의 정도에 따라 네 권력의 크기를 측정할 수 있거든. 그가 합리적인 행동을 하게 만든다면 너는 어떤 이득을 얻지? 그러면 그는 네게 복종할까? '황소를 잡으려면 항상 뿔을 공격해야 한다'고 카스티야 속담은 말하지. 어려움에 직면해야 한다는 뜻이란다. 일단 저항해도 소용없고 자기한테 힘이 없다는 것을 깨닫고 나면 그는 너에게 굴복할 것이다. 네 남편이 너를 위해 바보짓을 하면 너는 그를 좌지우지하며 지배할 것이다."

'세상에! 왜 그래야 하죠?'

"왜냐하면 아가야, 결혼은 평생 지속되기 때문이란다. 게다가 남편이라는 존재는 다른 남자들과 다르거든. 그러니 무엇에 관해서건 속내를 드러내는 어리석은 짓은 절대로 하지 말아라. 언제나 말이나 행동을 조심해라. 심지어 냉정해져도 괜찮다. 냉정한 태도는 언제든 마음대로 바꿀 수 있으니 말이다. 하지만 극단적으로 사랑을 표현하고 나면 그 이상의 다정한 표현은 없거든. 아가야, 남편 앞에서만은 너 자신에게 아무것도 허락해서는 안 된다. 게다가 아내의 품위를 지키는 것보다 쉬운 일은 없단다. '당신의 아내는 그렇게 행동해서도 그렇게 말해서도 안 되고, 그렇게 할 수도 없습니다'라는 말은 중요한 투적이지. 여인의 삶은 '그러고 싶지 않아요! 그렇게 할 수 없어요!'라는 두 문장 속에 존재한다. '할 수 없다'라는 말은 나약함을 드러내는 설득 수단이야. 남자들은 자신에게 굽히고 울면서 마음을 사로잡는 여자의 나약함에 저항하지 못하는 법이거든. '원치 않는다'라는 말은 최후의 수단이지. 바로 그때 여자의 권력은 완전해지는 거야. 따라서 그 수단은 아주 심각한 경우에만 사용해야 해. 그 두 마디를 어떻게 사용하느냐에 따라, 어떤 주석을 달고 어조의 변화를 어떻게 주는지에 따라 성공 여부가 결정되지. 하지만 남편을 지배하기 위해서는 그보다 더 좋은 방법이 있단다. 앞서 말한 것들은 논쟁하는 것처럼 보이거든. 나는 말이다, 아가야. 나는 신뢰를 바탕으로 군림했단다. 네 남편이 너를 신뢰한다면 너는 무엇이든 다 할 수 있어. 그에게 신앙에 가까운 신뢰를 불러일으키려면 네가 그를 이해한다는 확신이 들도록 해야 한다. 그게 쉬운 일이라고 생각하지 말아라. 여자는 언제나 남자가 사랑받고 있음을 증명할 수 있어. 하지만 남자로 하여금 자신이 이해받고 있다고 고백하게 만드는 것은 훨씬 어렵단다. 아가야, 오늘 나는 네게 모든 것을 다 말해 주어야 한다. 이제 내일이면 서로 생각이 다른 두 사람이 어울려 살아야 하는 그 복잡한 삶이 시작될 테니 말이다! 그 어려움에 대해 생각해 보았니? 두 사람의 생각이 일치되게 할 수 있는 가장 좋은 방법은 가정에 하나의 생각만 존재하도록 네가 잘 조정하는 것이다. 그렇게 가정에서의 역할을 바꾸면 여자가 불행해진다고 주장하는 사람도 많이 있지. 하지만 아가, 그런 여성은 상황을 견뎌 내는 대신 지배하는 주인이 된단다. 그리고 그 특권만이 닥칠 수 있는 모든 난관을 극복하게 해 주지."

나탈리는 감사의 눈물을 흘리면서 어머니 손에 입을 맞추었다. 여인들은 육체적 욕망 때문에 정신적으로 더 뜨겁게 사랑하지 않는다. 나탈리도 마찬가지였기에, 그녀는 여성들만이 가진 고도의 전략을 금방 이해했다. 하지만 가장 확실한 이유로 패배했음에도 절대 패배를 인정하지 않으면서 집요하게 자신의 욕망을 다시 만들어 내는 응석받이 아이들처럼, 나탈리는 어린아이다운 꾸밈없는 논리에 따라 자기만의 논지를 가지고 다시 물었다.

"어머니, 며칠 전, 어머니는 폴의 재산 형성에 필요한 여러 가지 계획을 말씀하셨잖아요. 어머니만이 하실 수 있는 것들이었죠. 왜 생각이 바뀌어 우리와 함께 가시지 않는 거예요?"

'그전엔 내 책임의 범위도, 빚의 액수도 잘 몰랐다." 자신의 비밀을 말하고 싶지 않았던 부인이 대답했다. "1년이나 2년 정도 지난 후 내가 다 말해 주마. 폴이 곧 올 거다. 옷을 입을까? 이제까지 그랬듯이 귀엽고 착하게 굴어라. 알았니? 그 운명적인 계약에 대해 논하던 날 저녁에 그랬던 것처럼 말이다. 오늘은 우리 가문의 유물을 지키는 날이니 말이다. 내가 미신적으로 집착하는 물건을 네게 주는 날이란다."

"그게 뭔데요?"

"가문의 보석인 다이아몬드, '디스크레토'란다."

오후 네 시경 폴이 왔다. 그가 호의적인 표정으로 장모를 대하려고 노력했음에도, 에방젤리스타 부인은 밤새도록 그리고 아침에 눈을 뜬 후에도 계속된 고민의 흔적이 그의 이마에 어둡게 드리워져 있음을 보았다.

'마티아스가 이야기한 것이 분명해!' 부인은 노 공증인이 이룬 성과를 망가뜨릴 것을 다짐하면서 속으로 생각했다.

"폴," 그녀가 사위에게 말했다. "내가 준 다이아몬드를 서랍 속에 놓고 갔더군요. 우리 사이에 그림자를 드리울 뻔했던 물건들은 더 이상 보고 싶지 않아요. 게다가 마티아스가 지적했듯이, 새로 취득한 영지의 첫 번째 대금을 치르기 위해서는 그 보석들을 팔아야 해요."

"이제 그것들은 제 것이 아닙니다." 그는 말했다. "나탈리에게 선물했는걸요. 나탈리가 그 보석으로 치장한 것을 보시면서 장모님께서는 그것 때문에 가슴 아프셨던 기억을 잊으실 수 있을 겁니다."

에방젤리스타 부인은 감동의 눈물이 흐르는 것을 참으면서 폴의 손을 잡고 다정하게 꽉 쥐었다.

"잘 들어요. 착한 내 아이들!" 그녀는 나탈리와 폴을 바라보았다. 그러고는 폴에게 말했다. "그렇다면 한 가지 제안할게요. 진주 목걸이와 팔찌를 팔아야겠어요. 그래요, 폴, 나는 내 재산 중 한 푼도 종신 연금에 넣고 싶지 않아요.' 백작에게 빚지고 있다는 것은 잊지 않고 있어요. 하지만 그래요, 내 마음을 아프게 하는 것이 있어요. '디스크레토'를 파는 건 내게 재앙처럼 생각된답니다. 펠리페 2세의 별명이 새겨진 다이아몬드, 왕의 손을 장식했던 다이아몬드, 10년 동안 달비 공작이 자신의 검 끝에 달고 쓰다듬던 그 보석을 판다는 것, 그건 안 될 일이죠. 엘리 마귀스는 내 귀걸이와 목걸이의 가치를 10만 몇천 프랑으로 감정했어요. 그것을 팔 테니, 내 딸에 대한 의무를 다하기 위해 백작에게 준 보석들과 내가 판 보석을 서로 바꿔요. 당신이 더 이익이지요. 하지만 내게 그런 게 무슨 의미가 있겠어요! 그런 건 하나도 중요하지 않아요. 나는 타산적인 사람이 아니에요. 자, 폴, 저축한 돈을 가지고 나탈리를 위해 다이아몬드가 잔뜩 박힌 머리띠나 장신구를 만들어 주세요. 시시한 사람들 사이에서나 유행할 하찮은 장신구를 가지는 대신, 백작의 아내는 근사한 다이아몬드들을 소유할 거예요. 그 아이는 진정 그 보석을 좋아할 거예요. 팔기 위해 파는 것보다는 차라리 그 고물들을 처분해 버리고 귀중한 보석들은 가족이 간직하는 편이 낫지 않나요?"

"하지만, 장모님, 장모님은요?" 폴이 말했다.

"내겐 이제 아무것도 필요 없어요." 에방젤리스타 부인이 대답했다. "그래요, 나는 랑스트락 영지의 소작인이 되겠어요. 남은 재산을 청산해야 하는 이 시기에 파리로 간다는 것은 미친 짓이 아닐까요? 손주들을 위해 수전노가 되겠어요."

"장모님," 장모의 말에 감격한 폴이 말했다. "차액에 대한 보상 없이 장모님 제안을 받아들여도 될까요?"

'세상에! 백작이야말로 나의 가장 소중한 재산이 아닌가요! 벽난로 가에 앉아 '나탈리는 오늘 저녁 빛나게 아름다운 모습으로 베리 공작부인'의 무도회에 모습을 드러내겠지!'라고 생각하면서 내가 행복해할 것 같지 않아요? 그 아이는 목에는 나의 다이아몬드가, 귀에는 나의 귀걸이가 걸려 있는 모습을 거울에 비추어 보면서 자부심 가득한 기쁨을 느낄 거예요. 그런 기쁨은 여자들을 행복하고 명랑하고 상냥하게 만들지요. 자존심을 상하게 하는 것만큼 여인들을 슬프게 하는 것은 없답니다. 옷을 잘못 입은 여자치고 사랑스럽거나 명랑한 여자는 없지요. 그런 여자는 어디에서도 본 적이 없어요. 자, 그러니 올바르게 행동하세요, 폴! 우리네 여인들은 우리의 존재 자체로 만족하기보다 사랑받는 여인이 되는 것을 더 좋아하고 그 상태를 즐긴답니다."

'세상에, 마티아스는 도대체 왜 그랬을까?' 폴이 생각했다. 그러고는 작은 목소리로 말했다. "좋습니다. 장모님 제안을 받아들이겠습니다."

"난 도무지 혼란스럽기만 해요." 나탈리가 말했다.

바로 그때, 솔로네가 고객에게 좋은 소식을 전하기 위해 찾아왔다. 그가 아는 투자자 중 그 저택에 홀딱 반한 두 명의 사업가를 찾아냈다는 것이었다. 정원이 넓어 새 건물을 신축할 수도 있을 터였다.

"그들은 25만 프랑을 제안합니다." 그가 말했다. "하지만 부인께서 동의하신다면 제가 30만 프랑까지 받아드릴 수 있습니다. 그 저택에는 2아르팡*에 달하는 정원도 있지요."

"저희 남편은 저택과 정원을 다 합해서 20만 프랑을 주고 샀으니, 그 가격이면 저도 동의합니다. 하지만 가구나 거울 등의 집기류는 남겨 두셔야……."

"아!" 솔로네는 웃으면서 말했다. "부인은 사업을 잘 아시는군요."

"유감스럽게도! 그래야 하니까요." 그녀는 한숨을 쉬면서 말했다.

"내일 밤 혼례 미사에 많은 사람이 참석할 거라고 하더군요." 자신의 존재가 그들에게 방해된다는 것을 깨달은 솔로네는 자리를 뜨면서 말했다.

데방젤리스타 부인은 거실 문까지 그를 배웅하면서 그의 귀에 대고 속삭였다. "지금 내게 25만 프랑의 어음이 있어요. 집을 판 돈에서 20만 프랑을 내가 가질 수 있다면, 합해서 45만 프랑의 자본금이 생기게 됩니다. 그 돈으로 가장 이득을 내는 방법을 찾아 주세요. 솔로네 씨만 믿어요. 아마도 나는 랑스트락에 남을 겁니다."

젊은 공증인은 감사를 표하면서 고객의 손에 입을 맞추었다. 부인의 말투로 보아, 이해관계를 따져 가면서 합의에 이르렀던 이 결혼은 앞으로 다른 문제들을 야기하게 될 것이며 그에 따라 그에게 더 많은 일거리가 생길 것임을 직감했기 때문이다.

"저를 믿으셔도 됩니다." 솔로네가 말했다. "위험성도 없으면서 큰 소득을 낼 수 있는 좋은 투자처를 알아봐 드리겠습니다."

"내일 뵈어요." 그녀가 말했다. "선생님께서는 기아 후작과 더불어 우리 측 증인이시니까요."

'장모님,' 폴이 말했다. "왜 파리에 안 가시겠다는 겁니까?

나탈리가 제게 삐쳤어요. 마치 저 때문에 장모님이 그런 결정을 하신 것처럼 말입니다."

"그 문제에 대해 많이 생각했어요. 나는 두 사람에게 방해가 될 겁니다. 두 사람은 모든 면에서 항상 나를 제삼자로 생각하게 될 테니까요. 젊은이들에게는 젊은이들 나름의 생각이 있으니, 나는 본의 아니게 자식들과 뜻이 안 맞을 수도 있을 거예요. 젊은이들끼리 파리로 가세요. 결혼하기 전에는 나탈리에게 다정한 지배력을 행사했지만, 마네르빌 부인에게는 그렇게 하고 싶지 않군요. 두 사람이 모든 것을 알아서 하게 내버려두어야 해요. 백작도 아시다시피, 우리 모녀 사이에는 여러 습관이 존재한답니다. 그러나 이제는 그런 습관을 다 버려야지요. 이제는 내가 아니라 백작이 저 아이에게 영향력을 행사하세요. 나는 백작이 나를 좋아했으면 해요. 그리고 나는 백작이 생각하는 것 이상으로 백작의 이익을 중시한답니다. 젊은 남편들은 종종 딸이 어머니에 대해 가지는 애정을 질투하곤 하지요. 그들의 생각이 옳은지도 몰라요. 두 사람이 하나가 되고, 두 사람의 사랑이 두 영혼을 하나로 만들 때가 되면, 폴, 그때가 되면 내가 백작의 집에서 난처한 영향력을 행사하더라도 백작은 더 이상 나를 두려워하지 않을 거예요. 나는 사교계를 잘 알아요. 그곳 사람들도, 그곳에서 벌어지는 일들도 잘 알지요. 어머니의 맹목적인 사랑 때문에 부부 사이가 나빠지는 경우를 많이 보았답니다. 결국 그 어머니들은 딸에게나 사위에게나 견딜 수 없는 존재가 되어 버리죠. 늙은이들의 애정은 종종 지나치게 작은 것에 연연하기에 사람들을 귀찮게 하거든요. 그렇다고 내가 완전히 사라져 버릴 수는 없겠지요. 나는 바보처럼 내가 여전히 아름답다고 생각해요. 나의 약점이지요. 내가 여전히 매력적임을 증명해 보이려고 안달하는 아첨꾼들도 있어요. 귀찮게 굴면서 청혼하는 남자들도 있을 수 있겠지요. 두 사람의 행복을 위해 내가 한 번 더 희생할 수 있도록 해 줘요. 나는 백작에게 내 재산을 다 넘겼어요. 자, 이제 여자의 마지막 자존심마저 백작에게 넘기렵니다. 백작의 공증인 마티아스는 너무 늙어 백작의 영지를 돌볼 수 없을 거예요. 내가 백작의 집사가 되겠어요. 일거리를 만들어 보려 해요. 나이가 들면 언제고 일거리가 있어야 하니까요. 그러고 나서 백작에게 내가 필요할 때가 되면, 파리로 가서 백작의 야망이 실현될 수 있도록 돕겠어요. 자, 폴, 솔직히 말해 봐요. 내 결정이 마음에 들지 않나요? 말해 봐요."

폴은 결코 그녀의 의견에 동의하고 싶지 않았다. 하지만 자유를 얻게 되어 무척이나 기뻤다. 노 공증인이 미래의 장모에 대해 불러일으켰던 의심은 이 대화로 인해 순식간에 완전히 사라졌다. 에방젤리스타 부인은 이제까지의 어조를 계속 유지하면서 대화를 이어 갔다.

'엄마 말이 맞았어.' 폴의 얼굴을 관찰하던 나탈리는 생각했다. '내가 엄마와 헤어진다는 것을 알고 왜 저렇게 좋아하지? 왜?'

'왜'라는 이 말은 그녀가 품은 의심을 확인시켜 주는 첫 번째 질문이 아니었던가? 또한 그 말은 어머니의 교훈에 엄청난 권위를 부여하지 않았던가?

한 가지 증거만으로도 그 사람을 신뢰하면서 그와의 우정을 확신하는 사람들이 있다. 그런 사람들은 의심했더라도 금방 그 의심을 지워 버린다. 서풍이 구름을 몰고 온 것만큼이나 빠른 속도로 북풍은 그 구름을 몰아내지 않나. 그들은 원인을 따져 보기도 전에 결과만을 생각한다. 폴이 바로 그런 사람이었다. 그는 악감정을 품을 줄도 모르고, 미래를 위해 아무런 대비도 하지 않는, 남을 잘 믿는 기질의 사람이었다. 그러나 그가 나약한 이유는 그가 어리석기 때문이라기보다는 그저 착하고 올바름에 대한 믿음을 가진 사람이기 때문이었다.

나탈리는 생각에 잠겼다. 그녀는 슬펐다. 어머니 없이 어떻게 살 수 있을지 막막했기 때문이다. 폴은 사랑이 가져다준 자만심에 빠져, 미래의 아내가 느끼는 우울한 감정을 대수롭지 않게 여겼다. 결혼의 기쁨과 파리에서의 바쁜 생활이 그 우울함을 단숨에 사라지게 할 것으로 믿었기 때문이다. 에방젤리스타 부인은 폴이 자신을 신뢰한다는 사실에서 묘한 쾌락을 느꼈다. 복수의 첫 번째 조건은 자기 마음을 숨기는 것이기 때문이다. 증오심이 겉으로 드러나 버리면 그 감정은 힘을 잃는다. 크레올 여인은 이미 두 발짝 발을 내디뎠다. 그녀의 딸은 벌써 값지고 아름다운 보석을 가지게 되었고, 그 보석값 20만 프랑은 폴이 지불해야 할 터였다. 게다가 보석을 새로이 세공하려면 필시 폴은 돈을 더 보태야 할 것이다. 부인은 그저 황당한 사랑 이야기만 늘어놓고 나서 두 아이가 자기들끼리 있도록 내버려두었다. 그녀는 딸이 모르는 사이에 차근차근 복수를 준비했다. 딸은 언제고 자신의 공모자가 될 것이다. 나탈리가 폴을 사랑하게 될까? 그 결과에 따라 부인의 계획은 변경될 수도 있었다. 딸을 진심으로 사랑하기에 딸의 행복을 망치고 싶지는 않았기 때문이다. 하지만 그것은 아직 알 수 없었다. 따라서 폴의 미래는 여전히 폴 자신에 달려 있었다. 만일 그가 나탈리의 사랑을 받는다면 그는 구제될 터였다.

  가침내 다음 날 저녁, 결혼을 위한 법적 절차를 마친 양측의 가족과 네 명의 증인은 에방젤리스타 부인이 준비한 길고도 성대한 저녁 만찬을 함께했다. 그러고는 마침내 밤 12시, 신랑신부와 친구들은 촛불을 환하게 밝힌 혼례 미사에 참석했다. 그 미사에는 호기심에 찬 백여 명의 하객이 참석했다. 밤에 거행되는 결혼식은 항상 불길한 예감이 들게 한다. 빛은 활기와 기쁨의 상징이기에, 햇빛이 없는 이 결혼식은 행복한 미래에 대한 예고가 될 수는 없을 것이다. 가장 용감한 사람에게 물어보라. 왜 그렇게 얼어붙었는지? 왜 둥근 천장의 차가운 어두움이 그를 초조하게 만드는지? 사람들의 발걸음 소리는 왜 그를 쿨안하게 하는지? 사람들은 왜 부엉이나 올빼미가 우는 소리에 예민한지? 불안에 떨 이유가 하나도 없음에도 사람들은 불안했고, 죽음의 이미지인 어두운 밤은 분위기를 음산하게 만들었다. 어머니와 헤어지게 된 나탈리는 눈물을 흘렸다. 아직 어린 그녀는 새로운 삶을 시작한다는 생각에 두려움에 사로잡했다. 아무리 확실한 행복이 보장될지라도 새로이 시작되는 결혼 생활에는 여자들이 빠질 수 있는 수많은 함정이 도사리고 있지 않나. 나탈리는 추위를 느꼈기에 외투가 필요했다. 에방젤리스타 부인과 신혼부부의 태도를 보면서 제단 주변에 있던 우아하게 차려입은 사람들은 다음과 같이 수군거렸다.

"방금 솔로네에게서 들었는데요, 내일 아침, 신랑 신부만 파리로 떠난답니다."

"에방젤리스타 부인도 같이 가서 살기로 하지 않았나요?"

"폴 백작이 벌써 장모를 떼어 버렸답니다."

"잘못하는 거예요. 아내의 어머니에게 문을 닫는다는 것, 아내의 어머니를 못 오게 하는 것, 그것은 정부를 불러들이는 것 아닌가요? 그 남자는 장모가 어떤 존재인지 모르는가 봐요?"

"그 남자는 에방젤리스타 부인에게 너무 가혹했어요. 불쌍한 부인은 저택을 팔고, 랑스트락에 가서 산답니다."

"나탈리가 매우 슬프겠어요."

"부인이라면 결혼식을 마친 바로 다음 날 긴 여행길에 나서고 싶으시겠어요?"

"정말 딱하군요."

"여기 오길 정말 잘했어요." 어떤 부인이 말했다. "결혼식에는 성대한 의식과 관례에 따른 피로연이 필요하다는 걸 확신하게 되었거든요. 이 결혼식은 너무 간결하고 슬프네요. 내 생각을 말하자면," 그녀는 옆 사람의 귀에 속삭이면서 다음과 같이 덧붙였다. "이 결혼은 좀 유별나고 엉뚱해 보여요."

에방젤리스타 부인은 나탈리를 자신의 마차에 태워 폴 백작의 집으로 데리고 갔다.

"아, 어머니, 이제 끝이네요."

"아가야, 나의 마지막 당부를 명심해라. 그러면 넌 행복해질 것이다. 언제나 그의 정부가 아닌 그의 아내가 되어라."

나탈리가 잠자리에 들자, 부인은 사위의 팔에 안겨 눈물을 흘리는 유치한 연극을 했다. 그것은 에방젤리스타 부인이 유일하게 받아들인 지방의 풍습이었다. 하지만 그러는 데는 이유가 있었다. 그 눈물을 통해서, 그리고 겉으로 보아 정신 나가 보이거나 절망적으로 보이는 몇 마디 말을 통해서, 그녀는 폴에게서 이 세상 모든 남편이 할 수 있는 양보란 양보는 다 받아 냈던 것이다. 다음 날 그녀는 신랑 신부를 마차에 태워 배가 있는 곳까지 배웅했다. 그들은 그 배를 타고 지롱드강을 건널 터였다. 결혼 계약이라는 시합에서 폴이 이겼다면 부인의 복수는 이제 시작이었다. 나탈리는 한마디 말로 그 사실을 알려 주었다. 그녀는 벌써 남편의 완벽한 복종을 받아 냈던 것이다.

결론

5년 후, 11월의 어느 날 오후에 외투로 온몸을 둘러싼 폴 드 마네르빌은 머리를 숙인 채 아무도 모르게 보르도의 마티아스 씨 집으로 들어갔다. 일을 계속하기에는 너무 노쇠한 마티아스는 공증인 직을 팔고 은퇴하여, 소유한 집 중 하나에서 평화롭게 여생을 보내고 있었다. 급한 볼일로 그가 집을 비운 사이에 손님이 도착했다. 폴이 방문할 것이라는 연락을 받은 늙은 가정부는 그를 일 년 전에 사망한 마티아스 부인의 방으로 안내했다. 빠른 속도로 여행하느라 지친 폴은 저녁이 될 때까지 잠만 잤다. 집으로 돌아온 노인은 과거의 고객을 보러 갔다. 그는 어머니가 아이를 바라보듯, 잠들어 있는 백작을 쳐다보기만 했다. 주인을 따라온 가정부 조제트는 주먹 쥔 손을 허리춤에 대고 침대 앞에 서 있었다.

"지금부터 일 년 전, 조제트, 이 방에서 사랑하는 내 아내가 마지막 숨을 거두었을 당시만 해도, 거의 죽어 가는 백작을 보러 이 방에 다시 들어오리라고는 예상하지 못했네."

"가엾은 양반! 자면서 앓는 소리를 내고 있어요." 조제트가 말했다.

과거의 공증인은 "빌어먹을!"이라는 말만 내뱉을 뿐이었다. 그 말은 극복할 수 없는 어려움을 만났을 경우 공증인으로서 느끼는 절망감을 표현할 때 그가 항상 쓰는 순진한 욕설이었다. 그는 생각했다. '맙소사! 나는 랑스트락과 오작과 생프루의 영지, 그리고 저택에 대한 허유권으로 백작을 지켜 주었는데!' 그는 손가락으로 숫자를 세었다. 그러고는 외쳤다. "5년! 이번 달이면 정확히 5년 전, 존경하는 몰랭쿠르 노부인께서 여자 옷을 걸친 악어처럼 잔인한 여자에게 딸을 달라고 청하셨지. 지금은 작고하신 그의 외숙모 할머니시라네. 내가 우려했던 것처럼 결국 그 여자는 백작을 완벽하게 파산시켰어."

 젊은이를 오랫동안 바라본 후, 통풍에 걸린 그 착한 노인은 지팡이를 짚고 느린 걸음으로 산책하기 위해 정원으로 나갔다. 9시가 되자 야식이 준비되었다. 그는 주로 야식을 먹었던 것이다. 폴의 평온한 모습에 노인은 적잖이 놀랐다. 얼굴이 뚜렷하게 상했음에도 그의 얼굴은 차분해 보였다. 서른세 살의 마네르빌 백작은 마흔은 되어 보였다. 이렇게 늙어 보이는 것은 순전히 정신적으로 고통을 겪었기 때문이었다. 하지만 육체적으로는 건강해 보였다. 폴은 노인의 손을 잡고 의자에 앉게 했다. 그러고는 다정하게 손을 꼭 잡으면서 말했다.

 "친애하는 마티아스 선생님, 고통을 많이 겪으셨군요!"

 "저의 고통이란 자연법칙에 따른 것이지요, 백작님. 하지만 백작님의 고통은……."

 "제 이야기는 조금 있다가 야식을 먹으면서 천천히 합시다."

 "백작님, 제게 법관이 된 아들이나 결혼한 딸이 없었다면 백작님은 이 늙은 마티아스에게서 단순한 환대 이상을 받으실 수 있었을 것임을 믿어 주세요. 행인들이 여기저기에서 백작님의 그라솔과 귀아데 토지와 벨로즈 농장과 저택에 대한 강제 집행 조치를 알리는 벽보를 읽고 있는 지금, 어떻게 이곳 보르도에 오셨습니까? 40년 동안 그 부동산들을 마치 제 것인 양 지켜왔던 제가 그 벽보들을 보면서 느끼는 슬픔을 도저히 말로 표현할 수 없습니다. 제 선임자이신 존경할 만한 세스토 씨의 3등 서기였던 제가 백작님의 어머니를 위해 그 땅들을 사드

렸지요. 그리고 3등 서기로서 아름다운 롱드체*로 양피지 위에 매매 계약서를 썼답니다. 전임자의 사무실에 부동산 등기 증서를 보관하고 있던 이도, 그 부동산을 처분한 이도 바로 저였습니다. 백작님이 이렇게 커 가시는 것도 지켜보았답니다!" 그는 땅에서 60센티미터 정도 되는 높이를 손으로 가리키면서 말했다. "누구나 볼 수 있는 건물 정면에 붙은 부동산 압류를 알리는 공고문에 내 이름이 버젓이 인쇄되어 있더군요. 그런 것을 보는 고통을 겪자고 41년 6개월 동안이나 공증인 노릇을 했던가요? 길거리를 지나다가 그 끔찍한 노란 벽보를 읽고 있는 사람들을 볼라치면, 마치 내가 파산하고 나의 명예가 더럽혀진 것처럼 수치스럽습니다. 사람들의 호기심을 자극하려고 일부러 큰 소리로 벽보를 읽는 나쁜 놈들도 있습디다. 그러고는 하나같이 터무니없는 논평을 늘어놓곤 하더군요. 인간은 자기 재산을 지켜야 하지 않나요? 백작님 아버님께서도 양가의 재산을 탕진하신 후 새로이 재산을 축적하셨고, 그 재산을 백작님께 남기셨지요. 아버님을 본받지 않으신다면 백작님은 마네르빌 가문 사람이 아닙니다. 게다가 민법에는 부동산 압류에 관한 항목이 존재합니다. 입법자들은 그런 문제를 이미 예상한 것이지요. 그러니까 백작님의 사례도 민법에 명시되어 있습니다. 팔꿈치로 툭 치기만 해도 구덩이에 빠져 버릴 머리 허연 늙은이가 아니었다면, 그런 몹쓸 벽보 앞에 멈춰 서 있는 놈들을 다 두들겨 팼을 것입니다. 벽보에는 이렇게 쓰여 있더군요.

"센 지역 일심 법원의 판결에 따라 마네르빌 백작 부부의 재산은 분리되었던바 폴 프랑수아 조제프 마네르빌 백작의 아내, 나탈리 에방젤리스타 부인의 청원에 따라, 등등."

"맞아요." 폴이 말했다. "그리고 이제는 재산뿐 아니라 몸도 갈라섰지요."

"아!" 노인이 탄식했다.

'오! 나탈리는 원치 않았어요." 백작이 얼른 덧붙였다. "나탈리에게 거짓말을 해야 했어요. 아내는 내가 떠나는 것을 몰라요."

"떠나시다니요?"

'여비를 지급했어요. 벨 카롤린 호를 타고 콜카타로 갑니다."

"이틀 후에요!" 노인이 말했다. "그럼, 이제 우리는 다시 만날 수 없겠군요, 백작님."

"선생님은 이제 겨우 일흔셋 밖에 되시지 않았어요, 나의 친애하는 마티아스 선생님. 그런데 진정한 노쇠의 자격증인 통풍성 관절염을 앓고 계시네요. 제가 돌아오면 선생님은 두 발로 서 계실 겁니다. 선생님의 얼굴과 심장은 여전히 건강하실 테니, 실추된 명예를 회복할 수 있도록 도와주셔야지요. 7년 동안 엄청난 돈을 벌 겁니다. 그런 다음 돌아와도 저는 마흔 살밖에 되지 않습니다. 아직 무엇이든 할 수 있을 나이지요."

"백작님이요?" 마티아스가 놀란 표정으로 말했다. "백작님이 장사를 하러 가신다고요? 정말 그런 생각을 하시는 겁니까?"

"저는 이제 더 이상 백작이 아닙니다, 마티아스 씨. 카미유라는 이름으로 배표를 예매했어요. 어머니의 세례명 중 하나지요. 그리고 다른 방법으로 돈을 벌 수 있도록 도와줄 사람들을 알고 있어요. 무역은 저의 마지막 기회입니다. 게다가 저는 꽤 많은 돈을 가지고 떠나니, 대규모 사업으로 재산을 모을 수 있을 겁니다."

"그 돈은 어디에 있나요?"

"제 친구가 보내 줄 겁니다."

'친구'라는 말을 들은 노인은 들고 있던 포크를 떨어뜨렸다. 조롱하기 위해서도 너무 놀라서도 아니었다. 그의 표정은 헛된 환상을 좇고 있는 폴을 보면서 느끼는 고통을 드러내고 있었다. 백작은 단단한 바닥이 자신을 받쳐 주고 있다고 믿었지만, 공증인은 그 바닥에서 한없이 깊은 심연을 보았다.

"저는 50년 동안 공증인 일을 했습니다만, 파산한 사람에게 돈을 빌려주는 친구를 가진 사람은 한 번도 본 적이 없습니다."

"선생님은 마르세를 잘 모르세요! 지금 우리가 이야기하고 있는 바로 이 순간 내게 줄 돈을 마련하기 위해 연금을 팔아야 했다면, 그 친구는 분명 그렇게 했을 겁니다. 그리고 내일 선생님은 5만 에퀴의 환어음을 받으실 겁니다."

"그러길 바랍니다. 그런데 그 친구가 백작님 일을 해결해 주실 수는 없었나요? 그럴 수만 있었다면 6, 7년 동안 백작부인의 수입을 가지고 랑스트락에서 평온하게 지내실 수 있었을 텐데요."

"위임자가 150만 프랑을 지불할 수 있었을까요? 그중에는

결혼 계약 **175**

제 아내의 빚 55만 프랑도 포함되어 있지요."

"어쩌다 4년 동안 145만 프랑이나 되는 빚을 지게 되셨습니까?"

"그보다 더 쉬운 계산은 없죠, 마티아스 선생님. 다이아몬드를 제 아내에게 선물하지 않았나요? 파리 저택을 보수하기 위해 에방젤리스타 부인의 저택을 팔고 받은 15만 프랑을 지불하지 않았던가요? 토지 매입과 결혼 계약에 따르는 여러 가지 비용과 수수료를 지급해야 하지 않았나요? 또 오작과 생프루 영지 대금을 치르기 위해 4만 리브르의 소득이 나는 나탈리의 연금 국채를 팔아야 하지 않았나요? 우리는 국채를 87프랑에 팔았죠. 그렇게 해서 결혼한 지 한 달 만에 20만 프랑에 달하는 빚을 지게 된 거죠. 그러고 나니 우리에겐 6만 7천 리브르의 연금만 남았어요. 그런데 우리는 계속해서 연간 20만 프랑씩을 더 썼으니 연간 14만 프랑이 모자랐던 것이죠. 그 90만 프랑에 그리 이자를 더해 보세요. 금방 100만 프랑에 이릅니다."

"세상에!" 노 공증인이 말했다. "그다음에는요?"

"에, 그러니까, 저는 우선 가문의 다이아몬드인 '디스크레도'가 박힌 진주 목걸이와 어머니의 귀걸이를 합쳐 다시 세공한 장신구를 아내에게 선물하고 싶었습니다. 그래서 머리 장식에 10만 프랑을 썼지요. 그럼 합해서 110만 프랑이 되지요. 게다가 아내의 지참금 115만 6천 프랑 중 토지 매매금 80만 프랑을 제외하면 이미 35만 6천 프랑에 달하는 액수를 빚지고 있었죠."

"하지만," 마티아스가 말했다. "제 계산에 따르면, 백작부인의 다이아몬드와 백작님의 소득을 저당 잡힌다면, 30만 프랑은 되었을 것이고 그것으로 일단 채권자들을 달래실 수 있을 텐데요……."

"마티아스 선생님, 한 남자가 파산하면, 그 사람의 부동산에 저당권이 설정되면, 그의 아내가 채권자들에 앞서 그 부동산을 재인수한다면, 그리고 마침내 그 남자가 몇 장의 10만 프랑짜리 환어음에 시달린다면, 그는 아무것도 할 수 없게 된답니다. 물론 그 환어음은 제 재산이 증가하면 갚게 되겠지요. 그러길 바라고요. 게다가 수용에 필요한 비용은 또 어쩌고요?"

"세상에! 끔찍하군요!" 공증인이 말했다.

"다행히 압류된 부동산은 아무 제약 없이 매각할 수 있게 되었어요. 급한 불은 끌 수 있게 된 거죠."

"벨로즈의 포도밭을 파신다고요?" 마티아스가 외쳤다. "1825년에 수확한 포도주가 지하 저장고에 보관되어 있는데요? 1825년산 포도는 최고의 보르도 와인을 생산하지 않았습니까!"

"어쩔 수 없어요."

"벨로즈는 60만 프랑 나갑니다."

"나탈리가 살 겁니다. 제가 그러라고 했어요."

"평년 수입이 1만 6천 프랑입니다. 1825년 같은 특별한 해도 있고요! 제가 나서서 70만 프랑까지 받게 해 드리겠습니다. 다른 농지도 각각 20만 프랑은 받을 수 있습니다."

결혼 계약

"다행이군요. 보르도의 저택을 20만 프랑에 팔 수 있다면 빚은 다 갚을 수 있어요."

"솔로네는 그 이상을 지불할 겁니다. 그 집을 가지고 싶어 했거든요. 그는 독한 술 트루아시스*에 투기하여 돈을 많이 번 후, 10만 몇천 리브르의 연금을 가지고 은퇴한답니다. 공증인 직을 30만 프랑에 팔았고, 부유한 혼혈 여인과 결혼했지요. 그 여자가 어떻게 돈을 벌었는지는 아무도 모릅니다만, 어쨌든 벼락만장자라고 합디다. 공증인이 독주를 밀수하다니요? 공증인이 혼혈 여인과 결혼하다니요? 세상이 어찌 돌아가는지! 사람들 말에 따르면 그가 백작님 장모의 재산을 잘 굴려 주고 있다고 하더군요."

"장모님께서 랑스트락을 아름답게 꾸미셨어요. 토지도 잘 가꾸시고요. 제게 꼬박꼬박 임대료를 내고 계시죠."

"부인이 그렇게 하실 수 있으리라고는 전혀 예상하지 못했어요."

"장모님은 너무 착하고 너무 헌신적이세요. 파리에 계시는 석 달 동안 항상 나탈리의 빚을 갚아 주셨죠."

"그분은 그럴 수 있지요. 랑스트락에 사시니까요." 마티아스가 말했다. "그 부인이! 그 부인이 절약한다고요? 기적이군요! 얼마 전 부인은 랑스트락과 그라솔 사이에 있는 그랭루즈 영지를 매입했어요. 따라서 랑스트락의 길을 대로까지 연결하면 백작님 영지에 6킬로미터에 이르는 길을 내실 수 있습니다. 그랭루즈 땅을 10만 프랑에 매입했다고 하니, 3천 프랑의 연 수

입은 족히 가능할 겁니다."

"장모님은 여전히 아름다우세요." 폴이 말했다. "아마도 시골 생활이 미모를 유지하게 하나 봅니다. 장모님께는 작별 인사를 하지 않겠어요. 제 말을 들으시면, 저를 위해 큰 희생을 치르실 거예요."

"찾아가셔도 소용없습니다. 부인은 지금 파리에 계십니다. 백작님이 떠나신 바로 그날 파리에 도착하셨을 겁니다."

"아마도 제가 부동산을 매각한다는 소식을 듣고 저를 도와주러 가셨을 겁니다. 지나간 제 삶에 대해 불평도 후회도 하지 않아요. 사랑받았으니까요. 정말 그래요. 지상에서 한 남자가 받을 수 있는 최고의 사랑을 받았습니다. 경쟁적으로 헌신하는 두 여인의 사랑을 받았지요. 두 여인이 서로 질투할 정도였다니까요. 딸은 어머니에게 사위를 너무 사랑한다고 비난했고, 어머니는 딸의 낭비를 나무랐지요. 그 애정이 나를 파멸시켰어요. 아주 사소한 것일지라도, 어떻게 사랑하는 여인의 비위를 맞춰 주지 않을 수 있겠어요? 사랑하는 여인의 요구에 저항할 방법이 있나요? 그들의 희생을 어떻게 받아들일 수 있겠어요? 아, 네! 물론 우리의 재산을 정리하고 랑스트락에 와서 살 수도 있었겠지요. 하지만 나탈리에게 좋아하는 삶을 포기시키느니 제가 동인도제도로 가서 큰돈을 벌어 오는 편이 나아요. 그래서 제가 나탈리에게 재산 분리를 요구했던 겁니다. 여인들이란 돈 문제에는 절대 얽혀 들지 말아야 하는 천사 같은 존재니까요."

늙은 마티아스는 의혹과 놀라움을 금치 못하면서 폴의 이야기를 들었다. 그러고는 그에게 물었다.

"자녀는 없습니까?"

"네, 없어요. 다행스러운 일이죠." 폴이 대답했다.

"저는 결혼에 대해 다르게 생각합니다." 고지식한 늙은 공증인은 솔직하게 답했다. "아내는 좋은 상황이건 나쁜 상황이건 남편과 운명을 같이해야 합니다. 연인들처럼 사랑하는 젊은 부부들은 아이를 가지지 않는다는 말을 들었습니다. 그렇다면 결혼의 유일한 목적은 쾌락입니까? 그보다는 가정의 행복이 더 중요하지 않나요? 백작님 나이는 갓 스물여덟이었고 백작부인은 스무 살이었습니다. 사랑만 생각하는 것을 용서받을 수 있는 나이였죠. 백작님은 저보고 천생 공증인이라 하시겠지만, 결혼 계약 내용과 귀족의 명성은 두 분께 우선 건강한 아들 하나를 보셔야 한다는 의무를 지웠습니다. 그렇습니다, 백작님. 그리고 만일 두 분께 딸만 있었다면 마조라를 공고히 하기 위해 아들을 보실 때까지 출산을 멈추어서는 안 되는 것이었습니다. 에방젤리스타 양의 몸이 허약했습니까? 임신하면 안 되는 무슨 문제라도 있었습니까? 백작님은 그런 것에 대해 우리 조상들의 고리타분한 사고방식이라고 말씀하실지도 모릅니다. 하지만 백작님, 귀족 가문에서 합법적인 아내는 자녀들을 생산하고 양육해야 합니다. 쉴리 가문의 어른이신 쉴리 공작* 부인이 말씀하셨듯이, 아내란 쾌락의 도구가 아니라 가문의 명예이고 미덕입니다."

"마티아스 선생님, 선생님은 여자를 모르세요." 폴이 말했다. "행복해지기 위해서는 그들이 원하는 만큼 사랑해 줘야 한답니다. 결혼하자마자 아내의 특권을 빼앗고, 미모를 즐기기도 전에 그 미모를 망가뜨리게 하는 것은 잔인하지 않나요?"

"백작님 부부에게 자녀들이 있었다면, 어머니가 된 부인께서는 적어도 여인으로서의 낭비는 하지 않으셨을 것입니다. 가정에 머무셨을 것……."

"만일 선생님 말씀이 옳다면," 폴이 눈살을 찌푸리며 말했다. "저는 아마 더 불행했을 겁니다. 이렇게 추락한 저를 훈계함으로써 저를 더 고통스럽게 하지 마세요. 그저 아무 생각 없이 떠나게 해 주세요."

다음 날, 마티아스는 앙리 드 마르세로부터 지급인에게 일람불 환어음 15만 프랑을 받았다.

"보세요." 폴이 말했다. "그 친구는 아무 말 없이 무조건 저를 도와주기부터 하지 않습니까. 앙리는 제가 아는 한, 누구보다도 완벽하게 무모하고, 말도 안 되게 멋진 인물이랍니다. 아직 젊은 그 친구가 얼마나 오만하고 자신감이 넘치고 감정과 이해관계에 초연한지, 또 얼마나 훌륭한 정치가인지 아신다면, 선생님은 그 친구가 그토록 따뜻한 마음을 가지고 있다는 사실에 더 놀라실 겁니다. 저도 놀랐습니다."

마티아스는 폴이 결심을 바꾸게 하려고 부단히 노력했다. 하지만 그의 결심은 확고했고 근거가 없지 않은 수많은 이유에 의해 정당화되었기에, 늙은 공증인은 더 이상 그의 고객을 붙

들려고 하지 않았다. 짐을 실은 배가 정시에 출발하는 경우는 매우 드물었다. 하지만 폴에게는 치명적인 운명의 장난으로, 그날따라 바람이 순조로웠기에 벨 카롤린 호는 다음날 출항할 준비를 했다. 선착장은 친척과 친구와 구경꾼들로 붐볐다. 그곳에 있던 사람 중 몇몇은 개인적으로 마네르빌을 아는 사람이었다. 과거에 재산가로 유명했던 것만큼이나 지금의 그는 파산으로 유명해졌다. 그래서 호기심에 찬 사람들은 웅성거렸다. 각자가 모두 한마디씩 했다. 폴을 항구까지 배웅한 노공증인은 그들이 떠들어 대는 말을 들으면서 너무도 고통스러웠다.

"마티아스 노인 옆에 있는 저기 보이는 저 남자에게서 '완두꽃'이라 불리던 멋쟁이 신사를 알아볼 사람이 어디 있겠어요? 5년 전 그는 보르도를 주름잡았었지요."

"뭐라고요? 알파카 프록코트를 입은 저 작고 통통한 남자가, 다부처럼 보이는 저 남자가 폴 드 마네르빌 백작이라고요?"

"그렇다니까요. 에방젤리스타 양과 결혼한 바로 그 남자요. 쫄딱 망해서 무일푼이 되었답니다. 큰돈을 벌기 위해 동인도제도로 간다네요."

"그런데 어쩌다가 망했대요? 그렇게 부자였는데!"

"파리, 여자들, 주식, 도박, 사치……"

"게다가," 다른 남자가 말했다. "마네르빌은 참으로 딱한 친구입니다. 재치도 없고, 풀 먹인 종이처럼 무기력하기만 하지요. 꼼짝없이 몽땅 빼앗기고 말았어요. 아무짝에도 쓸모없는 무능한 인간이랍니다. 그는 파산할 수밖에 없었어요."

폴은 노인과 악수를 한 후 배로 피신했다. 그러고는 군중을 향해 경멸 가득한 눈길을 보냄으로써 그들의 시선을 견뎠다. 마티아스는 상갑판의 난간에 기대 있는 옛 고객을 바라보면서 오랫동안 부두에 서 있었다. 선원들이 닻을 올리려 할 때, 폴은 마티아스가 손수건을 흔들면서 신호를 보내고 있다는 사실을 알아차렸다. 늙은 가정부가 서둘러 주인을 찾아온 것으로 보아 매우 중요한 사건이 발생한 것처럼 보였다. 폴은 선장에게 잠시만 더 기다려 달라고 부탁했다. 동시에 노 공증인이 그토록 강력하게 하선하라는 신호를 보내는 이유가 무엇인지 알아보기 위해 보트를 보내 달라는 부탁도 했다. 보트를 타고 뱃전까지 가기에는 몸이 너무 불편했기에, 마티아스는 보트를 타고 온 선원에게 두 통의 편지를 전해 주었다.

"이보게 친구, 이 편지를 잘 보게." 과거의 공증인은 선원에게 전해 줄 편지 하나를 보여 주면서 말했다. "실수하지 말게. 이 편지들은 파리에서 서른다섯 시간이나 걸려 방금 우편물로 도착한 것이라네. 잊지 말고 백작님께 이 상황을 잘 말씀드리게. 잊으면 안 되네! 그 편지가 백작님의 결정을 되돌릴 수도 있을 테니 말일세."

"그러면 그를 하선시켜야 할까요?" 선원이 물었다.

"그렇다네, 친구." 공증인은 아무 생각 없이 그렇게 말했다. 그러나 그의 말은 경솔한 것이었다.

일반적으로 선원은 어느 나라에서나 사회에 편입되지 못하고 소외된 인간이다. 따라서 선원들은 언제나 육지에 사는 사람들을 극도로 경멸한다. 그들은 부르주아들을 이해하지 못한다. 이해하려 하지도 않는다. 그저 그들을 조롱하고, 할 수만 있다면 그들의 돈을 갈취한다. 그러면서도 자신이 정직하지 못한 행동을 하고 있다고 생각하지 않는다. 배에서 내린 선원은 우연히도 남부 브르타뉴 출신이었다. 그는 마티아스 노인의 명령에서 한 가지 사실만을 보았다.

'맞아.' 노를 저어 가면서 그는 중얼거렸다. '그를 하선시킨다! 그것은 선장이 승객 하나를 잃는 것을 의미하지! 저런 돌고래 같은 놈들 말을 듣자면, 선장은 승객을 태웠다 하선시켰다 하느라 일생을 보내야 할걸! 아들이 감기라도 걸릴까 봐 두려운 거야?'

그래서 선원은 아무 말도 하지 않고 폴에게 편지를 전해 주었다. 아내와 마르세의 필체를 알아본 폴은 이 두 사람이 무슨 이야기를 했을지 예측할 수 있었다. 그들은 헌신적인 마음으로 여러 제안을 했을 것이다. 그러나 그는 그것들로 인해 마음이 흔들리고 싶지 않았다. 겉으로 무관심한 척하면서 그 편지들을 호주머니 속에 집어넣었다.

그 모습을 본 선원이 남부 브르타뉴 사투리로 선장에게 말했다. "거보세요. 별것도 아닌 일로 귀찮게 하잖아요! 저 영감태기가 말한 것처럼 그렇게 중요한 일이라면, 백작이 그 편지 뭉치를 자기 호주머니에 쑤셔 넣었겠어요?"

세상에서 가장 강한 남자라 할지라도 이러한 상황에 놓이면 서글픈 생각에 잠기게 마련일 터, 폴은 오랜 친구인 공증인에게 손을 흔들며 작별 인사를 하고, 프랑스에 영원한 작별을 고하고, 빠른 속도로 지나가는 보르도의 건물들을 바라보면서 슬픔에 잠겼다. 그는 밧줄 더미 위에 앉았다. 그리고 몽상에 빠져들었고, 그러는 사이에 밤이 엄습했다. 석양의 어슴푸레한 빛과 더불어 의혹이 밀려왔다. 그는 미래를 향해 불안한 시선을 던졌다. 미래를 생각해 보니, 그곳에는 위험만이 도사리고 확실한 것은 아무것도 없었다. 그는 자신이 용기를 잃지는 않을지 자문했다. 나탈리가 완전히 독립적인 존재가 되었다는 사실을 생각하면서 막연한 불안감에 사로잡혔다. 자신의 결정을 후회하기도 했고, 파리도 과거의 삶도 그리웠다. 뱃멀미가 났다. 뱃사람들은 모두 그 병의 증세에 대해 잘 안다. 위험하진 않지만 극도로 끔찍한 괴로움은 완전한 의욕 상실 상태에 빠지게 한다. 설명할 수 없는 뒤틀리는 고통으로 뱃속 오장육부의 활동은 느슨해지고, 머리는 더 이상 돌아가지 않은 채 아무런 기능도 하지 않는다. 아무도 환자에게 관심을 가지지 않는다. 어머니는 아이를 팽개치고, 연인은 애인을 생각하지 않는다. 건강한 남자일지라도 무기력한 살덩어리가 되어 쓰러진다. 폴은 선실로 옮겨졌다. 그곳에서 그는 선원들이 준 음료를 잔뜩 마시고는 계속 토하면서 사흘 동안 뻗어 있었다. 그로그라 불리는 그 음료는 럼이나 브랜디에 설탕과 레몬과 더운물을 섞은 것이었다. 그는 아무 생각 없이 잠만 잤다. 그런 후 차츰 회복되었고 정상으로 돌아왔다. 몸이 많이 나아진 날 아침, 그는 상갑판 위를 산책하면서 바다에서 불어오는 산들바람을 들이마셨다. 기후가 달라졌음을 느낄 수 있었다. 주머니에 손을 넣었다가 편지가 잡히는 것을 느꼈다. 그 감촉에 바로 편지를 꺼냈다. 그러고는 나탈리의 편지부터 읽었다. 하지만 마네르빌 백작부인의 편지를 이해하기 위해서는 폴이 아내에게 보낸 편지를 먼저 인용할 필요가 있다. 폴의 편지를 읽어 보자.

폴 드 마네르빌이 아내에게 보낸 편지

내 사랑, 당신이 이 편지를 읽을 때면 나는 당신에게서 멀리 떠나 있을 겁니다. 어쩌면 이미 동인도제도로 가는 배 위에 있을지도 모르지요. 그곳으로 가서 잃어버린 재산을 다시 모아 올 겁니다. 나의 출발을 당신에게 알릴 용기가 없었습니다. 당신을 속였어요. 그럴 수밖에 없지 않았겠어요? 쓸데없이 당신을 불편하게 했을 것이고, 당신은 나를 위해 당신 재산을 내놓으려 했을 테니까요. 사랑하는 나탈리, 자책하지 말아요. 나는 후회하지 않아요. 수백만 프랑을 벌어 오면, 당신 아버지를 본받아 그 돈을 당신 발밑에 바치면서 "전부 당신 거야"라고 말할 겁니다. 나탈리, 당신을 미친 듯이 사랑합니다. 이런 고백을 하면서 나는 당신의 지배력이 더 커질지도 모른다는 걱정 같은 건 하지 않습니다. 나약한 사람들이나 지배력을 두려워하지요. 당신을 만난 그 순간 당신의 지배력은 이미 무한한 것이었습니다. 당신에 대한 사랑이 내 파탄의 유일한 공모자입니다. 단계적 파산은 열광적인 쾌락을 맛보게 했답니다. 도박사가 느끼는 쾌락이 바로 그런 것이겠지요. 재산이 줄어들수록 나의 행복은 커져만 갔습니다. 당신에게 사소한 즐거움을 제공한 내 재산의 한 조각 한 조각은 내게 경이로운 황홀감을 맛보게 했습니다. 당신이 더 많은 것을 갈망하길 바랐는지도 모르겠어요. 파멸의 길을 향해 가고 있음을 알고 있었지만, 나는 기쁨의 왕관을 쓰고 그 길을 향해 걸어갔습니다. 속물적인 사람들은 절대 알지 못하는 감정이지요. 나는 일 년이나 이 년 동안 호숫가의 작은 집에 틀어박혀 쾌락의 대양에 깊이 잠겨 있다가 스스로 목숨을 끊겠다고 결심한 후, 환상과 사랑의 영광 속에서 죽어 가는 연인들처럼 처신했습니다. 나는 항상 그런 사람들이 대단히 합리적이라고 생각했답니다. 당신은 내가 얼마나 즐거웠는지, 내가 어떤 희생을 치렀는지 모를 겁니다. 남자들은 사랑하는 여인이 원하는 대로 희생을 치르고도, 그 여인에게는 그 사실을 감추면서 커다란 쾌락을 느끼지 않을까요? 당신에게 말하지 않았던 그 비밀을 이제는 털어놓을 수 있어요. 사랑 가득한 이 편지가 당신에게 도달했을 때면 나는 당신에게서 멀리 떠나 있을 것입니다. 이런 말을 하면서 내 마음은 불안해질 수도 있겠지요. 하지만 당신이 내게 무한한 감사를 표하지 않을지라도, 나는 불안하지 않습니다. 사랑하는 여인이여, 이렇게 과거를 언급하는 데는 일종의 교묘한

결혼 계약 **187**

계산이 숨어 있는 것 같지 않아요? 우리의 사랑을 미래로 연장하기 위해서라 생각지 않나요? 우리에게 힘을 주는 약이나 음식이 필요할까요? 우리는 순수한 사랑으로 서로를 사랑하지 않나요? 그 사랑을 증명하기 위한 증거는 필요 없어요. 그 사랑은 시간도 거리도 초월합니다. 순수한 사랑에는 아무것도 필요하지 않아요. 아! 나탈리, 벽난로 옆 테이블에서 이 편지를 쓴 후, 방금 그 테이블을 떠났습니다. 순진한 아이처럼 누워 나를 향해 손을 뻗은 채 안심하고 잠들어 있는 당신의 모습을 보았습니다. 나는 우리와 기쁨을 함께 나누었던 베개 위에 눈물을 뿌렸습니다. 당신의 순진한 모습을 보면서 나는 믿음을 가지고 두려움 없이 떠납니다. 막대한 재산을 획득함으로써 안정을 얻기 위해 떠나는 것입니다. 그 어떤 근심 걱정도 우리의 쾌락을 방해하지 못할 만큼, 당신이 마음껏 세련미를 뽐낼 수 있을 만큼 큰돈을 벌어 오기 위해서지요. 당신도 나도 우리가 영위했던 삶의 향락을 포기할 수 없을 겁니다. 나는 남자입니다. 그러니 내게는 용기가 있어요. 우리에게 필요한 재산을 모으는 것은 나 혼자 짊어져야 할 임무입니다. 아마도 당신은 나를 따라간다고 말하겠지요! 나는 선박의 이름도, 떠나는 장소도, 떠나는 날짜도 말하지 않으렵니다. 내가 떠나고 난 후, 내 친구가 당신에게 말해 줄 겁니다. 나탈리, 나는 당신에게 한없는 애정을 느낍니다. 어머니가 아이를 사랑하듯, 연인이 애인을 사랑하듯, 아무런 사심 없이 당신을 사랑합니다. 일은 내 몫이고 쾌락은 당신 몫이며, 고통은 내 몫이고 행복한 삶은 당신 몫입니다. 마음껏 즐기세요. 사치스러운 생활 습관을 계속 유지하면서 이탈리아 극장에도 가고, 오페라에도 가고, 사교계에도 나가세요. 무도회에도 참석해야지요! 나는 모든 것을 용납한답니다. 사랑하는 나의 천사여! 서로 사랑했던 5년 동안 그 사랑의 결실을 음미하던 우리의 보금자리로 돌아가거든, 당신의 친구를 생각해 주세요. 잠시나마 나를 생각해 주세요. 그리고 내 가슴에 안겨 잠들기를 바랍니다. 당신에게 바라는 것은 그것뿐입니다. 영원한 내 사랑이여, 우리 두 사람을 위해 열심히 일하면서, 나는 뜨거운 태양 아래 길을 잃은 채 수많은 난관을 마주하게 되겠지요. 몸은 지쳤을지라도 돌아간다는 희망을 품고 잠시 휴식을 취하기도 할 겁니다. 그럴 때면, 아름다운 내 인생의 전부인 당신을 생각할 것입니다. 그렇습니다. 당신 안에 머물 수 있도록 노력할 겁니다. 당신은 고통도 근심도 없이 행복하다고 생각할 겁니다. 밤이나 낮이나 깨어 있을 때나 잠들어 있을 때나 함께 있었던 것처럼, 나의 화려한 삶은 파리에, 노동의 삶은 동인도제도에 있을 것입니다. 꿈은 고통스럽지만, 현실은 달콤합니다. 나는 당신이 사는 현실 속에서 언제나 당신과 함께할 것이기에, 나의 삶은 꿈이 될 것입니다. 나는 추억을 간직할 겁니다. 5년간의 아름다운 시를 구절구절 되새길 겁니다. 당신이 빛을 발하며 행복해하던 그날들을 기억할 겁니다. 멋진 옷을 입었을 때나, 실내복을 입었을 때나, 당신은 내 눈에 항상 새롭게 보였지요. 내 입술은 우리가 함께 즐겼던 향연의 맛을 느낀답니다. 그래요, 내 천사! 사업에 투신하는 남자가 되어 이 땅을 떠납니다. 성공하면 아름다운 연인을 다시 만나게 되겠지요. 당신을 욕망하고 당신을 가졌던 과거의 추억은 내 기억 속에 환상처럼 남아 있을 겁니다. 당신을 가지고 나면 욕망에 대한 환상이 깨지기도 할 터건만, 당신은 항상 그 환상이 커지게 했지요. 나는 새로운 여인을 만나기 위해 돌아올 것입니다. 나의 부재가 당신에게 새로운 매력을 부여하지 않을까요? 오! 아름다운 내 사랑, 나의 나탈리, 내가 당신에게 숭배의 대상이 될 수만 있다면! 잠든 모습을 볼 수 있도록 아이가 되어 주세요! 설사 당신이 맹목적인 나의 신뢰를 배신할지라도, 당신은 나의 분노를 두려워할 필요가 없을 겁니다. 그 점에 대해서는 내 말을 믿어도 좋아요. 그럴 경우, 나는 그저 조용히 죽을 겁니다. 하지만 여자는 자신에게 자유를 준 남자를 배신하지 않습니다. 여자란 절대 비열한 존재가 아니니까요. 지배자의 지위를 즐기지만 쉽사리 배신하진 않아요. 상대방을 죽음에 이르게 하는 그런 배신은 절대 하지 않지요. 아니, 난 그런 생각은 하지 않아요. 남자에게는 너무도 자연스러운 이러한 절규를 용서하세요. 사랑하는 나의 천사여, 당신은 마르세를 만날 겁니다. 그는 서류상 우리 저택의 세입자가 될 테지만, 당신이 그곳에 그냥 살도록 할 것입니다. 불필요한 손실을 피하기 위해서는 그런 허위 임대차 계약서가 필요했습니다. 부채 청산은 시간이 걸릴 뿐 다 해결될 것이라는 사실을 모르는 채권자들은 저택의 가구류와 용익권을 압류할 수도 있었지요. 마르세를 친절하게 대해 줘요. 나는 그의 능력과 그의 의리에 절대적 신뢰를 보낸답니다. 그를 당신의 보호자인 동시에 조언자로 생각하고, 당신의 시종으로 삼아도 좋아요. 아무리 바빠도 당신을 위해 헌신할 것입니다. 그에게 나의 재산 정리에 대해 신경을 써 달라고 부탁했어요. 그 과정에서 그가 필요한 돈을 미리 지불하면, 나중에 당신이 그 돈을 갚아 줄 것이라 믿습니다. 당신을 마르세에게 맡기는 것이 아니라 당신 자신에게 맡기는 것으로 생각하세요. 당신에게 그를 추천했지만 내 제안을 강요하지는 않아요. 아! 당신에게 사업 이야기는 할 수 없어요. 당신 곁에 있을 수 있는 시간이 한 시간밖에 남지 않았으니까요. 당신의 숨소리를 들으면서 숨결을 하나하나 세고 있습니다. 잠 속에서 어쩌다가 한 번씩 뒤척이는 당신의 모습에서 당신이 무슨 생각을 하는지 찾아보려 애쓴답니다. 당신의 숨결은 사랑으로 충만했던 우리의 시간을 되찾게 해 줍니다. 당신의 심장이 뛸 때마다 내 심장은 안에 들어 있는 소중한 보물을 당신에게 바칩니다. 그리스도의 성체 성혈 대축일에 아이들이 장미꽃으로 제단을 가득 채우듯, 나는 내 영혼 속에 있는 장미 꽃잎을 모두 따서 당신에게 바치겠습니다. 우리의 추억은 당신을 슬프게 하겠지요. 하지만 당신이 그 추억에 잠겨 있기를 바랍니다. 당신을 온전히 내 것으로 만들기 위해, 당신의 생각과 내 생각을 완전히 일치시키고 당신의 마음과 내 마음이 하나가 되기 위해, 나의 전 존재가 당신 안에 머물기 위해 나의 피를 당신에게 수혈하고 싶습니다. 내 말에 대한 감미로운 답이기라도 하듯, 나지막한 속삭임이 당신의 입에서 흘러나왔어요. 이 순간, 당신은 차분하고 아름답군요. 앞으로도 늘 그렇게 차분함과 아름다움을 간직하세요. 아! 요정 이야기에 나오는 엄청난 힘을 가지고 싶어요. 내가 없는 동안 당신을 잠들게 두었다가, 돌아와서는 단 한 번의 키스로 당신을 깨우고 싶어요. 이렇게 당신을 보면서 떠나기 위해서는 얼마나 많은 용기가 필요했던가요! 또 얼마나 많이 당신을 사랑했어야 했던가요! 당신은 신앙심이 깊은 스페인 여인이니, 잠자는 동안 당신이 한 맹세를 존중할 테지요. 잠든 사이에 이루어진 무언의 약속은 의심받지 않아요. 안녕, 내 사랑. 폭풍우에 실려 날아가는 당신의 불쌍한 완두꽃이 여기 있어요. 하지만 그 꽃은 황금 날개를 타고 당신에게 영원히 돌아올 것입니다. 아니요, 내 사랑, 나는 작별 인사를 하지 않아요, 나는 절대 당신을 떠나지 않을 겁니다. 당신은 나의 모든 행동을 지배하는 영혼이 아니던가요? 절대 파괴될 수 없는 행복을 당신에게 가져다준다는 희망이 나의 계획에 활기를 줍니다. 그 희망이 나의 모든 발걸음을 인도하지 않을까요? 당신은 항상 내 곁에 있지 않을까요? 아니요, 나를 환하게 밝혀 주는 것은 동인도제도의 태양이 아니라 불타는 당신의 시선입니다. 애인 없이도 행복한 여인만큼만 행복하세요. 잠든 당신에게 보내는 이 키스가 마지막 키스가 아니길 바랐습니다. 하지만 사랑하는 내 천사, 내 사랑, 당신을 깨우고 싶지 않았습니다. 내일 아침 눈을 뜨면 당신의 이마에서 나의 눈물을 발견할 것입니다. 그 눈물을 부적으로 삼으세요. 제발 잊지 말고 나를 생각해 주세요. 어쩌면 당신에게서 멀리 떨어진 곳에서 죽을지도 모를 나를 생각해 주세요. 남편으로서가 아니라 헌신적인 연인으로서의 나를 생각해 주세요. 당신을 신에게 맡깁니다.

마네르빌 백작부인이 남편에게 보낸 답장

사랑하는 폴, 당신의 편지는 나를 얼마나 슬프게 했는지요! 나와 의논도 하지 않고 우리 두 사람 모두에게 충격을 주는 그런 결정을 할 권리가 당신에게 있었던가요? 당신은 자유로운가요? 당신은 내게 속한 존재가 아닌가요? 나도 반쯤은 크레올 여인이 아닌가요? 그러니까 나도 당신을 따라갈 수 있지 않나요? 당신은 내가 당신에게 꼭 필요한 존재가 아님을 알려 주는군요. 폴, 도대체 내가 무슨 잘못을 했기에 당신은 나의 권리를 빼앗아 가나요? 당신 없는 파리에 홀로 남은 나는 무엇이 될까요? 가엾은 사람, 내가 지은 죄를 당신이 짊어지는군요. 파산의 책임은 내게도 있지 않나요? 나의 몸치장이 중요한 원인이지 않나요? 당신은 우리가 함께했던 4년 동안의 태평하고 행복했던 삶을 저주하게 만들었어요. 6년 동안 고국을 떠나 있다니, 죽을 위험은 없는 건가요? 6년 동안 큰돈을 벌 수 있나요? 돌아오실 수 있을까요? 어머니와 당신이 내게 강요했던 재산 분리에 관한 이야기가 나오자마자 나는 집요하게 저항했었죠. 내 생각이 옳았어요. 그때 내가 뭐라고 말했죠? 부부 재산을 분리하면서 당신에 대한 평판이 나빠지지 않았던가요? 신용도 잃지 않았던가요? 당신이 화를 냈기에 당신의 뜻을 따를 수밖에 없었어요. 사랑하는 폴, 그때처럼 당신이 멋있어 보인 적은 없었답니다. 절망하지 말아요. 큰돈을 벌러 간다고요……? 당신처럼 의연하고 능력 있는 사람만이 그렇게 행동할 수 있어요. 나는 당신의 발밑에 엎드립니다. 솔직하게 자신의 약점을 고백하는 남자, 사랑 때문에 재산을 탕진했음에도 그 사랑을 위해, 거부할 수 없는 열정을 위해 다시 재산을 모으려는 남자! 오, 폴! 그런 남자는 숭고하답니다. 걱정하지 말고 가세요. 장애물들 사이로 당당하게 걸어가세요. 나탈리에 대한 의심은 거두세요. 그것은 당신 자신을 의심하는 것과 같으니까요. 가엾은 사람, 내 안에서 살고 싶다고요? 하지만 나는 항상 당신 안에 있지 않나요? 나는 이곳에 있지 않아요. 나는 당신이 가는 곳 어디에서나 당신과 함께할 겁니다. 당신의 편지는 내게 너무도 큰 고통을 주었지만, 나를 무척 기쁘게 하기도 했어요. 이 순간 당신은 슬픔과 기쁨이라는 양가 감정을 동시에 느끼게 하는군요. 당신이 나를 얼마나 사랑하는지 깨달으면서, 당신에 대한 내 사랑을 당신도 느끼고 있다는 사실이 자랑스러웠거든요. 종종 당신이 나를 사랑하는 것보다 내가 당신을 더 사랑한다고 생각하곤 했어요. 이제 나는 패배를 인정해야겠군요. 당신이 가진 많은 장점에 이 최고의 탁월함을 덧붙여도 되겠어요. 그러니 당신을 사랑하는 이유가 더 많아졌군요. 당신의 편지, 당신의 영혼이 담긴 그 소중한 편지는 당신이 안 계신 동안 내 가슴속에 머물러 있을 겁니다. 당신의 영혼이 그 편지에 살아 있으니까요. 그 편지에서 당신은 우리 사이에 변한 것은 아무것도 없다고 말했지요. 그 편지는 나의 자랑거리입니다. 어머니와 함께 랑스트락에 가서 살겠어요. 사교계에서 저는 죽은 사람입니다. 당신의 빚을 모두 갚기 위해 절약하겠어요. 오늘 아침 이후 폴, 나는 다른 여자가 되었답니다. 사교계에 영원한 이별을 고합니다. 당신과 함께 나눌 수 없는 즐거움은 의미가 없어요. 게다가 폴, 나는 파리를 떠나 고독 속에서 살아야만 해요. 사랑하는 폴, 당신이 돈을 벌어야 할 또 하나의 이유가 있답니다. 당신이 용기를 내기 위해 자극이 필요하다면, 이제 당신 안에 또 하나의 심장이 뛰고 있다는 사실은 그 자극이 될 것입니다. 친구여, 무슨 말인지 모르겠어요? 우리는 곧 아이를 가질 거예요. 백작님, 당신의 가장 소중한 열망이 이루어졌군요. 당신에게 헛된 기쁨을 주고 싶지 않았어요. 사실이 아니면 절망할 것이 분명하니까요. 우리는 이미 그 문제에 대해 너무도 많은 고통을 겪지 않았던가요. 그래서 좋은 소식을 부인할 수밖에 없는 상황에 이르고 싶지 않았어요. 이제는 당신에게 전하는 그 소식에 대해 확신합니다. 고통받고 있는 당신에게 기쁨을 드릴 수 있어서 기뻐요. 오늘 아침,

당신이 파리 시내에 나간 줄로만 알았던 나는 아무것도 의심하지 못한 채 신께 감사하기 위해 성모 승천 예배에 참석했어요. 이런 불행을 예상할 수 있었겠어요? 오늘 아침에는 모두가 내게 미소를 보냈지요. 교회에서 나오면서 어머니를 만났어요. 어머니는 당신이 곤궁한 상태에 빠졌다는 소식을 듣고 역마차를 타고 오셨어요. 당신의 문제가 해결되기를 바라면서, 저축한 돈 3만 프랑을 가져오셨더군요. 얼마나 따뜻한 마음인가요, 폴! 나는 너무 기뻐 서둘러 집으로 돌아왔어요. 당신이 좋아하는 음식을 준비하곤 하던 온실 안에서 점심을 먹으면서 당신에게 이 두 가지 좋은 소식을 전하기 위해서였죠. 그런데 오귀스틴이 당신의 편지를 전해 주었어요. 전날 밤에 함께 지냈는데, 편지라니요! 그건 심각한 일이 아니겠어요? 온몸이 심하게 떨렸어요. 그리고 당신의 편지를 읽었죠……! 울면서 읽었어요. 어머니도 울음을 터뜨리고 마셨어요. 여인이 눈물을 흘리려면 한 남자를 너무도 사랑해야 하지 않을까요? 눈물은 여인의 얼굴을 흉하게 만드니까요. 나는 거의 실신한 상태였어요. 그렇게 큰 사랑과 그렇게 큰 용기! 그렇게 큰 행복과 그렇게 큰 불행! 마음으로는 최고의 부자이면서도 이해관계가 관여하는 현실에서는 일시적으로나마 파산이군요! 사랑하는 사람의 숭고함에 찬사를 보내며 가슴이 벅차오르는 이 순간, 그 사람을 꼭 껴안을 수 없다니요! 어떤 여자가 그런 감정의 소용돌이에 저항할 수 있겠어요! 내 심장에 닿은 당신의 손길이 큰 도움이 될 바로 그때, 나는 당신이 내게서 멀리 있다는 것을 알게 되었어요. 내가 그토록 좋아하는 다정한 시선을 보내 주던 당신이 내 곁에 없었어요. 당신의 소망이 실현되었건만, 나와 함께 기쁨을 나눌 당신은 내 곁에 없었습니다. 나 역시 당신을 따뜻하게 안아 주면서 당신의 고통을 덜어 주기 위해 당신 곁에 있지 못했어요. 나의 포옹은 당신에게 소중한 나탈리를 되찾고 모든 고통을 잊게 해 주었을 텐데 말이에요. 나는 떠나고 싶었어요. 당신 곁으로 날아가고 싶었어요. 하지만 어머니는 벨 카롤린 호가 바로 다음 날 출항한다는 사실을 알려 주시더군요. 빨리 가려면 역마차를 타야 했지만, 지금의 내 상태에서 덜컹거리는 마차를 타고 위험을 무릅쓰는 것은 터무니없는 미친 짓이라고도 말씀하셨죠. 이미 엄마가 된 것이나 마찬가지임에도 나는 말을 달라고 요구했고, 어머니는 말을 가져올 거라고 거짓말을 하셨어요. 어머니가 현명하셨던 거죠. 임신 초기 증세가 시작되었어요. 그토록 격렬한 흥분을 견딜 수 없었기에 몸이 아팠어요. 침대에 누워 이 편지를 씁니다. 의사들이 임신 초기 몇 달 동안 꼼짝하지 말고 쉬라고 하네요. 지금껏 나는 가벼운 여자였어요. 이제는 어엿한 가정주부가 되려 합니다. 신은 진정 내게 은혜를 베푸십니다. 젖을 주고 보살피고 길러야 할 아이의 존재만이 당신의 부재로 인한 고통을 덜어 줄 수 있을 테니까요. 열렬히 사랑할 아이에게서 당신의 모습을 보렵니다. 은밀하게 감추었던 우리의 사랑을 큰 소리로 고백하렵니다. 진실을 말하렵니다. 어머니는 벌써 당신이 진 빚에 대해 돌아다니는 중상모략이 거짓임을 밝힐 방도를 찾아내셨어요. 방드 네스 형제인 샤를과 펠릭스는 분명하게 당신을 옹호했답니 다. 하지만 당신의 친구인 마르세는 빈정대기만 했어요. 당신 을 비난하는 사람들에게 진지하게 답하는 대신 그들을 조롱 하더군요. 심각한 공격을 그렇게 가볍게 물리치는 방식을 나 는 좋아하지 않아요. 그 사람에 대해 당신이 잘못 알고 있는 건 아닌가요? 설사 그렇더라도 당신에게 복종할게요. 그를 친구로 만들겠어요. 내 사랑. 당신의 명예와 관련된 것에 대 해서는 걱정하지 말아요. 당신의 명예는 곧 나의 명예가 아니 던가요? 내가 가진 다이아몬드들을 저당 잡히려 합니다. 어 머니와 나는 당신의 빚을 전부 갚고 당신의 벨 로즈 포도밭을 다시 사기 위해 모든 수단을 동원할 겁니다. 진짜 재무 담당 관처럼 사업에 밝은 어머니는 당신이 모든 것을 의논하지 않 았음을 비난하셨어요. 당신을 기쁘게 해 주기 위해 당신의 땅 으로 둘러싸인 그랭루즈 영지를 사셨지만, 당신이 그런 어려 운 처지에 있었다는 사실을 아셨다면 그 땅을 사는 대신 당신 이게 13만 프랑을 빌려주실 수 있었을 거예요. 엄마는 당신의 결정에 절망하고 계십니다. 동인도제도에서의 생활을 걱정 하세요. 절도 있게 살기를 간곡히 부탁하시더군요. 여자들의 유혹에 빠지지 말라고도……. 나는 웃음을 터뜨렸답니다. 나 자신을 믿듯이 당신을 믿습니다. 부자가 되어 변함없이 저를 사랑하는 남자로 돌아오세요. 이 세상 그 누구도 아닌 오직 나만이 당신의 여성적인 섬세함과 내밀한 감정을 알아요. 드러나지 않는 그 감정은 당신을 하늘에 부끄럽지 않은 인간 꽃으로 만듭니다. 보르도 사람들은 당신에게 완두꽃이라는 예쁜 별명을 지어 주었지요. 그들 말이 맞아요. 이제 누가 그 섬세한 꽃을 보살피나요? 끔찍하고 무서운 생각들이 내 가슴을 찔러요. 그 사람은 벌써 고통을 겪고 있을지도 모르는데, 그의 아내, 그의 나탈리는 여기 있다니! 당신과 이렇게 하나로 결합한 내가 당신의 고통, 당신의 역경, 당신의 위기를 함께 나누지 못하다니요! 당신은 누구에게 속내 이야기를 털어놓나요? 모든 것을 털어놓던 당신의 나탈리 없이 어떻게 살 수 있어요? 폭풍우에 실려 날아온 미모사처럼 예민한 당신, 당신은 왜 당신의 향기를 퍼뜨릴 수 있는 유일한 땅을 떠나셨나요? 수 세기 전부터 혼자 있었던 것 같은 느낌이 들어요. 파리에서는 한기가 느껴지기도 합니다. 이미 너무 많이 울었어요. 내가 당신 파산의 원인이 되다니요! 사랑받는 여인의 생각을 말해 주는 기막힌 연극 대사로군요! 당신은 나를 어린아이 취급하면서 내가 원하는 것을 다 해 주었어요. 얼빠진 남자들은 화류계 여인을 위해 재산을 탕진하곤 하죠. 당신은 아내인 나를 위해 그렇게 했어요. 당신은 스스로 세심한 남자라고 생각했겠지만, 나를 위한 당신의 세심한 행동은 결과적으로 내게 모욕이 되었군요. 당신은 내가 몸치장, 무도회, 오페라, 사교계에서의 성공, 이런 것들 없이는 못 산다고 생각하나요? 내가 경박한 여자인가요? 진지한 생각은 할 줄 모르는 여자라고 생각하나요? 당신의 쾌락을 위해서는 쓸모가 있었지만,

당신의 운명에는 도움이 안 될 여자라고 생각하나요? 불행을 느끼며 고통스러워하는 당신이 멀리 있지 않았다면, 백작님, 나는 그런 불손한 생각을 하는 당신을 엄하게 꾸짖었을 겁니다. 그 정도로 당신의 아내를 깎아내리다니요! 세상에! 내가 무엇 때문에 사교계에 나갔지요? 당신의 허영심을 만족시켜 주기 위해서였어요. 나는 당신을 위해 예쁘게 차려입곤 했어요. 당신도 아시잖아요. 내게 잘못이 있다면 혹독하게 벌을 받겠어요. 당신의 부재는 내밀했던 우리의 결혼 생활에 대한 가혹한 처벌입니다. 당신의 부재를 견디면서 속죄하렵니다. 우리의 행복이 너무도 완벽했기에 엄청난 고통으로 그 값을 치러야 하나 봅니다. 그 고통의 시간이 도래했군요! 호기심 많은 사교계 사람들의 눈에 뜨이지 않게 철저히 감추었던 우리의 행복 이후, 은밀했던 우리의 격정적인 사랑이 배어 있던 매일매일의 파티 이후, 이제 남은 것은 고독뿐이네요. 친구여, 고독은 고귀한 열정을 키운답니다. 나도 고독 속에서 열정을 키우렵니다. 사교계에서 내가 무엇을 하겠어요? 사교계에서의 성공을 누구에게 자랑하겠어요? 아! 당신 아버지께서 그토록 정성스레 가꾸셨던 토지가 있고 당신이 호화스럽게 새로 꾸민 성이 있는 랑스트락에 사는 것! 매일같이 아침저녁으로 어머니와 아이의 기도, 아내와 천사의 기도를 당신에게 보내면서, 당신의 아이와 함께 당신을 기다리면서 그곳에 사는 것! 완전한 행복은 아닐지라도 그것 역시 일종의 행복이 아닐까요? 내 손을 꼭 잡은 조그만 손이 보이나요? 당신이 보내 준 다정한 편지에서 상기시켰던 우리의 행복을 매일 저녁 떠올립니다. 당신도 나처럼 행복했던 우리의 추억을 기억해 주시겠어요? 오! 그래요, 우리는 서로 정말 사랑했어요. 이처럼 기분 좋은 확신은 불행을 막아 주는 부적이랍니다. 당신이 나를 의심하지 않는 것 이상으로 나도 당신을 의심하지 않아요. 내게 6년이란 세월은 뚫고 지나가야 할 광활한 사막이기에 가슴이 아프고 침울합니다. 그런 내가 당신에게 어떤 위로의 말을 전할 수 있을까요? 그래요, 내가 이 세상에서 가장 불행한 여자는 아니지요. 그 사막은 우리 아가로 인해 생기를 띠게 될 테니까요. 그래요,. 당신에게 아들을 드리고 싶어요. 그래야만 해요, 그렇지 않나요? 자, 이제 안녕, 내 사랑, 우리의 희망과 우리의 사랑은 어디고 당신을 따라갈 거예요. 이 종이에 떨어진 눈물은 내가 미처 하지 못한 말을 해 주지 않을까요? 당신의 나탈리가 그린 네모 속에 가득 담은 키스를 받아 주세요.

당신의 나탈리

편지를 다 읽은 폴은 생각에 잠겼다. 사랑의 증언이 그를 도취 상태로 몰아넣었기 때문이기도 했고, 의도적으로 떠올려 보는 즐거웠던 기억들 때문이기도 했다. 그는 아내의 임신을 이해하기 위해 편지를 한 줄 한 줄 꼼꼼히 다시 읽었다. 인간은 행복할수록 더 떨리는 법이다. 지극히 온화한 영혼을 가진 사람들은 행복하면 행복할수록 질투와 불안을 느낀다. 온화함에는 어느 정도 나약함이 포함되어 있기 때문이다. 그러나 강인한 사람들에게는 질투도 불안도 없다. 질투란 의심이요, 불안은 옹졸함이다. 무한한 신뢰는 위대한 사람의 기본적인 속성이다. 그러니 그런 사람이 배신당하면 강인한 사람이건 나약한 사람이건 속기 쉽다. 강인한 사람의 경우 모욕감을 느끼면 곧바로 도끼를 들고 모든 것을 내리친다. 그러나 그러한 위대함은 극히 예외적이다. 우리의 허약한 몸을 지탱하는 정신은 우리를 떠나고, 모든 의혹을 부인하는 정체 모를 지배자의 목소리만 들리는 경우가 왕왕 있지 않나? 의심의 여지가 없는 몇 가지 사실을 곱씹으면서 폴은 아내를 믿기도 했고 의심하기도 했다. 생각에 잠긴 그는 자기도 모르게 끔찍한 불안에 사로잡혔지만, 순수한 사랑의 표시와 나탈리에 대한 믿음으로 그 불안을 극복하면서 이 장황한 편지를 두 번이나 다시 읽었다. 그러나 아내의 말이 사실인지 거짓인지에 대해서는 결론을 내리지 못했다. 사랑이란 장황한 글로 표현되어야만 위대한 것이 아니다. 오히려 간결한 말에 담긴 사랑이 더 위대할 수 있다.

폴이 처할 상황을 이해하기 위해서는 대서양의 망망대해를 떠다니는 그의 모습을 상상해 보아야 한다. 바다 위에서 그는 자신의 먼 과거를 회상했고, 구름 한 점 없던 자신의 삶 전체를 돌아보았다. 의혹의 회오리바람이 지나간 후 마침내 그는 맑고 순수하고 완전한 믿음을 가진 충복으로, 기독교 신자로, 사랑에 빠진 남자로 돌아왔다. 심장에서 울리는 목소리가 그를 안심시켜 주었던 것이다. 자, 이제 폴이 마르세에게 보낸 편지를 인용할 필요가 있다.

폴 드 마네르빌 백작이 앙리 드 마르세 후작에게 보낸 편지

앙리, 나는 이제 친구에게 할 수 있는 가장 힘든 이야기를 하려 하네. 나는 파산했네. 자네가 이 편지를 읽을 때면 나는 벨 카롤린 호를 타고 보르도를 떠나 콜카타로 갈 준비를 마쳤을 걸세. 자네의 공증인에게 가면 자네 서명을 기다리는 증서 하나를 발견할 걸세. 그 증서에 서명하면 모든 절차가 끝난다네. 서류에 적혀 있듯이, 나는 가짜 임대차 계약을 통해 자네에게 6년간 파리의 저택을 임대할 것이네. 서류에 있는 비밀 편지는 자네가 나탈리에게 전해 주게. 나탈리가 쫓겨날 것을 두려워하지 않고 그 집에 계속 체류할 수 있게 하기 위해서는 이런 대책을 강구할 수밖에 없었네. 자네에게 4년 동안 마조라에서 발생한 수익을 전달하네. 그 대신 15만 프랑짜리 환어음을 보르도 집 주소로 보내 주게. 수취인은 마티아스로 하게. 나탈리는 내가 받은 돈에 대해 보증

을 설 의무는 없네만, 그녀는 그렇게 할 걸세. 마조라에 대한 공익권 덕분에 내가 생각한 것보다 신속하게 자네에게 진 빚을 갚을 수 있다면, 그것에 관해서는 내가 돌아와서 계산하도록 하세. 자네에게 부탁하는 15만 프랑은 내가 돈을 벌기 의해 꼭 필요한 액수네. 내가 자네를 제대로 알았다면, 자네는 분명 아무 말 없이 출발 전날까지 보르도로 그 돈을 보내줄 위인일세. 자네가 나였다면 그렇게 행동했을 그대로 나는 행동했네. 나는 마지막 순간까지 내 파산을 눈치채지 못하도록 잘 처신했다네. 그런데 처분이 가능한 재산에 대한 부동산 압류 소식이 파리에 전해지자, 다급해진 나는 10만 프랑의 환어음을 현금으로 바꾸었네. 도박으로 한 번에 큰돈을 벌기 위해서였지. 몇 번의 우연은 내게 돈을 벌게 해 주었지만, 결국 나는 모든 돈을 잃고 말았네. 왜 파산했냐고? 친애하는 앙리, 나는 기꺼이 파산했네. 결혼 첫날부터 이제까지 내가 영위하던 삶을 계속할 수 없다는 것을 깨달았네. 나는 이미 결과를 알고 있었던 거야. 그래서 아예 눈을 감아 버렸다네. 차마 아내에게 "파리를 떠납시다. 랑스트락에 가서 삽시다"라고 말할 수 없었기 때문이지. 남자들이 정부를 위해 파산하듯이 나는 아내를 위해 기꺼이 파산했네. 우리 사이에서 나는 멍청이도 나약한 남자도 아니었어. 멍청이는 두 눈을 크게 뜬 채 열정의 지배를 받지 않거든. 게다가 머리에 방아쇠를 당기고 목숨을 끊는 대신 돈을 벌기 위해 동인도제도로 간다면, 그 남자는 용기 있는 자가 아닌가. 부자가 되어 돌아오던가, 아니면 돌아오지 않을 걸세. 다만, 친구여! 오로지 그녀만을 위해 돈을 벌고 싶기에, 누구에게도 무엇에도 속고 싶지 않기에, 게다가 6년 동안 프랑스를 떠나 있을 것이기에, 나의 아내를 자네에게 맡기려 하네. 자네에게는 충분한 재산이 있으니, 나탈리를 존중할 뿐 아니라 내게 감정적으로 정직할 것이라 믿기 때문일세. 감정의 정직성은 우리를 결속시키는 힘이 아닌가. 자네보다 훌륭한 보호자를 나는 알지 못하네. 아이도 없는 아내를 혼자 놓고 가니 그녀에게 애인이 생길 수도 있지 않겠나. 친애하는 마르세, 나는 미친 듯이, 비굴하게, 수치심도 없이 나탈리를 사랑한다네. 그녀가 날 배신한다 해도 난 그녀를 용서할 걸세. 죽는 한이 있더라도 복수할 수 있다고 확신하기 때문이 아니라, 내가 그녀를 행복하게 해 줄 수 없다면 그녀의 행복을 위해 스스로 죽음을 택할 것이기 때문일세. 하지만 내가 무엇을 두려워하겠는가? 나탈리는 내게 진정한 우정을 간직하고 있다네. 사랑과는 다르지만, 그래도 그 우정에는 사랑의 감정이 포함되어 있거든. 나는 그녀를 응석받이로 취급했어. 그녀를 위해 희생하면서 나는 너무도 행복했다네. 하나의 희생은 자연스레 또 다른 희생을 초래했지. 그러니 그녀가 나를 배신한다면 그녀는 잔인한 괴물이야. 사랑은 그 자체로 소중한 것 아닌가. 사랑은 보상을 바라는 것이 아니라네……. 아! 친애하는 앙리, 모든 걸 알고 싶나? 나는 방금 나탈리에게 편지를 보냈네. 의심도 질투도 두려움도 없이, 가슴에 희망을 가득 담고 담담하게 떠난다는 것을 믿게 하고 싶었네. 어머니에게 죽으러 간다는 사실을 숨기고 싶은 아들의 심정이었지. 오! 맙소사, 마르세! 나는 너무도 고통스럽네. 나는 이 세상에서 가장 불행한 남자라네! 자네 아닌 누구에게 이 고통의 외침을, 이 슬픔을 전할 수 있겠나! 절망에 빠진 연인의 눈물 어린 고통을 토로하네. 가능하기만 하다면, 6년 동안의 부재 이후 백만장자가 되어 돌아오느니 차라리 청소부가 되어 그녀의 창문 밑에 머물고 싶네. 나는 끔찍한 불안감에 사로잡혀 있다네. 자네가 환어음을 인수한다는 소식을 전해 줄 때까지 고통스러운 이 길을 걸어갈 걸세. 자네만이 그 어음을 해결할 수 있을 거야. 오, 나의 친구 마르세! 나탈리는 내 인생에 없어서는 안 되는 여자라네. 그녀는 나의 공기요 나의 태양이네. 자네가 그녀의 보호자가 되어 주게. 그녀가 나를 배신하지 않도록 지켜 주게. 설사 그녀가 원치 않더라도 말일세. 그렇다네, 완전한 행복은 아닐지라도 나는 행복을 느낄 것이네. 절대 자네를 의심하지 않을 테니 그녀를 수행하고 그녀를 보살펴 주게. 나를 배신하면 천박한 여자가 될 거라는, 다른 여자들과 똑같은 여자가 될 거라는 사실을 입증해 주게. 변함없이 나를 사랑해 준다면 현명한 여자라고도 말해 주게. 그녀에게는 아무 걱정 없이 느긋한 삶을 계속할 수 있을 만큼 충분한 돈이 있을 거야. 그렇지만 그녀에게 부족한 것이 있다면, 무엇이든 사고 싶은 것이 있다면, 자네가 그녀의 은행이 되어 주게. 걱정은 하지 말게. 부자가 되어 돌아올 테니, 결국 내 걱정은 분명 쓸데없는 걱정일 걸세. 나탈리는 천사처럼 정숙한 여인이니까. 그녀에게 홀딱 빠진 펠릭스 드 방드네스'가 그녀 옆에 달라붙어 온갖 호의를 베풀 때도, 나는 그저 나탈리에게 위험성을 알리기만 하면 되었다네. 그 말을 듣자마자 그녀는 너무도 다정하게 감사를 표했기에 나는 눈물이 날 정도로 감동했었지. 그녀는 말했다네. 어떤 남자가 갑자기 왕래를 끊는다면 그녀의 평판을 해칠 수도 있지만, 그래도 내가 원한다면 그를 쫓아 버릴 수 있다고 말일세. 결국 그녀는 그 남자를 대단히 차갑게 대했고 모든 일은 다 잘 해결되었지. 4년 동안 우리에게 다른 토론 주제는 없었다네. 두 친구가 주고받는 잡담을 토론이라 부를 수 있다면 말일세. 친애하는 앙리, 이제 자네에게 남자로서 작별을 고하네. 불행이 닥쳤네. 이유가 어떻든 불행은 이미 내 앞에 있네. 나는 귀족의 옷을 벗었네. 가난과 나탈리는 절대 양립할 수 없는 두 단어라네. 게다가 나의 재산은 내 부채를 충분히 감당할 수 있으니 아무도 나를 비난하지 않을 걸세. 하지만 예상치 못한 어떤 일로 나의 명예가 위험에 처하거든, 자네가 알아서 처리해 줄 것으로 믿네. 아무튼, 무엇이든 심각한 사건이 발생하거든, 콜카타에 있는 동인도제도 총독에게 보내는 봉투 안에 편지를 넣어 보내 주게. 총독 관저에 아는 사람들이 있으니, 누구든 유럽에서 내게 온 편지를 보관해 줄 걸세. 친구여, 먼 훗날 지금 모습 그대로의 자네를 다시 만나고 싶네. 모든 것을 비웃고 조롱할 줄 알지만, 자네 자신에게서 느끼는 웅대함을 지닌 사람과는 교감할 수 있는 자네를 말일세. 자네는 파리에 남아 있겠지! 그리고 자네가 이 편지를 읽을 때면, 나는 "카르타고를 향하여!"라고 외치고 있을 걸세.

  폴 드 마네르빌 백작의 편지에 대한 앙리 드 마르세 후작의 답장

  그렇게 백작님은 파멸하셨고, 대사님은 몰락하셨군. 자, 이것이 자네의 그 잘난 행동의 결과인가? 폴, 왜 나를 피했나? 내게 한마디만 해 주었다면, 불쌍한 친구여, 자네가 처한 상황을 정확히 알려 주었을 걸세. 자네의 아내는 지불 보증을 거부했네. 이 한마디가 자네 눈을 뜨게 해 주기를! 그 말이 충분치 않다면, 보르도의 공증인인 레퀴에 씨의 청원에 따라 자네의 환어음에 대한 지불이 거절되었다는 말을 덧붙이겠네. 솔로네 씨의 일등 서기였었지. 음모를 꾸미기 위해 가스콩에서 온 그 남자는 고매하신 자네 장모님의 명의 대여인이라네. 그는 고리대금업자의 소질이 농후한 작자였네. 10만 프랑에 대한 실제 채권자이신 그 나쁜 여자가 그중 7만 프랑을 자네에게 청구했다고 하더군. 에방젤리스타 부인에 비하면 저 유명한 고리대금업자인 곱섹 영감도 애송이에 지나지 않아. 플란넬이나 벨벳처럼 부드럽고 바닐라 향의 크림 과자처럼 달콤한, 말하자면 친척 아저씨 같은 사람이라고 할 수 있지. 벨로즈 포도밭은 자네의 아내가 차지할 걸세. 그녀

의 어머니는 딸을 위해 입찰가와 회수 가격 사이의 차액을 지불할 예정이라고 하더군. 에방젤리스타 부인은 귀아데와 그라솔 영지를 가질 걸세. 보르도의 자네 저택에 대한 저당권 역시 솔로네가 소개한 허수아비들을 내세워 그녀가 차지할 테고. 이렇게 하여 탁월한 두 여인은 12만 리브르의 연금을 가질 걸세. 자네 재산에 대한 소득에 달하는 금액이지. 거기에 더해 살쾡이 같은 두 여자가 소유한 대장(臺帳)에 등록된 3만 몇천 프랑의 국채 연금도 있다네. 자네 아내가 내게 지불 보증을 할 필요도 없었다네. 오늘 아침, 앞에서 언급한 레퀴에라는 작자는 내가 자네에게 빌려주었던 돈을 갚으러 왔더군. 내가 가지고 있는 차용증을 정식으로 돌려받기 위해서 말일세. 자네 장모가 랑스트락 지하 저장고에 보관하던 1825년도 포도주는 그 돈을 갚기에 충분했던 거지. 이렇듯, 두 여인은 자네가 바다로 떠날 것을 이미 계산에 넣어 두었던 거야. 나는 자네가 내 충고를 따를 수 있는 시간이 아직 남아 있기를 바라면서 서둘러 이 편지를 우편으로 보내네. 사실 레퀴에에게 말을 걸면서 이것저것 물어보았네. 그리하여 그의 거짓말과 말투 그리고 그의 망설임을 통해 자네를 파멸시키기 위해 집안 내부에서 꾸며졌던 음모의 전모를 밝히는 데 부족했던 연결 고리를 찾아냈다네. 오늘 저녁, 스페인 대사관에서 주최하는 만찬이 있어. 그곳에 가서 자네 장모와 아내에게 찬사를 보낼 예정이네. 에방젤리스타 부인을 유혹할 생각이거든. 능수능란한 중상모략으로 자네를 비열하게 버릴 걸세. 그러다 보면 고귀한 척하지만 실제로는 치마를 입은 마스카리유*라 할 수 있는 그 여인의 입으로 추잡한 무엇인가가 금방 밝혀질 걸세. 어쩌다가 그 여자의 적이 되었나? 그걸 알고 싶네. 딸과 결혼하기 전에 그 여자를 사랑할 간큼 자네가 현명했더라면, 자네는 오늘 귀족원 위원이 되고, 마네르빌 후작이 되고, 마드리드의 프랑스 대사가 되었을 걸세. 결혼할 때 나를 불렀더라면, 나는 자네가 결혼하는 두 여자를 이해하고 분석하는 것을 도왔을 거야. 그리고 우리가 함께 그 여자들을 관찰함으로써 유용한 교훈을 끌어낼 수 있었을 테지. 나만이 자네 아내를 존중할 위치에 있는 유일한 친구가 아닌가? 내가 두렵기라도 했나? 두 여인은 나를 평가한 후 나를 두려워했고, 그래서 우리를 갈라놓았지. 자네가 바보처럼 어리바리하게 굴지 않았더라면, 그 여자들은 자네를 파멸시키지 못했을 걸세. 자네 아내로 인해 우리의 관계는 소원해졌었지. 그녀는 자기 엄마에게 세뇌되었던 거야. 일주일에 두 번씩 어머니에게 편지를 썼거든. 그런데 자네는 아무런 경계도 하지 않았네. 이런 세부 사항을 알게 되면서 나는 내 친구 폴답다고 생각했었지. 한 달 후면 자네 장모와 아주 가까워질 걸세. 그리되면 어쩌다가 그녀가 자네에게 스페인과 이탈리아 사람 특유의 증오심을 품게 되었는지 알 수 있겠지. 세상에서 제일 착한 자네에게 말일세. 자기 딸이 펠릭스 드 방드네스를 사랑하기 전부터 자네를 증오했나, 아니면 프랑스에서 남편과 별거하면서 부부 별산 제도를 시행하는 여자들이 누리는 자유를 자기 딸도 마음껏 누릴 수 있도록 자네를 동인도제도로 쫓아 버린 것인가? 그것이 문제라네. 아내가 미친 듯이 펠릭스 드 방드네스를 사랑한다는 말을 듣고 날뛰면서 울부짖을 자네가 상상되네. 내가 만일 몽리보, 롱크롤 그리고 자네도 잘 아는 몇몇 쾌남아와 함께 동방을 일주하겠다'는 엉뚱한 생각만 하지 않았더라면, 내가 떠난 후 시작된 그들의 음모에 대한 정보를 자네에게 알려 줄 수 있었을 걸세. 자네에게 닥친 불행은 이미 그때 시작된 것이었네. 하지만 정신 나간 사람이 아니라면 어떤 신사가 시작도 하지 않은 문제를 거론할 수 있겠나? 누가 감히 한 여인에 대해 나쁘게 말할 수 있겠나? 내 친구가 거울 속에 비치는 행복한 결혼이 펼치는 환상의 세계를 바라보며 만족해하는데, 누가 감히 그 환상의 거울을 깨뜨릴 수 있겠나? 환상이란 마음속 재산이 아닌가? 자네 아내는, 친구여, 넓은 의미에서 소위 유행을 따르는 사교계의 여인이 아닌가? 자신의 성공과 자신의 옷치장만 생각하는 여자지. 부퐁 극장과 오페라 극장을 드나들고, 무도회에 참석하고, 늦게 일어나 숲을 산책하고, 시내에서 저녁을 먹거나 손님들을 초대하는 여자란 말일세. 여자들에게 이러한 삶은 남자들에게 있어서의 전쟁과 비슷한 것이라네. 즉 대중은 승자만 볼 뿐, 죽은 사람은 잊어버리거든. 예민한 여인들은 이러한 전쟁터에서 무너져 버리지. 여기서 잘 버티려면 강철처럼 강인한 체질을 가져야 한다네. 시종일관 마음은 차갑고 위는 튼튼해야지.

결혼 계약

사교계가 무감각해지고 차가워지는 이유야. 아름다운 영혼을 가진 사람들은 고독 속에 머물게 되거든. 나약하고 부드러운 사람들은 사교계를 견디지 못해. 그곳에는 파도에 부딪혀 둥글둥글해지면서도 완전히 마모되지는 않은 채, 사교계의 끄트머리에서 사교계라는 대양을 받치고 있는 돌멩이들만 남는다네. 자네의 아내는 기막히게 잘 버티고 있더군. 그러한 삶에 익숙해진 것 같았어. 항상 생기발랄하고 아름답더군. 내가 결론을 내리기는 어렵지 않았다네. 그녀는 자네를 사랑하지 않았어. 그런데 자네는 그녀를 미친 듯이 사랑했지. 광석처럼 무감각한 여자에게서 사랑이 피어나게 하려면, 강철처럼 강한 남자였어야 했네. 내 친부의 아내였던 더들리 부인에게서 충격을 받아 그녀를 떠났던 펠릭스에게는 나탈리가 딱 맞는 여인이었을 걸세. 자네가 아내에게 무관심했음을 알아채는 것은 그다지 어려운 일이 아니었네. 무관심에서 불만을 느끼기 위해서는 한 발짝만 내디디면 된다네. 그러니 언제고 그 친구는 자네와 아내 사이에 아무것도 아닌 일로 사소한 말다툼이 있거나 자네가 권위주의적 행동을 보일 경우, 자네 아내에게 달려들 수 있었겠지. 나는 매일 저녁 그녀의 침실에서 자네와 아내 사이에 어떤 장면이 벌어지는지를 당사자인 자네에게 말해 줄 수 있을 정도로 두 사람의 생활이 보인다네. 이보게, 자네에게는 아이가 없어. 관찰력이 있는 사람에게 그 말은 많은 것을 설명해 주지 않나? 자네는 사랑에 빠져 있었으니, 아내가 냉담하다는 사실조차 눈치챌 수 없었던 거야. 자네 자신이 그녀를 펠릭스 드 방드네스에게 딱 맞는 여인으로 만들어 놓았으니, 그녀가 자네에게 냉담한 것은 당연하지 않겠나. 아내가 냉담하다고 느낄지라도, 참으로 어처구니없는 기혼자들의 법전은 남편에게 아내의 신중함을 존중하라고 압력을 가하지. 아내의 신중한 태도는 순결의 표시라나. 다른 남편들처럼 자네도 자네 아내가 사교계에서 정숙함을 유지할 수 있다고 믿었지. 하지만 그곳에서 여자들은 남자들이 차마 하지 못할 말들을 귓속말로 속삭인다네. 부채 밑으로 웃고 시시덕거리며 농담하고 논평하면서, 남편이 아내에게 가르쳐 주지 않은 어떤 소송이나 연애 사건에 대해 정확한 정보를 주고받기도 하지. 자네 아내가 결혼이 부여하는 사회적 특권을 좋아했다면, 그에 따르는 다소 무거운 책임도 있다는 것을 알았을 거야. 책임, 의무, 그건 바로 자네였다네! 그런 것들에 대해 아무것도 모른 채 자네는 구덩이를 파고 그 구덩이를 꽃으로 덮으면서, 영원한 미사여구를 늘어놓고 있었지. 자네는 대다수 사람을 지배하는 법을 조용히 따랐지만, 나는 그 법으로부터 자네를 보호하고 싶었다네. 이보게, 아내에게 배신당해 놀라고, 불안해하고, 분노하는 부르주아처럼 멍청이가 되지 않으려면 내게로 달려와 자네의 희생과 나탈리에 대한 자네의 사랑을 말하기만 하면 되었었네. 내게 와서, "그녀가 날 배신한다면 그녀는 배은망덕한 여자야, 난 이걸 했고 저걸 했는데, 더 잘할 수 있어. 그녀를 위해 동인도제도로 갈 거야 등등"이라며 징징거리기만

하면 되었었네. 친애하는 폴, 자네는 파리에서 살아보고도 그렇게 모른단 말인가? 앙리 드 마르세와 우정으로 맺어져 영광스럽게도 그와 한패가 되지 않았나? 그런데도 가장 통속적인 것들, 여성의 심리 기제가 작동하는 기본 원칙들, 여자들 마음에 대한 기초 지식을 모른단 말인가? 기진맥진해질 만큼 자네를 학대해 보게. 한 여인을 위해 생트펠라지 감옥에 가고, 스물두 명의 사내를 죽이고, 일곱 명의 처녀를 유혹한 후 버리고, 라반에 봉사하고,˙ 사막을 횡단하고, 수시로 감옥을 드나들고, 커다란 명성을 얻고, 수치를 당하고, 넬슨 제독처럼 해밀턴 부인의 어깨에 키스하기 위해 전투를 거부하고,˙ 보나파르트처럼 늙은 뷔름저를 물리치고,˙ 아르콜 다리˙ 위로 진격하고, 롤랑처럼 헛소리를 하고,˙ 한 여인과 단 6분 동안 왈츠를 추기 위해 부목 댄 다리를 부러뜨려 보게……. 하지만 친구여, 이 모든 것이 사랑과 무슨 상관인가? 사랑이 그런 대표적 사례들로 결정된다면 남자들은 참으로 행복할 걸세. 욕망의 순간에 위업을 이룬다면 사랑하는 여인을 얻게 될 테니 말일세. 이보게, 폴, 사랑이란 성모 마리아의 순결한 수태에 대한 믿음과 같은 것이라네. 사랑은 올 수도 있고, 오지 않을 수도 있네. 흘린 피의 물결, 포토시˙의 광산, 혹은 자신의 의지와 무관하고 설명할 수도 없는 어떤 감정을 불러일으키기 위한 명성, 이런 것들이 무슨 소용이 있나? 자네처럼 돈으로 사랑을 사려는 젊은이들은 비열한 고리대금업자처럼 보이네. 합법적인 아내들은 자녀를 나을 의무와 정조를 지킬 의무가 있네. 하지만 그네들에게 사랑할 의무는 없어. 사랑이란, 폴, 주고받는 쾌락에 대한 인식이라네. 사랑을 주고 사랑을 받는다는 확신이지. 사랑은 끊임없이 움직이는, 끊임없이 충족되거나 만족할 줄 모르는 욕망이거든. 방드네스가 자네 아내의 마음에 욕망의 끈을 흔들었던 그날, 자네의 호언장담도, 머리를 짜내며 고안한 노력도, 그녀에게 퍼부은 돈도 그녀의 안중에는 없었다네. 자네는 그녀에게 욕망을 불러일으키지 못했어. 장미꽃이 만발하고 향기가 뿌려진 신혼 시절의 밤들! 자네의 헌신, 후회되는 것들! 하지만 자네는 제단 위에서 처형되어야 할 제물이었네! 이전의 자네 삶은 암흑이었어! 사랑의 감정이 자네의 소중한 열정을 지워 버렸다네. 그 열정은 낡아 빠진 고철에 불과했지. 펠릭스는 아주 미남이었고 헌신적이었지. 아마 돈은 안 들었을걸세. 하지만 사랑에서 믿음은 현실과 동등한 가치를 지닌다네. 자네 장모는 당연히 딸의 남편이 아닌 딸의 연인 편을 들었지. 그녀는 은밀하게 그리고 공공연히 아무것도 모르는 척하기도 했고, 대놓고 그의 편을 들기도 했다네. 그녀가 무엇을 했는지는 잘 모르지만, 아무튼 그녀는 사위가 아닌 딸 편이었지. 15년 동안 사교계를 보아 왔지만, 그런 상황에서 딸을 버리는 어미는 하나도 없더군. 그러한 자비는 여자들 사이에 전승되는 일종의 유산이라네. 그 어떤 남자가 그것에 대해 그들을 비난할 수 있겠나? 결혼에는 감정만이 존재하거늘, 민법 작성자들은 결혼의 형식만 고려했거든! 사치스러운 여인을 만족시키기 위한 자네의 낭비, 유순한 성격, 그리고 아마도 자네의 허영심 등은 그 여자들에게 자네를 쫓아 버릴 방법을 제공했지. 능숙하게 짜인 각본에 따라 자네를 파산시키기만 하면 되었거든. 이 모든 것을 종합해 볼 때, 친구여, 자네가 내게 부탁한, 그리고 내가 기쁜 마음으로 명예롭게 지불할 생각이었던 그 환어음은 무용지물이 되었다는 결론에 이른다네. 예상했던 불행은 다 지나갔으니, '콩숨마툼 에스트'. 골고다 언덕에서 예수님이 남기신 이 마지막 말처럼 '이제 다 끝났네'.' 친구여, 자네에게는 분명 심각해 보일 사실들에 대해, 자네가 말하듯, 이렇게 '마르세식'으로 편지하는 것을 용서하게. 친척의 무덤가에서 빙빙 도는 상속인들처럼 친구의 무덤가에서 빙빙 도는 것은 내 성격에 맞지 않아. 그런데 자네는 남자가 되었다고 했지. 자네를 믿네. 그러니 자네를 연인이 아닌 정치인으로 대하겠네. 자네에게 이 사건은 도형수의 어깨에 찍힌 낙인 같은 것이 아닌가? 그 낙인은 도형수를 철저히 저항적인 삶 속으로 밀어 넣고 끊임없이 사회와 투쟁하게 만들지. 자, 이제 자네는 근심 걱정에서 벗어났네. 그전에는 결혼이 자네를 지배했다면, 이제는 자네가 결혼을 지배하는 걸세. 폴, 진정한 의미에서 나는 자네의 친구네. 만일 자네가 조금 더 의연했더라면, 만일 자네에게 활기가 있었더라면, 하긴 이제야 그 활기를 찾은 것 같네만, 나는 자네에게 완전한 신뢰를 보여 줌으로써 나의 우정을 증명했을 걸세. 그랬으면 자네는 마치 양탄자 위를 걷듯이 이

거친 속세를 순조롭게 걸었을 테지. 나는 파리 문화의 중심에서 친구들과 함께 보란 듯이 대놓고 즐기면서 놀았다네. 그렇게 즐길 수 있었던 이유는 내게 특별한 방책이 있었기 때문이야. 그런데 내가 자네에게 그런 방책들을 이야기하면, 또, 내 젊은 시절의 진짜 연애담을 소설 형식에 맞추어 이야기하면, 자네는 그 이야기들의 중요성을 모른 채 그것들은 다 소설이라고 생각했었어. 그래서 나는 자네를 짝사랑밖에 할 줄 모르는 사내로 간주하지 않았나? 이보게, 맹세코 지금 상황에서 자네는 멋진 역을 연기하고 있는 걸세. 그리고 자네도 그렇게 생각하겠지만, 자네는 절대 나의 신용을 잃지 않았어. 나는 배포 큰 사람들을 찬미하지. 하지만 내가 존중하고 좋아하는 사람들은 잘 속는 사람들이라네. 정부에 대한 사랑 때문에 불행하게도 단두대에서 참수형을 당한 의사와 관련된 이야기를 해 준 적이 있지. 그러고는 그 이야기보다 훨씬 더 아름다운 어떤 불쌍한 변호사의 이야기도 했었어. 아내에게 3만 리브르의 연금을 증여하고 싶었던 그 변호사는 위조죄로 인해 어딘지도 모르는 한 감옥에서 여생을 보냈다는 이야기였지. 그녀 역시 사랑스러운 여인이었거든! 하지만 그를 고발한 이는 바로 그의 아내였다네. 그를 쫓아 버리고 다른 신사분과 살기 위해서였지. 그런 말을 할 때, 자네뿐 아니라 함께 식사하던 몇몇 멍청이도 탄성을 질렀었다네. 자, 이보게 친구, 자네는 그 변호사와 완전히 같은 처지일세. 하지만 감옥엔 가지 말아야지. 자네의 친구들은 자네를 용서하지 않더군. 우리 사교계에서 그들의 판단은 중죄 재판소의 판결과 맘먹는다네. 그들 중에는 방드네스 형제의 누이인 리스토메르 후작부인과 그녀의 무리가 있지. 최근 사교계에서 명성을 얻기 시작한 라스티냐크라는 웃기는 작자도 그 무리에 속한다네. 에글르몽 부인과 그녀의 살롱을 드나드는 샤를 드 방드네스, 르농쿠르 공작 부부, 페로 백작부인, 데스파르 후작부인, 뉘싱겐 남작 부부, 스페인 대사 등도 마찬가질세. 요컨대 사교계의 모든 사람이 능숙하게 소문을 퍼뜨리면서 자네에 대한 모욕적인 비난을 퍼붓고 있다네. 자네는 나쁜 늠이고, 도박꾼이고, 멍청하게 자기 재산을 다 탕진한 방탕아라고 말일세. 미덕의 천사인 자네 아내는 이미 여러 차례에 걸쳐 자네의 빚을 갚아 주었을 뿐 아니라, 부부 재산 분리 상태임에도 바로 얼마 전에 또 10만 프랑이나 되는 자네의 환어음을 갚아 주었다는 거야. 그나마 자네가 사라져 줘서 다행이라고들 하더군. 자네가 그런 생활을 계속했더라면 자네는 그녀를 쫄딱 망하게 했을 것이고, 그녀는 가정에 헌신함으로써 희생자가 되었을 것이라나. 누구든 권력을 얻으면 묘비명에 쓰일 온갖 미덕을 가진 사람이 되지만, 비참한 상태로 떨어지면 방탕아보다 훨씬 더 타락한 인간 취급을 받게 된다네. 동 쥐앙의 죄악을 저질렀다며 사교계가 자네를 얼마나 비난하는지 상상도 못 할 걸세. 자네는 주식에 투자했고, 음탕한 취향 때문에 그 취향을 만족시키기 위해 엄청난 돈을 썼다는 거야. 그 취향에 대한 설명에는 악의적 해설과 야유가 따랐고, 여자들은 터무니없는 말들을 숙덕였지. 자네는 고리대금업자에게 어마어마하게 비싼 이자를 내고 있다고들 하더군. 방드네스 형제는 웃으면서 다음과 같이 떠들고 다녔다네. 고리대금업자 지고네는 6천 프랑을 받고 자네에게 상아로 만든 범선을 넘긴 후, 자네의 하인을 부추겨 300프랑에 그걸 사게 했다는 거야. 그러고는 또다시 더 비싼 값으로 자네에게 다시 팔았다는 거지. 그런데 그 값이면 진짜 범선을 살 수 있었을 것이란 사실을 뒤늦게 깨달은 자네는 의연하게 그것을 부숴 버렸다나. 그 이야기는 사실 9년 전 막심 드 트라이유에게 일어났던 일이지. 하지만 자네에게 너무도 잘 어울리는 이야기라, 그 범선에 관한 이야기는 완전히 자네의 이야기로 둔갑해 버리고 막심은 그 범선에 대한 지배권을 영원히 잃고 말았다네. 아무튼 자네에게 모든 것을 다 이야기할 수는 없네. 자네는 백과사전에 수록될 험담에 관한 항목을 채울 온갖 내용을 제공하고 있고, 여자들은 신이 나서 그런 이야기를 부풀려서 떠들어 대고 있으니 말일세. 그런 상황이니, 가장 근엄한 척하는 여자들조차 자네 아내를 위한 펠릭스 드 방드네스 백작의 위로가 정당하다고 생각하지 않겠나? (그들의 아버지가 결국 어제 돌아가셨네!) 자네 아내는 놀라운 성공을 거두었다네. 어제, 캉 부인은 이탈리아 극장에서 그런 기막힌 소문들을 내게 전해 주더군. 그래서 내가 이렇게 답했다네. "말도 마세요. 부인들은 아무것도 모르세요! 폴은 은행을 털었고, 왕실 국고를 건드렸답니

가. 그는 에즐랭 경을 살해했고, 세 명의 메도라를 죽게 했지요. 그리고 우리끼리 이야기입니다만, 저는 폴이 '일만의 조합' 일당들과도 연관되어 있다고 생각한답니다.' 중개인은 그 유명한 자크 콜랭이지요. 경찰은 감옥에서 또다시 도망친 그자를 잡지 못하고 있어요. 폴은 그를 자기 저택에 거주토록 했답니다. 아시겠어요? 그는 무엇이든 할 수 있는 인물입니다. 그는 정부도 속인답니다. 그는 자크 콜랭과 함께 동인도제도에서 일하면서 사라진 무굴 제국의 280캐럿 다이아몬드를 훔치려 했다는군요"라고 말일세. 캉 부인은 자기처럼 품위 있는 여인은 그런 상스러운 이야기들로 입을 더럽혀서는 안 된다는 것을 바로 이해했다네. 이런 희비극을 들으면서 많은 사람은 그것을 믿으려 하지 않더군. 그들은 인간의 본성과 인간의 고귀한 감정을 믿기에 그 모든 것은 다 허위라고 주장하지. 친구여, 탈레랑'은 이렇게 근사한 말을 했다네. "무슨 일이든 일어날 수 있다!" 물론 이런 가정 내의 음모보다 더 놀라운 일들이 우리 눈앞에서 벌어지기도 해. 하지만 사교계는 그런 사실들을 부인하면서 늘 중상모략이라고 주장하곤 하지. 고급 취향의 겉치레만 번드르르한 멋진 드라마가 너무도 자연스럽게 상영되기에, 그 내용의 핵심을 파악하기 위해서는 오페라글라스의 유리를 자주 잘 닦아야만 한다네. 하지만 거듭 말하네만, 어떤 남자가 나의 친구라면, 함께 샴페인 세례를 받고 환락가 미녀와의 사랑을 공유한 내 친구라면, 손가락이 굽을 정도로 도박을 하면서 서로

의 우정을 다진 친구라면, 그 친구가 부당한 상황에 놓일 경우, 나는 진실을 밝혀 그의 명예를 되찾아 주기 위해 기꺼이 수많은 가문과의 인연을 끊을 것이네. 이제 자네는 내가 얼마나 자네를 좋아하는지 알아야 하네. 내가 이렇게 길게 편지 쓰는 것을 본 적이 있나? 그러니 내가 앞으로 하는 이야기를 주의 깊게 읽게나.

아아! 폴, 유감스럽게도 나는 이제 글 쓰는 일에 전념해야 하네. 공문 작성에 익숙해져야 하거든. 정치에 입문했네. 5년 후면 나는 장관이나 아니면 어딘가의 대사가 되어 내 멋대로 공무를 볼 수 있게 될 걸세. 일정 나이에 이르면, 한 남자가 섬기는 가장 아름다운 애인은 조국이 된다네. 나는 국가 체제와 현 내각을 뒤집어엎을 사람들의 모임에 합류했네. 그러니까 나는 발만 기형이었지 머리는 비상했던 왕자 탈레랑과 함께 바다를 항해하고 있어. 나는 그 사람이 천재적인 정치가라고 생각한다네. 그의 이름은 역사에 길이 남을 걸세. 위대한 예술가가 그렇듯이 그는 완벽한 위인이지. 롱크롤, 몽리보, 그랑리외, 로쉬 위공, 세리지, 페로, 그랑빌 등이 나와 뜻을 같이했다네. 『입헌주의』라는 정치 신문으로 대표되는 멍청한 당이 능숙한 솜씨로 정확하게 말했듯이, 우리는 가톨릭교회를 지지하는 사제당에 맞서 동맹을 맺었다네. 우리는 방드네스 형제와 르농쿠르, 나바랭, 랑제 그리고 사제단을 타도하려 하네. 승리를 위해 우리는 심지어 라파에트, 오를레앙파, 좌파들과도 손을 잡을 걸세. 승리한 다음 날게는 모두 목 졸라 죽여야 할 놈들이지. 왜냐하면 그들이 주장하는 원칙을 가지고는 어떤 정부도 유지될 수 없기 때문이야. 우리는 국가의 행복과 우리의 행복을 위해서라면 무엇이든 할 수 있네. 오늘날 국왕에 관한 일신상의 문제는 감정적인 바보짓에 불과할 뿐 거론될 필요조차 없다네. 그런 정치는 집어치워야 해. 그런 관점에서, 총독 제도를 가진 영국인들은 우리보다 훨씬 앞섰지. 이보게, 이곳에 더 이상 정치는 없네. 정치가 제대로 되려면 과두제를 도입함으로써 국가에 추진력을 부여해야 한다네. 과두제에는 정부에 대한 확고한 사상이 담겨 있거든. 게다가 과두제는 국가를 수천 가지 방향으로 이리저리 잡아당기는 대신 공적인 일에서 올바른 길로 인도한다네. 똑똑하면서도 바보 같고, 미쳤으면서도 현명한 프랑스라는 이 훌륭한 국가는 지난 40년 동안 얼마나 휘둘렸나. 프랑스에는 사람이 아닌 시스템이 필요하네. 이런 중요한 문제에서 인간은 도대체 무엇이란 말인가? 목적이 위대하다면, 프랑스가 소요나 분쟁 없이 행복할 수 있다면, 우리가 경영을 잘해서 이득을 보고 재산을 모으고 특권을 누리고 쾌락을 즐긴들 대중들은 무슨 상관인가? 나는 지금 정당 조직원들에 둘러싸여 있다네. 지금 내게는 3퍼센트 금리의 국채에서 나오는 15만 프랑의 연금이 있고, 자본 손실에 대비하기 위한 20만 프랑의 예비비도 있네. 하지만 권력을 쟁취하려고 나서는 사내의 주머닛돈치고는 아직 빈약한 액수라고 봐야겠지. 그런데 어떤 유리한 하나의 사건이 나를 정치에 입문하도록 만들었네. 사실 나는 정치가라는 직업이 그리 탐탁지는 않았거든. 자네도 알다시피 나는 동양적인 삶을 너무도 사랑하지 않나. 그런데 30년 동안 수면 상태에 계시던 존경하는 나의 모친께서 어느 날 잠에서 깨면서, 자신을 명예롭게 하는 아들이 하나 있다는 사실을 기억해 내셨다네. 포도나무 모종을 뽑아 버린 후 몇 년이 지나면 종종 땅에 닿을 듯 말 듯 포도나무 그루가 다시 피어나기도 하지. 그러니까, 이보게 친구, 내 모친께서는 자기 가슴에서 나를 떼어 냈음에도, 나는 그녀의 머릿속에서 무럭무럭 자라고 있었던 거야. 쉰여덟 살인 그녀는 이제 아들 외에 다른 남자는 생각할 수 없을 만큼 늙어 버렸다네. 이런 상황에서 그녀는 어딘지 모르는 온천장에 갔다가 그곳에서 25만 리브르의 연금을 가진 어떤 흥미롭고 나이 많은 영국 아가씨를 만나지 않았겠나. 착한 어머니의 자격으로 그녀는 그 아가씨에게 나의 아내가 되는 대담한 야망을 심어 주었다네. 세상에, 서른여섯 살의 미혼 여성이라니! 훌륭한 청교도 교육을 받은, 정말로 아이를 잘 낳고 잘 기를 여인이지. 불륜을 저지른 여자는 공개적으로 화형에 처해야 한다고 주장하더군. 그래서 나는 그녀에게 물었지. "장작은 어디서 구하죠?" 25만 리브르의 연금은 내 자유나 나의 육체적 정신적 가치, 그리고 나의 미래와 동등한 가치를 가질 수 없으니, 나는 그녀를 이 세상 모든 악마에게 보내 버렸을 걸세. 하지만 그녀는 런던의 한 늙은 양조업자의 하나밖에 없는 유일한 상속녀였다네. 통풍 환자인 그 남자는 머지않아 그 귀여운 영국 여인이 소유한 것과 맞먹는 재산을 그녀에게 물려줄 것이 확실하거든. 이러한 이점 외에도 그녀는 붉은 코와 죽은 염소의 눈, 넘어지면 세 토막으로 잘릴까 봐 걱정될 만큼 가는 허리를 가지고 있었다네. 그녀는 화장을 잘 못한 인형 같았지. 그러나 그녀에게는 나를 황홀케 하는 재산이 있었어. 그리고 어쨌든 그녀는 남편을 열렬히 사랑하고 숭배하지 않겠나. 게다가 그녀에게는 영국인 특유의 장점이 있을 터이니, 그 어떤 집사보다도 내 저택과 마구간과 집과 영지를 잘 관리할 걸세. 그녀에게서는 정숙함에서 나오는 품위가 느껴진다네. 프랑스 극장에서 심복 역할을 하는 배우처럼 꼿꼿한 자세를 유지하더군. 그녀가 끄챙이에 꿰었었고, 그 꼬챙이는 그녀의 몸 안에서 사라졌을 것이라는 생각을 지울 수가 없네. 게다가 스티븐 양의 피부는 무척 희다네. 결혼하기에 너무 불쾌하지는 않을 정도지. 반드시 결혼해야 한다면 말이야. 그런데 말일세, 이런 점이 내게 큰 영향을 미쳤네만, 그녀는 성스러운 방주처럼 순결한 소녀의 손을 가지고 있었다네. 불그레한 색이 너무 짙어 너무 많지 않은 비용으로 그 손을 하얗게 만들 방법을 찾고 있네 만, 아직은 찾지 못했네. 게다가 어떻게 해야 순대를 닮은 그녀의 손을 날씬하게 할 수 있을지도 모르겠어. 오! 그녀는 물론 그 손으로 양조업자를 꼭 붙잡고 있지. 돈으로는 귀족 작위를 꽉 붙들고 있고 말이야. 그런데 그녀는 숙녀 대접을 받고 싶어 하는 부유한 영국 여자들처럼 다소 지나칠 정도로 고급 예절에 신경을 쓴다네. 그래도 바닷가재 다리처럼 휜 다리는 숨길 수 없더군. 게다가 그녀는 내가 여자들에게 바라는 딱 그만큼 멍청해. 하긴, 그녀보다 더 멍청한 여자가 있다면 나는 그 여자를 찾아 길을 떠날 걸세. 다이나라 불리는 그녀는 절대 나를 심판하지 않을 것이고, 내 말을 거역하는 일도 없을 거야. 나는 그녀에게 영국의 상원이자 하원이고 경(卿)이 될 거야. 그러니까 폴, 그 처녀는 영국이라는 나라의 장점에 대한 확실한 증거라네. 그녀는 프랑스에 제공된, 이제 완성의 마지막 단계에 이른 영국 기술로 만든 생산품이지. 그녀는 분명 페리* 펜 공장과 증기 기관 제조 공장 사이에 있는 맨체스터에서 만들어졌을 거야. 그 기계는 먹고, 걷고, 마시고, 아이들을 만들고, 돌보고, 훌륭하게 키우면서, 자기도 여자라고 믿으면서, 여자의 역할을 하겠지. 내 어머니가 우리의 만남을 주선했을 때, 그녀는 그 기계를 잘 조립했더군. 발목을 다리미로 잘 다렸고, 바퀴에는 충분히 기름을 쳐서 삐거덕거리는 소리가 나지 않았거든. 그러고는 내가 별로 얼굴을 찡그리지 않는 것을 보고는 마지막 태엽을 풀었다네. 그 처녀가 말을 했어! 그러자 마침내 우리 어머니는 마지막 말을 내뱉었지. 다이나 스티븐 양은 연간 3만 프랑밖에 쓰지 않으며, 7년 전부터는 저축한 돈으로 여행을 한다는 거야. 그러니까 그녀에게는 드러나지 않은 상당한 액수의 돈이, 그것도 현금으로 있다는 거지. 결혼 사업이 너무도 빨리 진행되어 결혼 공고 날짜가 정해졌네. 우리는 이제 '소중한 내 사랑'이라 부르는 단계에까지 이르렀다네. 스티븐 양은 사랑에 빠진 여인의 다정한 눈길을 보낸다네. 합의가 이루어졌네. 내 재산에 대해서는 거의 논의하지 않았고, 스티븐 양이 토지와 연 소득 24만 프랑으로 구성되는 마조라 설립을 위해 자기 재산의 일부를 내놓기로 했다네. 저택도 구입할 예정인데 그것 역시 마조라에 속할 걸세. 내가 관리할 지참금으로 확인된 것은 백만 프랑이네. 그녀는 불평할 처지가 아니지. 그녀의 아저씨와 관련해서는 그녀에게 모든 것을 일임했네. 게다가 마조라 형성에 공헌한 그 착한 양조업자는 조카가 후작부인이 된다는 소식에 너무 기뻐서 쓰러질 뻔했다네. 그는 우리 가문의 장자를 위해서라면 모든 희생을 감수할 위인이더군. 나는 국채가 80프랑에 이르면 그것을 다 팔아 토지에 투자하려 하네. 2년 후면, 연 40만 리브르의 토지 수익을 낼 걸세. 양조업자가 관 속에 들어가는 날, 나는 60만 리브르의 연금 수혜자가 되는 거야. 알겠나, 폴, 내가 친구들에게 충고할 때는 내가 사용하는 방식만 제안한다네. 내 말을 들었더라면 자네는 총각이 누리는 독립적인 삶과 하고 싶은 카드놀이를 마음껏 할 수 있는 자유를 부여할 영국 대부호의 딸과 결혼할 수 있었을 걸세. 자네가 미혼이었다면 미래의 내 아내를 자네에게 양보할 수도 있었어. 그러나 그렇게 되지 못했지. 자네에게 과거를 되새겨 보라고 하고 싶지는 않네. 판이 큰 미카도 게임*을 하려는 사람이라면 누구에게나 필요한 삶, 나는 이제 그런 삶을 살려 한다는 사실을 자네에게 설명하기 위해 이 장황한 서두가 필요했네. 친구여, 자네에게 내가 꼭 필요하진 않을 걸세. 하지만 살기 힘든 동인도제도에서 오래 머무는 대신, 나와 함께 센강을 따라 항해하는 편이 훨씬 쉽지 않겠나. 내 말을 믿게! 파리는 여전히 두둑한 재산이 넉넉하게 생기는 곳이라네. 비비엔 가, 라페 가, 방돔 광장, 리볼리 가에는 은광이 널려 있거든. 다른 나라에서 재산을 모으기 위해서는 육체적 활동과 중개인의 노고가 필요하고, 전진하기도 하고 후퇴하기도 해야 하지만, 이곳에서는 머리만 있으면 된다네. 여기서는 모든 사람, 심지어 별로 똑똑하지 않은 사람도 실내화를 신으면서, 저녁 식사 후 이빨을 쑤시면서, 잠자리에 들면서, 아침에 일어나면서 금광을 발견할 수 있네. 이 세상 어디든, 어떤 어리석은 생각이 여기보다 돈을 더 많이 벌게 하거나 더 빨리 이해받는 곳이 있으면 말해 보게. 만일 내가 사다리 꼭대기에 오른다면, 자네에게 도움도 주지 않고, 말을 건네지도 않고, 필요한 서명도 안 해 줄 그런 인간으로 보이나? 우리 같은 젊은 방탕아들에게는 신뢰할 친구가 필요하지 않나? 그저 우리 대신 위험한 일에 연루되게 하거나, 장군을 구하기 위해 일개 병사를 죽음의 전쟁터로 보내는 것처럼 사지로 보내기 위해서라도 말일세. 모든 것을 의논할 수 있고 모든 일을 함께할 수 있는 신의 있는 친구가 없다면 정치를 할 수 없다네. 그러니 나의 충고를 잘 듣게. 벨 카롤린 호는 떠나보내고 벼락처럼 빨리 이곳으로 돌아오게. 펠릭스 드 방드네스와의 결투를 주선하겠네.

자네가 먼저 총을 쏘아, 비둘기를 쓰러뜨리듯 그를 쓰러뜨리게. 프랑스에서 모욕당한 남편이 경쟁자를 죽일 경우, 그 남자는 존경받을 만한 그리고 존경받는 남자가 된다네. 아무도 그 남자를 비웃지 못해. 두렵기 때문이지. 그 누구 앞에서도 눈을 내리깔지 않는 사람에게 두려움이란 사교계의 원리이자 성공의 무기라네. 이보게 친구, 인생을 암탕나귀 우유 한 잔 먹는 것처럼 쉽게 생각하고 두려움의 감정을 한 번도 느껴본 적이 없는 내가 아닌가. 그런 내가 최근의 풍속에서 그 두려움의 감정이 유발하는 놀라운 효과를 목격했다네. 어떤 사람들은 자신이 빠져 있는 향락을 잃을까 봐 두려워 부들부들 떨었고, 또 어떤 사람들은 한 여인을 떠나는 것이 두려워 부들부들 떨더군. 신발짝을 던지듯 인생을 던지곤 하던 과거의 모험 가득한 풍속은 이제 더 이상 존재하지 않아! 많은 사람에게 용기란 적들이 사로잡혀 있는 두려움을 교묘히 계산해서 만들어 낸 술책이라네. 유럽에서는 폴란드 사람들만이 재미로 싸움을 하지. 그들만이 투자의 수단으로서가 아닌 예술을 위한 예술을 추구하거든. 방드네스를 죽이게. 그러면 자네의 아내도 자네의 장모도 대중도 부들부들 떨 걸세. 자네는 명예를 회복하고, 자네의 아내에 대한 무분별한 사랑을 세상에 알리게 되지. 사람들은 자네를 믿을 것이고 자네는 영웅이 되는 거야. 이것이 프랑스라네. 자네와 나 사이에 10만 프랑 정도는 아무것도 아니야. 우선 중요한 빚을 갚게. 그리고 환매 가능한 부동산을 팔아 파산을 막게. 머지않아

만기일 전에 채권자들에게 채무액을 상환할 수 있는 지위를 가지게 될 테니 말일세. 일단 자네 아내에 대해 명확히 알면, 자네는 말 한마디로 그녀를 제압하고 지배할 수 있네. 사랑한다면 그녀와 투쟁할 수 없지만, 더 이상 사랑하지 않는다면 자네는 막강한 권력을 가지게 되지. 내가 자네 장모도 고분고분하게 만들어 주겠네. 두 여인이 열심히 챙긴 15만 리브르의 연금을 내 친구가 되찾는 것을 보아야 하지 않겠나. 그러니 이 땅을 떠나는 것을 포기하게. 그것은 우리처럼 신분이 높은 사람에게는 어울리지 않아. 자네가 떠난다면 중상모략을 인정하는 것이 아니겠는가? 다시 도박장에 오기 위해 돈을 마련하러 갔던 노름꾼들은 또다시 모든 것을 잃고 말아. 자기 주머니에 돈이 있어야 한다네. 자네는 젊은 군대를 모집하러 동인도제도로 간다는 인상을 주는군. 틀렸네! 우리는 정치라는 도박판에 있는 두 사람의 노름꾼이네. 우리끼리 서로 빚지는 것은 필수적이지. 그러니 역마차를 타고 파리로 돌아와 다시 게임을 시작하세. 앙리 드 마르세를 파트너로 하면 자네는 그 게임에서 이길 걸세. 앙리 드 마르세는 요구할 줄도 알고, 후려칠 줄도 알거든. 우리가 어떤 상황에 있는지 잘 보게나. 나의 친부는 영국 내각의 일원이라네. 에방젤리스타 가문을 통해서도 스페인의 총명한 인물들을 알게 될 거야. 자네 장모와 나는 서로서로 상대방의 발톱을 측정한 후 악마끼리 싸우면 서로 손해일 뿐임을 금방 깨달을 테니 말일세. 이보게, 몽리보는 현재 사령관인데 뛰어난 웅변술로 의회에서 영향력을 발휘하고 있으니, 언제고 전쟁부 장관이 될 걸세. 롱크롤은 국무장관이자 국왕의 고문관이라네. 마르시알 드 라 로쉬 위공은 독일 대사로 임명되었지. 그는 프랑스 귀족원 의원이기도 해. 나폴레옹을 버리고 부르봉 왕가로 귀의하면서 총사령관이던 카리글리아노 공작과 제정 시대 때 그의 부하들을 모두 데려왔거든. 그들은 모두 아무렇지도 않게 왕정복고의 군대에서 높은 지위를 차지했다네. 세리지는 국사원을 이끌고 있어. 그는 국사원에 꼭 필요한 존재지. 그랑빌은 사법부를 장악하고 있고, 그의 두 아들도 사법부에 속한다네. 그랑리외 가문은 궁중에서 중요한 자리를 차지하고 있고, 페로는 공드르빌 도당의 핵심 인물이지. 공드르빌은 저열한 모사꾼인데 항상 높은 자리를 차지하고 있어. 왜 그런지는 나도 모르겠네. 이런 사람들의 지지를 받고 있는데 우리가 무엇을 두려워하겠나? 모든 도시에 발을 담그고 있고, 모든 내각에 눈을 가지고 있으니, 우리는 행정부를 둘러싸고 있는 것이라네. 하지만 정부는 아무것도 눈치채지 못하고 있지. 이렇게 준비된 커다란 톱니바퀴 안에서 돈 문제는 지극히 미미하고 하찮을 것 아닌가? 그것은 아무것도 아니라네. 하물며 여자란 무엇인가? 언제까지 고등학생으로 남아 있을 건가? 이보게 친구, 한 여인이 인생 전체라면 인생이란 도대체 무엇인가? 그런 인생은 지휘관도 없이, 맞바람을 맞으며, 자석이 있어도 제멋대로인 나침반에 복종하는 갤리선이라네. 그곳에서 인간은 법을 집행하는, 특히 감시인이 즉흥적으로 만든 법을 집행하는 갤리선의 노예라네. 그들에게는 복수도 불가능해. 제기랄! 인간은 열정 때문에, 혹은 하얀 손을 잡으면서 자신의 힘을 전달할 때의 쾌락을 위해 한 여인에게 복종할 수 있다는 건 이해하네. 하지만 사라센 남자인 메도르*에게 복종한다? 그런 경우라면 나는 앙젤리크를 죽여 버리겠네. 사회생활에서 금을 만드는 위대한 비밀은, 친구여, 우리가 만나는 모든 연령대의 사람을 가능한 한 잘 활용하는 것이라네. 봄에는 파릇한 이파리를, 여름에는 온갖 종류의 꽃을, 가을엔 모든 종류의 과실을 따는 것처럼 말일세. 우리, 즉 몇몇 쾌남아와 나는 12년 동안 검은색, 회색, 붉은색 옷을 입은 근위병들처럼 인생을 많이 즐겼네. 아무것도, 여기저기에서 벌어진 해적의 습격마저도 거부하지 않았지. 이제 우리는 경험을 통해 성숙기에 이르렀으니, 그 결실을 보려 하네. 수확기에 이른 잘 익을 과일을 흔들어 따듯이 말일세. 우리와 함께 가세. 우리가 요리할 푸딩의 한몫을 자네가 차지할 걸세. 돌아오게, 그러면 앙리 드 마르세에게서 자네에게 헌신할 친구를 발견할 걸세.

앙리 드 마르세

폴 드 마네르빌이 이 편지를 다 읽었을 때, 그는 아르소스제도를 넘어가고 있었다. 편지에 쓰인 한 문장 한 문장은 그가 희망과 환상과 사랑을 가지고 공들여 쌓은 탑을 완전히 무너뜨렸다. 마치 망치가 탑을 내리치는 것 같았다. 부서진 탑의 파편들 한가운데에서, 그는 차가운 분노에 사로잡혔다. 그러나 분노가 끓을 뿐, 그가 할 수 있는 것은 아무것도 없었다.

그는 자신에게 물었다. '도대체 내가 그들에게 무슨 잘못을 했기에?'

이런 질문은 바보들이나 하는 것이다. 아무것도 보지 못하고 아무것도 예측하지 못하는 나약한 사람들이 하는 말이다. 그는 변함없이 충실했던 친구를 부르며 울부짖었다. "앙리, 앙리!" 이런 일을 당할 경우, 사람들은 미치고 말 것이다. 그러나 폴은 잠자리에 든 후 깊이 잤다. 엄청난 재앙을 겪은 사람들은 이렇게 깊은 잠에 빠지곤 한다. 나폴레옹은 워털루 전쟁에 패한 후 깊은 잠에 빠졌었다.

1835년 9월~10월, 파리

금치산

부르봉 섬의 총독, 해군 소장 바조쉬 씨에게*
감사의 뜻을 표하며
드 발자크

  1828년 새벽 1시경 두 남자가 엘리제 부르봉궁* 근처의 포부르 생토노레 가에 있는 저택을 나왔다. 한 사람은 유명한 의사 오라스 비앙숑이었고, 다른 한 사람은 파리의 최고 멋쟁이 신사 중 하나인 라스티냐크 남작이었다. 그들은 오래전 보케르 하숙집* 시절부터 친구 사이였다. 각자의 마차를 돌려보냈기에 그들은 길에서 마차를 잡으려 했다. 하지만 거리에는 마차가 없었다. 그런데 밤은 아름다웠고 도로는 말라 있었다.
  "큰길까지 걸어가세." 외젠 드 라스티냐크가 비앙숑에게 말했다. "서클 카페 앞에 가면 마차를 잡을 수 있을 거야. 거기에는 새벽까지 마차가 있거든. 우리 집까지 나와 함께 걷게나."

"좋아."

"그런데, 이보게, 어떻게 생각하나?"

"그 여자 말인가?" 의사는 차갑게 말했다.

"비앙숑답군." 라스티냐크가 목소리를 높였다.

"뭐가?"

"이보게, 자네는 병원에 입원시켜야 할 환자에 대해 말할 때처럼 데스파르 후작부인에 대해 말하지 않나!"

"외젠, 내 생각을 알고 싶나? 만일 자네가 그 후작부인을 위해 뉘싱겐 부인을 떠난다면, 자네는 애꾸눈 말 대신 두 눈이 먼 말을 택하는 걸세."

"뉘싱겐 부인은 서른여섯 살이야, 비앙숑."

"그 여자는 서른세 살이지." 의사는 격한 어조로 응수했다.

"그녀의 가장 잔인한 적들조차 그녀를 스물여섯 살로밖에 보지 않아."

"이보게, 여자의 나이에 대해 알고 싶으면 그녀의 관자놀이와 코끝을 보게. 화장품으로 무슨 짓을 해도 감출 수 없는 관자놀이와 코끝의 동요는 그 여자의 나이를 정확히 드러내거든. 그곳에 매년 나이의 흔적을 남기지. 어떤 여자의 관자놀이가 부드럽고 생기를 잃었고 게다가 거기에 줄무늬까지 있다면, 석탄을 연료로 하는 벽난로 때문에 런던에 흩날리는 아주 미세한 검은 조각 같은 검은 점들이 그녀의 코끝에 붙어 있다면, 단언컨대 그녀는 서른이 넘었네. 그녀는 아름다울 것이며, 총명할 것이며, 사랑스러울 테지. 자네가 말하는 모든 것이 될 수 있어. 하지만 그녀는 서른이 넘었어. 성숙기에 이른 거야. 그런 여자들에게 애정을 느끼는 남자들을 비난하지 않네. 다만, 자네처럼 멋진 남자는 반점 있는 2월 사과를 나뭇가지에 매달린 채 한입 베어 물어 주기를 바라는 한쪽만 빨간 사과로 착각해서는 안 된다네. 물론 사랑한다면 호적부를 열람해서는 안 되지. 아무도 나이 때문에, 아름답거나 못생겼기에, 멍청하거나 똑똑하기에 사랑하지 않아. 그냥 사랑하니까 사랑하는 거야."

"그런데 말이야, 내가 그녀를 사랑하는 건 다른 이유들 때문이라네. 그녀는 데스파르 후작부인이고, 블라몽 쇼브리 가문 출신이지. 멋쟁이고, 감수성이 풍부하고, 베리 공작부인보다도 더 예쁜 발을 가지고 있어. 연 수입은 아마 10만 리브르에 이를 걸세. 그러니 언제고 나는 그녀와 결혼할 거야! 아무튼 그녀는 내가 빚을 갚을 수 있는 지위에 오르게 해 줄 거야."

"나는 자네가 부자인 줄 알았는데," 비앙숑이 라스티냐크의 말을 가로막으며 물었다.

"에이, 말도 안 돼! 내 연 수입은 2만 리브르야. 정확히 말해서, 마구간을 겨우 유지할 수 있는 액수지. 이보게, 나는 뉘싱겐*의 사업에 연루되었었네. 그 이야기는 나중에 하기로 하지. 나는 누이들을 결혼시켰어. 그것이 우리가 못 보는 사이 내가 이룬 것 중 가장 확실한 것이네. 10만 에퀴의 연금보다 동생들을 결혼시킨 것이 나는 더 좋으니 말일세. 자네는 이제 내가 무엇이 되기를 바라나? 내게는 야망이 있다네. 뉘싱겐 부인은 나를 어디로 이끌 수 있을까? 일 년만 더 있으면 나는 결혼한 남자처럼 얼마짜리로 평가될 것이고, 한 여자에 묶여 버릴 거야. 결혼 생활이나 독신 생활의 이점은 하나도 챙기지 못한 채, 결혼과 독신의 불편한 점만 가지게 되는 거지. 한 여자 곁에 너무 오래 머무르는 모든 남자가 마주하게 되는 애매한 처지에 놓인단 말일세."

"세상에! 그러니까 자네는 그런 걸 가지고 중대한 발견을 했다고 생각하는 건가?" 비앙숑이 말했다. "내가 볼 때, 후작부인에 대해서는 재론의 여지가 없어."

"자네의 자유주의적 사상은 눈을 흐리게 하지. 데스파르 부인이 라부르댕 부인*이라면, 자네는······."

"이보게 친구, 잘 듣게. 귀족이냐 부르주아냐가 중요한 게 아니라네. 그녀는 분명 감정이 없는 여자일 거야. 지독히 자기중심적인 여자로 영원히 남을 테지. 내 말을 믿게. 의사들은 인간과 사물을 판단하는 데 익숙하거든. 능숙한 의사들은 육체의 비밀을 파악함으로써 영혼의 비밀을 알아낸다네. 우리가 저녁 시간을 보낸 그 아름다운 규방이나 그 저택의 사치에도 불구하고, 후작부인에게는 빚이 있을 수도 있어."

"왜 그렇게 생각하나?"

"확신하는 건 아니야. 추측할 뿐이지. 돌아가신 루이 18세께서 자신의 마음에 대해 말했던 것처럼*, 그녀는 자신의 영혼에 대해서 말하더군. 잘 듣게! 동정받기 위해 불평하는, 피부는 희고 머리는 갈색인 저 가냘픈 여인은 실제로는 늑대의 엄청난 식욕뿐 아니라 호랑이의 힘과 비열함을 가진 대단히 건강한 여인이라네. 투명한 얇은 천도 비단도 모슬린도 저렇게 능숙하게 거짓말 주위를 잘 감쌀 수 없거든. 정말이라니까!"

"자네 말을 들으니 오싹해지는군. 비앙숑, 그러니까 자네는 보케르 하숙집을 떠난 이후 많은 것을 배운 것인가?"

"그렇다네. 그 시절 이후 나는 꼭두각시들, 인형들, 조종당하는 사람들을 수없이 많이 보아 왔지! 우리가 치료하는 아름다운 부인들의 품행에 대해서도, 그리고 그네들에게 가장 소중한 것이 무엇인지에 대해서도 어느 정도 알게 되었어. 아이를 사랑한다면 아이가, 아니면 언제나 열렬히 사랑해 마지않는 자기 얼굴이 그네들에겐 가장 소중하더군. 우리 의사들은 그들의 머리맡에서 밤을 새워 가면서 어느 부위건 신체의 아름다움이 조금이라도 망가지지 않도록 노력하느라 기진맥진해진다네. 치료에 성공한 후에는 마치 죽은 사람처럼 침묵을 지키며 비밀을 유지해 주지. 그네들은 계산서를 요구하러 사람을 보내고는 치료비가 지나치게 비싸다고 생각하지. 누가 그들을 구해 주었나? 자연이 구해 주었겠지! 그들은 우리를 칭찬하는 대신 비난한다네. 친한 친구들에게 좋은 의사를 소개하는 것이 두렵기 때문이지. 이보게, 자네들은 그 여자들을 보고 "천사 같은 여인이야!"라고 말하지. 하지만 나는 영혼을 숨기는 창백한 얼굴을 하고, 꾸미지도 않고 코르셋도 하지 않은 채 자신의 불완전함을 가려 주는 옷을 걸친 여인들에게서 그네들의 진짜 모습을 보았다네. 그 여자들은 하나도 아름답지 않아. 그 옛날, 보케르 하숙집에 들어갔을 때, 우리는 수많은 사람에게서 겉으로 드러나지 않는 자갈과 오물들을 보았었지. 그렇게 세상을 보기 시작했어. 하지만 그곳에서 우리가 본 것은 아무것도 아니었네. 상류 사회를 드나들면서부터 나는 비단옷을 입은 괴물들을 만났다네. 그러니까 하얀 장갑을 낀 수많은 미쇼노, 훈장을 단 수많은 푸아레˚, 수전노 곱섹 영감보다 더 폭리를 취하는 상류 계급 인사들을 말일세! 어떤 천사 같은 여인에게 아주 작은 도움이라도 주려고 한 적이 있었네. 그녀는 다락방에서 벌벌 떨고 있었지. 천5백 프랑의 연금이나 급료로 근근이 살면서, 미친 여자, 괴상한 여자, 심지어 바보 취급을 받았을 뿐 아니라 온갖 중상모략에 시달리고 있었다네. 그렇게 불쌍한 여자를 함부로 대하다니 인간이란 얼마나 수치스러운 존재인가! 아무튼 이보게, 자네의 후작부인은 사교계에서 이름을 날리는 멋쟁이 여인이야. 나는 그런 여인들을 아주 혐오한다네. 왠지 알고 싶나? 고귀한 영혼과 순수한 취향과 다정한 성격과 넉넉한 마음을 가지고 단순하게 사는 여인은 절대로 유행에 민감한 멋쟁이가 될 수 없기 때문이지. 결론? 유행에 민감한 여자와 권력을 추구하는 남자는 서로 비슷한 사람들이라는 것일세. 하지만 그런 남자와 그런 여자 사이에는 차이가 있어. 어떤 남자에게 자신을 다른 사람보다 우월하게 만드는 장점이 있다면, 그 장점은 그를 위대하게 만들지. 반면, 하루만 존재하는 왕국을 쟁취할 수 있게 해 주는 여인의 장점은 엄청난 죄악을 동반한다네. 그녀는 자신의 본성을 감추기 위해 자신을 꾸며 대거든. 그런 여인은 사교계의 전투적인 삶을 영위하기 위해 가냘픈 외관 밑에 무쇠처럼 강인한 몸을 감추고 있어야 한다네. 의사로서 나는 위가 튼튼한 사람은 절대 마음이 착할 수 없다는 사실을 잘 알고 있지. 자네의 그 사교계 여인은 아무것도 느끼지 못해. 그녀가 쾌락에 열광하는 이유는 자신의 차가운 성격을 따스하게 만들고 싶어서라네. 늙은이가 자신의 초라한 모습을 감추기 위해 오페라 조명에 기대어 서 있는 것처럼, 그녀는 느낄 수 없는 감정과 쾌락을 원하지. 심장은 없고 머리만 있기에, 그녀는 자신의 성공을 위해 진정한 열정도 친구들도 희생한다네. 전투에서 승리하기 위해 가장 충성스러운 소대장을 전쟁터에 내보내는 장군처럼 말일세. 사교계의 멋쟁이 여인은 더 이상 여자가 아닐세. 어머니도 아내도 연인도 아니라네. 의학적으로 말해, 그저 머리로만 여자인 거지. 그런데 자네의 후작부인은 맹금의 부리, 맑고 차가운 눈, 다정한 말투, 기괴한 징후, 이 모든 것을 다 가지고 있네. 게다가 기계 장치의 강철처럼 매끈매끈하지. 그녀는 겉으로 보아 자극적이지만 가슴을 울리지는 않아."

"자네가 하는 말에는 일리가 있어, 비앙숑."

"일리가 있다고?" 비앙숑이 다시 말했다. "내가 하는 말은 모두 사실이야. 그녀는 내게 지극히 공손하고 예절 바르게 행동하더군. 하지만 그런 태도를 통해 귀족 계급이 그들과 나 사이에 설정한 완벽한 거리를 측정하도록 했지. 그 모욕적인 예절을 보면서 내가 그들의 마음을 꿰뚫어 보지 않았다고 생각하나? 그녀가 내게 보이는 호의의 목적을 생각하면서, 그녀의 고양이 같은 감미로움에 대해 깊은 연민을 느끼지 않았다고 생각하나? 일 년만 지나면, 그녀는 내게 아주 작은 호의라도 베풀기 위해 편지 한 장 써 주지 않을 거야. 그런데 오늘 저녁에는 내게 미소를 퍼붓더군. 내가 우리 포피노 고모부에게 영향력을 발휘할 수 있을 것으로 생각했기 때문이지. 본인이 낸 소송이 고모부 손에 달려 있으니……."

"이보게, 친구, 그럼 후작부인이 자네에게 바보처럼 구는 편이 낫겠나? 사교계의 멋쟁이 여자들에게 그런 면이 있는 건 사실이니, 빈정거리는 자네를 이해하네. 하지만 그것은 문제의 본질이 아니야. 나는 항상 정숙하고, 명상을 좋아하고, 이 땅에서 가장 다정한 여인보다 데스파르 후작부인 같은 여인을 선호하겠네. 자네는 천사와 결혼하게나! 그러면 행복을 만끽하며 깊은 시골에 처박혀 살아야 할 걸세. 정치가의 아내는 통치에 필요한 술책을 쓸 줄 알아야 할 뿐 아니라 늘 찬사와 존경을 받는 존재여야 한다네. 야심가가 사용하는 최고의 도구이자 가장 충실한 도구의 역할도 해야 하지. 그러니까 위험한 일에 연루되더라도 별문제 없이 넘어가게 하고, 자신이 한 말을 부인하면서도 아무렇지도 않은 듯 태연할 수 있는 친구 같은 여자여야 한단 말일세. 19세기 파리에 있는 마호메트를 가정해 보겠나?' 그의 아내는 대사 부인처럼 섬세하면서도 비위를 잘 맞추고, 피가로처럼 교활한 로안' 같은 여자여야 할 거야. 자네의 사랑스러운 아내는 아무런 도움도 주지 못하지만, 사교계의 여인은 모든 것을 가능케 하거든. 모든 문을 열 수 있는 황금 열쇠를 가지지 못한 남자에게, 사교계의 여인은 창문의 유리를 잘라 냄으로써 창문을 열게 해 주는 다이아몬드 같은 존재라네. 부르주아에게는 부르주아의 미덕이, 야심가에게는 야심가의 악덕이 있는 법이야. 게다가, 이보게 친구, 랑제 공작부인이나 모프리네즈 공작부인이나 더들리 부인의 사랑은 얼마나 기막힌 쾌락을 부여하겠나! 자넨 그렇게 생각하지 않나? 차갑고 엄격하기 이를 데 없는 그네들이 조금이라도 애정 표시를 해 준다면, 그 의미가 얼마나 클 것인지 자네가 안다면! 눈 속에 파묻힌 파란 협죽도를 보는 것은 얼마나 큰 기쁨인지! 부채 밑으로 던지는 그네들의 미소는 겉으로 보이는 신중한 태도와는 전혀 딴판이라네. 그 신중함은 강요된 것이거든. 하지만 그네들의 신중함은 자네가 말하는 헌신적인 부르주아 여인들이 마음껏 표현하는 다정함과 동등한 가치를 지닌다네. 사실 그 여자들의 헌신은 약간 의심스럽기도 해. 왜냐하면 사랑에서 헌신이란 투자와 아주 유사하기 때문이지. 그런데 말일세. 사교계에서 최고의 명성을 자랑하는 블라몽 쇼브리 부인 같은 분도 그 나름의 미덕을 가지고 있다네. 그녀의 미덕이란 재산, 권력, 화려함, 그녀보다 열등한 모든 것에 대한 일종의 경멸 같은 것……"

"됐네." 비앙숑이 말했다.

"바보처럼 순진하긴!" 라스티냐크가 웃으면서 대답했다.

"자, 평범해지지 말자고! 자네 친구인 유명한 외과의 데스플랭처럼 행동하게. 그 친구처럼 남작이 되고 생미셸 기사단'의 훈장을 받고, 프랑스 귀족원 의원이 되어 딸들을 공작에게 시집 보내라고."

"난 말일세, 50만 명의 사악한 인간들······."

"쯧쯧, 그러니까 자네는 의학에서만 탁월하군. 정말이지 자네 때문에 걱정이네."

"나는 그런 종류의 사람들을 증오해. 그런 사람들로부터 영원히 해방될 수 있게 하는 혁명이 일어나길 원하지."

"이보게, 메스를 든 로베스피에르', 그러니까 포피노 고모부 댁에 가지 않겠다는 건가?"

"아니, 갈 거야." 비앙숑이 말했다. "자네를 위해서라면 물을 찾기 위해 지옥에라도 가겠네."

"이보게, 자네 말에 감동했네. 맹세컨대 후작은 금치산자가 될 걸세! 이것 보게, 내게 아직도 자네에게 감사할 눈물이 남아 있네그려."

"하지만," 비앙숑이 말을 이었다. "후작부인이나 자네의 소망대로 장 쥘 포피노에게 부탁하는 일이 성공할 거라고는 보장할 수 없네. 자네는 그분을 몰라. 하지만 어쨌든 내일모레 고모부를 후작부인 댁으로 모셔 오겠네. 할 수 있다면 그녀가 잘 구슬리겠지. 그럴 수 있을 거라고는 생각지 않네만. 그를 매수하기 위해 비싼 송로버섯을 갖다 바치고, 이 세상 모든 후작부인이 달려들고, 최고로 맛있는 영계 요리를 대접할 수 있겠지. 심지어 단두대의 칼날로 그를 위협할 수도 있을 거야. 국왕이 그에게 봉토를 하사하고, 신이 그에게 낙원을 보장하고 연옥의 수입을 약속할 수도 있을 테고. 하지만 그 어떤 권력도 그에게서 저울 한쪽의 지푸라기를 다른 쪽으로 옮겨 놓아도 된다는 허락을 받아 내지 못할 걸세. 죽음이 죽음이듯 그는 그저 판사일세."

두 친구는 카퓌신 대로 모퉁이에 있는 외무부 건물* 앞에 도달했다.

"자네 집 앞이군." 비앙숑은 라스티냐크에게 외무부 건물을 가리키고는 웃으면서 말했다. 그리고 이번에는 손님을 기다리고 있는 삯마차를 가리키면서 다음과 같이 덧붙였다. "이건 내 마차고. 우리 두 사람의 미래는 이렇게 요약되지."

"이보게! 자네는 물속 깊은 곳에서도 행복할 걸세. 반면에 나는 언제나 물의 표면에서 폭풍우와 함께 투쟁할 거야. 침몰하면서 자네가 사는 동굴에 자리 하나를 요구하러 갈 때까지 말일세."

"토요일에 보세." 비앙숑이 응수했다.

"그러세." 라스티냐크가 말했다. "포피노를 설득한다고 약속하게."

"알았네. 내 양심이 허락하는 한 최선을 다하겠네. 어쩌면 금치산 선고 청구의 이면에는 석연치 않은 삼류 드라마가 숨어 있을지도 몰라. 짓궂었던 젊은 시절 우리가 즐겨 쓰던 표현을 빌리자면 일종의 '드라모라마'가 말일세. 그 당시 우리는 툭하면 단어 뒤에 '라마'를 붙이곤 하지 않았나."

'가엾은 비앙숑! 저 정직한 친구는 평생 타협이라고는 모를 거야.' 라스티냐크는 비앙숑이 탄 삯마차가 멀어져 가는 것을 바라보면서 생각했다.

라스티냐크는 내게 가장 어려운 거래를 맡겼군.' 다음 날 아침, 잠에서 깬 비앙숑은 자신에게 맡겨진 지극히 민감한 임무를 떠올리면서 중얼거렸다. '하지만 이제껏 한 번도 고모부한테 재판과 관련된 부탁을 해 본 적이 없잖아. 그동안 수없이 많은 무료 봉사를 해 주었는데 말이야. 게다가 우리 사이가 어색해질 건 없지. 고모부는 내게 가부를 말할 것이고, 그것으로 끝인데 뭐.'

이렇게 혼잣말을 중얼거린 후, 저명한 의사 비앙숑은 센 지역 일심 법원 판사인 장 쥘 포피노가 기거하는 푸아르 가로 향했다. 아침 7시였다. 과거에 지푸라기를 의미하는 단어였던 '푸아르'라는 이름이 붙은 이 거리는 13세기 당시에는 파리에서 가장 유명한 거리였다. 그 유명한 아벨라르와 제르송의 목소리가 지성계에 울려 퍼질 때 바로 그곳에 소르본대학이 있었던 것이다.˙ 그러나 오늘날, 이 거리는 파리에서 가장 가난한 구역인 12구˙에서도 가장 더러운 길 중 하나다. 겨울이면 인구의 3분의 2가 땔감이 없어 추위에 떠는 곳, 가장 많은 아이가 보육원 주위에 버려지고, 가장 많은 수의 환자가 파리 시립 병원에 수용되고, 가장 많은 수의 거지가 길거리를 배회하면서 도시 외곽으로 넝마를 주우러 가고, 가장 많은 수의 고통받는 노인이 햇빛 드는 벽을 따라 늘어서 있고, 가장 많은 수의 노동자가 일거리 없이 광장에 몰려 있고, 가장 많은 수의 범죄 혐의자가 모여 있는 곳, 여기가 바로 그런 곳이다. 염색약들로 시커메진 시냇물이 센강으로 흘러 들어가기 때문에 항상 습기 찬 그 거리 한가운데에 낡은 집이 하나 있었다. 벽돌을 쌓는 사이사이에 깎은 돌을 끼워 넣어 단단하게 만든 15세기 플랑드르 양식의 그 집은 아마도 프랑수아 1세 때인 16세기에 보수되었을 것이다. 외형으로 보아 매우 단단해 보이는 그런 양식의 집은 파리에서도 종종 찾아볼 수 있었다. 이런 말을 쓰는 것이 허용된다면, 그 집은 불룩한 배처럼 보였다. 3층과 4층의 무게에 짓눌려 2층이 불룩해졌기 때문이다. 그러나 그 불룩한 배는 아래층의 단단한 벽이 잘 지탱해 주고 있었다. 창틀의 주위를 커다란 돌들로 견고하게 만들었음에도, 십자형 유리창 가운데 있는 받침대들은 언뜻 보아 부서질 것처럼 보였다. 하지만 세심한 관찰자는 그 집의 메커니즘이 볼로냐의 탑과 마찬가지임을 곧 깨닫게 된다. 즉, 약간 기울어져 불안해 보이지만 견고한 그 벽돌탑처럼, 곧 부서질 것처럼 보이는 그 집 역시 단단했다. 오래되어 부식된 벽돌과 돌들이 놀랍게도 그 집의 무게중심을 잘 유지하고 있었던 것이다. 사계절 내내 딱딱한 아래층 바닥은 누르스름한 빛을 띠고, 돌에는 미세한 습기가 스며든다. 그 집의 담벼락을 따라 걷는 행인들은 추위를 느낀다. 바퀴의 충격으로부터 담을 보호하고자 담벼락을 따라 쌓아놓은 돌들이 훼손되었기에, 이륜마차가 지나가면 그 담벼락은 마차 바퀴의 충격을 견디지 못했다. 마차가 생기기 전에 지어진 모든 집이 그러하듯, 건물 입구의 아치형 문은 너무 낮았기 때문에 마치 감옥의 출입문처럼 보였다. 대문 오른쪽 밖에는 아주 촘촘한 쇠사슬로 된 철책이 쳐져 있어, 호기심 어린 사람들이 어둡고 축축한 내부 공간의 용도를 살피는 것은 불가능했다. 게다가 유리창에는 먼지가 잔뜩 끼어 있어 더럽기 짝이 없었다. 왼쪽에는 비슷하게 생긴 십자형 유리창이 두 개 있었는데, 종종 열려 있는 한 개의 창문을 통해 문지기와 그의 아내 그리고 아이들이 그 방 한가운데에서 복닥대면서 일하고, 음식을 만들고, 먹고, 소리 지르는 모습을 볼 수 있었다. 실내 바닥에는 마루가 깔려 있었고, 벽에는 나무판이 붙어 있었으며, 방안에는 너덜너덜한 나무 조각들이 떨어져 있었다. 그 방이 두 계단을 내려갈 정도로 낮은 곳에 있다는 점으로 미루어 볼 때, 파리 도로의 높이가 점차 상승한 것이 아닌가 하는 생각이 든다. 오는 날 어떤 행인이 석회가 흘러 허옇게 바랜 툭 튀어나온 들보가 있는, 문에서 계단에 이르는 기다란 둥근 천장 밑에서 비를 피한다면, 그 집의 내부에서 벌어지는 광경을 바라보지 않을 수 없을 것이다. 왼쪽에는 사방으로 네 발자국도 안 되는 네모난 작은 정원이 있었다. 흑토로 된 그 정원에는 격자 모양의 울타리가 쳐져 있었지만, 그 울타리를 타고 올라가는 포도 넝쿨은 찾아볼 수 없었다. 자라나는 풀이 없었기에, 두 그루의 나무 그늘에는 서류들과 낡은 속옷들과 깨진 그릇 조각들, 지붕에서 떨어진 석고 덩어리들이 널브러져 있었다. 이 척박한 땅에는 시간의 흐름과 더불어 벽과 나무 몸통과 나뭇가지에 희미한 그을음과 유사한 먼지 자국만 남았다. 그 집은 직각으로 만나는 두 개의 본채로 구성되어 있었다. 빛이라고는 곧 무너질 것처럼 보이는 낡아 빠진 콜롱바주 양식*의 이웃집들로 둘러싸인 작은 정원으로부터 들어오는 햇빛뿐이었다. 건물 각 층에 사는 세입자들의 기괴한 상태는 그곳에 그대로 드러나 보였다. 여기에서는 기다란 막대기들이 염색 후 말리려고 널어놓은 털실 뭉치들을 받치고 있었고, 저기에서는 빨랫줄 위에 하얀 셔츠들이 펄럭이고 있었다. 그보다 높은 곳에는 책들이 쌓여 있었는데, 제본용 판대 위에 놓여 있는 것으로 보아 바로 직전에 책의 옆 단면에 대리석 무늬를 넣었음을 알 수 있었다. 여자들은 노래하고, 남자들은 휘파람을 불고, 아이들은 소리 지른다. 목수는 나무판자를 자르고, 구리 선반공은 끽끽거리는 쇳소리를 낸다. 모든 공장이 소음을 내기 위해 일치단결하고, 그럼으로써 수많은 악기가 점점 노기등등해진다. 통로의 내부는 돌로 만든 받침대 위에 놓인 나무 기둥들로 이루어져 있었으며, 그 기둥들의 꼭대기는 뾰족한 아치 모양이었다. 그 통로는 안마당도, 정원도, 둥근 천장도 아니었지만, 그 모든 것의 특징을 다 가지고 있었다. 두 개의 아치형 통로는 작은 정원 쪽으로 향해 있었다. 마차 출입문을 마주하고 있는 다른 두 개의 아치형 통로를 통해서는 나무 계단이 보였다. 그 계단의 난간은 경탄을 자아낼 만큼 기이한 형상의 철제품으로 만들어졌다. 그런가 하면 닳아빠진 계단은 오르내릴 때마다 발밑에서 흔들거렸다. 아파트의 문틀은 기름때와 먼지로 거무튀튀했다. 아파트의 이중 문들은 위트레흐트산 벨벳*으로 장식되었고, 벨벳 위에는 도금이 벗겨진 못들이 마름모꼴로 박혀 있었다. 이러한 영화(榮華)의 흔적은 루이 14세 시절에는 이 건물에 국회의원이나 부유한 성직자들, 혹은 국가 세금을 관리하는 재정관 등이 살았다는 것을 말해 준다. 하지만 과거와 현재가 너무도 대조를 이루었기에, 과거에 존재한 영화의 흔적은 그저 입가에 미소를 짓게 할 뿐이다. 장 줄 포피노는 그 집 2층의 어두컴컴한 아파트에서 살았다. 파리의 저층 아파트라면 당연히 어두울 수밖에 없는 데다가, 길이 좁아 그 아파트는 더더욱 어두웠다. 이 낡은 거처는 12구 전 지역에 알려져 있었다. 신께서 환자들을 낫게 하거나 그들의 증세를 완화시키기 위해 효험 있는 식물을 보내시듯, 그곳에 포피노라는 법관을 보내셨기 때문이다. 사교계에서 빛을 발하는 데스파르 후작부인이 매수하려는 그 인물에 대한 소개는 다음과 같다.

  법관 포피노는 항상 검은 옷을 입고 있었다. 겉모습으로 모든 것을 평가하는 데 익숙한 사람들의 눈에 그의 복장은 그를 우스꽝스럽게 보이게 했다. 복장이 불러일으키는 권위를 간직하기를 소망하는 사람들은 지속적이고 세심한 주의를 기울여야 한다. 하지만 경애하는 포피노 씨는 검은색이 요구하는 청교도적 깔끔함을 유지할 능력이 없었다. 그가 입고 있는 바지는 늘 낡은 상태였기에, 법복의 주름 깃 장식을 만드는 데 사용되는 반투명의 얇은 옷감처럼 헐렁헐렁해 보였다. 그의 습관적인 버릇 때문에 바지에 주름이 너무 많이 생겼기에, 바지에는 군데군데 허옇고 붉고 반짝거리는 주름선이 만들어지곤 했다. 그 주름선은 그가 치사할 정도로 인색한 사람이거나 아니면 가난에 완전히 무관심한 사람임을 말해 주고 있었다. 두껍고 긴 모직 양말은 일그러진 신발 속에서 주름져 있었다. 속옷은 옷장 안에서 오랫동안 눌려 있었기에 다갈색을 띠었는데, 그것은 고인이 된 포피노 부인이 속옷에 대해 가지고 있던 강박관념을 드러냈다. 플랑드르 지방의 관습에 따라 아마도 그녀는 일 년에 두 번만 세탁이라는 귀찮은 일에 전념했을 것이다. 법관의 법복과 저고리는 그의 바지와 신발과 양말 그리고 속옷과 잘 어울렸다. 그는 언제나 낡은 옷을 좋아했다. 새 옷을 입는 날이면, 불가사의할 정도로 빠른 속도로 그 옷에 얼룩 자국을 내어 새 옷을 금방 헌 옷으로 만듦으로써 전체적으로 조화롭도록 했다. 이 순박한 호인은 모자가 너무 낡았다고 요리사가 알려 줘야만 모자를 바꿨다. 넥타이는 마무리되지 않은 채 항상 비뚤어져 있었고, 깃에 달린 법복의 주름 장식은 언제나 단정치 못했다. 그는 절대 그 깃 장식을 단정하게 바로 잡지 않을 것이다. 회색 머리칼에 대해서는 아무런 신경도 쓰지 않았고, 면도도 일주일에 두 번만 했다. 절대로 장갑을 끼지 않았고, 습관적으로 빈 호주머니에 손을 쑤셔 넣곤 했다. 그래서 바지 호주머니 입구는 늘 더럽고 찢어져 있었다. 그것은 포피노라는 사람의 무관심과 태만을 나타내는 또 하나의 표시였다. 파리의 재판소를 자주 드나들면서 온갖 종류의 검은 옷을 관찰할 수 있는 사람이라면 누구나 포피노의 외관을 상상할 수 있을 것이다. 온종일 자리에 앉아 있어야 하는 습관은 인간의 신체를 많이 변형시킨다. 또한 끝없이 이어지는 변론에 따른 지루함은 법관들의 외모에도 영향을 미친다. 건축적으로 위엄이 없을 뿐 아니라 공기가 항상 오염되어 있는 터무니없이 좁은 홀에 갇혀 있는 파리의 법관은 항상 긴장하고 있으면서도 권태로 침울해져서, 필연적으로 찌푸리고 주름진 얼굴을 하고 있다. 안색은 퇴색하고, 그날그날의 건강 상태에 따라 푸르스름하거나 흙빛이다. 결국 얼마 동안 그곳에 있다 보면 더없이 건강한 청년도 시계추 같은 냉정함을 가지고 모든 사건에 법전을 적용하는 핏기 하나 없이 창백한 판결 기계가 되어 버린다. 그러니 포피노는 애초에 별로 매력적이지 않은 외모를 가지고 태어난 데다가 사법관이라는 직으로 인해 점점 더 멋없는 인간이 되어 갔던 것이다. 그의 골격 구조는 신체 윤곽의 부조화를 초래했다. 두툼한 무릎과 커다란 발과 넓적한 손은 성직자처럼 생긴 그의 얼굴과 대조를 이루었다. 그 얼굴은 싱거울 정도로 유순하고, 홍채 색이 서로 다른 눈 때문에 멍청해 보이고, 핏기도 없고, 곧지만 평평한 코에 의해 둘로 나뉘어 있어서, 약간은 송아지 머리를 닮았다. 납작한 이마는 얼굴을 압도했으며, 멋없이 구부러진 두 개의 커다란 귀는 얼굴 양쪽에 붙어 있었다. 가늘고 숱 없는 머리칼로 인해 그의 머리에는 여기저기 고랑이 파인 것이 보였다. 그러나 그의 얼굴에는 관상쟁이에게 추천할 만한 하나의 특징이 있었으니, 바로 그 남자의 입가에서 신의 자비를 확연히 느낄 수 있다는 것이었다. 붉은색을 띠는 두꺼운 그의 입술에는 구불구불하고 물결치는 주름이 가득했다. 그러나 자연은 그 입술에 아름다운 감정을 심어 놓았다. 그의 입술은 사람들의 가슴에 말을 걸었고, 그 남자에게서 지성과 명석함과 투시력 그리고 천사 같은 마음을 느끼게 했다. 따라서 의기소침한 이마나 열의 없어 보이는 눈, 그리고 우울해 보이는 모습으로만 판단한다면 그를 잘못 이해하는 것이다. 그의 삶은 그의 독특한 외모에 부합했으며, 눈에 띄지 않는 비밀스러운 일로 가득했다. 그러나 그는 성인의 덕행을 감추었다. 법 공부를 많이 했기에 그의 풍부한 법률 지식은 많은 사람으로부터 인정받았다. 그리하여 1806년과 1811년 나폴레옹이 법을 개정할 당시 대 서기장 캉바세레스*의 추천에 따라, 그의 이름은 파리 제국 법정에 임명될 수 있는 가장 우수한 판사들 명단에 등록되었다. 포피노는 모사꾼이 아니었다. 장관은 새로운 요구사항이나 새로운 외압이 있을 때마다, 대 서기장의 집에도 법무부 장관의 집에도 절대 발을 들여놓는 일이 없는 포피노를 멀리했다. 그는 상급 재판소에서 지방 법원으로 쫓겨났고, 그곳에서도 적극적이고 활동적인 사람들의 음모로 인해 최하 등급으로까지 밀려났다. 대리 판사로 임명되었던 것이다. 법원의 대다수 사람은 "포피노가 대리 판사라니!"라고 외치며 놀라움을 금치 못했다. 이러한 불공정성은 변호사와 집행관을 포함한 모든 법조계 인사들에게 충격을 주었다. 포피노만 예외였다. 그는 불평하지 않았다. 초기의 아우성이 지나자, 사람들은 그것이 최선이었다고 생각하기에 이르렀다. 이 세상에서 가장 깨끗하고 훌륭한 분야임이 틀림없는

금치산 **253**

법조계에서 일어난 일이 아닌가. 제국 시절의 법무부 장관이 겸손하고 조용했던 포피노를 차별 대우한 것에 대해 복고왕정 당시 가장 유명했던 법무부 장관'이 복수하는 날까지, 포피노는 대리 판사에 머물러 있었다. 포피노는 이렇게 12년 동안 대리 판사직을 수행한 후, 필시 죽을 때까지 센 지역 지방 법원의 평판사에 머물러 있을 위인이었다.

  법조계의 탁월한 인물 중 한 명인 포피노의 어두운 운명을 설명하기 위해서는 그의 삶과 성품을 밝혀 줄, 그리고 법정이라 불리는 위대한 기계의 톱니바퀴를 보여 줄 몇 가지 사항을 살펴볼 필요가 있다. 센 지방 법원에서 근무했던 세 명의 전임 법원장들은 그를 '일심 재판에만 적합한 법관'으로 분류했다. 그렇게밖에 그들의 생각을 표현할 수 없다. 그가 이전에 이룬 업적을 고려하면 그의 능력은 당연히 인정되었어야 했다. 하지만 그는 법조계 동료들로부터 유능하다는 평판을 얻지 못했다. 화가들은 예술가나 전문가 혹은 멍청이들로 구성된 대중에 의해 꾸준히 풍경화가, 초상화가, 역사화가, 해양화가 등 하나의 장르에 한정하여 분류되곤 한다. 그들은 시기심, 비평이라는 절대 권력, 혹은 편견에 의해 그 화가를 자신이 알고 있는 범주 안에 가두어 버린다. 모든 뇌 안에는 굳은살처럼 딱딱한 부분이 있게 마련이라고 믿으면서 말이다. 그것은 작가나 정치인 그리고 다방면에 재능이 있는 사람이 되기 전에 한 분야의 전문가로 시작한 모든 사람에게 적용되는 편협한 판단이다. 포피노도 판사라는 직책을 가진 사람이었기에 법과 관련된 사람들에 둘러싸여 있었다. 법관, 변호사, 소송대리인 등 법조계라는 들판에서 풀을 뜯어 먹고 사는 그들은 소송 사건에서 법과 공정이라는 두 가지 요소를 중요시한다. 공정은 법적 사실에 기인하며, 법은 그 사실에 대한 원칙의 적용이다. 한 인간의 판단은 공정의 측면에서 옳을 수 있지만, 정의의 차원에서 틀릴 수 있다. 그렇다고 해도 판사가 비난받을 수는 없다. 양심과 사건 사이에는 엄청난 간극이 존재한다. 범죄 행위에는 여러 가지 결정적 동기가 작용할 수 있기 때문이다. 판사는 그 동기를 알지 못한다. 그러나 그 동기가 무엇이었느냐에 따라 유죄일 수도 있고 무죄일 수도 있다. 판사는 신이 아니다. 판사의 임무는 사실을 원칙에 적용하는 것이며, 한없이 다양한 사건들에 대해 정확한 기준을 적용하면서 판결을 내리는 것이다. 어떤 판사가 공정한 판결을 위해 양심을 꿰뚫어 보고 범죄의 동기들을 밝힐 능력을 지녔다면, 그 판사는 위대한 인물일 것이다. 프랑스에는 6천 명의 판사가 필요하다. 그 어느 시대에도 자기 일에 충실한 6천 명의 위대한 인물은 존재하지 않았다. 하물며 법조계에서 6천 명의 위대한 인물을 찾을 수는 없다. 파리 문명의 중심에서 포피노는 회교도 재판관처럼 매우 능숙한 법관이었다. 그는 명석한 두뇌를 가지고 태어난 데다가 사실에 근거하여 법전에 쓰인 글자의 의미를 수없이 곱씹었기에, 법이 충동적이고 과격하게 적용될 경우 거기에서 발생하는 문제점을 발견하곤 했다. 사법적 투시력을 가진 그는 그 투시력으로 소송인들이 소송 이면에 감춘 이중적

거짓의 껍질을 벗겨 내곤 했다. 유명한 데스플랭 박사가 외과의인 것처럼 그는 판사였다. 그 과학자가 인간의 신체를 상세히 파악하였듯이, 그는 인간의 양심을 꿰뚫어 보았다. 자신의 생활 방식과 습관에 따라 사건을 치밀하게 조사함으로써 가장 내밀한 생각들을 정확하게 파악하곤 했다. 동물학자 퀴비에가 지구의 부식토를 파헤쳤던 것처럼 그는 소송 사건을 파헤쳤다. 그 유명한 사상가처럼 추론에 추론을 거듭한 후에야 결론을 내렸으며, 퀴비에가 멸종 동물인 우제류(偶蹄類)의 뼛조각을 재구성'했던 것처럼 과거의 양심이 다시 살아나게 했다. 갑자기 진실을 밝혀 줄 단서가 떠오르면 밤에 자다가도 벌떡 일어나 보고서를 작성하곤 했다. 법정 투쟁에서 흔히 일어나는 일이지만, 모든 정황이 정직한 사람에게 불리하고 사기꾼에게 유리하게 돌아가는 심각한 불의에 대해 충격을 받은 그는 종종 자신이 예지력을 발휘할 수 있는 모든 소송에서 법보다 공정에 입각한 판결을 내리곤 했다. 따라서 그는 동료들 사이에서 실리적 이득과는 거리가 먼 사람으로 통했다. 게다가 오랜 시간 동안의 추론에 근거한 논거를 제시하다 보니 토의 시간이 길어질 수밖에 없었다. 판사들이 자기 말에 넌더리를 낸다는 사실을 알아차린 포피노는 의견을 짧고 간결하게 말했다. 사람들은 그런 경우 그가 잘못된 판단을 내린다고 생각했다. 하지만 그는 놀라운 판단력과 심오한 통찰력을 가지고 냉철한 판결을 내렸기에, 예심 판사'라는 고된 직책에 적합한 특별한 자질을 부여받은 사람으로 여겨졌다. 따라서 그는 법관직을 수행했던 대부분의 시간 동안 예심 판사 자리에 머물러 있었다. 비록 그런 자질들이 그를 그 어려운 직책에 매우 적합한 인물로 만들었다 할지라도, 또한 그가 자신의 직책에 만족하는 대단한 실력의 형법학자라는 평판을 얻었을 지라도, 선한 마음을 가진 그는 항상 자신의 판결에 대해 고통스러워했다. 그는 두 개의 물건을 고정하는 바이스처럼 법관으로서의 양심과 범죄자에 대한 연민 사이에 놓여 있었다. 민사 법원의 판사보다 봉급이 많았음에도 예심 판사를 원하는 법관은 아무도 없었다. 그 직책을 맡은 판사는 잠시도 긴장을 늦출 수 없기 때문이다. 겸손하고 덕망 있고 학식이 풍부하며 지칠 줄 모르고 일하는 포피노는 자신에게 맡겨진 일에 대해 불평하는 법이 없었다. 그에게는 야심도 없었다. 그는 공익을 위해 자신의 취향도 연민의 감정도 희생했으며, 범죄를 심리하는 예심 판사라는 직을 기꺼이 수락하면서 거대한 호수로의 유배를 받아들였다. 그리고 엄격한 동시에 너그러운 마음을 가지고 그 직을 수행했다. 포피노가 판사 사무실에서 신문을 마치고 나면 그 밑에서 일하는 서기는 피의자들을 구치소로 다시 데려갔다. 그곳은 교도관들의 보호 아래 피의자들을 수용하는 임시 감옥이었다. 구치소로 가면서 서기는 포피노의 명령에 따라 피의자들이 담배를 살 수 있도록, 겨울이면 따뜻한 옷을 사 입을 수 있도록, 그들에게 돈을 건네주곤 했다. 판사 포피노는 엄격했지만 인간 포피노는 자비로웠다. 따라서 사법적인 술수를 쓰지 않고도 자백을 쉽게 받아 낼 수 있는 사람은 포피노밖에 없었다. 게다가 그는 탁월한 관찰력을 가졌다. 겉으로는 멍청한 호인처럼 보였을 뿐만 아니라 단순하고 주의도 산만했지만, 도형수의 교활한 간계를 간파했고, 극도로 간사한 여자들을 좌절시켰으며, 흉악범들을 굴복시켰다. 평범하지 않은 사건일 경우 그의 통찰력은 더욱 빛났다. 그러나 그런 것에 대해 말하려면 개인의 삶 속으로 깊숙이 파고 들어갈 필요가 있다. 판사란 그의 사회적 직책에 불과하지만, 그에게는 더 위대한, 그러나 덜 알려진 인간적 면모가 존재하기 때문이다.

이 이야기가 시작되기 12년 전, 이른바 연합군이 프랑스에 체류하던 시기*와 필연적으로 일치할 수밖에 없는 저 끔찍한 빈곤이 만연하던 1816년 당시, 포피노는 그가 살던 구역의 빈민 구제를 위해 설립된 특별위원회 의장으로 임명되었다. 사실 포피노 부부는 푸아르 가를 떠나려던 참이었다. 아내만큼이나 포피노도 그 구역이 마음에 들지 않았기 때문이다. 이 위대한 법률가, 이 속 깊은 형법학자는 5년 전부터 재판부에서 내리는 판결의 추이를 관심 있게 지켜보았다. 하지만 왜 그런 범죄들이 발생하는지 그 이유를 알 수 없었다. 이러한 판사로서의 탁월한 태도를 이해하지 못하는 그의 동료들은 그를 정신 나간 사람마냥 취급했다. 그러나 다락방 계단을 오르면서, 가난을 목격하면서, 가난한 사람들을 점차 비난받을 행동으로 몰아가는 부득이한 사정을 연구하면서, 그리고 그들의 긴 투쟁을 가늠하면서 그는 연민의 감정에 사로잡혔다. 그리하여 그는 성인 뱅상 드 폴*처럼 불쌍한 사람들과 고통받는 노동자들에게 자선을 베푸는 사람이 되었다. 그의 변신이 갑자기 이루어진 것은 아니었다. 타락이 그렇듯이 자선도 훈련이 필요하다. 룰렛 게임판이 노름꾼의 재산을 먹어 치우듯 자선은 성인의 지갑을 점진적으로 먹어 치운다. 포피노는 온정에 온정을 베풀었고 점점 더 가난해졌다. 국가를 하나의 인간으로 비유하자면, 빈자들이란 그 안에서 상처가 곪아 가는 신체 부위에 비유될 수 있을 터. 그는 그러한 신체 부위를 구성하는 누더기를 걸친 가난한 사람을 모두 가난에서 벗어나게 했다. 그러자 1년 만에 그 구역의 구세주가 되었다. 그는 자선위원회와 극빈자 구호 사무소의 일원이 되었다. 무보수 활동이 요구되는 어디에서나 기꺼이 직무를 승낙했고, 일생 동안 시장이나 배고픈 사람들이 모인 곳에 수프를 날라다 준 파리의 보석상 '푸른 코트의 남자'처럼 허풍 떨지 않고 묵묵히 임무를 수행했다. 그는 더 좋은 환경에서 더 넓은 지역에까지 영향을 미칠 수 있게 된 것을 기쁨으로 여겼다. 모든 것에 신경을 썼고, 범죄를 방지했으며, 실업 노동자들에게 일거리를 마련해 주었고, 장애인들을 취직시켰다. 그는 스스로 홀로된 부인들의 조언자, 안식처가 없는 아이들의 보호자, 소상인들의 출자자가 되어, 정확한 판단하에 위기에 처한 사람들에게 도움을 주었다. 법정에서도 파리에서도 포피노의 그러한 숨겨진 삶을 아는 사람은 아무도 없었다. 미덕이 너무 눈부시면 그 이면에 어둠이 존재한다. 사람들은 서둘러 그 미덕의 진상을 숨긴다. 법관의 은혜를 입은 사람들은 모두 낮에는 일하고 밤에는 지쳐 버리기에 그를 칭송할 여력이 없다. 그들은 너무 많은 은혜를 입었기 때문에 그 은혜를 다 갚을 수 없는 어린아이들처럼 배은망덕하다. 하지만 누군들 감사를 받고 스스로 훌륭하다고 믿기 위해 선행의 씨를 뿌리겠는가! 그가 은밀하게 성자의 생활을 영위한 지 2년이 되던 해부터 포피노는 자기 집 아래층에 있는 창고를 면회실로 바꾸었다. 쇠로 장식한 세 개의 십자형 유리창으로부터 빛이 들어오는 방이었다. 커다란 방의 천장과 벽은 하얗게 회칠했고, 가구로는 학교 걸상처럼 나무로 된 장의자 몇 개, 투박한 장롱 하나, 호두나무 목재로 만든 책상 하나, 그리고 소파 하나가 있었다. 장롱 속에는 그가 베푼 선행에 대한 기록이 담긴 장부, '빵 교환권' 견본 그리고 그의 일기가 들어 있었다. 그는 동정심에 이끌려 공정하게 처리하지 못할까 봐 상인들처럼 모든 것을 기록하고 그 서류들을 보관했다. 구역의 빈곤 현황은 모두 숫자로 계산되어 책 속에 기록되었다. 상인의 장부에 다양한 사람들의 채무 액수가 기록되듯이, 그 책 속에는 한 사람 한 사람의 불행이 수치화되어 있었다. 도움을 줄 어떤 가족이나 사람에 대해 의혹이 생기면 치안 경찰에 의뢰하여 그들에 대한 정보를 얻었다. 주인에게 헌신하기 위해 태어난 것처럼 보이는 하인 라비엔은 그의 부관이었다. 그는 전당포 증서들을 되찾아 오거나 계약을 갱신하곤 했으며, 주인이 법정에서 업무를 보는 동안 위기에 처한 장소로 달려가기도 했다. 여름에는 아침 4시에서 7시까지, 겨울에는 6시부터 9시까지, 면회실에는 포피노를 만나려는 여자와 아이와 거지들로 버글댔고, 그는 그들과 일일이 면담했다. 겨울에도 난로가 필요 없었다. 사람들이 하도 많아 홀 안의 공기가 더웠기 때문이다. 다만 타일 바닥이 너무 축축했기에 라비엔은 바닥에 지푸라기를 깔았다. 결국 나무 의자들은 니스칠한 마호가니처럼 반들반들해졌고, 가난한 사람들의 누더기와 해진 옷들이 스친 자국 때문에 벽에는 사람 크기 정도 높이에 어두운 색 페인트 자국 같은 것이 나 있었다. 이 불쌍한 사람들은 포피노를 너무도 사랑했기에 겨울 아침 문이 열리기도 전에 모여들었다. 여자들은 숯불이 담긴 단지를 끌어안고 몸을 덥혔고, 남자들은 몸을 덥히기 위해 팔로 몸통을 두드렸다. 그들은 판사의 수면을 방해할까 봐 아무 소리도 내지 않았다. 중얼거림도 속삭임도 없었다. 밤에 일하는 넝마장수들은 그 집을 잘 안다. 그들은 종종 터무니없이 늦은 시간에 법관의 서재에 불이 켜진 것을 보곤 한다. 그런가 하면 도둑들도 그 집 앞을 지나가면서 "여기가 바로 그분 댁이군"하고 말하면서 그 집에 경의를 표한다. 아침은 가난한 사람들의 시간이요, 한낮은 범죄자들의 시간, 그리고 저녁은 법관들이 일하는 시간이다.

뛰어난 관찰력을 가진 포피노는 필연적으로 두 얼굴의 남자였다. 그는 범죄의 사소한 윤곽이나 미세한 흐름을 파악하기 위해 범죄자의 양심 밑바닥까지 파고들었지만, 동시에 가난한 사람들의 미덕들, 상처받은 선량한 감정들, 원칙에 따른 훌륭한 행위들, 알려지지 않은 헌신들을 간파할 줄도 알았다. 포피노의 재산으로는 천 에퀴의 연금이 다였다. 그의 아내는 비앙송의 아버지 비앙송 박사의 누이였는데, 결혼하면서 포피노 재산의 두 배가 되는 지참금을 가져왔다. 비앙송 박사는 상세르의 의사였다. 포피노 부인은 5년 전에 사망했고, 남편에게 그 재산을 남겼다. 대리 판사의 봉급은 얼마 되지 않았고 포피노가 정식으로 판사로 임명된 것은 4년밖에 되지 않았으므로, 그의 봉급이 얼마나 빈약했고 그가 얼마나 많은 적선을 베풀었는지 안다면, 그가 근검절약하는 이유를 추측하는 것은 어렵지 않을 것이다. 그는 자신을 위해서 돈을 쓰는 법이 없었다. 생활비도 아꼈다. 게다가 옷차림에 대한 무관심은 그가 무엇엔가 몰두하는 사람임을 드러냈다. 그것은 고도의 학문과 대단히 수준 높은 예술 그리고 끊임없이 활동하는 사유를 나타내는 특별한 표시가 아닌가? 그의 초상화를 완성하기 위해서는 포피노가 센 지방 법원에서 레지옹 도뇌르 훈장을 수여 받지 못한 몇 안 되는 판사 중 한 명이라는 사실을 덧붙이는 것으로 족할 것이다.

지방 법원 제2실의 법원장이 금치산 청구 사건을 수사하도록 임명한 판사는 이제까지 묘사한 바로 그 사람 포피노였다. 그것은 데스파르 후작부인이 남편의 금치산 선고를 청구한 사건이다. 그는 2년 전부터 민사 법원의 판사가 되어 제2실에 속해 있었다.

이른 아침부터 불행한 사람들로 북적거렸던 푸아르 가는 9시가 되면 조용해지면서 평상시의 침울하고 비참한 상태로 돌아온다. 그래서 비앙송은 면담 중인 고모부를 불시에 방문하기 위해 마부에게 마차를 빨리 몰게 했다. 데스파르 부인 앞에 있는 판사를 상상하니 두 사람이 연출할 묘한 대조가 떠올라 웃지 않을 수 없었다. 하지만 판사가 우스꽝스럽게 보이지 않기 위해서는 후작부인 댁에 가기 전에 그의 옷치장에 신경을 써야겠다고 다짐했다.

'고모부에게 새 옷이 한 벌이라도 있을까?' 비앙숑은 면회실의 십자형 유리창이 창백한 빛을 던지고 있는 푸아르 가로 들어가면서 중얼거렸다. '그 점에 대해서는 라비엔과 의논해 봐야지.'

마차 소리에 놀란 십여 명의 가난한 사람들이 현관 입구로 나왔다가 의사를 발견하고는 존경의 표시로 모자를 벗었다. 판사의 부탁에 따라 환자들에게 무료 봉사를 해왔던 비앙숑은 그곳에 모인 불행한 사람들에게 고모부만큼이나 잘 알려져 있었기 때문이다. 비앙숑은 면담실 한가운데에 있는 고모부를 보았다. 면담실의 장의자는 거지들로 꽉 차 있었다. 그들의 옷차림이 하도 기괴하고 이상해서, 예술적 감각이 하나도 없는 행인일지라도 그들을 보면 길 한가운데에서 멈추게 된다. 오늘날 렘브란트 같은 소묘 화가가 존재한다면, 그는 아무 말도 하지 않고 꾸밈없는 포즈를 취하고 있는 그 가난한 사람들을 보면서 최고의 걸작을 구상할 수 있을 것이다. 이쪽에는 하얀 수염에 수도사의 두개골을 가진, 거친 피부의 근엄한 노인이 있었다. 그의 모습은 완성된 성 베드로의 초상화 같았다. 부분적으로 노출된 가슴 사이로는 툭 튀어나온 근육이 보였는

데, 그것은 극도의 불행을 견뎌 낸 강인한 기질을 드러내는 표시였다. 저쪽에는 두 아이를 데려온 한 젊은 여자가 있었다. 한 아이에게는 울지 말라고 젖을 물렸고, 두 무릎 사이로는 다섯 살가량 되어 보이는 아이를 붙들고 있었다. 하얀 피부색이 누더기 사이에서 빛을 발하는 그녀의 젖가슴, 투명한 피부의 어린아이, 그리고 태도로 보아 부랑아가 될 것이 뻔해 보이는 다섯 살짜리 소년은 추위로 얼굴이 빨개진 채 길게 줄을 선 주위 사람들과 뭐라 말할 수 없는 대조를 이루었기에 측은한 마음이 들지 않을 수 없었다. 저만치 먼 곳에서 냉담한 표정을 짓고 있는 창백한 얼굴의 할머니는 분노한 가난뱅이의 불쾌한 표정을 짓고 있었다. 그녀는 단 하루의 폭동으로 과거에 겪었던 모든 고통에 대해 복수할 준비가 되어 있었다. 그곳에는 젊고 나약하고 무기력한 노동자도 있었다. 총기 가득한 그의 눈은 아무리 노력해도 벗어날 수 없는 가난 때문에 자기가 가진 대단한 능력을 발휘할 수 없다고 말하고 있었다. 하지만 그는 자신의 고통에 대해 침묵했다. 그는 가난한 사람들이 서로를 등쳐먹으며 살아가는 세상에서 벗어날 기회를 잡지 못해 거의 죽어 가고 있었다. 그 세상은 마치 물고기들이 서로를 잡아먹는 거대한 수조와도 같았고, 그에게는 그 수조의 창살들 사이를 빠져나올 수 있는 행운을 잡을 기회가 없었다. 면담실에서 기다리는 사람은 대부분 여자였다. 가난한 사람들의 누추한 집에서는 그네들이 여왕이었던 바, 작업장으로 일 나간 남편들은 분명 아내에게 하층민 여인 특유의 재기를 발휘하여 가정의 어려움을 호소하라는 임무를 맡겼을 것이다. 여자들은 모두 찢어진 머플러를 머리에 쓰고 있었고, 옷에는 진흙이 묻어 있었으며, 누더기가 된 숄을 두르고 있었고, 구멍이 날 정도로 해진 더러운 블라우스를 입고 있었다. 그러나 그들의 눈은 강렬한 불꽃처럼 이글거리고 있었다. 면담을 위해 모여 있는 사람들의 모습은 처참했다. 그 광경은 처음에는 혐오감을 불러일으킨다. 하지만 그들이 궁핍한 삶과 싸우면서 체념하는 모습을 보이는 것은, 설사 그것이 의도적인 것은 아닐지라도, 자선을 염두에 둔 지극히 계산적인 투자라는 사실을 알아차리는 순간 일종의 두려움을 느끼게 된다. 면회실을 밝히는 두 개의 촛불은 환기가 안 되어 악취 나는 공기 때문에 안개처럼 뿌예진 연기 속에서 가물거렸다.

그런 사람들 한가운데에서 법관은 그 누구보다도 주의를 끄는 인물이었다. 머리에는 면으로 만든 다갈색 헝겊 모자를 쓰고 있었다. 넥타이를 매지 않았기에, 추위로 빨개진 주름 잡힌 목이 낡은 실내복의 해진 깃 위로 선명하게 드러났다. 피곤해 보이는 그의 얼굴은 무엇엔가 몰두할 때 보이는 약간 바보 같은 표정을 짓고 있었다. 그의 입은 끈을 조인 지갑처럼 꽉 다물려 있었다. 일하는 사람들은 모두 그렇게 입을 꼭 다무는 경향이 있다. 주름 가득한 그의 이마는 사람들이 그에게 들려준 온갖 비밀의 짐을 감당하는 것처럼 보였다. 그는 직감적으로 진상을 파악했고, 분석했고, 판단했다. 그는 단기간 돈을 빌려주는 고리대금업자만큼이나 주도면밀했기에, 장부와 자료집을 보지 않더라도 그의 눈은 개개인의 마음속 깊은 곳까지 파고들었다. 그는 수전노들이 돈을 빌려줄 때 위험성을 판단하는 빠른 통찰력으로 그들 하나하나를 조사했다. 주인 뒤에 서서 주인의 명령을 집행할 준비가 되어 있는 라비엔은 질서를 유지하는 경찰의 역할을 담당했다. 또한 새로 온 사람들이 수치심 없이 도움을 청할 수 있도록 그들에게 용기를 주면서 그들을 맞이하기도 했다. 의사가 나타나자 장의자에 앉아 있던 사람들이 일제히 일어났다. 그들이 일어나는 것을 본 라비엔은 뒤를 돌아보았고, 비앙숑을 발견하자 놀라움을 금치 못했다.

"아! 네가 왔구나!" 포피노가 기지개를 켜면서 말했다. "그런데 이 시간에 웬일이냐?"

"고모부를 만나기 전에 법정에서 연락이 왔을까 봐 걱정했어요. 고모부한테 말하고 싶은 사건이 하나 있거든요."

조카의 말을 듣는 둥 마는 둥, 판사는 옆에 서 있는 작고 통통한 여자에게 다시 말했다. "거참! 뭐가 문제인지 말을 안 하면, 내가 그걸 어떻게 알겠어요?"

"어서 말씀드려요." 라비엔이 말했다. "다른 사람들 시간을 빼앗지 말고요."

마침내 그 여자는 얼굴을 붉히면서 포피노와 라비엔만 겨우 알아들을 수 있을 정도로 작은 목소리로 말했다. "저는 철 따라 청과를 파는 행상인이에요. 어린 막내 아이를 유모에게 맡기고 있어 그 비용을 지불해야 해요. 그래서 얼마 안 되지만 그 돈을 감추어 두었는데……."

"그런데 당신 남편이 그 돈을 훔쳐 갔나요?" 고백의 결말을 짐작하면서 포피노가 말했다.

"네, 판사님."

"이름이 뭐죠?"

"라 퐁폰입니다."

"남편 이름은?"

"투피네."

"프티방키에 가에 사나요?" 포피노는 장부를 뒤지면서 다시 말을 이었다. "그는 지금 감옥에 있군요." 그는 투피네 가족이 등록된 칸의 여백에 쓰여 있는 소견을 읽으면서 말했다.

"빚 때문이에요, 존경하는 판사님."

포피노는 머리를 끄덕였다.

"하지만 판사님, 제게는 손수레에 담을 청과를 살 돈이 없어요. 게다가 어제 집주인이 와서 집세를 내라면서, 돈이 없으면 집에서 나가라고 했어요."

라비엔은 주인을 향해 몸을 구부리고 귓속말을 했다.

"좋아요. 그럼, 레알 시장에서 과일을 사려면 얼마나 필요하죠?"

"판사님, 장사를 계속하기 위해서는…… 네, 10프랑은 필요할 것 같아요."

판사는 라비엔에게 신호를 보냈고, 라비엔은 커다란 가방에서 10프랑을 꺼내 부인에게 건네주었다. 그동안 판사는 장부에 융자금 액수를 기록했다. 행상인 여인이 기쁨에 겨워 몸을 부르르 떠는 모습을 보면서, 비앙숑은 그녀가 집에서 이곳까지 오면서 마음속으로 얼마나 불안했을지를 짐작할 수 있었다.

"이제 당신 차례요." 라비엔이 하얀 수염의 노인에게 말했다.

비앙숑은 라비엔을 따로 불러 이 면담이 얼마나 걸릴지 물었다.

"판사님은 오늘 아침 2백 명을 면담하셨어요. 아직 80명이 남았고요." 라비엔이 말했다. "박사님이 왕진 다녀오실 시간이 있을 거예요."

"얘야!" 판사는 몸을 돌려 조카의 팔을 잡고 말했다. "여기 두 주소지가 있다, 하나는 센 가이고 다른 하나는 아르발레트 가야. 얼른 뛰어가라. 방금 센 가에 사는 여자 아이 하나가 기절했고, 아르발레트 가에는 입원시켜야 할 남자가 있다. 기다릴 테니 다녀와라. 같이 점심 먹자."

비앙숑은 한 시간 후에 돌아왔다. 푸아르 가는 한산했다. 날이 밝아지기 시작했다. 불행에서 벗어나기 위해 판사의 도움을 받은 마지막 면담자는 떠났고, 포피노는 숙소로 올라갔다. 라비엔의 가방은 텅 비었다.

"그래서! 그 사람들은 어떻게 되었나?" 계단을 올라가면서 판사가 물었다.

"남자는 죽었고, 여자 아이는 고비를 넘겼으니 괜찮을 겁니다." 비앙숑이 말했다.

아내의 눈길과 손길이 떠난 이후 포피노가 사는 집의 모습은 그 집 주인의 모양새와 조화를 이루고 있었다. 하나의 생각에 사로잡힌 남자는 다른 모든 것에 무관심한 법, 그 무관심의 흔적은 집에 있는 물건 하나하나에 배어 있었다. 언제나 사방에 먼지가 가득했고, 여기저기 널린 물건들은 상황에 따라 용도가 달라지곤 했다. 용도를 변화시키는 그 기술은 영락없는 총각의 살림 솜씨였다. 꽃병에는 종이들이 담겨 있었고, 가구 위에는 마른 잉크병이 놓여 있었으며, 접시들은 여기저기에 널브러져 있었다. 불을 피우기 위해 사용되는 유황 바른 막대기도 있었는데, 그 막대기는 종종 무엇인가 찾아야 할 때는 간이 촛대로도 쓰였다. 부분적으로 짐을 싸기 시작하다가 내팽개쳐진 이삿짐들은 여기저기 굴러다녔다. 그 집은 한마디로 포화 상태였다. 간혹 정리해야겠다는 생각이 나면 빈자리가 생기기도 하지만, 그런 생각은 곧 사라진다. 그러나 끊임없이 뒤적거려서 유난히 어질러진 법관의 서재는 그가 잠시도 쉬지 않고 그곳을 들락거리고 있음을 말해 주었다. 책장은 약탈당했고, 책들은 굴러다녔다. 그중 몇몇 책들은 펼쳐진 상태로 겹겹이 쌓여 있었고, 또 몇몇 책들은 책장에서 떨어져 종잇장들이 바닥에 처박혀 있었다. 책장의 몸체를 따라 일자형으로 정돈된 소송 서류들은 땅바닥을 가득 채웠다. 2년 동안 한 번도 그 마룻바닥을 문질러 닦은 적이 없었다. 책상과 가구에는 가난한 사람들이 감사의 뜻을 표하기 위해 가져온 봉헌물들로 가득했다. 벽난로를 장식하고 있는 파란 유리로 만든 원뿔 위에는 두 개의 유리공이 놓여 있었는데, 그 유리공 안에는 다양한 색이 뒤섞여 있어 마치 자연이 만들어 낸 신기한 물건처럼 보였다. 조화 다발들 그리고 포피노의 이니셜이 하트 모양과 국화 목으로 둘러싸여 있는 그림들이 벽을 장식하고 있었다. 여기에는 한껏 멋을 부려 세공한, 그러나 아무짝에도 쓸모가 없는 상자들이 있었다. 저기에는 감옥에서 죄수들이 제작하는 물건에서 흔히 볼 수 있는 스타일의 서류 분류함이 있었다. 인내심을 가지고 만든 그 걸작품들, 감사의 마음이 담긴 알아보기 힘든 글씨들, 마른 꽃다발들, 이런 것들로 인해 판사의 서재와 침실은 아이들 장난감 가게 같았다. 마음이 따뜻한 호인 포피노는 사람들이 선물한 그 작품들의 '기록함'을 만들었고, 메모들과 낡은 깃털 펜들과 사소한 서류들로 그 기록함을 채웠다. 신의 자비에 대한 숭고한 증언들에는 오래된 먼지가 소복이 쌓여 있었다. 조잡한 장식물들은 숲을 형성하고 있었으며, 그곳에는 완벽하게 박제된, 그러나 좀이 먹어 털이 빠진 새 몇 마리가 우뚝 서 있었다. 그 숲을 지배하는 것은 포피노 부인이 가장 아끼던 앙고라 고양이였다. 그 고양이는 어떤 가난뱅이 박제사가 포피노 부인을 위해 정말 살아 있는 것처럼 복구시켜 준 것이었다. 박제사는 판사로부터 받은 작은 은혜에 보답하고자 그 불멸의 걸작을 그에게 선물했다. 마음이 착잡하여 그림이 잘 그려지지 않던 그 구역의 어떤 화가는 포피노 부처의 초상화를 그리기도 했다. 침실과 붙어 있는 규방에서까지, 수놓은 바늘꽂이들과 특별한 표시가 있는 풍경화들 그리고 장식을 보면 엄청난 공이 들어갔음을 알 수 있는 종이접기 십자가들을 볼 수 있었다. 창문에 드리워진 커튼은 연기로 더러워졌고, 침대 시트들의 색깔은 다 바랬다. 요리사는 벽난로와 법관이 일하는 책상 사이에 있는 작은 원탁 위로 밀크커피 두 잔을 가져왔다. 갈포 천으로 장식된 두 개의 마호가니 안락의자가 고모부와 조카를 기다리고 있었다. 십자형 창문을 통해 들어오는 빛이 그곳까지 이르지 못했기에 요리사는 두 개의 초를 올려놓았는데, 그 심지가 너무 길어 돌돌 말리면서 버섯 모양을 하고 있었다. 구두쇠들이 발견한 느린 연소 방식 덕분에 초는 오래 타면서 은은하고 불그스름한 빛을 발하고 있었다.

"고모부, 면담실로 내려가실 때는 좀 따뜻하게 입으셔야 해요."

"저 불쌍한 사람들이 기다릴까 봐 서둘러 가느라 그래. 그런데 네가 웬일이냐?"

"고모부를 내일 데스파르 후작부인 댁 저녁 식사에 초대하러 왔어요."

"우리 친척인가?" 판사가 물었다. 너무나 순진하게 그런 친척이 있었던가를 열심히 생각하는 판사를 보고 비앙숑은 웃음을 터뜨렸다.

"아니요, 고모부. 데스파르 부인은 높은 신분의 권력자예요. 최근 남편에 대한 금치산 선고를 법정에 청구했고, 고모부가 그 사건의 판사로 임명되었……."

"그런데 너는 나보고 그 부인 집에 가서 저녁을 먹으라고! 너 미쳤냐?" 판사는 민사 소송법 법전을 움켜쥐고 말했다. "자, 판사는 판결해야 하는 사건의 당사자 중 한 사람의 집에서 먹거나 마시는 것을 금한다는 이 조항'을 읽어 봐라. 네가 말하는 그 후작부인이 내게 할 말이 있거든 날 만나러 오라고 해. 마침 오늘 밤에 사건을 검토한 다음 내일 그 남편을 만나러 가려던 참이다." 그는 자리에서 일어나 서류 분류함 밑에 있는 소송 자료를 집어 들었다. 그러고는 사건의 제목을 읽은 후, 다음과 같이 말했다. "이게 그 서류다. 그 고귀하고 권력 있는 부인이 네게 관심을 보인다니, 어디, 청원서 내용이나 좀 보자."

포피노는 늘어진 옷자락 때문에 언제나 앞가슴이 훤히 드러나 보이는 실내복을 여미었다. 그는 차갑게 식은 커피에 가늘고 길게 썬 빵 조각을 담갔다. 그러고는 중간중간 여담을 추가하기도 하고 조카와 토론도 하면서 집어든 청원서를 읽어 나갔다.

"파리 법원에 소재하는 센 지역 1심 재판소 법원장 귀하

처녀 명 잔 클레망틴 아테나이 드 블라몽 쇼브리인 데스파르 후작부인은 네그르플리스 백작인 동시에 데스파르 후작인 대지주 샤를 모리스 마리 앙도쉬 씨의 아내로서 포부르 생토노레 104번지에 거주하며, 상기 후작은 몽타뉴 생트준비에브 가 22번지에 거주하고 있는바(그래 맞아! 법원장이 내 구역 일이라고 말했지!), 후작부인은 데로쉬를 소송대리인으로 임명하여……."

"데로쉬? 그 못된 사기꾼? 의뢰인들을 등쳐 먹어 재판소에서도 동료들 사이에서도 평이 나쁜 그놈?"

"불쌍한 친구!" 비앙숑이 말했다. "불행하게도 그에게는 재산이 없어요. 그래서 곤경에서 벗어나려 애쓰고 있을 뿐이에요."

"법원장님께 다음과 같은 사실을 진술함을 영광스럽게 생각하는 바입니다. 1년 전부터 부인의 남편인 데스파르 씨의 정신적 지적 능력은 너무도 심각한 손상을 입어 극도로 훼손되었기에, 그는 현재 민법 489조에 명시된 정신 착란과 지적 장애의 상태에 이르고 있습니다. 따라서 그의 재산과 신원은 보호받아야 하며, 그와 함께 있는 아이들의 이득을 지키기 위해서는 상기 법 조항 규정의 적용이 요구되는 바입니다.

사실 몇 년 전부터 데스파르 후작의 정신 상태는 심각한 우려를 초래하고 있는바, 그것은 그가 채택한 자산 관리 체계를 보아도 알 수 있습니다. 특히 지난 1년 동안 유감스러운 우울증 단계를 지나고 있습니다. 본인의 의도대로 하도록 그를 내버려둔다면 불행한 결과를 초래할 것이 예상됩니다. 게다가 후작의 무기력증은 그를 무능하게 만듦으로써 위험에 빠지게 하였던바, 다음과 같은 사실은 그의 무능을 증명합니다.

오래전부터 데스파르 후작의 재산에서 발생하는 모든 수익은 수긍할 만한 아무런 이유 없이 장르노 부인이라 불리는 노부인에게 흘러 들어가고 있습니다. 그로 인해 후작은 아무런 이득도, 심지어 일시적 이득도 취할 수 없었습니다. 그 부인은 혐오감을 불러일으킬 만큼 추하기로 유명한 여인으로서, 때로는 파리의 브리에르 가˚ 8번지에, 때로는 센네마른 지역의 클레 근처 빌파리지˚에 거주하고 있습니다. 그 돈은 부인의 아들을 위해 사용되는바, 데스파르 후작은 황제군 선발대 장교였던 서른여섯 살의 그가 왕실 근위대 흉갑 기병 제1연대의 연대장으로 임명되도록 영향력을 발휘하기도 했습니다. 1814년에는 극도로 가난했던 그 사람들은 연달아 막대한 금액의 부동산을 취득했습니다. 그중에는 최근에 취득한 그랑드 베르트 가˚의 저택도 있습니다. 그 저택에 그의 어머니와 함께 거주하기 위해, 그리고 곧 있을 결혼을 위해 장르노 씨는 현재 막대한 금액을 지출하고 있는바, 그의 지출은 벌써 10만 프랑을 넘었습니다. 그 결혼도 후작이 주선하여 성사된 것으로, 후작은 자신이 거래하는 은행가 몽주노 씨에게 장르노가 남작의 작위를 얻도록 힘쓰겠노라 약속하면서 그의 조카딸을 그와 결혼시킬 것을 제안했던 것입니다. 실제로 장르노는 지난해 12월 29일, 데스파르 후작의 청원을 받아들인 국왕이 칙령을 내림으로써 남작의 작위를 부여받았습니다. 만일 법정이 그것과 관련하여 법무부 장관의 증언이 필요하다고 판단한다면 장관 각하께서 그 사실을 확인해 주실 것입니다.

그 어떤 이유로도, 설사 윤리적으로나 법적으로 용인되지 않는 이유 때문이라 할지라도, 데스파르 후작에 대한 장르노 부인의 지배력은 설명될 수 없습니다. 게다가 그는 부인을 잘 만나지도 않습니다. 서로 교류가 없는 편인 상기 장르노 남작에 대한 후작의 이상한 애정도 이해되지 않습니다. 그러나 그들의 영향력이 너무도 지대하여, 돈이 필요할 때마다, 심지어 그저 쓸데없는 일시적 욕망을 만족시키기 위해서도 그 부인과 아들은……."

"저런! 저런! 윤리적으로나 법적으로 용인되지 않는 이유라! 소송대리인인지 소송대리인 서기인지 모르는 이 작자는 도대체 우리에게 무엇을 암시하고 싶은 거지?" 포피노가 말했다.
비앙숑은 웃음을 터뜨렸다.

"그 부인과 아들은 그들이 원하는 만큼 데스파르 후작으로부터 돈을 얻어 냈고, 후작은 그들의 요구에 아무런 이의도 제기하지 않았습니다. 현금이 없을 때는 몽주노 앞으로 환어음을 발행하여 그 돈을 주었습니다. 몽주노 씨는 청원인에게 그 사실을 증명해 보였습니다.
게다가 최근 그러한 사실을 뒷받침하는 사건이 발생했습니다. 데스파르 영지의 임대차 계약 갱신 당시 소작인들은 계약의 유지를 위해 상당히 많은 액수를 지급했는데, 그 돈은 모두 장르노 씨에게 지급되었습니다. 이는 장르노 씨의 요구에 따른 것입니다.
그렇게 막대한 금액을 포기한 것은 데스파르 후작의 의지와 별로 상관이 없어 보입니다. 그에게 그 사건에 대해 말했을 때, 그는 전혀 기억하지 못하는 것 같았습니다. 사려 깊은 이들이 그에게 그 두 사람에 대한 헌신에 관하여 질문할 때마다 그는 자신의 소신과 이해관계를 완전히 희생하는 것처럼 보였기에 이 사건에는 분명 비밀스러운 이유가 있는바, 그의 강박적 집착이 '빙의'라는 기막힌 용어로 규정지을 수밖에 없는 정신적 혼란에 빠진 상태를 말하는 것은 아니라 할지라도, 그 이유는 확실히 범죄적이고 기만적이고 잔인한 것이며, 또한 법의학적으로도 측정이 가능한 것이기에 청원인은 그 이유에 대한 법정의 판단을 요구하는 바입니다."

'세상에!' 포피노가 말을 이었다. "네 생각은 어떠냐? 넌 의사가 아니냐! 참 이상한 일이군."

"동물 자기력의 효과일 수도 있어요." 비앙숑이 답했다.

"그러니까 너는 그 메스머*의 허튼소리를 믿는단 말이냐? 그가 말하는 양동이, 벽을 넘어 보는 투시력, 뭐 이런 것들을?"

"네, 고모부." 의사는 진지하게 말했다. "고모부가 청원서를 낭독하시는 것을 들으면서 동물 자기력을 생각했어요. 고백건대, 한 사람이 다른 사람에 대해 가질 수 있는 무한한 지배력과 관련하여, 다른 활동 영역에서도 비슷한 여러 사례를 보았거든요. 다른 동료들의 생각과 달리 저는 추진력으로 간주되는 의지력*에 대해 확신하고 있어요. 공모나 사기 협잡에 의한 것 말고, 진짜로 '빙의'의 효과를 본 적이 있어요. 최면술에 걸린 사람이 수면 중 최면술사에게 예고한 내용이 최면에서 깨어난 후 그대로 실현되었거든요. 한 사람의 의지가 다른 사람의 의지가 된 거죠."

"모든 종류의 행위가?"

"네."

"범죄 행위도?"

"범죄 행위도요."

"그 최면술사가 너라면 나도 그 말을 믿지."

"제가 입증해 보일게요." 비앙숑이 말했다.

"흠! 흠!" 판사가 말했다. "소위 말하는 빙의가 그 사건의 이유라고 가정한다면, 그것은 확인되기도 법정에서 인정되기도 어려울 거야."

"장르노 부인이 지독하게 못생긴 늙은 여자라면 도대체 어떤 방법으로 그를 유혹할 수 있었는지 모르겠네요." 비앙숑이 말했다.

"하지만," 판사가 말을 이었다. "후작을 유혹했을 때는 1814년이니, 부인은 지금보다 열네 살은 젊었겠지. 그 부인이 그보다 십 년 전부터 데스파르 후작과 친분을 맺었다 치고 날짜를 계산해 보면 24년 전이거든. 그 당시에는 그녀도 젊고 예뻤을 수 있어. 그러니 그녀 자신이나 아들을 위해 아주 자연스러운 방법으로 데스파르 후작에게 절대적 힘을 발휘할 수 있었겠지. 그런 절대적 권력에서 벗어나지 못하는 남자들이 있단다. 그 지배력의 원인이 법정에서는 비난받을 만한 것처럼 보일지라도, 자연의 눈으로 볼 때는 이해될 수도 있거든. 장르노 부인은 아마도 그 시기에 체결된 데스파르 후작과 블라몽 쇼브리 양의 계약에 따른 결혼에 분노했을지도 몰라. 그 밑바닥에 존재하는 건 오직 여자의 경쟁심뿐이란다. 후작은 오래전부터 데스파르 부인과 별거 중이었거든."

"하지만 지독하게 못생겼다는데요, 고모부?"

"유혹의 힘은 추함과 정비례한단다. 오래전부터 제기된 문제지!" 판사가 말을 이었다. "그런데 의사 선생, 천연두 자국까지 있다는데? 자 계속 읽어 보자."

"1815년부터 두 사람이 요구하는 돈을 지급하기 위해 데스파르 후작은 두 아이와 함께 몽타뉴 생트준비에브 가의 아파트에 거주하는바, 그 집의 궁색함은 그의 이름과 지위에 걸맞지 않습니다. (사람은 자기가 살고 싶은 곳에 사는 거지! 무슨 상관이람!) 그는 그곳에 두 아이, 클레망 데스파르 백작과 카미유 데스파르 남작을 데리고 있으면서, 그 아이들로 하여금 그들의 미래와 이름과 재산과 어울리지 않는 삶을 살게 하고 있습니다. 종종 너무도 궁핍한 생활을 하고 있는바, 최근에는 집주인 마레스트 씨가 그 아파트의 가구들을 압류했을 정도입니다. 후작의 입회하에 압류가 이루어지는 동안 그는 집행관을 도왔는데, 그 집행관을 귀족 취급하면서 자신보다 더 높은 직책을 가진 사람을 대하듯 지극히 정중하게 대했습니다."

삼촌과 조카는 서로 마주 보며 웃었다.

"게다가 장르노 모자와 관련된 사건 외에도 그가 보여 준 행동들에는 광기의 흔적이 역력합니다. 거의 십여 년 전부터 오로지 중국의 관습과 풍속과 역사 연구에 몰두하고 있기에, 모든 것을 중국의 관습과 연관시킵니다. 그 점에 관해 질문을 받으면 그는 이 시대의 문제들이나 바로 전에 일어난 사건들을 중국의 그것들과 비교합니다. 그러고는 개인적으로 국왕을 존경함에도 국왕의 통치 행위나 품행을 중국 정치와 비교하여 비판하곤 합니다.

이러한 편집증은 데스파르 후작으로 하여금 어처구니없는 행동을 하게 만들었습니다. 사업에 손을 댄 것입니다. 이는 귀족의 관습에 어긋날 뿐 아니라, 평소 귀족의 의무에 대해 그가 가지고 있던 생각과도 괴리가 있습니다. 그 사업을 위해 그는 매일매일 지불 기한이 명시된 어음을 발행하는바, 그 어음은 오늘날 그의 행복과 재산을 위협합니다. 그가 발행한 어음은 그가 상인 신분임을 드러내며, 만일 약속한 돈을 지불하지 못하면 파산을 면할 수 없기 때문입니다. 정기 간행물의 형태로 발매되는『중국의 생생한 역사』라는 책 출판에 필요한 것들을 제공한 제지업자, 인쇄업자, 석판 인쇄공, 채색 화가 등에게 지불하기 위해 발행한 그 어음의 액수가 너무도 컸기에, 납품업자들조차 변상받기 위해 데스파르 후작에 대한 금치산 선고를 청구할 것을 청원인에게 간청……."

'그 남자는 미쳤군요.' 비앙숑이 외쳤다.
'그렇게 생각하니?' 판사가 말했다. "그 사람 말도 들어봐야지. 한 개의 종소리만 들은 사람은 한 음만 듣게 된단다."
'그렇지만 제 생각에는…….' 비앙숑이 말했다.
'그렇지만 내 생각에는,' 포피노가 말을 받았다. "내가 단순한 일개 판사가 아니라 공작이고 대귀족이라면, 내 친척 중 한 사람이 내 재산의 운영권을 빼앗으려고 한다면, 그리고 그 사람의 동료들이 매일매일 나의 정신 상태를 점검한다면, 데로쉬 같은 교활한 소송대리인은 나에 대해 그런 청원서를 제출할 수 있을 것 같구나."

"그의 편집증으로 인해 아이들의 교육이 침해받고 있는 바, 그는 아이들에게 가톨릭 종교 교리와 배치되는 중국의 역사적 사실을 가르치고 있습니다. 이는 관례적 교육 방침에 어긋납니다. 게다가 그는 아이들에게 중국의 방언까지 가르치고 있……."

"이런 말을 하다니, 데로쉬는 정말 웃기네요." 비앙숑이 말했다.
"이 청원서는 데로쉬의 일등 서기인 고데샬이 작성한 거야. 너도 그 친구 알잖아. 그는 별로 교활하지 않거든." 판사가 말했다.

"그는 종종 아이들에게 꼭 필요한 것조차 제공하지 못해 궁핍한 생활을 하게 합니다. 간청에도 불구하고 청원인은 아이들을 볼 수 없으며, 데스파르 후작은 일 년에 한 번만 아이들을 청원인에게 데려옵니다. 아이들이 결핍 상태에 있는 것을 알기에, 청원인은 아이들의 생활에 꼭 필요한 것들을 제공하고자 노력했지만, 청원인의 부탁은 받아들여지지 않았습니다……."

"오! 후작부인! 이거 재미있게 돌아가네. 너무 많은 것을 증명하는 사람은 아무것도 증명하지 못하는 법이지, 얘야." 서류를 무릎에 놓으면서 판사가 말했다. "동물적 본능이 시키는 일을 실천에 옮기지 못할 만큼 머리도 가슴도 인정도 없는 어미가 있다더냐? 어미란 아이들을 위해서라면 얼마든지 교활해질 수 있는 존재란다. 사랑을 얻기 위해 온갖 술수를 쓰는 젊은 아가씨처럼 말이다. 너의 그 후작부인이 아이들을 양육하고 싶고, 아이들에게 좋은 옷을 입히고 싶다면, 악마라도 그것을 막을 수 없을 거야. 그렇지 않니? 독은 없지만 뱀 같은 여자로군. 그런데 그 뱀은 이 늙은 판사를 골탕 먹이기에는 길이가 너무 길구나! 계속 더 읽어 보자."

"이제 아이들이 일정 나이에 이르면 지금의 교육이 초래할 해로운 영향에서 벗어나게 할 조치가 필요한바, 그 교육은 그들의 신분에 걸맞은 것이어야 합니다. 또한, 아버지의 그러한 행동이 그들에게 본보기가 되어서는 안 될 것입니다.

상기 주장한 사실들을 뒷받침하기 위한 증거들이 존재하는바, 법원은 쉽게 그 자료들의 복사본을 구할 수 있을 것입니다. 데스파르 씨는 여러 차례에 걸쳐 삼류급 관리를 12구의 치안 판사로 임명하였으며, 앙리 4세 고등학교 교사들을 선비라고 불렀습니다(그 호칭에 대해 교사들은 분노했다고 합니다). 그는 별것 아닌 것 가지고도 중국에서는 그렇게 하지 않는다고 말합니다. 그런가 하면, 일상 대화 도중 장르노 부인이나 루이 14세 치하에서 일어났던 사건들을 암시하면서 극도로 침울해지곤 합니다. 그는 종종 자신이 중국에 있다고 착각하기도 합니다. 이웃에 사는 몇몇 사람은, 특히 같은 건물에 사는 의과 대학생 에듬 베케 씨와 교사인 장 바티스트 프레미오 씨는 데스파르 후작과 여러 차례 교류해 본 후, 중국에 관한 후작의 편집증은 장르노 씨와 그의 어머니가 데스파르 후작을 정신적으로 무능한 사람으로 만들기 위혀 꾸민 계획의 결과라고 생각하게 되었습니다. 장르노 부인이 데스파르 후작을 위해 하는 일이라고는 중국이라는 나라이 관련된 정보를 그에게 제공해 주는 것뿐이기 때문입니다.

결국 청원인은 1814년부터 1828년까지 장르노 부인과 그의 아들에게 넘어간 돈이 100만 프랑에 달함을 법원에서 증명하고자 합니다.

상기 언급한 사실들을 확인하기 위해 청원인은 데스파르 후작과 가깝게 지내는 사람들의 증언을 첨부하여 법원장님께 제출합니다. 그들의 이름과 지위는 서류에 서술된 바와 같습니다. 그들 중 많은 사람이 데스파르 후작에 대해 금치산 선고를 청구할 것을 청원인에게 간청하고 있습니다. 그것만이 실로 한탄스러운 재산 관리로 인해 사라져 버릴 위험이 있는 재산을 보호하고, 아이들이 아버지로부터 해로운 영향을 받지 않을 수 있는 유일한 길이라고 생각하기 때문입니다.

법원장님, 상기 내용은 앞서 이름과 지위와 주소를 명시한 데스파르 후작의 정신 착란과 지적 장애 상태를 확실하게 증명하므로, 청원인은 이러한 사실들을 고려하여, 또한 다음에 첨부된 서류들에 근거하여, 법원장님께서 그에 대한 금치산 선고를 명하는 것에 동의하실 것을 요청합니다. 이 청원서와 청원을 위한 증거 서류들은 고등 법원의 검사장께 제출할 것입니다. 또한 법원장께서 지정하신 날에 맞추어 보고서를 작성할 수 있도록 일심 법원의 판사 한 명을 임명하실 것을 요청하는 바입니다. 이는 법원이 모든 소송 과정을 정당한 방식으로 진행하기 위해서입니다. 법원장께서 정당한 판결을 내려 주시길 간청합니다. 등등."

"자, 그리고 이것은 법원장이 나를 담당 판사로 임명한 명령서다. 그런데 데스파르 후작부인은 내게서 뭘 원하는 것이냐?

난 다 안다. 내일 재판소 서기와 함께 후작을 방문할 생각이다. 이 사건에는 뭔가 찜찜한 구석이 있거든."

'제 말씀을 들어보세요, 고모부. 이제껏 저는 재판과 관련해서 고모부께 아주 작은 부탁도 드린 적이 없어요. 그러니 제발 데스파르 부인의 지위에 걸맞은 호의를 가져 주시길 부탁드려요. 만일 부인이 이리로 온다면 고모부는 그분이 하는 말을 들으실 건가요?"

"그럼."

"그렇다면 그 말을 들으러 그분 댁으로 가 주세요. 데스파르 부인은 병약하고 신경질적이고 예민한 여자라 쥐들이 우글거리는 이런 곳에 온다면 기절해 버리고 말 거예요. 밤에 가세요. 저녁 식사 초대에는 응하지 마시고요. 사건과 관련된 자의 집에서 먹거나 마시는 것은 법으로 금하니까요."

"법이 너 같은 의사들에게는 사망자의 유산을 상속받는 것을 금하지 않더냐?" 조카의 입가에 장난기가 어리는 것을 본 포피노가 말했다.

'자, 고모부, 오직 이 사건의 진실을 알아내기 위해서라도 제 요청을 들어주세요. 고모부가 보실 때 이 사건에 뭔가 찜찜한 구석이 있다면서요. 그러니 예심 판사로서 가시는 거예요. 아이참! 후작부인에 대한 신문도 그 남편에 대한 신문만큼이나 중요하잖아요."

"네 말이 맞다." 판사가 말했다. "그 여자가 미쳤는지도 모르지. 내가 가마."

"제가 모시러 올게요. 고모부 일정표에 표시해 두세요." 비앙숑이 말했다. 그러고는 포피노가 수첩에 "내일 저녁 9시 데스파르 후작부인 댁 방문"이라고 쓰는 것을 따라 읽었다.

다음 날 저녁 9시, 비앙숑 박사는 먼지 가득한 고모부 집 계단을 올라갔다. 그는 까다로운 판결문을 작성하고 있는 고모부를 발견했다. 라비엔이 재단사에게 주문한 옷이 아직 배달되지 않았기에, 포피노는 잔뜩 얼룩진 낡은 옷을 입고 있었고 머리도 엉망이었다. 그의 개인 생활을 잘 모르는 사람들은 그런 그의 모습을 보면서 웃음을 짓지 않을 수 없으리라. 그래도 비앙숑은 삼촌의 넥타이를 고쳐 맸고, 옷의 단추를 채웠다. 그러고는 연미복의 오른쪽 자락과 왼쪽 자락을 바꾸어 겹치게 하여 아직 때 묻지 않은 깨끗한 안쪽 자락이 앞으로 드러나게 함으로써 얼룩을 가렸다. 그러나 판사는 습관적으로 호주머니에 손을 집어넣는 버릇이 있었기에, 그 습관에 따라 금방 가슴까지 옷자락을 걷어 올렸다. 앞뒤로 엄청나게 구겨진 옷은 등 한가운데 혹을 만들었고, 조끼와 바지 사이가 벌어져 속옷이 삐져나왔다. 그토록 우스꽝스러운 고모부의 모습은 불행하게도 그가 후작부인 댁에 도착하여 부인에게 소개되는 순간에서야 비앙숑의 눈에 들어왔다. 포피노가 부인과 가지려는 면담의 성격을 이해하기 위해서는 의사와 판사가 그날 방문한 부인의 개인적 삶을 간단히 묘사할 필요가 있다.

7년 전부터 데스파르 부인은 파리의 사교계에서 최고의 명성을 날렸다. 파리에서의 인기란 수시로 올라갔다 내려갔다

한다. 그곳에서 사람들은 때로는 고귀한 인물이 되기도 하고 때로는 하찮은 인간이 되기도 하면서, 다시 말해 세간의 주목을 받기도 하고 잊히기도 하면서, 종국에는 파면당한 장관이나 지위를 잃은 군주처럼 추한 사람이 되어 버린다. 빛바랜 주장을 펴기 때문에 성가신 존재가 된 그 과거의 허풍쟁이들은 모르는 것이 없기에 온갖 험담을 늘어놓는다. 게다가 그들은 낭비벽이 심한 파산자들처럼 모든 사람의 친구다. 아이가 둘임을 고려할 때, 그녀가 1815년경에 남편을 떠났다면, 그들은 분명 1812년 초에 결혼했을 것이다. 따라서 필시 그녀의 큰아이는 열다섯 살, 작은 아이는 열세 살이 되었을 것이다. 도대체 어떤 운명이 가정의 어머니이자 서른세 살의 여인인 그녀를 사교계 최고의 여왕으로 만들었을까? 유행이란 변덕스러운 것이기에, 누가 사교계에서 인기를 누릴지는 아무도 예측할 수 없다. 그 유행은 때로는 은행가의 아내를 찬양하기도 하고, 때로는 우아하면서도 모호한 미모의 여성을 찬양하기도 한다. 그러나 그렇다 해도, 나이 많은 여인에게 의장직을 부여하면서 입헌 군주제의 모양새를 갖추고 있는 것은 진정 불가사의해 보일 것이다. 이곳 사교계 사람들은 모든 사람이 생각하는 것처럼 생각했고, 모든 사람이 행동하는 것처럼 행동했다 그리하여 사교계는 데스파르 부인을 젊은 여인으로 인정했갔. 후작부인은 호적상 서른세 살이었지만, 저녁때 살롱에서는 스물두 살이었다. 하지만 그렇게 되기 위해서는 얼마나 많은 치장과 책략이 필요했던가! 기교를 부린 머리 컬은 관자

놀이를 가렸다. 모슬린 사이로 들어오는 빛으로부터 피부를 보호하기 위해서는 꾀병을 부리면서 불빛이 희미한 집에 머물러야 했다. 디안 드 푸아티에* 부인처럼 차가운 물로 목욕했고, 그녀처럼 말총으로 만든 매트리스에서 잠을 잤으며, 머리칼을 보호하기 위해 모로코가죽 베개를 베고 잠을 잤다. 소식(小食)했고, 술을 마시지 않았으며, 지치지 않기 위해 몸의 움직임을 잘 조절하면서 일상의 아주 작은 행동에서도 수도원에서처럼 절도 있는 습관을 철저히 지켰다. 이 엄격한 시스템에 따라 물 대신 얼음을 사용하였고, 이미 늙었음에도 젊은 멋쟁이 아가씨들의 활동과 습관을 따라 했던 그 유명한 폴란드 여인*처럼 차가운 음식을 먹었다. 전기 작가들이 130년을 살았다고 주장한 마리옹 드로르므*만큼 오래 살도록 운명지어진 과거 폴란드 부왕의 비는 백 살 가까이 될 때까지 젊은 정신과 마음, 우아한 얼굴, 매력적인 몸매를 지니고 있었다. 사교계의 대화에서는 배에 설치된 폭약에 불을 붙이는 심지처럼 재기 넘치는 말들이 빛을 발했다. 그 대화 속에서 그녀는 당대 인물들이나 문학 서적들을 18세기 인물이나 서적들과 비교하는 능력을 발휘하곤 했다. 바르샤바에 살던 그녀는 파리의 유명한 모자 상점인 에르보 상점에 헝겊 모자를 주문했다. 그녀는 귀부인이면서도 소녀처럼 몸에 정성을 들였다. 수영을 했고, 고등학생처럼 달렸으며, 요염한 아가씨만큼이나 우아하게 안락의자에 몸을 던질 줄 알았다. 그녀는 죽음을 무시했고 목숨을 우습게 여겼다. 오래전, 알렉산드르 황제를 아연케 했던 그녀는 이제 화려한 축제로 황제의 동생이자 후임자인 니콜라이 황제를 깜짝 놀라게 할 수 있을 것이다. 그녀는 자신이 원하는 나이에 머물러 있으며, 천한 여공처럼 이루 말할 수 없이 헌신적일 수 있기에, 아직도 그녀에게 반한 젊은 남자가 눈물을 흘리게 할 수 있다. 말하자면, 그녀가 동화 속 요정은 아닐지라도 그녀의 이야기는 정말 동화 같은 이야기다. 데스파르 부인은 그 자온체크 부인과 아는 사이였을까? 그 부인을 본받고 싶었을까? 아무튼, 후작부인은 그러한 생활 태도의 효과를 증명했다. 그녀의 피부는 투명했고, 이마에는 주름이 하나도 없었으며, 그녀의 몸은 앙리 2세의 애첩만큼이나 유연했고 생기가 넘쳤다. 몸의 유연성과 생기는 여인의 숨은 매력으로, 사람들은 그런 여인에게 사랑을 느낄 뿐 아니라 그 사랑은 영원히 변치 않는다. 인위적이기도 하고 자연스럽기도 한, 또한 아마도 경험에 기인하는 그러한 방식에서 유의해야 할 지극히 간단한 사항들은 그녀의 생활 체계 안에 원래 존재하던 것이었기에, 그녀는 그러한 유의 사항들을 더 잘 지킬 수 있었다. 후작부인은 자기밖에 몰랐으며, 자기 자신과 관련되지 않은 모든 것에는 완벽하게 무심할 줄 알았다. 남자들은 그녀를 즐겁게 했지만, 두 피조물의 내면을 뒤흔들고 상대를 위해 자신을 내던질 만큼 강렬한 열정을 불러일으키는 남자는 그들 중 아무도 없었다. 그녀에게는 증오심도 사랑의 감정도 없었다. 모욕당할 경우, 그게 누구이건 그녀에게 해를 끼쳤다고 기억되는 사람에 대해서는 마음속에 간직하고 있던 악감정을 해소할 기회를 기다리면서 냉정하고 침착하게 마음껏 복수했다. 그녀는 흥분하지도 서두르지도 않았다. 아무런 행동도 취하지 않았다. 그저 말할 뿐이었다. 한두 마디만으로도 여자는 세 명의 남자를 죽일 수 있다는 사실을 잘 알기 때문이다. 그녀는 야릇한 쾌감을 느끼면서 데스파르 후작과 별거 상태에 있었다. 두 아이는 그녀가 별거를 시작할 당시에는 너무 어려서 그녀를 성가시게 했을 것이고, 시간이 흘러 성장하고 나서는 젊어 보이려는 바람에 해가 될 수도 있을 터였다. 그런데 후작이 그 아이들을 데려가지 않았던가? 그녀의 숭배자임을 자청하지만 사실상 그녀에게 그다지 충실하지 않은 친한 친구들조차, 기원전 2세기의 그 유명한 코르넬리아'가 그랬듯이, 그녀가 보물처럼 애지중지하는 아이들을 본 적이 없었다. 아이들은 왔다 갔다 하면서 잘 알지도 못하는 엄마 나이를 말해 버리곤 하지 않나. 그런데 그런 아이들이 없으니 사람들은 누구나 그녀를 아주 젊은 여인으로 생각했다. 북극해 항로가 항해자들에게 알려지지 않았던 것처럼, 청원서에서 후작부인이 그토록 걱정하던 두 아이는 아버지만큼이나 사람들에게 알려진 바가 없었다. 데스파르 후작은 아내에 대해 아무런 불만이 없음에도 아내를 버린 괴짜로 통했다. 스물두 살에 이미 자신감이 넘쳤으며, 2만 6천 리브르의 연금으로 구성된 재산을 소유한 후작부인은 오랫동안 망설인 후에야 거취를 정하고 어떤 삶을 살지 결정했다. 저택 관리에 필요한 경비는 남편이 지출했기에 그 덕을 보면서 가구들과 말과 마부 등 격식을 갖춘 가정을 유지할 수 있었지만,

그녀는 정치적 소용돌이로 인한 일시적 재앙을 회복하던 시기인 1816년, 1817년 그리고 1818년에는 은둔의 삶을 영위했다. 그녀는 생제르맹 구역에서 가장 존경받고 가장 빛나는 가문에 속했다. 따라서 그녀의 부모는 남편이 이해할 수 없는 변덕을 부리며 별거를 요구할지라도, 그리하여 어쩔 수 없이 별거한 후에라도 가정을 유지하라고 딸에게 충고했다. 1820년 후작부인은 그동안의 무기력 상태에서 벗어나 궁정에도 파티에도 나타났고, 집으로도 사람들을 초대했다. 1821년부터 1827년까지 그녀는 훌륭한 저택을 잘 관리했고, 그녀의 고급 취향과 세련된 옷차림은 사람들의 시선을 끌었다. 그녀는 특정한 날과 시간에 손님들을 맞이하곤 했다. 얼마 되지 않아서는 앞서 보세앙 자작부인과 랑제 공작부인과 피르미아니 부인이 그 중심에서 빛을 발하던 사교계의 여왕 자리에 앉게 되었다. 피르미아니 부인은 옥타브 드 캉 씨와의 결혼 이후 모프리네즈 공작부인의 손에 지휘봉을 넘겼는데, 데스파르 후작부인이 그녀로부터 그 지휘봉을 빼앗았던 것이다. 사교계는 데스파르 후작부인의 사생활에 대해서는 그 이상 아무것도 몰랐다. 그녀는 마지막 광채를 발하며 지려 하는, 그러나 절대 지지 않는 태양처럼 파리의 지평선에 오래오래 머물 것처럼 보였다. 후작부인은 미모뿐 아니라 대공에 대한 헌신으로도 유명한 어떤 공작부인과 각별한 사이였다. 그 대공은 당시에는 총애를 잃은 상태였지만, 미래의 정부에서는 언제고 통치자가 되어 입각하는 것이 당연시되는 사람이었다. 데스파르 부인은 유명하지만 교활한 러시아 외교관으로부터 늘 공적인 사실들을 보고받는 한 외국 여인'과도 친분을 유지했다. 마지막으로 거대한 정치 놀음에 익숙한 늙은 백작부인'이 있었다. 그녀는 데스파르 부인을 양녀로 삼았다. 누구든 예리한 통찰력을 가진 사람이 볼 때, 데스파르 부인은 그러한 친분 관계를 통해 공적인 일뿐 아니라 하찮은 일에도 은밀하면서도 실질적인 지배권을 행사할 준비가 되어 있었다. 그런데 그녀가 지배권을 가질 수 있었던 것은 당시 사교계의 풍조 덕분이었다. 그녀의 살롱은 정치적으로 일관성을 유지했다. 수많은 멍청한 사람들이 "데스파르 부인 댁에서는 그 문제에 대해 뭐라고 하나?"라던가, "데스파르 후작부인의 살롱은 그 조치에 대해 반대한다네"와 같은 말들을 여기저기에서 반복적으로 말하면, 지지자들은 그 말을 들으면서 당파의 권위를 느꼈다. 더 이상 존경받을 수 없는 상태에 이른 루이 18세의 총아'가 그랬듯이 그녀에 의해 정치적으로 타격을 입은 사람들, 상처 입은 사람들, 자극받은 사람들, 그리고 다시 권력을 거머쥘 시점에 와 있는 과거의 대신들은 그녀가 런던의 러시아 대사 부인'보다도 외교적 역량이 뛰어나다고 말하곤 했다. 후작부인은 여러 차례에 걸쳐 하원 의원이나 귀족원 의원에게 몇 마디 말을 전하기도 하고 의견을 피력하기도 했는데, 국회의 연단에서 그대로 인용된 그 말과 생각들은 전 유럽에 반향을 일으켰다. 그녀는 자기 살롱의 단골손님들이 감히 의견을 내지 못하는 몇몇 민감한 사안들에 대해 정확한 판단을 내리곤 했다. 저녁이면 궁정의 주요 인사들이 카드놀이를 하러 그녀의 살롱으로 모여들었다. 그녀에게는 결점도 있었다. 그녀는 입이 무거운 신중한 여인으로 통했고, 실제로도 그러했다. 그러다 보니 그녀의 우정은 많은 시련을 겪었다. 그녀는 자신의 피보호자에 대해서는 지속적으로 도움을 주었는데, 그러한 태도는 그녀가 추종자를 많이 만드는 것보다 자신의 신용을 높이는 것을 더 중요하게 생각한다는 사실을 증명한다. 그런데 그러한 태도는 그녀에게 가장 중요한 열정인 허영심에 근거한다. 많은 여성이 추구하는 정복과 쾌락이 그녀에게는 수단에 불과해 보였다. 그녀는 모든 면에서, 살아 있는 동안 그릴 수 있는 가장 큰 원을 이루는 범위를 삶의 무대로 삼고 싶었다. 대낮부터 부인의 살롱에 드나드는 장래가 촉망되는 젊은이 중에는 마르세, 롱크롤, 몽리보, 라 로쉬푸콩, 세리지, 페로, 막심 드 트라이유, 리스토메르, 방드네스 형제, 샤틀레 등이 포함되어 있었다.* 때때로 그녀는 아내들을 배제한 채 남편들만 받아들이기도 했다. 뉘싱겐이나 페르디낭 뒤 티에* 같은 왕당파 은행가를 비롯한 몇몇 야심가는 그녀가 강요한 그토록 가혹한 조건도 받아들였다. 그만큼 그녀의 권력은 막강했다. 그녀는 파리 생활의 냉혹한 면과 허술한 면을 면밀하게 연구했기에, 그 어떤 남자도 그녀에 대한 최소한의 특권도 가질 수 없도록 처신했다. 누군가 그녀가 쓴 다정한 쪽지나 편지를 폭로하는 대가로 거액의 돈을 약속한대도, 그 제안에 응할 사람은 한 명도 없을 것이다. 그녀는 메마른 영혼의 소유자였기에 자신이 맡은 역할을 아무렇지도 않게 해낼 수 있었던바, 그러는 데는 그녀의 외모도 한몫했다. 그녀는 젊은 이의 몸매를 가졌다. 목소리는 무척이나 유연했으며, 생기발랄하고 맑으면서도 단호했다. 그녀는 기품 있는 태도의 비밀을 너무도 잘 알고 있었다. 그런 태도는 한 여인의 과거를 완전히 지워 버린다. 후작부인은 어쩌다 행운을 얻은 후 허물없이 지낼 권리가 있다고 생각하는 남자와 거리를 두는 기술을 잘 알고 있었다. 그녀의 압도적인 시선은 자신이 한 행동도, 자신이 한 말도 부정할 수 있었다. 그녀와의 대화에서 느껴지는 위대하고 아름다운 감정이나 귀족적이고 의연한 태도는 순수한 영혼과 가슴으로부터 자연스럽게 흘러나왔다. 하지만 그녀는 사실상 대단히 타산적이었으며, 개인적 이해를 위해 타협하는 순간에는 뻔뻔한 태도로 거래에 미숙한 한 남자를 꼼짝 못 하게 할 수 있는 인물이었다. 그녀와 가까워지려고 애를 쓰던 라스티냐크는 그러기 위해 무엇이 가장 적합한 수단인가를 간파했다. 그러나 그는 아직 그 방법을 사용하지 않았다. 그 방법을 사용하기는커녕 오히려 그것으로 인해 기진맥진해졌다. 나폴레옹처럼 단 한 번의 패배로 운명이 끝난다는 사실을 잘 알면서도 항상 전투를 벌이지 않을 수 없었던 이 머리 좋은 '건달'은 자신의 후원자에게서 위험한 적수를 만났던 것이다. 파란만장한 삶에서 처음으로 자신과 걸맞은 파트너와 진지하게 한판의 승부를 겨루게 된 그는 데스파르 부인을 정복하기 위해 자신이 어떤 역할을 해야 할지 정확히 파악했다. 그리하여 그녀를 이용하기 전에 그녀를 섬겼다. 위험한 데뷔였다.

데스파르 저택에는 많은 고용인이 필요했다. 후작부인은 말과 마차 그리고 하인의 고용에 막대한 비용을 들였다. 대규모의 사교 모임은 1층에서 이루어졌다. 그리고 후작부인은 저택의 2층에 살았다. 으리으리하게 장식된 거대한 계단과 오래전 베르사유에서 영감을 받아 귀족적 취향으로 장식한 방들의 관리를 위해서는 어마어마한 재산이 필요할 터였다. 조카의 이륜마차 앞에서 저택의 출입문이 열리는 것을 보면서, 판사는 관리실, 문지기, 안마당, 마구간, 저택의 배치, 계단을 가득히 채운 꽃들, 난간과 벽과 양탄자의 우아함과 청결 상태 등을 빠르게 관찰했다. 종소리를 듣고 층계참으로 나온 제복 입은 하인이 몇 명인지도 세어 보았다. 전날 밤, 면회실 깊숙한 곳에서 서민들의 더러운 옷이 드러내는 가난을 탐색하던 그 눈은 똑같은 시각적 통찰력을 가지고 방들을 지나가면서 권세와 영화 속에 감추어진 불행을 발견하려 했다.

"포피노 씨. 비앙숑 씨."

규방 입구에서 후작부인이 두 사람의 이름을 불렀다. 최근에 가구를 새로이 들인 그 예쁜 방은 저택의 정원 쪽으로 나 있었다. 그들이 규방 안으로 들어갔을 때 후작부인은 베리 공작부인이 유행시킨 로코코식 옛날 안락의자에 앉아 있었다. 부인의 왼쪽 곁에는 라스티냐크가 벽난로 옆에 있는 나지막한 의자를 차지하고서, 마치 이탈리아 귀부인의 최측근과도 같은 태도로 앉아 있었다. 벽난로 모서리에는 제3의 인물이 서 있었다. 의학적 지식이 풍부한 의사가 예측한 대로 후작부인은 정감이 없고 무미건조하고 신경질적인 기질을 가진 여인이었다. 식이요법을 하지 않았더라면, 툭하면 흥분하는 기질 때문에 그녀의 얼굴은 불그스름한 빛을 띠었을 것이다. 그러나 꾸며 낸 티가 역력한 하얀 피부는 그녀가 두른 숄과 입고 있는 옷의 강렬한 색조와 뉘앙스로 인해 더 하얘 보였다. 고동색도 갈색도 금빛 나는 흑갈색도 그녀에게 아주 잘 어울렸다. 당시 영국에서 유행을 선도했던 유명한 귀족 부인'의 규방을 모방한 그녀의 규방은 참나무 껍질 색의 벨벳 천으로 장식되어 있었다. 하지만 그녀는 그곳에 장식품을 추가로 많이 배치했는데, 예쁜 디자인으로 인해 호사스러운 색이 주는 극도의 화려함은 잘 드러나지 않았다. 그녀는 젊은이들처럼 앞가르마를 탄 머리를 컬로 마무리하고 있었다. 그런 머리 모양은 타원형 모양의 갸름한 얼굴을 더욱 돋보이게 했다. 동그란 얼굴이 약간 상스러워 보인다면, 갸름한 얼굴은 당당해 보이는 경향이 있다. 제멋대로 얼굴을 길어 보이거나 납작해 보이게 하는 이중 거울은 관상학에 적용될 수 있는 법칙에 대한 확실한 증거를 제시하곤 한다. 목을 쑥 내밀고 왼손은 바지 주머니에 넣은 채 오른손으로는 안감이 드러나고 때가 잔뜩 낀 모자를 쥐고서 겁먹은 짐승처럼 방문 앞에 멈춰 선 포피노를 보자, 후작부인은 조소 담긴 시선으로 라스티냐크를 쳐다보았다. 바보처럼 멍청해 보이는 판사의 모습은 겁먹은 듯 당황하는 태도와 더불어 그의 기괴한 외모와 너무도 잘 어울렸다. 고모부의 모습에 낙심하여 의기소침해진 비앙숑을 보자 라스티냐크는 웃음을 참을 수 없었기에 고개를 옆으로 돌렸다. 후작부인은 머리를 까딱하면서 판사에게 인사하고는 힘들여 의자에서 일어났다. 그러고는 몸이 허약하여 오래 서 있을 수 없는 무례를 범하는 것에 대해 양해를 구하는 듯 우아한 동작으로 곧바로 다시 의자에 앉았다.

그때 벽난로와 문 사이에 서 있던 한 사내가 가볍게 인사하고는 두 개의 의자를 가져와 의사와 판사에게 권했다. 그리고 그들이 자리에 앉는 것을 확인하고 난 후 제자리로 돌아가 벽에 등을 기댄 채 팔짱을 꼈다. 그 인물에 대해 한마디 할 필요가 있다. 그는 알렉상드르 가브리엘 드캉*이라는 인물로서, 돌멩이건 사람이건 보이는 대로 표현하는 예술적 재능을 가진 우리 시대 최고의 소묘 화가다. 그런 점에서 그는 붓보다 펜에 더 조예가 깊었다. 텅 빈 방에 빗자루 하나가 벽에 기대어 있는 그림을 그렸다 치자. 그가 원한다면, 당신은 그 그림을 보면서 등골이 오싹해질 것이다. 범죄 도구로 쓰인 그 빗자루에는 피가 묻었다고 생각할 것이다. 그것은 푸알데스*가 목이 잘려 죽은 유곽의 방을 청소하기 위해, 그 유곽을 홀로 운영하던 방칼 부인이 사용한 빗자루일 것이다. 그렇다. 분노에 찬 남자가 그렇게 하듯이, 화가는 빗자루를 망가뜨리고 그 빗자루 가닥들을 헝클어뜨릴 것이다. 마치 그 빗자루 가닥들이 당신의 예민한 머리카락이라도 되는 것처럼 말이다. 그렇게 함으로써 그 화가는 자신의 상상 속에 존재하는 신비스러운 시적 정취와 당신의 상상 속에 펼쳐지는 시적 정취 사이에서 중개자가 될 것이다. 그 빗자루로 당신을 두렵게 만든 후, 내일은 다른 빗자루를 하나 더 그릴 것이다. 그리고 그 옆에는 꿈속에서 무슨 생각을 하고 있는지 알 수 없는 고양이 한 마리가 잠들어 있을 것이다. 그 빗자루는 어느 독일인 구두 수선공의 아내가 베르니게로데*의 마녀 집회에 참석하기 위해 준비한 것임을 보여 줄 것이다. 아니면 그저 왕국 재무부의 한 직원이 옷걸이로 사용하는 단순한 빗자루일 수도 있다. 파가니니가 바이올린의 활로 그러했듯이, 드캉은 붓으로 자기력에 견줄 만큼 놀라운 소통 능력을 발휘했다. 자! 그렇다면 마르고 키가 크고 검은 옷을 입고 머리가 긴, 아무 말 없이 계속 서 있는 그 공정한 판사를 그리기 위해서는 그의 놀라운 재능, 즉 연필의 기교를 스타일로 옮겨 볼 필요가 있다. 그 판사 나리의 얼굴은 칼날처럼 날카롭고 험하게 생겼으며 피부색은 탁하고 뿌연 센강의 강물 색과 비슷했다. 침몰한 배에서 석탄을 나를 때의 강물 색과도 닮았다. 그는 시선을 내리깐 채 사람들의 말을 듣고 판단했다. 그의 태도는 사람들을 불안하게 했다. 드캉이 그린 그 유명한 빗자루, 화가로부터 범죄를 폭로하는 고발자의 권위를 부여받았던 그 빗자루처럼, 그는 거기 그렇게 서 있었다. 면담 도중 후작부인은 가끔 그 인물에 잠시 시선을 고정하고서 그의 암묵적인 견해를 알아내려고 애를 썼다. 그러나 무언의 질문을 던지는 그녀의 시선이 아무리 강렬했을지라도 그는 몰리에르의 희곡 『동 쥐앙』에 등장하는 '기사의 동상'만큼이나 근엄하고 완고한 태도를 유지했다.

사려 깊은 포피노는 다리 사이에 모자를 끼우고 벽난로 앞의 의자 끝에 걸터앉아 금가루를 입힌 촛대들과 추시계, 벽난로 위에 쌓여 있는 진기한 물건들, 벽지의 원단과 장식들, 말하자면 사교계의 여왕을 둘러싸고 있는 너무나도 값비싸고 예쁘지만 쓸데없는 것들을 유심히 관찰했다. 데스파르 부인이 청아한 목소리로 말을 걸자, 포피노는 부르주아적 명상에서 깨어났다. "판사님, 백만 번이고 감사드립니다……."

'백만 번의 감사?' 판사가 혼잣말로 되뇌었다. '그건 좀 과한데 단 한 번의 감사도 필요 없는데.'

"이렇게 와 주신 노고에……."

'와 주셨다고!' 그는 생각했다. '나를 놀리는군.'

'몸이 너무 아파 외출할 수 없는 소송인을 만나 보러 여기까지 와 주시다니……."

판사는 여기에서 취조관의 시선을 던짐으로써 후작부인의 말을 끊었다. 그리고 그 시선으로 가련한 소송인의 건강 상태를 살펴보았다. 그러곤 속으로 말했다. '저 여자는 소사나무처럼 건강한걸!'

"부인," 그는 정중한 태도로 말했다. "부인께서는 제게 신세 지신 것이 없습니다. 저의 방문이 법정의 관례에는 어긋나지만, 우리는 이런 종류의 사건에서 진실을 밝히기 위해서라면 그 어떤 방법도 소홀히 해서는 안 된답니다. 그리하여 우리의 판결은 법전이 아닌 양심에 따라 내려집니다. 사무실에서건 이곳에서건, 진실을 밝힐 수만 있다면 문제될 것이 없습니다."

포피노가 말하는 동안 라스티냐크는 비앙숑의 손을 잡았고, 후작부인은 우아한 태도로 신임을 표시하며 의사에게 머리를 살짝 끄덕였다. "저 신사는 누군가?" 검은 옷을 입고 있는 사내를 가리키며 비앙숑이 라스티냐크에게 귓속말로 물었다.

"후작의 동생인 데스파르 기사라네."

"조카님으로부터 판사님께서 많은 일을 하고 계신다고 들었습니다." 후작부인이 포피노에게 말했다. "게다가 은혜를 입은 사람들에게 부담을 주지 않으려고 선행을 베푸신 사실을 숨기려 하신다는 것도 알고 있답니다. 파리의 일심 법원이 판사님을 너무 힘들게 하는 것 같군요. 도대체 왜 판사 수를 두 배로 늘리지 않나요?"

"아! 부인, 아닙니다. '괜찮습니다'." 포피노가 말했다. "물론 그렇게 되면 나쁘지 않겠지요. 하지만 그런 일이 벌어진다면 그야말로 해가 서쪽에서 뜰 겁니다."

판사의 외모와 잘 어울리는 그 말을 들으면서 데스파르 기사는 그를 경멸하듯 아래위로 훑어보았다. 그의 시선은 다음과 같은 의미를 담고 있었다. '우리가 쉽게 이길 수 있겠군.'

후작부인이 라스티냐크를 바라보자, 그는 그녀를 향해 몸을 구부렸다.

"자!" 젊고 우아한 멋쟁이 신사는 후작부인에게 말했다. "이런 분이야말로 특수층의 삶과 이해관계를 위해 판결을 내리실 책임이 있죠."

한 직업에 종사하면서 늙어 가는 대부분의 사람들처럼 포피노는 그저 자신에게 익숙해진 습관대로 살았다. 깊이 생각할 때도 마찬가지였다. 그는 예심 판사 티가 나는 화술로 대화를 이어 갔다. 그는 상대방에게 질문하기를 좋아했다. 예상치 못한 결론을 이끌어 내기 위해 그들을 밀어붙이거나, 상대방이 말하고 싶은 것 이상을 말하게 하기를 좋아했다. 러시아의 외교관 포조 디 보르고는 상대방의 비밀을 간파하거나 상대방을 외교적 함정에 빠뜨려 당황케 하는 것을 즐겼다고 한다. 그리하여 누구와도 비교할 수 없는 익숙한 방법으로 속임수 가득한 재치를 마음껏 펼쳤다고 한다. 포피노는 자신이 서 있는 현장을 훑어보자마자, 법정에서 진실을 밝혀낼 때 그러하듯, 모르는 척하면서 가능하면 말을 비비 꼬아 돌려 말하는 등 최대한 능숙한 수법을 동원할 필요가 있다고 판단했다. 비앙숑은 고통을 드러내지 않은 채 기꺼이 고문당하기를 결심한 사람처럼 냉정하고 엄숙한 태도를 유지했다. 하지만 마음속으로는 용감한 누군가가 독사를 짓밟고 지나가듯 고모부가 그 부인을 짓밟고 지나갈 수 있기를 바랐다. 후작부인의 길게 늘어진 옷, 휘어진 자세, 호리호리한 목, 작은 머리 그리고 음흉한 몸동작 등을 보면서 그녀를 독사에 비유한 것이다.

'자, 그럼, 판사님.' 데스파르 부인이 말을 이었다. "저는 이 기적인 행동을 무척 싫어합니다. 그럼에도 이 사건으로 너무 오랫동안 고통을 받았기에, 판사님께서 신속하게 결론을 내려 주셨으면 합니다. 머지않아 좋은 결과가 있겠지요?"

'부인, 소송을 신속하게 마무리 짓기 위해 할 수 있는 한 최선을 다하겠습니다." 포피노는 지극히 친절하고 순박한 태도로 말했다. "그런데 부인께서 후작님과 별거하시게 된 이유는 무엇인가요? 혹시 부인께서는 그 이유를 아시는지요?" 판사는 후작부인을 쳐다보면서 물었다.

"아니요, 잘 모르겠어요. 판사님." 후작부인은 미리 준비된 이야기를 하려고 자세를 잡았다. "1816년이 시작될 무렵이었습니다. 그 석 달 전부터 그의 성격이 완전히 변해 있었죠. 그는 제 건강 상태나 제 습관은 전혀 고려하지 않은 채 브리앙송 근처의 본인 소유지에 가서 살 것을 제안했어요. 그곳 기후는 제 건강을 심하게 해칠 수도 있는데 말입니다. 저는 남편을 따라가기를 거부했어요. 저의 거절은 남편의 비난을 샀지요. 하지만 아무런 근거도 없는 비난이었기에, 저는 그 순간부터 그의 정신이 올바른 것인가를 의심하기 시작했습니다. 다음 날, 남편은 이 저택과 제 소득에 대한 사용권을 남기고 떠났습니다. 그러고는 두 아이를 데리고 몽타뉴 생트준비에브 가에 거주하고 있습니다."

"실례합니다만 부인," 판사는 후작부인의 말을 가로막으며 물었다. "그 소득은 얼마나 되나요?"

"2만 6천 리브르의 연금입니다." 후작부인은 아무 생각 없이 지나가는 말처럼 대답했다. "저는 곧바로 나이 드신 소송대리인 보르댕 씨에게 제가 취해야 할 행동에 대해 상담했습니다. 하지만 아버지로부터 아이들의 양육권을 빼앗는 것은 너무도 어려워 보였기에, 체념하고 스물두 살의 나이에 홀로 지내야 했습니다. 스물둘은 젊은 여자들이 어리석은 실수를 저지르기 쉬운 나이지요. 판사님께서는 제 청원서를 보셨을 터이니, 데스파르 후작에 대한 금치산 선고 청구의 근거가 되는 주요 사항을 잘 아실 것입니다."

"부인, 남편으로부터 아이들을 데려오기 위한 시도는 해보셨습니까?" 판사가 물었다.

'그럼요, 판사님. 하지만 아무 소용이 없었습니다. 아이들의 사랑을 받지 못하는 어미가 된다는 것은 참으로 잔인한 일이지요. 특히 아이들로부터 모든 여성이 열망하는 행복을 얻을 수 있을 시기에는 더욱 그렇죠."

"큰아이가 열여섯 살이죠?" 판사가 말했다.

"열다섯 살입니다." 후작부인이 신속하게 답했다.

여기서 비앙숑은 라스티냐크를 쳐다보았다. 데스파르 부인은 입술을 깨물었다.

"제 아이들의 나이가 무슨 상관이죠?"

"아! 부인," 판사는 자신이 한 말에 별로 중요한 의미를 부여하지 않는다는 듯 다음과 같이 말했다. "열다섯 살짜리 소년과 아마도 열세 살이 되었을 그 아이의 동생은 멀쩡한 다리와 나름의 생각을 하고 있을 테니, 그들이 원한다면 몰래라도 어머니를 만나러 올 수 있겠지요. 그렇게 하지 않는다면 그 아이들은 아버지의 뜻을 따르는 것이고, 그 정도로 아버지에게 복종한다면 아버지를 몹시 사랑하기 때문이겠지요."

"무슨 말씀인지 모르겠군요." 후작부인이 말했다.

"아마도 부인께서는 소송대리인이 금치산 청원서에서 부인의 사랑하는 아이들이 아버지 곁에서 매우 불행하다고 주장한 것을 잘 모르시나 봅니다만……."

데스파르 부인은 상냥하면서도 순진하게 말했다.

"소송대리인이 제게서 무슨 말을 듣고 그렇게 주장했는지 모르겠네요."

"저의 추론을 너그럽게 용서해 주십시오. 하지만 법은 모든 점을 다 검토합니다." 포피노가 말을 이었다. "부인, 제가 부인께 이런 질문을 드리는 것은 사건을 명확하게 파악하고 싶기 때문입니다. 부인의 말씀에 따르면, 데스파르 씨는 너무도 하찮은 이유로 부인을 떠나신 것 같군요. 그런데 그는 부인과 함께 가고 싶었던 브리앙송 대신 파리에 체류하고 계십니다. 그 부분이 석연치 않아요. 후작께서는 결혼 전에 장르노 부인을 아셨나요?"

"아닙니다, 판사님." 후작부인은 불쾌해하면서 답했다. 그러나 부인의 그런 표정은 라스티냐크와 데스파르 기사에게만 보였다.

그녀는 판사를 회유하여 자신에게 유리한 판결을 내리게 할 작정이었다. 그런데 판사에 의해 심판대 위에 올려지니 무척이나 기분이 상했다. 하지만 포피노는 생각에 몰두하느라 멍청해 보였기에, 그녀는 그가 던지는 질문들에서 볼테르의 『순진한 사람』에 등장하는 끊임없이 질문을 퍼부어 대는 대법관의 모습을 보았을 뿐이었다.

후작부인은 계속했다. "제가 열여섯 살이 되던 해에 부모님은 저를 데스파르 후작과 결혼시키셨습니다. 그의 이름과 재산과 습관은 제 남편이 될 사람에게 요구되는 조건에 부합했지요. 당시 데스파르 후작은 스물여섯이었습니다. 그는 젠틀맨이라는 영어 단어의 의미와 딱 들어맞는 그야말로 신사였지요. 그의 예의범절이 마음에 들었고, 그는 야심 많은 남자처럼 보였어요. 저는 야심가를 좋아하거든요." 그녀는 라스티냐크를 쳐다보면서 말했다. "당시 그의 친구들 판단에 따르면, 만일 데스파르 씨가 장르노 부인을 만나지 않았더라면 그의 성품과 학식과 지식은 그를 정부 기관의 중요한 자리에 이르게 했을 거라고 합니다. 당시에는 국왕의 동생이셨던 샤를 10세께서 그를 매우 높이 평가하셨던 만큼, 그분께서 보위에 오르신 지금 후작에게 귀족원 의원이나 궁정의 주요직 같은 높은 자리는 보장된 것이었습니다. 그 여자가 후작의 머리를 돌게 했고 우리 가족의 미래를 망쳤어요."

"데스파르 씨의 종교적 성향은 어떤지요?"

"신앙심이 깊었지요. 지금도 여전히 그렇고요."

"혹시 장르노 부인이 신비주의를 이용하여 그에게 영향을 미친 것은 아닐까요?"

"그건 아닙니다, 판사님."

"저택이 아름답습니다, 부인." 포피노는 주머니에서 손을 꺼내 연미복의 늘어진 옷자락을 들어 올리고는 불을 쬐기 위해 자리에서 일어나면서 느닷없이 말했다. "이 규방은 아주 멋지군요. 의자들도 근사하고요. 방들도 화려합니다. 이런 곳에 사시면서 아이들은 좁고 비위생적인 곳에서 살고 형편없는 옷을 입고 영양 상태도 엉망이라는 사실을 아신다면 정말 비통하시겠습니다. 어머니에게 그보다 더 끔찍한 일은 상상할 수 없겠네요!"

"그렇습니다, 판사님. 아이들 아버지는 아침부터 저녁까지 아이들에게 그 한탄스러운 중국 관련 책들을 읽힌답니다. 그 불쌍한 아이들에게 행복을 주고 싶은 마음이 너무도 간절해요."

"부인께서는 성대한 무도회를 개최하시니, 부인과 함께 있으면 아이들은 그 무도회를 즐기겠지요. 하지만 낭비하는 습성과 취향을 가지게 될지도 모릅니다. 그런데 그들의 아버지는 겨울에 한두 번은 아이들을 집으로 보낼 수 있을 텐데요."

"설날 그리고 제 생일날 데려옵니다. 그런 날에는 아이들과 함께 저녁 식사를 할 수 있는 호의를 베풀어 줍니다."

"보기 드문 행동이군요." 포피노는 알았다는 듯한 표정으로 말했다. "장르노 부인을 만나신 적은 있으십니까?"

"언젠가 제 시동생께서 형의 이익을 위해……."

"아! 신사분께서 데스파르 후작의 동생이신가요?" 판사가 후작부인의 말을 끊으면서 말했다.

데스파르 기사는 아무 말 없이 고개만 까딱했다.

"이 사건에 지속적인 관심을 보여 주신 데스파르 기사께서 그 부인이 예배 보러 가는 오라토리오 예배당'으로 저를 데려가 주셨어요. 그 부인은 개신교도거든요. 그곳에서 그녀를 보았습니다. 매력이라고는 하나도 없는 여인이었지요. 푸줏간 주인 여자처럼 생겼다고나 할까요. 엄청나게 뚱뚱했고, 얼굴에는 곰보 자국이 가득했어요. 남자처럼 손발도 우악스러웠고요. 게다가 사팔눈이었답니다. 한마디로 괴물 같았어요."

"이해할 수 없군요!" 그는 왕국의 판사 중 가장 멍청한 척하면서 말했다. "그런데 그 여자가 여기서 멀지 않은 베르트 가의 저택에 산다고요! 모두 저택에 사니 이제 부르주아는 존재하지 않는군요!"

"부인의 아들은 그 저택에 엄청난 돈을 퍼부었답니다."

"부인, 저는 포부르 생마르소에 삽니다만, 어떻게 해야 그렇게 엄청난 돈을 집에다 퍼부을 수 있는지 모르겠습니다. 부인께서 말씀하시는 분별 없는 낭비란 도대체 어떤 거죠?"

"마구간과 다섯 필의 말, 그리고 사륜마차, 쿠페, 이륜마차 등 마차도 세 대나 있는걸요."

"그럼 돈이 '많이' 드나요?" 놀란 포피노가 물었다.

"엄청나게 들지요." 그의 말을 가로막으며 라스티냐크가 말했다. "그 정도 생활을 유지하려면 말과 마차 관리, 마부나 하인들의 복장 등을 위해 만5천에서 만6천 프랑 정도 필요하지요."

"부인도 그렇게 생각하십니까?" 놀란 표정으로 판사가 물었다.

"네, 적어도 그렇게 들지요." 후작부인이 대답했다.

"게다가 저택의 실내 장식과 가구 배치에도 별도의 엄청난 돈이 들었겠네요?"

"10만 프랑 이상 들었겠죠." 후작부인이 대답했다. 그녀는 판사의 속물적 태도를 보고 웃음을 참을 수 없었다.

"부인, 판사들은 의심이 많습니다." 순박한 노인이 말을 이었다. "게다가 그들은 그러라고 돈을 받지요. 그래서 저 역시 의심이 많습니다. 만일 그렇다면 장르노 남작과 그의 모친께서는 데스파르 후작을 엄청나게 약탈했겠군요. 자, 부인 말씀에 따르면 마구간을 유지하려면 일 년에 만 6천 프랑이 듭니다. 테이블, 고용한 하인들, 저택 장식을 위한 엄청난 돈 등을 따지면 그보다 두 배는 들겠네요. 그렇다면 연간 5만에서 6만 프랑이 필요하겠군요. 옛날에는 그렇게 가난했던 사람들이 그렇게 많은 재산을 가질 수 있었을까요? 백만 프랑의 재산이 있더라도 그 수익금은 연 4만 리브르밖에 되지 않는데요."

"판사님, 아들과 어머니는 데스파르 후작이 준 재산을 가지고 등록대장에 기록된 국채*를 매입했습니다. 당시 국채 가격은 60프랑 혹은 80프랑이었죠. 제 생각에 그들의 수입은 6만 프랑 이상이 될 것으로 보입니다. 게다가 그 아들은 봉급도 많이 받는답니다."

"그분들이 6만 프랑을 쓴다면," 판사가 말했다. "후작부인께서는 얼마나 쓰시나요?"

"저도 뭐 그 정도 쓰지요." 데스파르 부인이 답했다.

데스파르 기사는 움찔했고, 후작부인은 얼굴을 붉혔고, 비앙송은 라스티냐크를 쳐다보았다. 하지만 판사는 착하고 순진한 표정을 지었다. 후작부인은 그 순진한 표정 뒤에 숨은 날카로움을 눈치채지 못했다. 기사는 더 이상 그 대화를 듣고 있을 수 없었다. 그는 이 게임에서 완전히 졌다는 것을 알아차렸다.

"부인," 포피노가 말했다. "그 사람들은 재산의 귀속 여부를 판단하는 법정에 소환될 수도 있습니다."

"바로 그것이 제 생각이에요." 후작부인이 기뻐하면서 말했다. "경범 재판소의 위협을 받으면 타협하려 하겠죠."

"부인," 포피노가 말했다. "데스파르 씨가 부인을 떠날 당시 부인의 재산 관리에 대한 위임장을 내주시지 않았나요?"

"왜 그런 질문을 하시는지 모르겠네요." 후작부인이 발끈하며 말했다. "남편의 정신 착란이 저를 어떤 상태에 이르게 했는지 아신다면, 판사님은 제가 아니라 남편에게 관심을 가지셔야 할 것 같은데요."

"부인," 판사가 말했다. "남편 분에 대해서도 조사할 겁니다. 만일 데스파르 씨께 금치산 선고가 내려진다면, 부인이나 다른 분들께 그의 재산 관리를 맡기기 전에 재판부는 부인께서는 어떻게 본인의 재산을 관리하셨는지 알아야 합니다. 데스파르 씨가 부인께 위임장을 주셨다면 그가 부인을 신뢰한다는 것이 증명되며, 법원은 그 사실을 인정할 것입니다. 위임장을 받으셨나요? 부인께서는 부동산을 매매하시거나 자금을 투자하실 수 있었나요?"

"아니요, 판사님. 장사를 위해 거래하는 것은 블라몽 쇼브리 가문의 관습이 아닙니다." 귀족의 자존심에 심하게 상처 입은 후작부인은 소송 사건도 잊은 채 말했다. "제 재산에는 손도 대지 않았습니다. 그리고 후작은 제게 위임장을 주지 않았습니다."

데스파르 기사는 형수가 아무것도 예측하지 못했다는 사실에 당황했기에, 그로 인한 극도의 당혹감을 감추기 위해 두 손으로 눈을 가렸다. 데스파르 부인은 판사의 질문에 답하면서 스스로 파멸의 길로 들어서고 있었다. 포피노는 우회적으로 질문했지만 사실상 진실을 향해 똑바로 걸어가고 있었던 것이다.

"부인," 판사는 기사를 가리키면서 말했다. "저 기사님은 부인과 혈연관계에 있는 분이시지요? 이 신사분들 앞에서 허심탄회하게 이야기해도 되는지요?"

"말씀하세요." 후작부인은 판사의 신중함에 놀라면서 말했다.

"좋습니다, 부인. 부인께서 일 년에 6만 프랑만 쓰신다는 사실을 인정하겠습니다. 그리고 그 비용은 부인의 마구간과 저택과 수많은 하인과 장르노 씨 저택보다 훨씬 호사스러워 보이는 이 저택의 평상시 유지비로 사용되는 것처럼 보입니다."

후작부인은 몸짓으로 동의의 표시를 했다.

"그런데 말입니다," 판사는 말을 이었다. "만일 부인의 연금이 2만 6천 프랑에 불과하다면, 우리끼리 이야기입니다만, 부인은 십만 프랑 이상의 빚을 지셨어야 합니다. 따라서 법정은 부인께서 남편 분에 대해 금치산 선고를 청구하기에 이른 데는 개인적 이해관계, 즉 부채를 청산할 필요성이 존재하는 것은 아닌가 하는 합리적 의심을 할 수 있습니다. 그러니까 만일 부인께서 빚을 지셨다면 말입니다. 청원에 대한 재판 임무를 부여받은 후 저는 부인께서 처하신 상황에 관심을 가졌습니다. 부인께서 그 상황을 잘 파악하신 후 제게 모든 것을 말씀해 주십시오. 제 추측이 맞다면, 판결 시 법정이 그 판결의 근거를 명시할 때 부인은 비난 받을 것이고, 그럼으로써 부인께서는 이러쿵저러쿵하는 세간의 물의를 피하실 수 없게 됩니다. 그러나 부인께서 분명하고 확실한 입장을 솔직히 밝히신다면 그런 물의를 피할 수 있습니다. 우리는 청원자가 청원을 제기한 동기를 살펴보아야 할 뿐만 아니라, 금치산 선고를 받는 사람의 변론도 들어야 합니다. 또한 혹여 청원자가 열정에 사로잡히거나 탐욕에 눈이 어두워 그런 청원을 낸 것이 아닌지도 조사해야 합니다. 불행히도 그런 경우가 무척이나 많아서……"

불안해하는 후작부인의 모습은 처형대 위에 있는 순교자 라우렌시오*를 연상시켰다.

"……따라서 제게는 그 문제에 관한 설명이 필요합니다." 판사가 말했다. "부인, 저는 부인께 정확한 계산을 요구하는 것이 아닙니다. 단지 어떻게 연 6만 리브르의 생활비를 충당하셨는지 알고 싶을 뿐입니다. 특히 몇 년 전부터 말입니다. 가정의 살림을 꾸리는 데 특별한 재능이 있는 부인들도 많이 있습니다. 하지만 부인께서는 그런 여자들과 다르지 않습니까. 말씀해 주십시오. 국왕이 하사하신 연금이라든가, 최근 받으신 보상금*에서 나온 돈이라든가 하는 합법적 근거가 있을 겁니다. 하긴 그런 것들을 받으려 해도 남편의 허가가 필요했겠군요."

후작부인은 말문이 막혔다.

"생각해 보십시오." 포피노가 계속했다. "데스파르 씨는 자신을 변호하려고 할 것입니다. 그리고 그의 변호사는 부인에게 부채가 있는지 조사할 권리가 있습니다. 이 규방은 최근에 새로 단장했군요. 부인의 거처에는 1816년 후작이 부인께 남긴 가구가 없습니다. 모두 다 새것이지요. 부인께서 말씀해 주셨듯이, 장르노 부인이 가구를 매입하고 실내를 장식하는 데 비용이 많이 들었다면, 이 저택에 가구를 들이고 실내를 장식하는 데에는 더 많은 돈이 필요합니다. 부인은 대귀족 가문의 귀부인이시니 말입니다. 저는 판사입니다만 한 인간이기도 하니 잘못 생각할 수 있습니다. 그러니 명확한 해명을 부탁드립니다. 제게는 법이 부여한 임무를 수행할 의무가 있으며, 한창나이에 있는 한 가정의 아버지에게 금치산을 선고하는 사건일 경우 엄격한 조사가 필요하다는 사실을 고려해 주시길 바랍니다. 그러니 후작부인, 부인과 대화하는 것을 영광스럽게 생각하는 제가 감히 부인께 반론을 제기함을 이해해 주시기 바랍니다. 물론 부인께서 그 문제에 관해 설명하시는 것은 아주 쉬울 것입니다. 정신 착란으로 인해 한 남자가 금치산 선고를 받을 경우, 그에게는 후견인이 필요합니다. 누가 후견인이 되나요?"

"후작의 동생입니다." 후작부인이 말했다.

데스파르 기사가 가볍게 고개 숙이며 인사했다. 잠시 침묵이 흘렀다. 그곳에 모인 다섯 명 모두에게 불편하고 난처한 순간이었다. 일종의 게임을 하면서 판사는 후작부인의 약점을 파악했다. 포피노가 처음 방에 들어왔을 때만 해도 후작부인과 데스파르 기사와 라스티냐크는 웃지 않을 수 없었다. 그만큼 그의 얼굴은 평범하고 순진해 보였다. 그러나 이제 그들은 포피노의 진정한 모습을 보았다. 그들 셋은 판사를 몰래 흘금흘금 바라보면서 그의 웅변적인 말에 담긴 수천 가지의 의미를 파악했다. 우스꽝스럽기만 했던 남자는 통찰력 있는 판사로 변해 있었다. 규방의 가구와 장식에 대한 가치 평가에 그가 왜 그토록 주의를 기울였는지가 설명되었다. 사치 수준에 대해 질문하고자 벽시계를 받치고 있는 금박 입힌 코끼리로 시작했었다. 그리고 이제는 부인의 속마음까지 읽어 버린 것이다.

"데스파르 후작께서 중국에 미치셨다면," 포피노는 벽난로의 장식을 가리키면서 말했다. "중국 물건들은 부인 마음에도 드시는 것 같아서 다행이네요. 여기 있는 이 근사한 중국 제품들을 소장하시게 된 것은 후작님 덕분인가 봅니다." 그는 자질구레한 귀중품들을 가리키면서 말했다.

세련된 그의 조롱에 비앙숑은 웃었고, 라스티냐크는 망연자실했으며, 후작부인은 가느다란 입술을 깨물었다.

"판사님," 후작부인이 말했다. "재산과 아이들을 잃어버리느냐, 아니면 남편으로부터 원수 취급을 당하느냐 하는 잔인한 딜레마에 빠진 한 여인을 옹호하는 대신 비난하시다니요! 판사님은 제 의도를 의심하시는군요. 판사님의 태도는 정말 이상하다는 것을 인정하……."

"부인," 판사는 말을 가로막으며 대답했다. "이런 종류의 사건에서 재판부는 신중함을 요구하기에, 다른 어떤 판사도 저보다 더 관대하게 조사하지 않을 겁니다. 게다가 데스파르 씨의 변호사가 부인께 너그러우리라 생각하십니까? 사심 없고 순수할 수도 있는 부인의 의도를 고의로 왜곡하지 않을까요? 부인의 생활 전체가 그에게 다 노출될 것입니다. 그는 제가 지금 부인께 가지는 존경심과 경의를 표시하지 않은 채 정보 수집을 위해 부인의 생활을 낱낱이 파헤치겠지요."

"판사님, 감사를 표합니다." 후작부인은 냉소적으로 답했다. "현재 제가 3만 프랑, 5만 프랑을 빚졌다 칩시다. 우선, 데스파르 가문과 블라몽 쇼브리 가문 사람들에게 그 정도의 액수는 푼돈에 불과합니다. 그런데 만일 제 남편에게 지적 능력이 없다고 해도 금치산 선고가 어려울까요?"

"아닙니다, 부인." 포피노가 말했다.

"모든 것을 알아내기 위해서는 솔직하기만 하면 되는 상황임에도 판사님께서는 교활한 의도를 가지고 저를 신문하셨습니다. 저는 판사가 그렇게 교활할 수 있다고는 상상도 못 했습니다. 게다가 저는 묵비권을 행사할 권리가 있다는 것을 잘 압니다. 그럼에도 기탄없이 말씀드리겠습니다. 솔직히 사교계에서 저의 지위나 인간관계를 유지하기 위해 들인 모든 노력은 제 취향에 따른 것이 아니었다고 말입니다. 저는 오랫동안 고독 속에서 살았습니다. 하지만 아이들의 이해관계가 저를 움직였고, 제가 아버지를 대신해야 한다고 생각했습니다. 친구들을 초대하면서, 좋은 인간관계를 유지하면서, 그리고 빚을 지면서, 저는 아이들의 미래를 보장하고자 했습니다. 아이들을 위해 빛나는 활동 무대를 준비했던 것입니다. 그곳에서 아이들은 많은 지지와 지원을 받을 것입니다. 그렇게 해서 아이들이 명성과 지위를 얻게 된다면, 수많은 계산적인 사람이나 법관 혹은 은행가는 제가 투자한 비용을 기꺼이 갚아 줄 것입니다."

'부인의 헌신을 높이 평가합니다." 판사가 응수했다. "그 헌신은 부인을 명예롭게 합니다. 저는 부인의 행동 어느 하나도 비난하지 않습니다. 법관은 특정인이 아닌 모든 사람을 위해 존재합니다. 그러니 저는 모든 것을 알아야 하고, 모든 것을 검토해야 합니다."

후작부인에게는 직감적으로 사람들을 판단하는 능력과 습관이 있었다. 그런 부인이 볼 때 포피노란 사람은 그 어떤 압력이나 회유에도 영향을 받지 않을 위인이었다. 부인은 야심 많은 법관을 기대했다. 그런데 양심적인 판사를 만난 것이다. 소송에서 확실히 이기기 위해서 그녀는 갑자기 다른 방법을 생각해 냈다. 하인들이 차를 내왔다.

"부인, 제게 하실 말씀이 더 있으신가요?" 음식이 나오는 것을 본 포피노가 말했다.

"판사님," 부인은 오만하게 말했다. "판사님의 업무에 충실하세요. 데스파르 씨를 신문하세요. 그러면 저를 동정하시게 될 것입니다. 그러실 거라고 확신합니다." 그녀는 무례하고 거만한 태도로 포피노를 바라보면서 머리를 쳐들었다. 선한 노인은 정중하게 인사했다.

"자네 고모부 말일세, 정말 못 말리는 분이군!" 라스티냐크가 비앙숑에게 말했다. "도무지 아무것도 이해를 못 하시네. 그러니까 데스파르 후작부인이 누군지 모른단 말이야? 부인의 영향력도, 그녀가 사교계의 막후 세력이라는 사실도 모른단 말이야? 내일이면 부인은 법무부 장관을 초대할 걸세……."

"이보게, 난들 어쩌겠나?" 비앙숑이 말했다. "내가 미리 말하지 않았나? 고모부는 호락호락한 인물이 아니라고 말일세."

"아니," 라스티냐크가 말했다. "호락호락하게 만들어야지."

비앙숑은 포피노를 따라가기 위해 후작부인과 데스파르 기사에게 서둘러 인사할 수밖에 없었다. 포피노는 불편한 상황에 오래 머무는 인물이 아니었기에 빠른 걸음으로 살롱을 지나갔다.

"저 여자는 10만 에퀴의 빚을 지고 있는 것이 분명해." 조카의 마차에 오르면서 판사가 말했다.

"소송 사건에 대해서는 어떻게 생각하세요?"

"난 말이다." 판사가 말했다. "모든 것을 다 조사하고 검토하기 전에는 한 번도 의견을 가져본 적이 없다. 내일 아침 장르노 부인에게 통보해서 오후 4시까지 내 사무실로 오라고 해야겠다. 그녀가 연루되어 있으니, 본인과 관련된 사실을 증언해 달라고 해야지."

"이 사건이 어떻게 끝날지 궁금하네요."

"그런데 말이다, 후작부인은 말 한마디 하지 않던 그 키 크고 빼빼 마른 남자의 하수인처럼 보이지 않더냐? 그 남자에게서

카인의 모습을 살짝 보았어. 그 카인은 법정에서 몽둥이를 찾고 있는 것처럼 보이더군. 그런데 불행하게도 우리의 법정에는 그에 대항할 삼손의 칼'이 몇 개 있지."

'아, 라스티냐크!' 비앙숑이 외쳤다. "이 갤리선에서 자네는 도대체 무얼 하는 것인가?"

"우리는 가족 간의 그런 시시한 음모를 보는 데 익숙하단다. 금치산 청구 소송에서 판사들이 무혐의 판결을 내리는 경우는 허다하거든. 매년 그런 일이 일어나지. 우리의 풍습에서 그런 종류의 시도를 했다고 해서 명예가 훼손되진 않아. 반면, 창문을 깨고 황금 가득한 그릇을 훔친 불쌍한 놈은 형벌에 처하지. 우리의 법전에는 오류가 없지 않아."

"하지만 청원서에 명시된 사실들은요?"

"애야, 그러니까 너는 아직도 고객들이 소송대리인에게 요구하는 사법 소설을 모른단 말이냐? 소송대리인들이 진실만을 서술한다면, 소송대리인이라는 직책을 사기 위해 지불한 투자금도 벌지 못할 거다."

다음 날 오후 4시에 나무통에 옷을 입히고 벨트를 채운 것처럼 보이는 뚱뚱한 부인 한 명이 땀을 뻘뻘 흘리고 숨을 몰아쉬면서 포피노 판사의 사무실 계단을 올라가고 있었다. 그녀는 초록색 마차에서 간신히 빠져나왔다. 그 마차는 부인과 너무도 잘 어울렸기에, 마차를 타지 않은 부인도, 부인이 타지 않은 마차도 상상되지 않았다.

"친애하는 판사님," 그녀는 판사의 사무실 문 앞에 나타나서 말했다. "바로 제가 장르노 부인입니다. 판사님께서는 단도직입적으로 제가 도둑인지 아닌지 물어보셨지요."

이 평범한 말은 천식 때문에 어쩔 수 없이 흘러나오는 휘파람 소리 때문에 또박또박 끊어 발음되다가 끝에 가서는 기침으로 마무리되는 목소리를 통해 쏟아져 나왔다.

"습기 찬 곳을 지날 때 제가 얼마나 고통스러운지는 상상도 못 하실 겁니다. 저는 오래 살지 못할 테지만, 판사님에 대한 존경은 오래갈 겁니다. 아무튼 제가 왔습니다."

판사는 자신을 앙크르 원수 부인*이라고 자처하는 여인을 보고 깜짝 놀랐다. 장르노 부인의 얼굴은 마마 자국투성이였고, 혈색은 좋았으며, 코는 들창코였다. 얼굴형은 공처럼 동그랬다. 착한 여자들은 모든 것이 둥근 법이다. 눈에는 시골 여인처럼 활기가 가득했고, 솔직해 보였으며, 말투는 쾌활했다. 엉성한 헝겊 모자로 감싼 머리에 낡은 앵초 꽃다발이 장식된 초록색 모자가 씌어져 있었다. 풍만한 가슴은 기침할 때마다 기괴하게 터져 버리면 어쩌나 하는 두려움을 유발하면서 웃음을 자아냈다. 다리는 너무 굵어서 파리의 개구쟁이들에게 필로티 위에 지어진 여자라고 놀림 받기 십상이었다. 부인은 친칠라 털로 장식된 초록색 옷을 입고 있었다. 마치 결혼하는 신부의 베일에 묻은 기름 땟자국처럼 보이는 털이었다. 한마디로 그녀의 외모와 태도 등 모든 것은 "아무튼 제가 왔습니다"라는 그녀의 마지막 말과 조화를 이루었다.

"부인," 포피노가 말했다. "부인께서는 데스파르 후작으로부

금치산 317

터 거액의 돈을 받기 위해 그를 유혹했다는 의심을 받고 계십니다."

"뭐라고요? 뭐요? 유혹이요?" 그녀가 말했다. "하지만 친애하는 판사님, 판사님은 존경받는 분이십니다. 게다가 법관이시니 상식적인 판단을 하실 것입니다. 저를 보세요! 제가 남자를 유혹할 수 있는 여자인지 말씀해 주세요. 저는 신발 끈을 맬 수도, 마음대로 몸을 숙일 수도 없습니다. 20년 전부터는 코르셋도 입을 수 없답니다. 다행이죠. 그것을 입으면 그 자리에서 급사하고 말 테니까요. 열일곱 살 때는 아스파라거스처럼 날씬하고 예뻤지요. 옛날 일이지만 판사님께는 말씀드릴 수 있어요. 그래서 장르노와 결혼했습니다. 소금 나르는 선박의 선장이었던 정직하고 친절한 사내였죠. 제겐 아들이 하나 있답니다. 미남 청년이죠. 저의 자랑이랍니다. 그 아이는 제가 만든 최고의 작품입니다. 저를 비하하는 것은 아니지만, 저 같은 여인이 만들었다고 보기 어려울 만큼 훌륭한 청년이지요. 제 아들 장르노는 나폴레옹의 멋진 군인이었고 황제 근위대에서 황제에게 봉사했습니다. 그런데 불행히도 남편이 사고로 물에 빠져 죽었고, 저는 엄청난 변화를 겪었습니다. 천연두에 걸렸던 것이죠. 2년 동안 꼼짝하지 않고 방에 처박혀 있었습니다. 그러고는 판사님이 보시듯 이렇게 뚱뚱해져서 방을 나왔습니다. 영원히 추녀로 남아 있을, 돌처럼 불행한 여인이 되어서 말입니다……. 이런 제가 유혹을 해요?"

'하지만 부인, 그렇다면 도대체 데스파르 씨가 부인께 돈을 드린 이유는 무엇인가요? 그렇게······.”

"엄청난 액수죠, 판사님. 그렇게 말씀하셔도 됩니다. 좋아요. 하지만 그 이유에 관해서라면, 제게는 그것을 말씀드릴 권리가 없어요.”

"아닙니다. 그렇게 생각하시면 안 됩니다. 지금 그의 가족은 너무도 불안해서 그를 기소하려 하니······.”

"세상에, 맙소사!” 그녀는 벌떡 일어나면서 말했다. "그러니까 그분이 저 때문에 고통받을 수도 있다는 말인가요? 그렇게 훌륭한 분이요? 세상에 그런 분은 없어요! 그분께 조금이라도 고통을 드리느니, 감히 말하건대 그분의 머리칼 하나라도 건드리느니, 우리가 받은 돈을 모두 돌려 드리겠어요, 판사님. 서류에 그렇게 적으세요. 세상에, 맙소사! 이 사실을 아들에게 알리러 가야겠어요. 아! 정말 말도 안 돼!”

부인은 일어나서 밖으로 나갔다. 그러고는 서둘러 계단을 내려가서는 자취를 감추었다.

'저 여자는 거짓말을 하지 않아.' 판사가 중얼거렸다. '자, 내일이면 모든 것이 밝혀지겠지. 내일 데스파르 후작을 방문할 테니.'

생각 없이 함부로 인생을 낭비하는 나이가 지난 사람들은 대단치 않아 보이는 행동이 주요 사건에 미치는 영향을 모르지 않는다. 따라서 다음과 같이 아주 작은 사건이 가져온 엄청난 결과에 대해서도 별로 놀라지 않을 것이다. 다음 날 포피노는 코감기에 걸렸다. 위험하지 않은 가벼운 병인 코감기는 '뇌에 들어간 럼주'라는 말로 통용되는데, 그 용어는 우스꽝스러울 뿐 아니라 의미상 적절하지도 않다. 아무튼 그는 서류 작성이 늦어짐으로써 심각한 결과를 초래할 수 있다고 의심할 만큼 용의주도한 사람이 아니었기에, 열이 좀 있는 것 같아 집에서 쉬었다. 그리하여 다음 날 후작을 신문하러 가지 않았다. 이 사건에서 잃어버린 그 하루는 기만당한 날로 기록된 1630년 11월 10일, 격분한 대비 마리 드 메디치가 루이 13세와의 회담을 지연시키는 바람에 리슐리외가 먼저 생제르맹에 도착함으로써 왕이 포로로 붙잡고 있던 적들을 넘겨받은 사건*에 비유될 수 있다. 이 사건에서는 격분한 대비가 회담을 지연시킨 까닭에 예상밖의 결과를 가져왔다. 마찬가지로 포피노의 잃어버린 하루는 이 소송 사건에서 결정적 역할을 하게 된다. 데스파르 후작의 집으로 가는 판사와 법원 서기를 따라가기 전에, 후작의 집과 그 집의 내부를 살펴볼 필요가 있다. 또한 아내의 청원서에 광인으로 묘사된 한 가정의 아버지와 관련된 사건에 관해서도 살펴보아야겠다.

  파리 옛 시가지의 여기저기에는 오래된 건물들이 많다. 그곳에서 고고학자들은 파리라는 도시를 장식하고자 한 파리 사람들의 소망을, 그리고 오랜 시간 동안 건물을 지은 건축주들의 열정을 알아본다. 당시 데스파르 씨가 거주하던 집은 몽타뉴 생트준비에브 가에 있었는데, 깎은 돌로 지어진 오랜 건축물 중 하나로 건축적 가치가 높았다. 하지만 오랜 세월로 인해 돌은 검게 변했고, 도시에서 여러 차례 발발한 혁명은 건물의 외관뿐 아니라 내부도 훼손시켰다. 옛날에는 대학가였던 이 구역에 높은 신분의 귀족들이 살았지만, 교회가 운영하는 유명한 교육 기관들이 점차 이곳을 떠나면서 그들도 함께 떠났다. 이제는 그 저택에 작업장들이 들어섰고, 옛날 같으면 절대 살지 못했을 사람들이 거주하고 있었다. 지난 세기에 이곳을 차지한 어떤 인쇄소는 마루판을 파손했고, 나무로 장식한 벽을 더럽혔으며, 담벼락을 시커멓게 만들었다. 내부의 주요 배치도 엉망으로 만들었다. 과거에 추기경이 거주하던 이 고급 저택을 지금은 가난한 세입자들이 점령했다. 건축 양식은 앙리 3세, 앙리 4세, 루이 13세가 통치하던 16세기에서 17세기 사이에 지어진 건물임을 말해 주고 있었다. 그 주변에는 미뇽 저택, 세르팡트 저택, 팔라틴느 왕자비의 궁전 그리고 소르본대학* 건물이 들어서던 시절이었다. 어떤 노인은 지난 세기에 사람들이 그 집을 뒤페롱* 저택이라 불렀다는 말을 들었다고 회상했다. 앙리 4세와 로마 교황청을 화해시킨 그 유명한 추기경이 필시 그 집을 지었거나 아니면 거주했을 것이다. 안마당 모퉁이에는 집 안으로 들어갈 수 있는 몇 개의 낮은 층계가 있었고, 정원으로 내려가려면 내부 벽 한가운데에 만들어 놓은 다른 층계를 이용해야 했다. 많이 훼손되었음에도, 건축가가 난간과 두 개의 층계에 마음껏 펼친 사치는 어떤 방식으로든 건물 소유주의 이름을 기억하게 하고 싶다는 순진한 의도를 드러내었다. 또한 일종의 말 맞추기 놀이 같은 것이 조각되어 있었는데, 우리 조상은 종종 자신에게 그런 장난을 허용했던 것이다. 고고학자들이 두 외벽을 장식하는 삼각면에서 발견한 로마 시대 추기경의 모자 끈 자국은 그런 표시가 실제로 존재했음을 증명했다. 데스파르 후작의 집은 1층에 있었다. 아마도 정원을 향유하기 위해서였을 것이다. 그 동네 정원치고는 매우 넓었을 뿐 아니라 남향이었는데, 이 두 가지 장점은 아이들의 건강에 절대적으로 필요한 요소들이었다. 이름에 몽타뉴가 들어가 가파른 언덕이라는 의미가 담긴 길에 있는 이 집은 1층임에도 지대가 높아 전혀 습하지 않았다. 데스파르 씨는 학교 가까이 살면서 아이들의 교육에 신경 쓰고자 그 아파트에 살았는데, 그 동네로 이사 오던 당시에는 임대료가 별로 비싸지 않아서 그 집을 저렴하게 임대할 수 있었다. 게다가 전체적으로 수리해야 할 정도로 내부도 형편없었기에 집주인도 매우 만족해했다. 그리하여 후작은 큰돈을 들이지 않고 약간의 비용만으로 신분에 걸맞게 정착할 수 있었다. 높은 천장과 방들의 배치, 틀만 남은 나무 장식벽, 천장의 구성, 이 모든 것은 고위 성직자가 건축물과 예술품에 남긴 위대함의 흔적을 확연히 드러내었다. 현대 예술가들은 그곳에 남아 있는 한 권의 책, 한 벌의 옷, 서재의 벽면 일부 그리고 하나의 안락의자 같은 아주 사소한 것에서도 그 위대함을 발견한다. 후작이 배치한 그림들은 네덜란드 사람들도 좋아하고 파리의 옛 부르주아들도 좋아하는, 그리고 현대의 장르적 화가들에게 뛰어난 효과를 부여하는 갈색 톤이었다. 무늬 없는 벽지가 발라진 벽면은 그림들과 잘 어울렸다. 창문에는 비싸지 않아도 전체 분위기와 조화롭도록 세심하게 선택된 천으로 만든 커튼이 드리워져 있었다. 가구는 많지 않았으나 잘 배치되어 있었다. 그 집으로 들어가는 사람은 누구나 그곳을 지배하는 고요함과 수수함 그리고 통일된 색조에 고취되어 온화하고 편안한 감정을 느끼지 않을 수 없었다. 그런 느낌은 화가들이 꼭 표현하고 싶은 감정이리라. 세세한 부분까지 귀족적이었으며 가구들은 먼지 하나 없이 깨끗했다. 그곳에 있는 사람들과 사물들은 완벽한 조화를 이루고 있었다. 이 모든 것은 '상쾌하고 감미롭다'라는 단어가 떠오르게 했다. 후작과 아이들이 사는 그 집을 방문한 사람은 별로 없었기에, 이웃 사람들은 그들에 관해 알지 못했다. 몇 개의 건물로 구성된 저택에서 길모퉁이에 있는 본채 건물의 4층에는 파손되고 아무 장식도 없어 괴기한 느낌을 주는 세 개의 커다란 방이 있었는데, 그곳에 인쇄소가 있었다. 『중국의 생생한 역사』를 출판하기 위해 그 세 개의 방은 각각 사무실과 서점 그리고 데스파르 씨가 낮 시간 동안 머무는 서재로 사용되었다. 그는 점심 식사 후 오후 4시까지, 준비하는 책 출판을 감독하기 위해 4층에 있는 그 서재에 머물렀다. 후작을 만나러 온 사람들은 보통 그곳에서 그를 발견하곤 했다. 학교에서 돌아온 두 아이는 종종 사무실로 올라갔다. 따라서 1층 아파트는 아버지와 아이들이 저녁 시간부터 다음 날 아침까지 머무는, 아무나 침투할 수 없는 일종의 성소(聖所)였다. 그의 가정생활은 그렇게 철저하게 은폐되어 있었다. 고용인이라고는 오래전부터 그 가문에 헌신했던 노파 요리사 한 명과 후작이 블라몽 양과 결혼하기 전부터 그에게 봉사한 마흔 살의 하인 한 명뿐이었다. 아이들을 돌보는 가정부는 아이들 곁에 머물렀다. 아파트의 세심한 관리 상태에서 그녀의 깔끔한 성격과 모성애를 느낄 수 있었다. 그녀는 주인에게 도움이 되고자 집안일을 감독하고 아이들을 돌보는 능력을 마음껏 발휘하고 있었다. 신중하고 말수가 적은 세 사람은 후작의 내면생활을 지배하는 생각을 이해하는 것처럼 보였다. 그들은 대부분의 하인들과 습관이 너무 달랐기에 그 집은 이상하게 보였고, 그로 인해 사람들은 그 집에 비밀스러운 분위기를 부여했다. 그러다 보니 후작에 대한 중상모략이 난무했다. 게다가 후작 자신이 그런 중상모략을 초래한 면도 있었다. 후작이 그 건물의 다른 세 입자들과 아무런 교류도 하지 않는 데는 그럴 만한 이유가 있었다. 그는 아이들의 교육에 신경을 쓰면서 아이들이 가능한 한 이웃과 접촉하지 않기를 바랐다. 어쩌면 이웃과 쓸데없는 분쟁을 피하고 싶었기 때문이기도 했을 것이다. 그러나 그가 살던 라틴 구역에서는 자유주의 사상이 유난히 판을 쳤고, 그런 분위기가 팽배한 시기에 후작처럼 명문가 귀족의 그런 행동은 동네 사람들의 반감을 살 수밖에 없었다. 사람들은 흥분했고, 야비하다고 할 만큼 어처구니없는 악감정을 품었다. 수위들은 쑥덕거렸고, 악의적으로 왜곡된 말들이 이 집 저 집을 떠돌았다. 하지만 후작과 그 집의 고용인들은 아무것도 몰랐다. 그들 말에 따르면, 그 집 하인은 예수회 회원이고, 요리사는 엉큼한 여자이며, 가정부는 장르노 부인과 결탁하여 미친

놈을 약탈하고 있었다. 그들이 말하는 미친놈은 후작이었다. 세입자들은 합리적 이유도 없이 그저 그들의 판단 기준에 따라, 자신들이 관찰한 데스파르 씨의 여러 행동을 가차 없이 광기로 간주했다. 중국에 관한 책은 별로 성공하지 못할 것이라고 확신하면서 데스파르 씨에게는 돈이 없다는 말로 집주인을 불안하게 했다. 결국 집주인은 그 말을 믿게 되었다. 일에 쫓겨 바쁜 사람들이 그러하듯이, 그때 마침 후작은 제때 세금을 내지 않아 징세관으로부터 압류 영장을 받았다. 그러자 집주인은 새해 첫날부터 임대료 지급 증서를 보내면서 지불 기일을 지켜 달라고 요구했다. 그러나 건물 관리인은 후작을 골탕 먹이기 위해 그 증서를 후작에게 전달하지 않았다. 15일에 집행 명령이 통보되었고, 관리인은 그때서야 비로소 그 증서를 후작에게 건네주었다. 12년 동안 머문 건물의 소유주가 그렇게까지 악의적으로 행동했으리라고는 상상할 수 없었던 후작은 무슨 오해가 있었다고 생각했다. 하인이 집주인에게 집세를 가져다주는 동안 후작은 집행관에게 잡혀 있었다. 이 압류 사건은 후작과 사업상 관련이 있는 사람들에게 은밀하게 전해졌고, 그중 몇몇은 후작의 지불 능력을 의심하면서 불안해했다. 사람들 말에 따르면, 장르노 씨와 그의 어머니가 후작에게서 엄청난 액수의 돈을 뜯어냈다고 하지 않나. 게다가 세입자들과 채권자들 그리고 집주인의 의심은 후작이 과도하게 절약한다는 사실로 인해 확신으로 바뀌었다. 그는 마치 파산한 사람처럼 처신했다. 그의 고용인들은 동네에서 사소한 생필품을 살 때에도 그 자리에서 즉각 지불하는 등 신용 거래를 좋아하지 않는 사람처럼 행동했다. 하긴 그들이 무엇이든 외상으로 달라고 부탁했다면, 아마도 모두 거절당했을 터였다. 그만큼 그 동네 사람들은 후작에 대한 중상모략을 그대로 믿었다. 상인들은 외상값을 제대로 갚지 않을지라도, 지속적인 관계를 맺는 단골을 좋아한다. 반면에 저속하면서도 의미심장한 표현인 '통정(通情)'을 허락하기에는 신분이 너무 높은 훌륭한 사람들을 증오한다. 인간이란 그런 것이다. 대부분 모든 계급의 사람들은 자신에게 아첨하는 공모자와 비열한 사람에게는 편의와 호의를 제공한다. 그러나 자신에게 상처를 주는 우월한 사람들에게는 그 우월감이 어떤 방식으로 나타나든 그런 편의와 호의를 거절한다. 감히 궁정에 대고 큰소리칠 수 있는 상인이 있다면, 그에게는 충실한 단골들이 있기 때문이다. 아무튼 이웃들은 분명 후작과 아이들의 태도에서 나쁜 인상을 받았으며, 자신들도 모르게 그들에게 어느 정도 앙심을 품게 되었다. 사람들은 자신이 만든 적에게 해가 된다면 비열한 행동도 마다하지 않는다. 데스파르 부인이 귀부인이었듯이 데스파르 씨는 귀족이었다. 두 사람 다 보기 드문 명문가 출신으로서, 프랑스에서 그들처럼 높은 가문끼리 결혼한 경우는 손에 꼽힐 만큼 아주 드물었다. 두 사람은 오래된 생각, 말하자면 태어날 때부터 가지고 있던 믿음과 어릴 때부터 몸에 밴 습관에 익숙해 있었다. 하지만 그런 생각이나 믿음이나 습관은 이제 더 이상 존재하지 않는다. 순수 혈통이라든가 특권이 있는 가문에 대한 신념을 가지기 위해서는, 자신이 다른 사람들보다 우월하다고 생각하기 위해서는 세습 귀족과 평민 사이의 간격을 재 봐야 하지 않나? 지휘하기 위해서는 일인자가 되어야 하지 않나? 무엇보다도 교육을 통해 올바른 사상을 주입시켜야 하지 않나? 어머니가 이마에 키스하기 전에 자연이 그 위대한 사람들의 이마에 왕관을 얹어 주면서 그들에게 불어넣은 사상을 말이다. 그러나 이제 프랑스에는 더 이상 그러한 사상도 그런 교육도 가능하지 않다. 40년 전부터 프랑스에서 대혁명이라는 우연은 전쟁에서 피를 흘린 자들에게 영광을 부여하고 능력을 치하하면서 그들을 귀족으로 만드는 권리를 빼앗았다. 대리 상속인 지정과 마조라* 등 가문의 재산을 지키기 위한 제도를 폐지함으로써 상속 유산은 자식들에게 동등하게 배분되었고, 그리하여 가문의 재산은 분산되었다. 따라서 귀족들은 국가에 봉사하는 대신 사업을 해야 했다. 이제 개인의 우수함은 오랜 시간과 인내심을 요구하는 노동을 통해서만 습득되는 자질일 수밖에 없다. 바야흐로 새로운 시대가 도래한 것이다. 봉건제라 불리는 그 거대한 제도의 잔존자라 할 데스파르 씨는 존경과 찬사를 받을 만한 사람이었다. 그는 자신이 혈통상 다른 사람들보다 우월하다고 생각했지만, 동시에 귀족의 임무에 대한 책임감도 강했다. 그는 귀족 계급에 요구되는 미덕과 강인함을 갖춘 인물이었다. 자신의 원칙에 따라 아이들을 교육했으며, 유아기 시절부터 그들에게 계급 의식을 주입했다. 귀족의 존엄성에 대한 강렬한 인식, 이름에 대한 자부심, 스스로 위대하다는 확신, 이런 것들은 아이들에게 귀족적 긍지와 기사의 용기 그리고 주민을 보호하는 성주의 배려 등에 대한 인식을 심어 주었다. 그러한 사상과 조화를 이루는 그들의 태도는 귀족이나 왕족들에게는 훌륭하게 보이겠지만, 보기 드물게 평등이 지배하는 몽타뉴 생트준비에브 가 사람들의 눈에는 매우 거슬렸다. 게다가 그들은 데스파르 씨가 파산했다고 믿었다. 그 동네에서는 나이가 가장 적은 어린아이부터 나이가 가장 많은 노인까지 모든 사람이 부유한 부르주아에게 재산을 다 빼앗겨 가난해진 귀족에게 귀족적 특권을 부여하기를 거부했다. 이처럼 데스파르 가족과 다른 사람들 사이에는 정신적으로나 물질적으로나 소통이 부재했다.

 아이들과 아버지의 육체는 그들의 정신과 조화를 이루었다. 당시 쉰다섯 살 정도였던 데스파르 씨는 19세기 최고 귀족을 묘사할 때 모델로 사용해도 좋을 만했다. 몸은 호리호리했고, 머리는 금발이었으며, 얼굴의 윤곽과 고귀한 감정을 드러내는 표정에서는 타고난 품위가 느껴졌다. 하지만 존경심을 요구하기 위해 약간 과도할 만큼 의식적으로 냉정함을 유지하려는 기색이 역력했다. 코끝이 왼쪽에서 오른쪽으로 비틀어진 매부리코는 살짝 어긋나 보였지만 그 나름의 멋이 있었다. 푸른 눈과 눈썹 부위까지 두꺼운 띠를 형성할 만큼 툭 튀어나와 눈에 그늘을 드리우면서 빛을 차단하는 당당한 이마는 그가 인내할 줄 아는 곧은 정신과 높은 충성심을 지닌 자임을 드러내는 동시에 기묘한 분위기를 자아내기도 했다. 휘어 있는 이마를 보면 사실 그가 약간 미쳤다고 생각할 수도 있을 것이다. 게다가 서로 붙어 있는 두꺼운 눈썹 때문에 더욱 괴상해 보였다. 그의 손은 귀족답게 하얬고 잘 다듬어져 있었으며, 발은 볼이 좁았고, 굽이 높은 신발을 신고 있었다. 말더듬이처럼 버벅거리는 발음뿐 아니라 생각을 표현할 때의 분명치 않은 말투, 그리고 그의 생각과 말의 내용은 듣는 사람들에게 후작은 그저 왔다 갔다 하면서 격식 없는 일상어로 말하자면, 사소한 일에 신경을 쓰고 온갖 것에 손을 대지만 결국 중간에 그만두고 아무것도 이루지 못하는 사람이라는 인상을 주었다. 순전히 외적인 이러한 결점은 그의 말에서 느껴지는 확고부동한 의지, 그리고 표정에서 느껴지는 단호한 성품과 대조를 이루었다. 약간 불규칙한 걸음걸이는 그의 말투와 잘 어울렸다. 이러한 괴상한 모습과 태도와 말투로 인해 사람들은 그가 광인이라 굳게 믿었다. 그는 우아하고 세련된 사람이었지만, 자신에게 쓰는 돈을 철저하게 아끼면서 3~4년 동안 하인이 지극 정성으로 솔질한 검은 프록코트만 입고 다녔다. 아이들의 경우 둘 다 인물 좋고 친절했지만, 그 친절에는 귀족 특유의 거만함이 배어 있었다. 얼굴은 생기발랄했고 시선은 천진무구했으며, 투명한 피부는 단정한 품행을 드러내었다. 또한, 규율을 잘 지켰으며, 어느 한쪽으로 치우침 없이 공부도 놀이도 열심히 했다. 두 아이 모두 검은 머리에 푸른 눈, 그리고 아버지처럼 비틀린 코를 가지고 있었다. 하지만 어머니로부터 말과 시선에서 풍기는 위엄, 그리고 블라몽 쇼브리 가문 대대로 내려오는 침착한 태도를 물려받았다. 수정처럼 맑고 생기 넘치는 목소리는 상대방의 마음을 사로잡았다. 나긋나긋한 그 목소리는 너무도 매혹적이었다. 말하자면, 한 여인이 이글거리는 시선을 받은 후에 듣고 싶은 바로 그런 목소리였다. 무엇보다도 그들은 오만하지 않으려고 겸손한 태도를 유지했으며, 순결하고 단정했다. '놀리 메 탄게레',* 예수께서는 재림한 후 추종자 마리아에게 '나를 만지지 마라'라고 말씀하시지 않았던가. 그 순결함은 훗날을 위한 계산적인 태도로 보일 수도 있을 것이다. 그만큼 그들의 태도는 그들을 알고 싶은 욕망을 불러일으켰다. 맏아들 클레망 드 네그르플리스 백작은 열여섯 살에 접어들었다. 그는 2년 전 영국식 귀여운 재킷을 벗어 던졌고, 그 옷은 동생 카미유 데스파르 자작이 물려받았다. 약 6개월 전에 앙리 4세 중학교를 졸업한 백작은 젊은 청년의 복장을 하고는 처음으로 입은 세련된 어른 옷이 주는 행복을 만끽하고 있는 것처럼 보였다. 아버지는 아들에게 일 년 동안 쓸데없는 철학 공부를 시키는 것을 원치 않았다. 그는 아들이 초월수와 관련된 수학을 연구함으로써 여러 지식 간에는 서로 상호적 관계가 존재한다는 사실을 깨닫게 하려고 노력했다. 또한, 동양의 언어, 유럽의 외교법, 문장학(紋章學), 그리고 확실한 출처에 기반한 역사, 즉 헌장이나 원전 혹은 칙령을 토대로 한 역사를 배우게 했다. 카미유는 최근에 수사학 공부를 시작했다.

포피노가 데스파르 후작을 신문하러 가기로 한 날은 휴일인 목요일*이었다. 아홉 시경 아버지가 일어나기 전에 아이들은 마당에서 놀고 있었다. 클레망은 이제까지 가 보지 못한 사격장에 이번에는 꼭 가고 싶으니 아버지의 허락을 받아달라는 동생의 간청을 들어주고 싶지 않았다. 하지만 동생은 막무가내였다. 자작은 항상 자신이 약하다는 점을 남용하면서 형과 싸우기를 즐겼다. 두 형제는 초등학생처럼 놀다가 서로 말다툼하면서 치고받고 싸우기 시작했다. 마당 여기저기를 뛰어다니며 내는 큰 소리에 후작은 잠에서 깼다. 그가 창문 앞에 섰다. 그러나 아이들은 정신없이 싸우느라 아버지를 보지 못했다. 후작은 두 마리 뱀처럼 서로 엉켜 상기된 얼굴로 있는 힘을 다해 싸우는 아이들을 흡족하게 바라보았다. 그들의 하얀 얼굴은 장밋빛으로 상기되었고, 눈에서는 빛이 번득였으며, 팔다리는 난로 위의 밧줄처럼 비틀렸다. 그들은 곡예단의 격투기 선수들처럼 넘어졌다가 다시 일어나 싸움을 계속했다. 아이들을 보면서 아버지는 행복했다. 이는 파란만장한 삶이 주는 엄청난 고통에 대한 일종의 보상이었다. 마침 건물 2층과 3층에 사는 두 세입자가 정원을 바라보고 있었는데, 그들은 후작을 보자마자 미친 늙은이가 아이들에게 싸움을 붙여놓고는 그 모습을 즐긴다고 떠벌렸다. 그러자 몇몇 주민이 창가로 모여들었다. 그들을 본 후작은 아이들을 불렀고, 아이들은 창문을 기어올라 방으로 뛰어내렸다. 그리고 클레망은 카미유가 요청한 허가를 받아 냈다. 후작의 광기를 드러내는 새로운 징후라는 소문이 건물에 사는 사람들 사이에 쫙 퍼졌다.

낮 12시경 법원 서기와 함께 건물 입구에 도착한 포피노가 데스파르 씨의 접견을 요구하자, 관리인 아줌마가 그를 4층으로 안내했다. 그러고는 오늘 아침만 해도 데스파르 씨가 어떻게 아이들을 싸우게 했는지, 그리고 동생이 피가 나도록 형을 무는 것을 바라보면서 그 괴물 같은 남자가 어떻게 웃었는지 등에 대해 이야기했다. 그 남자는 분명 아이들이 서로를 죽이기를 바랐을 것이라고도 했다.

"왜냐고 물어보세요!" 그러고는 덧붙여 말했다. "그 남자 자신도 모른답니다."

관리인은 단호한 어조로 그렇게 말하면서 판사를 4층의 층계참으로 안내했다. 방문 앞에는 정기 간행물 『중국의 생생한 역사』의 지속적 발간을 알리는 게시문이 붙어 있었다. 층계참은 진흙투성이였고, 난간은 더러웠으며, 문에는 인쇄공이 남긴 자국이 그대로 남아 있었다. 창문은 완전히 망가졌고, 천장에는 견습공들이 연기 나는 양촛불로 낙서한 괴상망측한 자국들이 남아 있었다. 방 한구석에는, 고의로 그랬는지 아니면 무심코 그랬는지 몰라도, 종이들과 쓰레기 더미가 잔뜩 쌓여 있었다. 말하자면 눈에 보이는 세세한 광경은 후작부인이 주장한 사실과 너무도 일치했기에, 공정을 최고 가치로 여기는 판사임에도 포피노는 후작부인의 주장을 믿지 않을 수 없었다.

"신사 분들, 여깁니다." 관리인이 말했다. "바로 이곳이 온 동네를 먹여 살릴 양식을 중국인들이 다 먹어 치우는 공장이랍니다."

법원 서기는 웃으면서 판사를 쳐다보았고, 포피노도 웃음이 나와 심각한 표정을 유지하기 힘들었다. 두 사람은 첫 번째 방으로 들어갔다. 그곳에는 사무와 서점 업무뿐 아니라 회계 일까지 보는 것이 분명한 한 노인이 있었다. 그는 중국 관련 책을 만드는 견습공들의 스승이었다. 기다란 판자들이 방의 벽을 꽉 채우고 있었고, 발간된 간행물들은 그 위에 쌓여 있었다. 방 안쪽에는 나무와 철책으로 만든 칸막이가 있었는데, 안에 초록색 커튼이 쳐진 그곳은 사무실로 사용되고 있었다. 고양이 집처럼 생긴 작은 공간은 돈을 주고받는 회계 창구인 듯 보였다.

"데스파르 씨 계십니까?" 포피노는 회색 작업복을 입고 있는 노인에게 다가가 물었다.

서점 직원은 두 번째 방문을 열었다. 판사와 법원 서기는 존경심을 불러일으키는 백발노인이 사무실 앞에 앉아 있는 것을 보았다. 생루이 훈장' 십자가로 장식된 옷차림의 이 검소한 노인은 색칠한 종이들을 비교하던 일을 멈추고 불시에 닥친 두 방문자를 쳐다보았다. 책과 교정쇄가 가득한 수수한 사무실에는 검은색 나무 탁자 하나가 놓여 있었다. 아마도 지금은 없는 어떤 사람이 일하러 오는 자리인 것 같았다.

"선생님이 데스파르 후작이신가요?" 포피노가 물었다.

"아닙니다." 노인은 자리에서 일어나면서 말했다. 그러고는 그들 앞으로 다가서 귀족 교육을 받은 사람의 예의와 고상한 습관을 드러내는 태도로 덧붙였다. "무슨 일이시죠?"

"지극히 사적인 문제로 후작님과 이야기하고 싶습니다." 포피노가 답했다.

'데스파르! 자네를 만나고자 하는 분들이 계시네.' 마지막 방으로 들어가면서 노인이 말했다. 그 방에서 후작은 벽난로 구석에 앉아 신문을 읽고 있었다.

서재로 사용되는 그 마지막 방에는 낡은 양탄자가 깔려 있었고, 창문에는 회색 커튼이 달려 있었다. 가구로는 마호가니 나무로 만든 몇 개의 의자와 두 개의 안락의자, 개폐식 뚜껑과 서류함이 달린 책상과 기울기를 조절할 수 있는 트롱쉥식 책상'이 있었으며, 벽난로 위에는 보잘것없는 추시계 하나와 두 개의 낡은 촛대가 놓여 있었다. 노인은 포피노와 서기를 앞서가서는 마치 집주인이라도 되는 양 그들에게 두 개의 의자를 내밀었고, 데스파르 씨는 그가 그렇게 하도록 내버려두었다. 서로 인사를 나누는 동안 판사는 광인이라고 일컬어지는 남자를 관찰했다. 후작은 당연히 방문의 목적을 물었다. 포피노는 의미심장한 표정으로 노인과 후작을 바라보았다.

"후작님," 그는 대답했다. "법의 정신에 따르면 이 사건의 경우 신문 내용이 가족에게 공개되어야 합니다만, 제 직무의 특성과 저를 여기까지 오게 한 사건의 내용을 고려할 때 후작님과 단둘이 이야기했으면 합니다. 저는 센 지방 일심 법원의 판사로서, 법원장에 의해 데스파르 후작부인이 제출한 금치산 청원과 관련된 사건의 판사로 임명되었습니다. 따라서 그와 관련된 사실을 파악하기 위해 후작님을 신문하고자 합니다."

노인이 자리를 비켰다. 판사와 사건 당사자 둘만 남자 서기는 문을 닫았다. 그러고는 아무렇지도 않게 트롱쉥식 책상에 자리를 잡고 종이를 꺼내 조서 작성 준비를 했다. 포피노는 계속 후작을 바라보았다. 그는 정상적인 사람에게는 너무도 잔인하게 들릴 이 선언이 그에게 가져온 효과를 유심히 관찰했다. 대부분의 금발 남자들처럼 후작의 얼굴도 평상시에는 창백한 편이었다. 그러나 그 말을 듣는 순간 분노로 인해 그의 얼굴은 벌겋게 달아올랐다. 그는 가볍게 부르르 떨기까지 했다. 그러곤 자리에 앉아 신문을 벽난로 위에 올려놓은 후 시선을 떨구었다. 그러나 곧 귀족의 위엄을 되찾았고, 상대방의 외모에서 그 사람의 성품을 알아내려는 듯 판사를 응시했다.

"판사님, 이런 청구에 대해 어떻게 미리 통보하지 않을 수 있단 말입니까?" 그는 판사에게 물었다.

"후작님, 금치산 청원의 대상자는 이성이 결여된 자로 추정되기에, 청원 사실을 전달할 필요가 없습니다. 법원의 임무는 무엇보다도 청원자의 주장이 옳은지 확인하는 것입니다."

"그것보다 더 정당한 것은 없군요." 후작이 답했다. "그렇다면 판사님, 제가 어떻게 행동해야 하는지 알려 주시기 바랍니다."

"세세한 부분을 하나도 빠뜨리지 말고 제 질문에 답해 주시기만 하면 됩니다. 부인에게 청원 구실을 주는 행동을 하시게 된 이유가 무엇인지, 매우 민감할 수도 있겠습니다만, 걱정하지 마시고 편하게 말씀해 주십시오. 법관은 자신의 임무가 무엇인지 잘 알고 있다는 사실을 후작님께 알려드릴 필요는 없겠지요. 또한 이런 경우에 가장 은밀한 비밀이라 할지라도……."

"판사님," 후작은 진정으로 고통스러운 표정을 지으면서 말했다. "저의 증언으로 인해 데스파르 부인의 행동이 잘못된 것으로 판결된다면 어떤 일이 생길까요?"

"법정은 판결의 이유를 언급하면서 그분에 대해 견책 처분을 내릴 수 있습니다."

"그 견책 처분은 임의적인가요? 만일 제가 판사님의 질문에 답하기 전에, 판사님의 보고서가 제게 호의적이라 할지라도 데스파르 부인에게 해가 된다면 아무 말도 하지 않겠다는 점을 분명히 한다면 법정은 제 의사를 참작할까요?"

판사는 후작을 바라보았다. 그리고 두 사람은 서로 똑같이 고귀한 생각을 주고받았다.

"노엘!" 포피노는 서기에게 말했다. "잠시 옆방에 가 있게. 필요하면 부르겠네." 그러고는 서기가 나가는 것을 확인한 후 후작에게 말했다. "만일 제가 지금 생각하는 것처럼 이 사건에 무슨 오해가 있었다면, 후작님의 요구에 따라 법정은 예의 바르게 행동할 것임을 후작님께 약속드릴 수 있습니다." 그러고는 잠시 뜸을 들인 후 다시 말했다. "우선 데스파르 부인이 주장하는 첫 번째 사실이 있습니다. 가장 심각한 것이기도 하지요. 그 점에 대해 명확히 밝혀 주셨으면 합니다. 후작님이 장르노라는 고인이 된 선장의 부인을 위해 재산을 탕진한다는 것입니다. 아니, 그 부인보다 후작님께서 취직까지 시켜 주신 그녀의 아들 장르노 대령을 위해서지요. 그를 위해 후작님께서 국왕이 호의로 주신 하사금도 다 써 버리시고, 심지어 그에게 훌륭한 결혼도 주선해 주실 만큼 그를 후원하셨을 겁니다. 청원서에 따르면 그러한 우정은 모든 감정을, 심지어 도덕적으로 비난받을 감정도 뛰어넘는 헌신적 우정이라고 볼 수 있을 텐데요……."

갑자기 후작의 얼굴과 이마가 붉게 달아올랐고, 눈에는 눈물이 맺히기까지 했다. 속눈썹이 촉촉해졌다. 그러나 그는 바로 자존심을 되찾고서 남자답지 않은 나약함으로 비칠 수 있는 감성을 억눌렀다.

"판사님," 격한 감정으로 인해 변질된 목소리로 후작이 말했다. "판사님은 정말 저를 말할 수 없이 난처한 상황에 빠뜨리시는군요. 제 행위의 동기는 저와 함께 영원히 땅에 묻혔어야 했습니다……. 그것에 대해 말하려면 판사님께 비밀스러운 상처를 드러내고, 제 가문의 명예를 팔아넘겨야 합니다. 그리고 판사님도 인정하시듯 매우 민감한 문제지만, 저 자신에 대해 말해야 합니다. 판사님, 판사님과 저만의 비밀이었으면 합니다. 제가 폭로한 사실에 대해서는 언급하지 않은 채 사법적 형식에 위배되지 않는 판결문을 작성할 방법을 판사님께서는 알고 계시리라 믿습니다……."

"그 점에 대해서는 걱정하실 필요 없습니다, 후작님."

"판사님," 후작이 말을 시작했다. "결혼한 지 얼마 되지 않아 저는 빚을 지지 않을 수 없었습니다. 제 아내의 낭비가 너무 심했기 때문이지요. 판사님도 혁명 당시 귀족들의 재정 상태가 어떠했는지 잘 아시지요? 집사나 재정 관리인을 고용할 형편이 못 되었지요. 오늘날에는 귀족들도 어느 정도는 스스로 재산을 관리해야 합니다. 아버지의 뜻에 따라 랑그독과 프로방스와 콩타에 있는 토지의 부동산 증서를 대부분 파리로 가져왔습니다. 아버지는 부동산 소유주들을 수배하던 혁명가들의 표적이 될 것을 두려워했던 것입니다. 우리 가문은 당시 특권 계급이라 불렸던 귀족 가문이었으니까요. 결국 아버지가 옳았지요. 우리 가문의 이름은 네그르플리스입니다. 데스파르는 앙리 4세 시절 결혼을 통해 획득한 이름이지요. 결혼과 더불어 데스파르 집안은 네그르플리스 가문의 방패 한가운데에 데스파르 가문의 문장을 넣는다는 조건으로 우리 가문에 재산과 이름을 주었습니다. 데스파르 가문은 베아른의 오랜 가문으로서 앙리 4세의 외가인 달브레 가문의 여식들과 혼인으로 맺어졌답니다. 그 문장에는 금색 바탕에 세 개의 검은 줄이 아래위로 그어져 있으며, 붉은 발톱이 달린 은빛 맹금의 발 두 개가 십자형으로 나누어진 푸른 띠 안에 놓여 있습니다. 그리고 그 문장에는 '데 파르템 리오니스' 즉 '수사자의 몫'이라는 좌우명이 라틴어로 새겨져 있지요. 결혼식이 거행되던 날, 우리 가문은 네그르플리스'를 잃었습니다. 그 이름을 지니고 있던 우리 조상의 명성만큼이나 종교 전쟁으로 유명했던 작은 마을이지요. 네그르플리스 대위는 재산이 모두 불타는 바람에 파산했습니다. 신고도들은 그들의 동지들을 무참히 학살했던 몽틀뤽* 대위의 친구를 너그럽게 대하지 않았기 때문이지요. 국왕은 네그르플리스 씨에게 정당한 대우를 해 주지 않았습니다. 원수의 지휘봉도 통치권도 손실 보상도 없었습니다. 국왕 샤를 9세는 네그르플리스 씨를 아꼈지만, 그에게 보상하기 전에 서거하셨죠. 그 후 앙리 4세가 데스파르 양과의 결혼을 주선하면서 데스파르 가문의 영지를 소유할 수 있게 되었습니다. 그렇지만 네그르플리스 가문의 모든 재산은 이미 채권자들의 손에 넘어간 후였습니다. 제 증조부인 데스파르 후작은 부친의 사망과 함께 어려서부터 그 사건을 머릿속에 새겨 두고 있었습니다. 저도 그랬지요. 증조부의 부친은 아내의 재산을 탕진한 후 사망하면서 데스파르 가문의 토지에 대한 대리 상속권만 남겨 주었습니다. 그나마 그중 일부는 홀로된 부인의 생계를 위해 그녀 앞으로 설정되었지요.˚ 젊은 후작은 궁색한 처지에 있었던 만큼 더욱 왕의 신세를 지게 됩니다. 그는 루이 14세의 총애를 받고 있었고, 국왕의 신임은 재산 증식의 보증서였습니다. 판사님, 바로 이 시점에서 우리 가문의 문장에 알 수 없는, 진흙과 피로 얼룩진 소름 끼치는 오점이 생겼습니다. 저는 그 오점을 씻어 내느라 애를 썼지요. 그런데 네그르플리스 영지와 관련된 증서들과 한 묶음의 편지에서 그 비밀을 발견했습니다."

  엄숙한 그 순간, 후작은 더듬거리지 않고 말을 이어 갔다. 보통 때처럼 같은 말을 반복하지도 않았다. 살다 보면 평상시에는 그런 두 가지 결점을 가진 사람도 강렬한 열정이 자기 말에 활기를 부여할 때는 완전히 다른 사람이 되고 그런 결점들도 사라진다.

"낭트 칙령이 폐지되었지요.'" 그가 다시 말을 이었다. "판사님, 판사님은 아마도 그것이 수많은 총신에게는 재산 증식의 좋은 기회였다는 사실을 모르실 겁니다. 루이 14세는 재산 매각의 규정을 위반한 신교도들로부터 몰수한 영지를 궁정의 귀족들에게 나누어 주었습니다. 왕의 신임을 얻고 있던 몇몇 귀족은 소위 말해 '신교도 사냥'을 했지요. 당시 사람들은 그렇게 말했답니다. 저는 두 공작 가문이 현재 소유한 재산이 불행한 상인들로부터 몰수한 영지로 이루어졌다는 사실을 확인했습니다. 가져가야 할 재산이 많은 망명 신교도들에게 덫을 놓기 위해 그들이 사용한 책략에 대해서는 법률가이신 판사님께 자세히 설명하지 않겠습니다. 단지 스물두 개의 종탑과 세금 징수권을 가진 도시 하나로 구성된 네스르플리스 영지와 원래는 우리 가문에 속해 있었던 그라방주 영지가 신교도들 손에 있었다는 사실만 알려드리지요. 제 증조부께서는 루이 14세가 하사하신 그 땅을 다시 차지했습니다. 그러나 그것은 참으로 끔찍한 범죄 행위에 따른 결과였습니다. 두 영지의 소유자는 언제고 프랑스로 다시 돌아올 수 있을 것으로 생각하면서 영지의 매각을 위장한 후 먼저 떠난 가족들을 만나러 스위스로 갔습니다. 그는 아마도 사업상의 문제를 해결하기 위해 칙령이 허락한 유예 기간을 활용하고자 했던 것 같습니다. 그런데 그는 정부 명령에 따라 체포되었고, 신탁 유증의 수혜자는 진술을 통해 매각을 위장한 사실을 폭로했습니다. 그 불쌍한 상인은 교수형에 처해졌고, 그 덕분에 제 조상은 그의 두 영지를 차지하게 되었습니다. 이 음모에 제 증조부가 가담했다는 사실을 몰랐더라면 좋았겠지요. 하지만 당시 총독은 증조부의 외삼촌이었습니다. 그리고 불행하게도 저는 증조부가 그분께 보낸 편지를 읽었습니다. 그 편지에서 증조부는 '하늘이 내린 아이'인 국왕께 부탁해 달라고 간청하고 있었습니다. '하늘이 내린 아이"는 당시 궁정인들 사이에서 루이 14세를 지칭한 용어가 아닙니까. 그 편지에는 희생자에 대한 조롱이 담겨 있었습니다. 소름이 끼쳤습니다. 게다가 판사님, 망명 가족들이 그 불쌍한 남자를 구하려고 보낸 돈은 총독이 모두 가로챘습니다. 그러고도 그는 그 상인을 죽이기까지 했습니다."

그 기억들은 아직도 엄청난 고통을 주는 듯, 데스파르 후작은 잠시 말을 멈추었다.

"그 불행한 남자의 이름이 장르노입니다." 그는 다시 말을 이었다. "그 이름은 저의 행동에 대한 설명이 될 것입니다. 제 가문을 짓누르는 그 비밀스러운 수치심을 생각할 때마다 격렬한 고통을 느끼지 않을 수 없었습니다. 그 재산 덕분에 저의 조부는 나바랭 가문의 방계 혈족이지만 종가보다 훨씬 부자인 나바랭 랑삭 가문의 상속녀와 결혼할 수 있었습니다. 그리하여 제 부친은 왕국에서 가장 많은 영지를 소유한 지주 중 한 명이 되었습니다. 그리고 그랑리외 가문 방계 혈족의 여식인 제 어머니와 결혼할 수 있었습니다. 그 재산은 부당하게 취득한 것임에도 우리에게 놀랄 정도로 이득이 되었지요! 신속한 피해 보상을 결심한 저는 스위스로 편지를 썼습니다. 그 신교도 희생자 상속인들의 흔적을 찾아야만 제 마음의 평화를 얻을 수 있었으니까요. 마침내 극도로 가난해진 장르노 가족이 스위스 프리부르를 떠나 프랑스로 돌아왔다는 사실을 알게 되었습니다. 결국 나폴레옹 군대의 보잘것없는 중위로 근무하던 장르노 씨가 그 불쌍한 신교도 가문의 상속자임을 알아냈습니다. 판사님, 제가 볼 때, 장르노 씨의 권리는 명백했습니다. 반환 청구가 성립되려면 토지 보유자를 고발해야 하지 않습니까? 하지만 피난 간 망명자들이 어떤 권력에 호소할 수 있었을까요? 그들의 법정은 저 높은 곳에 있었지요. 아니요, 판사님, 법정은 여기, 제 마음속에 있었습니다." 후작은 가슴을 치면서 말했다. "제 아이들은 제가 저의 부친이나 조상에 대해 생각하는 것처럼 저에 대해 생각하지 않기를 바랐습니다. 제 아이들에게 오점 하나 없는 문장과 재산을 남겨 주고 싶었습니다. 나라는 인간이 가진 귀족으로서의 고귀함은 거짓이 아니기를 바랐습니다. 요컨대, 정치적 관점에서 볼 때, 망명 귀족들은 혁명 당시 몰수당한 재산을 환수해 달라고 요구하면서 정작 그들 자신이 범죄로 획득한 재산은 돌려주지 않고 계속 보유하는 것이 정당할까?' 저는 장르노 씨와 그의 모친에게서 무뚝뚝하지만 정직한 성품을 느낄 수 있었습니다. 그들의 말을 듣고 있으면 마치 그들이 저를 약탈하는 것처럼 보일 정도였습니다. 저의 간청에도 불구하고 그들은 제 가문이 국왕으로부터 영지를 받았던 시절의 부동산 가치에 해당하는 돈만 받겠다고 우기더군요. 우리는 그 가격을 110만 프랑으로 합의했습니다. 그들은 제가 형편에 따라 돈을 마련하는 대로 이자 없이 지불할 수 있도록 편의를 봐주었습니다. 그 돈을 갚기 위해 저는 오랫동안 제 소득을 포기해야 했습니다. 그때 데스파르 부인의 성품에 대해 제가 가지고 있던 환상이 깨지기 시작했습니다. 저는 파리를 떠나 아내 수입의 반만으로도 명예롭게 살 수 있는 시골로 가자고 제안했습니다. 그 경우 재산 반환의 시기를 앞당길 수 있으니까요. 저는 사안의 심각성을 말하지 않은 채 재산 반환의 필요성을 언급했습니다. 그런데 그녀는 저를 광인 취급하더군요. 그래서 제 아내의 진정한 성품을 알게 되었습니다. 그녀는 아무런 양심의 거리낌 없이 제 조부의 행위를 칭찬할 겁니다. 그리고 신교도들을 조롱하겠지요. 아내의 냉담한 태도와 아이들에 대한 무관심에 경악을 금치 못한 저는 두 사람의 연대 채무를 해결한 후, 그녀의 재산은 모두 그녀에게 남겨 주기로 했습니다. 그녀는 아무 미련 없이 아이들을 버렸습니다. 게다가 저의 어리석은 행동 때문에 생긴 빚을 자기가 갚을 필요는 없다고 말하더군요. 생활비도 아이들 교육비도 충분하지 않았기 때문에 저는 아이들을 직접 가르치면서 인품 좋은 귀족 신사로 만들기로 했습니다. 그런데 제 소득을 모두 국채에 투자하면서 예상보다 빨리 약속을 이행할 수 있었습니다. 국채 연금이 오르는 기회를 잘 활용했기 때문이지요. 사실, 저와 제 아이들을 위해 4천 리브르를 남겨 두면 1년에 2만 에퀴, 그러니까 6만 프랑밖에 지불할 수 없었습니다. 그럴 경우 재산 반환을 다 마치려면 18년이 필요할 터였습니다. 그런데 최근에 저는 합의한 110만 프랑을 모두 갚았습니다. 그렇게 저는 아이들에게 아무런 피해도 주지 않고 보상금 반환을 다 마칠 수 있었습니다. 자, 판사님, 이것이 제가 장르노 부인과 그녀의 아들에게 돈을 지불하는 이유입니다."

'그렇다면,' 판사는 그 이야기를 들은 후 감정을 억제하면서 말했다. "후작부인께서는 후작님이 은둔하시는 이유를 아시나요?"

"네, 판사님."

포피노는 몸을 움찔했다. 상당히 의미심장한 몸짓이었다. 그는 벌떡 일어나 사무실 문을 열었다.

"노엘, 그만 퇴근해도 좋아요." 그는 법원 서기에게 말했다. 그러고는 다시 말을 이었다. "후작님, 지금 말씀하신 것만으로도 모든 것이 명확해 보입니다만, 청원서에서 주장하는 또 한 가지 사실과 관련하여 후작님의 말씀을 듣고 싶습니다. 예를 들어, 후작님께서는 사업을 시작하셨습니다. 귀족들의 관습과는 어긋나는 것이지요."

"사업에 관해서는 여기서 말씀드리기 곤란합니다." 후작은 판사에게 나가자는 신호를 하면서 말했다. "누비옹," 그는 노인에게 말했다. "난 집으로 갑니다. 아이들이 곧 도착할 거예요. 우리와 함께 식사하시죠."

"후작님," 계단에서 포피노가 말했다. "그럼 이곳은 후작님 댁이 아닙니까?"

"아닙니다, 판사님. 회사 사무실로 쓰기 위해 방 몇 개를 빌렸습니다. 보십시오." 그는 포스터를 가리키면서 말을 이었다. "이 역사책은 제가 아니라 파리에서 가장 명성 있는 출판사가 출판하였답니다."

후작은 다음과 같이 말하면서 판사를 1층으로 안내했다. "판사님, 여기가 제 아파트입니다."

대리석 밑에서 풍기는 시적 정취에 포피노의 마음이 저절로 움직였다. 굳이 찾지 않아도 그냥 느껴지는 시정이었다. 날씨는 기막히게 좋았다. 창문은 열려 있었고, 정원의 공기는 거실에 식물의 향기를 퍼뜨렸다. 밝은 햇빛은 실내를 쾌적하게 만들었고, 갈색 분위기의 나무 장식에 생명력을 불어넣었다. 그 모습을 보면서 포피노는 그가 광인일 수 없다고 판단했다. 광인은 그 순간 그를 사로잡는 그 상쾌하고도 감미로운 분위기를 만들어 낼 수 없을 테니 말이다.

'내게는 바로 이런 아파트가 필요해.' 그는 생각했다. "조만간 이 동네를 떠나실 겁니까?" 그는 큰 목소리로 물었다.

"그러길 바랍니다." 후작이 답했다. "하지만 작은 아이가 학업을 마칠 때까지, 그리고 두 아이의 인격이 완전히 형성될 때까지 기다리면서 이곳에 있을 생각입니다. 그런 후 어머니를 따라 사교계에 입성하게 되겠지요. 아이들이 견고한 학식을 갖춘 후에는 유럽의 여러 도시를 여행하면서 사람들과 사물들을 보고, 배운 언어를 익숙하게 말하면서 부족한 지식을 보충할 수 있게 하려고 합니다." 거실에서 판사에게 의자를 권하면서 후작이 말했다. "판사님, 누비옹 백작 앞에서는 중국과 관련된 책의 출판에 대해 말할 수 없었습니다. 저는 집안의 오랜 친구인 백작과 함께 중국에 관한 사업을 하고 있습니다. 저를 위해서라기보다는 백작을 위해서지요. 제가 은둔하는 이유는 말하지 않은 채 백작께 저도 백작처럼 파산했지만, 제게는 그가 일에 전념할 수 있도록 투자할 돈이 있다고 말했습니다. 제 가정 교사는 그로지에 신부였습니다. 저의 추천에 따라 샤를 10세는 왕세자 시절에 되찾은 아르스날 도서관의 사서로 그를 임명했습니다. 혁명 정부에 의해 몰수당했던 도서관이지요. 그로지에 신부는 중국에 대해, 중국의 풍습과 관습에 대해 풍부한 지식을 가지고 있었습니다. 배운 것에 열광할 수밖에 없는 나이였을 때, 신부님은 저를 그의 후계자로 만들었습니다. 스믈다섯 살 때 저는 중국어를 할 줄 알았습니다. 고백하건대, 정복자들을 정복한 그 나라 국민을 위한 독점적 행정에 대해 호감을 느끼지 않을 수 없었습니다. 그 나라 역사는 이론의 여지 없이 신화적 시기나 성서 시기보다 훨씬 더 과거로 거슬러 올라갑니다. 중국은 확고한 제도를 가지고 국토의 통일을 유지했지요. 건축물들도 거대했고 행정은 완벽했습니다. 그 나라 국민에게 혁명은 불가능하며, 훌륭한 이상은 예술 작품을 창조할 수 없는 요인으로 여겨집니다. 사치품과 산업의 수준이 너무 높아, 우리는 어떤 면에서도 그들을 넘어설 수 없습니다. 어떤 점은 우리가 그들보다 우월하다고 생각할 수 있겠지요. 하지만 그 점에서도 우리가 우월하다기보다 그들과 동등할 뿐입니다. 하지만 판사님, 제가 종종 중국과 비교하면서 유럽 국가들의 상황을 조롱할지라도, 저는 중국인이 아니라 프랑스 귀족입니다. 판사님께서 이 사업의 재정 상태를 의심하신다면, 인문학적, 도상학적, 통계학적, 종교적으로 기념비적인 이 저작의 구독 신청자가 2천5백 명에 이른다는 사실을 증명할 수 있습니다. 많은 사람이 이 책의 중요성을 인정하고 있지요. 구독 신청자는 전 유럽에 퍼져 있답니다. 프랑스에는 천2백 명밖에 되지 않아요. 책값은 300프랑 정도일 터이니, 누비옹 백작은 자기 몫으로 6천에서 7천 리브르의 연금을 받을 수 있을 겁니다. 백작에게는 말하지 않았지만, 이 사업을 하는 이유는 그의 안정적인 생활을 위해서거든요. 내 몫으로 오직 아이들을 즐겁게 해 주려는 생각밖에 없습니다. 제가 번 10만 프랑은 아이들의 갖가지 욕구를 충족시키는 데 사용될 것입니다. 펜싱 교습도 시키고, 승마도 시키고, 옷도 사 주고, 극장에도 데려가고, 음악 선생님도 부르고, 캔버스에 마음껏 칠하게도 하고, 사고 싶은 책도 마음껏 사게 하고 말입니다. 아버지들은 아이들이 요구하는 것은 무엇이든 다 해 주고 싶은 법이니까요. 모든 사람의 칭찬을 받을 만하고 공부도 열심히 하는 가엾은 내 아이들에게 그런 즐거움을 줄 수 없었다면, 가문의 명예를 위한 저의 희생은 두 배로 고통스러웠을 것입니다. 판사님, 사실 아이들을 양육하기 위해 12년 동안 은둔해 있었기에, 저는 궁정에서 완전히 잊힌 존재가 되었습니다. 정치 활동도 접었습니다. 제게는 옛날부터 가지고 있던 지위도 아이들에게 물려줄 새로운 명성도 없습니다. 하지만 우리 가문은 아무것도 잃지 않을 것이고, 우리 아이들은 고귀한 귀족이 될 것입니다. 저는 귀족원 의원이 되지 못했지만, 아이들은 국가사업에 헌신하면서 귀족답게 귀족원 의원이 되어 국가에 영원히 기억될 공훈을 세울 것입니다. 저는 우리 가문의 과거를 깨끗이 정화함으로써 가문에 영광스러운 미래를 보장할 것입니다. 이는 영광스럽지도 않고 비밀리에 하는 일일지언정 훌륭한 임무를 수행하는 것이 아닐까요? 자, 판사님, 제게 더 물어보실 게 있으십니까?"

그때 몇 마리의 말이 안마당으로 들어오는 소리가 들렸다.

"아이들이 왔군요." 후작이 말했다.

곧이어 단순하지만 우아한 옷차림을 한 두 소년이 거실로 들어왔다. 장화를 신고, 박차를 달고, 장갑을 낀 그들은 홍겹게 승마용 채찍을 휘둘렀다. 상기된 얼굴은 바깥 공기가 신선함을 말해 주었다. 그들에게서는 건강미가 넘쳤다. 두 아이 모두 아버지에게 다가와 손을 잡았고, 아버지와 애정이 넘치는 시선을 주고받았다. 말이 필요 없었다. 판사에게는 격식을 갖추어 인사했다. 아이들과의 관계에 대해 질문할 필요도 없었기에 포피노는 그저 그들을 바라볼 뿐이었다.

"재미있게 놀았니?" 후작이 아이들에게 물었다.

"네, 아버지. 처음으로 열두 발 쏴서 과녁에 여섯 번 맞추었어요." 카미유가 말했다.

"산책은 어디로 갔었니?"

"숲에 갔는데, 거기서 어머니를 뵈었어요."

"어머니가 멈추시더냐?"

"우리가 너무 빨리 달려서 아마 우리를 못 보셨을 거예요." 젊은 백작이 말했다.

"그럼 너희들이 먼저 인사하지 그랬어?"

"아버지, 어머니는 사람들 앞에서 우리가 어머니께 다가가는 것을 좋아하시지 않는 것 같았어요." 클레망이 낮은 목소리로 말했다. "우리가 너무 크잖아요."

판사의 예민한 귀에 아이의 말이 들렸다. 그 말은 후작의 얼굴에 그늘을 드리웠다. 포피노는 아버지와 아이들이 대화하는 모습을 보는 것이 즐거웠다. 연민 가득한 그의 눈은 다시 후작을 향했다. 그의 표정과 몸가짐과 태도는 멋진 외모와 더불어 정신적이고 기사도적인 정직성을 드러냈으며, 그에게서는 귀족적 고귀함이 느껴졌다.

"보시다시피 판사님," 후작은 더듬거리는 특유의 말투로 다시 말을 이었다. "보시다시피 어떤 법관이든, 언제든 이 집에 와도 됩니다. 네, 언제라도 상관없습니다. 광인이 있다면, 미친 사람이 있다면 아마도 아이들일 겁니다. 저 아이들은 아버지를 미친 듯이 좋아하거든요. 아버지는 더하죠. 아이들에게 완전히 미쳐 있으니까요. 하지만 그것은 착한 광기 아닌가요."

바로 그때 부속실에서 장르노 부인의 목소리가 들렸다. 단순한 부인은 하인의 만류에도 불구하고 거실로 쳐들어왔다.

"돌려 말하지 않고 단도직입적으로 말할게요!" 그녀는 큰 소리로 말했다. "네, 후작님." 그녀는 사람들에게 차례로 인사하면서 말했다. "후작님께 지금 당장 말씀드려야 합니다. 아무렴요. 그렇고 말고요! 그런데 제가 너무 늦었네요. 형사 법원 판사님이 벌써 오셨으니까요!"

"형사범이라니요!" 두 아이가 말했다.

"판사님이 여기 계셨군요. 그러니 사무실로 찾아가도 판사님을 뵐 수 없었지요. 체, 말도 안 돼! 옳지 않은 일을 할 때면 그곳에는 항상 법과 정의가 있다니까! 후작님, 후작님께 모든 것을 돌려 드리겠다고 말씀드리러 왔습니다. 아들도 동의했습니다. 우리의 명예가 위협받을 위기에 처해 있기 때문입니다. 후작님께 조금이라도 고통을 드리느니 모든 것을 반환하는 편이 낫습니다. 그것이 저와 아들의 생각입니다. 정말 말도 안 되는 소리죠. 후작님이 금치산 선고를 받게 하다니……."

"우리 아버지가 금치산 선고를!" 후작에게 바짝 달라붙으면서 아이들이 소리쳤다. "어떻게 된 거예요?"

"쉿, 아무 말도 하지 마세요, 부인." 포피노가 말했다.

"얘들아, 자리 좀 비켜 줄래?" 후작이 말했다.

아이들은 아무 말 없이, 하지만 걱정 가득한 표정을 지으면서 정원으로 나갔다.

"부인," 판사가 말했다. "후작은 부인께 그 돈을 돌려 드림으로써 정당하게 부인에 대한 의무를 다하시는 겁니다. 물론 매우 넓은 의미에서 정직성 원칙에 따른 것이긴 합니다. 만일 어떤 방식으로든, 그것이 아무리 사악한 방식일지라도 몰수한 재산을 소유하고 있는 사람이 150년이 지난 후 그 재산을 반환해야 한다면, 프랑스 땅에 합법적인 재산은 별로 없을 겁니다. 자크 쾨르*의 재산은 스무 개의 귀족 가문을 부자로 만들었지요. 영국이 프랑스 일부를 차지하고 있을 때, 영국인들이 지지자들을 위해 부당하게 몰수한 토지는 몇몇 공작 가문의 재산 형성에 이바지했고요. 우리의 법은 후작님이 본인 수입을 마음대로 사용할 수 있게 허용하며, 후작님이 돈을 어떻게 쓰시든 낭비한다고 비난할 수 없습니다. 한 인간에 대한 금치산 선고는 그의 행동에 이성이 부재하는 경우에 한합니다. 그러나 후작님의 재산 반환 이유는 가장 성스럽고 가장 명예로운 동기에 의한 것이로군요. 그러니 양심의 가책을 느끼실 필요 없이 그 돈을 다 가지셔도 됩니다. 후작님의 훌륭한 행위에 대해 사람들이 뭐라 하더라도 그냥 내버려두십시오. 파리에서는 가장 순수한 미덕이 가장 추잡한 중상모략의 대상이 되곤 하더군요. 우리가 사는 이 시대에는 후작님의 행위가 성스러운 것으로 보인다니 참으로 불행한 일입니다. 우리나라의 명예를 위해 후작님의 행위가 당연한 것으로 여겨졌으면 좋겠습니다. 하지만 우리의 풍습이 그렇지 않으니, 이런 사회적 분위기에서 후작님은 금치산 선고가 아니라 상을 받으셔야 한다고 생각하지 않을 수 없습니다. 오랜 판사 생활 동안 지금 여기서 보고 들은 것보다 더 감동적인 광경을 본 적도 들은 적도 없습니다. 가장 아름다운 형태의 용기와 미덕을 발견하는 것은 그 자체로 하나도 놀라운 것이 없지요. 그런데 최고의 귀족 계급에 속한 분께서 그것을 실천하셨군요. 그런 관점에서 사건을 이해했으니, 저는 비밀을 지킬 것이고 재판에 대해서도 걱정하실 필요 없다는 점을 후작님께 말씀드리고 싶습니다. 만일 재판이 진행된다면 말입니다."

"어머나, 세상에!" 장르노 부인이 말했다. "여기 진짜 판사가 있네요. 자, 친애하는 판사님, 제가 이렇게 못생기지만 않았다면 판사님을 꼭 안아 드렸을 겁니다. 판사님은 교과서처럼 말씀하시네요."

후작이 포피노에게 손을 내밀었다. 포피노는 개인의 비밀을 간직한 위대한 인물에게 마음에 파고드는 잔잔한 시선을 던지면서 후작의 손을 가만히 도닥였고, 후작은 다정한 미소로 응수했다. 정감 가득하고 마음이 넉넉한 두 사람은 상대방에 대해 놀라지도 열광하지도 않은 채, 순수한 두 빛이 뒤섞이듯 서로 화합하면서 서서히 한마음이 되었다. 한 사람은 숭고한 부르주아였으며, 다른 한 사람은 고귀한 귀족이었다. 포피노는 자신이 구역 사람들 모두에게 아버지 역할을 하는 만큼 너무도 고귀한 그 남자의 손을 잡을 자격이 있다고 생각했다. 후작은 판사의 손을 잡으면서 마음속 깊은 곳에서 우러나오는 감정의 동요를 느꼈다. 진정 고갈되지 않는 자선을 끊임없이 만들어 내는 손이라는 것을 알 수 있었기 때문이다.

"후작님," 포피노는 후작에게 인사하면서 덧붙였다. "신문을 시작하는 순간부터 서기의 기록이 불필요하다고 판단했다는 사실을 후작님께 말씀드릴 수 있어 기쁩니다." 그러고는 후작에게 다가가 그를 십자형 유리창 가로 이끌면서 말했다. "후작님, 댁으로 돌아가실 때가 되었습니다. 이 소송을 위해 후작부인은 영향력을 발휘하고 계시니 당장 오늘부터 그에 맞서 싸우셔야 합니다."

포피노는 후작의 집을 나왔다. 가슴이 뭉클해진 판사는 자신이 본 장면을 되새기며 안마당에 들어서거나 길에 나와서도 여러 차례 뒤돌아보았다. 그런 광경은 뇌리에 박혀 기억으로 남아, 우리가 위안받고 싶을 때면 다시 떠오르곤 한다.

'그 아파트는 내게 안성맞춤이겠군.' 그는 집으로 돌아오면서 생각했다. '데스파르 씨가 그 집을 떠난다면 내가 그 집을 임대해야겠어.'

다음 날 아침 10시경, 전날 밤 조서를 작성한 포피노는 신속하고 공정한 판결을 위해 법원으로 갔다. 그가 법복을 입고 가슴 장식을 달기 위해 탈의실에 들어갔을 때, 심부름꾼이 와서 사무실로 들르라는 법원장의 말을 전했다. 그곳에서 법원장은 포피노를 기다리고 있었다. 포피노는 서둘러 법원장의 사무실로 들어갔다.

"안녕하시오, 친애하는 포피노." 법원장은 포피노에게 인사하면서 그를 창가로 데려갔다.

"법원장님, 심각한 사건입니까?"

"하찮은 사건이지요." 법원장이 말했다. "어제 법무부 장관님과 저녁 식사를 했어요. 그런데 장관께서 저를 따로 부르시더이다. 장관께서는 판사님이 데스파르 후작부인 댁에 차를 마시러 간 사실을 알고 계시더군요. 판사님이 담당하시는 그 사건과 관련해서 말입니다. 장관께서는 판사님이 이 소송의 판결에 참여하는 것은 적절치 않다고…….”

"아! 법원장님, 저는 차가 나오는 바로 그 시간에 그 댁에서 나왔다고 확실히 말씀드릴 수 있습니다. 게다가 제 양심은…….”

"그럼요, 그럼요.” 법원장이 말했다. "지방 법원 전체가, 두 상급 재판소가, 법조계 전체가 판사님을 잘 알지요. 내가 판사님에 대해 장관님께 드린 말씀을 반복해 말하진 않겠습니다. 하지만 '로마 황제 세자르의 아내는 의심받아서는 안 된다"라는 말이 있지 않습니까. 그러니 그저 하나의 하찮은 사건을 엄격한 규율에 따라 판결하지 말고 적절하게 처리합시다. 우리끼리 이야기입니다만, 이것은 판사님 개인이 아니라 지방 법원 전체에 중요한 문제거든요.”

'하지만 법원장님, 법원장님께도 이 사건의 쟁점을 아신다면…….” 판사는 주머니에서 조서를 꺼내면서 말했다.

"판사님께서 이 사건에 대해 누구의 영향도 받지 않고 완전히 독립적으로 판단하셨다는 것은 이미 잘 알고 있습니다. 나 역시, 시골 지방 법원의 일개 판사 시절에는 종종 판결을 내려야 할 사람들과 함께 차도 마시고 식사도 하고 그랬지요. 하지만 법무부 장관께서 이 문제를 언급하신 이상 그리고 사람들이 그것에 대해 이러쿵저러쿵할 수 있는 이상, 그 문제에 대한 논란을 피하기 위해서는 어쩔 수 없습니다. 여론과의 갈등은, 설사 여론이 틀렸더라도, 사법 기관에 항상 위험을 초래하거든요. 가지고 있는 무기가 다르니까요. 언론은 무엇이든 말할 수 있고, 무엇이든 추측할 수 있어요. 하지만 우리 사법 기관은 체면상 아무 말도 할 수 없지요. 반박도 못 해요. 게다가 이미 재판장과 논의하였고, 그 결과 판사님이 기피하신 사건에 카뮈조˚ 씨가 임명되었습니다. 그것은 가족끼리 해결할 문제입니다. 그러니까 개인적으로 부탁합니다만, 판사님께서 이 사건에 대한 기피 신청을 해 주셨으면 합니다. 그 대신 판사님께서는 레지옹 도뇌르 훈장을 받으실 것입니다. 사실 이미 오래 전부터 판사님은 그 훈장을 받으셨어야 했지요. 그 문제는 제가 알아서 처리하겠습니다."

최근 지방의 관할 재판소로부터 파리의 1심 법원으로 승진한 카뮈조 판사가 들어와 포피노와 법원장에게 인사를 했다. 그 모습을 보면서 포피노는 냉소적인 미소를 짓지 않을 수 없었다. 엄청난 야심을 숨기고 있는 금발의 창백한 이 젊은이는 지상의 왕들을 만족시키기 위해서라면 공정함과 독립성의 상징인 법관 몰이 아니라 편파적 판사로 유명한 로바르드몽˚의 예를 따라, 죄인이건 무고한 사람이건 교수형에 처할 수도, 다시 교수형을 면하게 해 줄 수도 있는 위인이었다. 포피노는 법원장과 젊은 판사에게 인사하곤 자리에서 물러났다. 그는 자신에 대한 터무니없는 거짓 비난에 대해 대꾸할 필요조차 느끼지 않았다.

1836년 2월, 파리

주

9   **조아키노 로시니**   (원주) Gioachino Rossini(1792~1868). 발자크는 1830년경 올랭프 펠리시에의 살롱에서 로시니를 만나 친분을 나누었다. 연인 관계였던 로시니와 펠리시에는 1846년에 결혼한다. 이 헌사는 1842년 퓌른판에 처음 등장한다. 발자크는 로시니를 베토벤만큼이나 뛰어난 음악가로 평가했다.

      리슐리외 원수   Louis-François-Armand de Vignerot du Plessis, duc de Richelieu(1696~1788). 루이 13세 당시 재상이었던 리슐리외 추기경 누이의 손자다. 군인이자 외교관이었던 그는 1755년 기옌 지방 지사로 임명된다. 그는 궁정에 보르도 와인을 소개한 인물이다. 그때까지만 해도 궁정에서는 부르고뉴 와인과 샴페인을 주로 마셨다고 한다.

10   **방돔 기숙학교**   발자크는 1807년부터 1813년까지 방돔 기숙학교에서 수학했다. 이 시절에 관한 이야기는 자전적 소설로 평가받는 『루이 랑베르』에 일부 묘사되어 있다.

11   **생제르맹**   센강의 좌안(左岸)에 위치한 생제르맹은 19세기 당시 귀족들의 특권적인 장소로서 파리 사교의 중심이었다.

15   **마르세**   〈인간극〉의 여러 작품에 등장하는 앙리 드 마르세(Henri

de Marsay, 1792~1833 혹은 1834)는 복고왕정 당시 최고의 멋쟁이로 이름을 날렸던 인물이다. 서른다섯 살이 되던 1827년부터 정치에 입문하여 1832년에 총리가 된다.

16 **리브르** 프랑스 구체제에서 사용되던 화폐 단위로서 주로 연금을 지칭할 때 쓰이며 그 가치는 프랑과 같다.

26 **퐁트누아 전투에서 프랑스 군대가 영국군에게 그랬듯이 말일세** (원주) 1745년 오스트리아 왕위 전쟁 당시 퐁트누아 전투에서 프랑스 왕실 근위대는 영국군을 향해 먼저 공격할 수 있는 유리한 입장이었음에도 그 이점을 사양했다는 일화가 전해진다. 바람둥이로 정평이 난 마르세는 이 말을 통해 친구 부인에게 정중히 대할 것임을 약속하는 것처럼 보인다.

27 **브뤼멜** (원주) 미남 브뤼멜이라고 불렸던 조지 브뤼멜(George Bryan Brummel, 1778~1840)은 19세기 초 런던 최고의 세련된 멋쟁이로 이름을 날리면서 남성 패션을 주도했던 인물이다.

38 **카트린 드 메디치** Catherine de Médicis(1519~1589). 메디치 가문 출신의 프랑스 왕비로서, 앙리 2세의 사망 후 아들 샤를 9세의 섭정이 되어 강력한 권력을 휘두른 여인이다. 그녀는 외교 정책에서 두각을 나타냈지만, 1572년 신교도들을 무차별 학살한 성 바르톨로메오 축일 학살을 촉발했다는 혐의를 받기도 한다. 세 명의 아들이 국왕이 되었지만, 결국 그의 셋째 아들 앙리 3세를 끝으로 발루아 왕조는 막을 내린다.

39 **오귀스트 드 몰랭쿠르** 『13인당 이야기』 중 하나인 『페라귀스』의 주요 등장인물이다. 증권 중개인 데마레의 아내 클레망스를 짝사랑하여, 그녀의 신원을 캐려다 13인당의 우두머리인 그녀의 아버지 페라귀스에 의해 독살당한다.

45 **라바터와 갈** 라바터(Johann Kasper Lavater, 1741~1801)는 스위스의 신학자인 동시에 골상학자며, 갈(Franz Joseph Gall, 1758~1828)은 1819년 프랑스로 귀화한 독일 의사로서 골상학의

창시자로 알려져 있다.

48 **달브 공작**　(원주) Ferdinand Alvarez de Tolède, Duc d'Albe (1508~1582). 스페인 장군으로 신성로마제국 황제이자 최초의 스페인 국왕인 카를 5세와 그의 아들 필립 2세의 고문관을 역임했다. 난폭하고 잔인하기로 유명했다고 한다.

57 **브루아주**　(원주) 1555년 브루아주(Brouage) 강가에 지어진 요새. 1627년 재상 리슐리외는 이 요새를 강화하면서 이곳을 군사요충지로 만들었다.

63 **우리와 친척 간이 되지 않았니**　(원주) 발자크가 1834년에 발표한 『절대 탐구』의 주인공 발타자르 클레스는 카자 레알 공작의 손녀 딸인 탕닝크 양과 결혼했다.

64 **퀴자스와 바르톨로**　(원주) 퀴자스(Jacques Cujas, 1512~1590)와 바르톨로(Bartolo da Sassoferrato, 1314~1357)는 프랑스와 이탈리아의 저명한 법률가다.

76 **네스토르**　Nestor. 그리스 신화에 등장하는 인물들이다. 네스토르는 아가멤논과 아킬레우스의 불화를 중재하고 젊은 영웅들에게 조언해 주는 현명한 노인이다.

81 **액면가**　(원주) 국채의 액면가는 100프랑이다. 여기서 솔로네는 부인의 재산을 과도하게 부풀린다. 왜냐하면 에방젤리스타 부인이 40만 프랑을 투자한 국채의 가격을 80만 프랑으로 평가하기 때문이다. 하지만 당시 국채가 좋은 투자 품목이었던 것은 사실이어서 1815년 워털루 전쟁 당시 45프랑까지 내려갔던 국채는 1824년에는 액면가를 넘게 된다.

83 **7년**　(원주) 남편은 1813년에 사망했고 이 사건은 1822년에 일어났으니, 그녀가 혼자 있었던 햇수는 7년이 아니라 9년이고, 그녀의 나이는 마흔한 살이다.

91 **에퀴**　3프랑의 가치를 가지는 금속화폐, 혹은 5프랑짜리 은화를 가리킨다. 여기서는 3프랑의 가치를 나타낸다. 따라서 5만 에퀴는

15만 프랑이다.

92 **2만 5천 리브르의 연금을 받게 되시는 겁니다** 당시 프랑스에는 두 종류의 연금 제도가 있었다. 종신 연금 제도와 영구 연금 제도가 그것이다. 종신 연금 제도는 일종의 사설 연금으로 수익자가 살아 있는 동안 연금을 지급하는 것이며, 수혜자 사망 시 원금은 사라진다. 영구 연금 제도는 국채를 기반으로 하는 연금 제도로 수혜자가 사망해도 그 권리는 상속된다. 국채 연금의 이율은 시기에 따라 3퍼센트에서 5퍼센트 사이였으며, 사설 연금인 종신 연금은 그보다 이율이 높아 보통 8퍼센트 정도였다. 솔로네가 10퍼센트를 받아주겠다고 말하는 것에서 다분히 사기성이 엿보인다.

101 **마조라** 가문의 재산을 지키기 위해 장자에게 세습되는 가문의 재산으로서 양도 불가능한 부동산이다. 법적 권리자는 가문의 장자이지만, 그는 재산의 용익권만을 가지며 마조라에서 생기는 이득은 마조라의 유지와 보수 등을 위해 사용해야 한다. 우리 전통 사회에서의 종중 땅과 비슷한 개념이다. 1792년에 금지되었던 마조라 제도는 나폴레옹에 의해 부활했으나, 1830년 혁명 이후 격렬한 비판을 받으면서 1835년 폐지되었다.

123 **아르지노에** (원주) 1666년 처음 공연된 몰리에르의 희곡 「인간 혐오자」에 나오는 여성 인물들.

129 **파르카** (원주) Parcae. 그리스 로마 신화에서 세 명의 운명의 여신을 가리킨다.

151 **성인 요하네스** (원주) 1000년 전 콘스탄티노플 주교인 요하네스를 그렇게 불렀다. 고대 교회를 통틀어 가장 감명 깊은 설교를 한 성인으로 전해진다.

161 **한 푼도 종신 연금에 넣고 싶지 않아요** 에방젤리스타 부인은 종신 연금이 아닌 국채에 투자하겠다는 의지를 밝힌 바 있다. 종신 연금은 이율은 높지만, 수혜자 사망 후 원금이 모두 사라지기 때문이다. 국채에 투자하겠다는 것은 자신의 사후에도 재산을 딸에게 물려

주고 싶다는 부인의 의지를 표명하는 것이다.

162 **베리 공작부인** 프랑스 국왕 샤를 10세(1824~1830년 재위)의 둘째 아들인 베리 공작의 부인(1798~1870)이다. 베리 공작은 부르봉 왕가의 멸망을 기도하는 나폴레옹파 노동자에 의해 1820년 오페라 극장 앞에서 암살당한다.

163 **아르팡** 구체제하에서 사용되던 면적의 단위. 지역마다 그 크기가 다르며 지역에 따라 1아르팡은 3천2백 제곱미터에서 7천8백 제곱미터에 해당한다.

173 **롱드체** 내리그은 글자 획이 둥글고 휘었으며 끝을 구부려 올린 자체. 행정 서류에 많이 사용되었다.

176 **빚을 지게 되셨습니까** (원주) 숫자에 관한 폴의 말에는 오류가 있다. 초고에서는 두 사람의 결혼 생활을 4년으로 명시하고 있으며, 1842년 퓌른판은 이를 5년으로 수정한다. 한편 폴의 부채 145만 프랑과 나탈리의 부채 55만 프랑을 합한 200만 프랑을 총부채액으로 설정한다. 퓌른 출판사에서 이 책을 내면서 작가는 숫자의 오류를 수정하지 않은 것으로 보인다.

178 **트루아시스** 85퍼센트 이상의 알코올 석 잔에 물 석 잔을 섞어 여섯 잔으로 만들었다 하여 트루아시스(3-6)라 불렸다. 노르망디에서 제조된 도수 높은 이 증류주는 19세기에 영국과 프랑스 사이의 밀수품이었다.

180 **쉴리 공작** Maximilien de Béthune, duc de Sully(1559~1641). 앙리 4세가 나바르 왕이던 시절부터 그를 섬겼으며, 1589년 앙리 4세가 프랑스 왕으로 즉위한 후 정치 고문과 재상을 역임하면서 30년간 내전 이후의 국가 재건에 힘썼다.

207 **펠릭스 드 방드네스** 당시 그는 나탈리의 연인이었다. 그들의 관계는 『골짜기의 백합』에서 밝혀진다.

210 **마스카리유** (원주) 몰리에르의 희극, 『우스꽝스러운 프레시외즈들』에 등장하는 교활한 하인.

211 **동방을 일주하겠다** 『13인당 이야기』의 두 번째 일화인 「랑제 공작 부인」의 주인공 몽리보 장군은 스페인 마요르카섬의 수녀원으로 은둔한 연인 랑제 공작부인을 납치하기 위해 13인당 친구들과 동방 원정 계획을 세운다. 마르세와 더불어 여기에 열거된 이들은 모두 13인당의 일원이다.

214 **라반에 봉사하고** (원주) 『창세기』에 나오는 이야기. 아브라함의 손자 야곱은 형 에서를 대신해 아버지로부터 장자의 축복을 받았으나 형의 보복이 두려워 외삼촌 라반에게 피신한다. 그는 라반의 딸 레아와 라헬을 차례로 아내로 맞이하는데, 그러기 위해서는 14년 동안 라반에게 봉사해야 했다.

전투를 거부하고 (원주) 넬슨 제독(Horatio Nelson, 1758~1805)은 1800년 런던까지 그를 따라온 연인 해밀턴 부인의 환심을 사기 위해, 1805년 빌네브 제독과의 전투에서 처음에는 함대의 지휘를 거부했었다.

뷔름저를 물리치고 (원주) 뷔름저(Dagobert Sigmund von Wurmser, 1724~ 1797)는 프랑스 혁명전쟁 시절의 오스트리아 장군이다. 1796년 나폴레옹의 이탈리아 원정 당시 카스티글리오네 전투에서 패배한다. 당시 그의 나이 일흔 둘이었다.

아르콜 다리 (원주) 1796년, 나폴레옹의 첫 번째 이탈리아 원정 당시 북이탈리아의 베로나 근처 아르콜레 소택지 주변에서 나폴레옹 보나파르트가 이끄는 프랑스군이 오스트리아군을 격파한 전투가 벌어졌던 곳이다.

롤랑처럼 헛소리를 하고 (원주) 15세기의 이탈리아 시인 아리오스토의 작품 『광란의 오를란도』의 주인공을 암시한다.

포토시 (원주) 1545년에 은 광산이 발견되어 이를 채굴하기 위해 건설된 볼리비아의 도시. 한때는 이곳에서 생산되는 은의 양이 전 세계 은 산출량의 절반 정도에 달하기도 했다.

216 **이제 다 끝났네** 요한복음 19장 30절에 나오는 말로, "다 이루었다"

라는 의미다. 여기서 작가는 '끝나다, 완수하다' 등의 의미를 가진 동사 accomplir를 반복 사용하면서 언어유희를 한다. 즉 친구에게 이제 불행은 끝났다(accompli)고 말하면서 "Tout est accompli"라는 예수의 말을 라틴어로 인용한다.

220 **'일만의 조합' 일당들과도 연관되어 있다고 생각한답니다** (원주)마르세는 상대방을 조롱하면서 바이런의 비극적 서사시 『라라』의 에즐랭 경과 『해적』에 등장하는 콘래드의 연인 메도라를 『고리오 영감』에 나오는 '일만의 조합' 고문 역할을 한 보트랭(본명 자크 콜랭)과 연결한다. 일만의 조합은 1만 프랑 이상의 돈을 벌 수 있는 큰일만 벌이는 통 큰 도둑들의 결사체다.

탈레랑 Charles-Maurice de Talleyrand-Périgord(1754~1838). 대귀족 집안의 자제였으나 선천적으로 다리를 저는 몸이었기에 일찍이 가문을 잇지 못하고 성직자의 길에 입문하였다. 그러나 프랑스 혁명이 발발하자 교회 재산의 국유화를 주장하는 등 혁명 정부를 지지하였으며, 혁명 시기부터 나폴레옹 전쟁을 거쳐 왕정복고 시기에 이르기까지 정치가와 외교관으로 이름을 날렸다.

225 **페리** (원주) 영국 사업가. 맨체스터의 금속 펜촉 제조업자.

226 **미카도 게임** (원주) 유럽의 대나무 막대기를 사용한 테이블 게임이다. 그 이름은 일본 왕의 별칭 미카도에서 가져왔다.

231 **메도르** (원주) 앙젤리크의 사랑을 받았던 사라센 남자. 앞서 언급한 바 있는 루도비코 아리오스토가 지은 르네상스 때의 이탈리아 서사시 『광란의 오를란도』에 나오는 인물이다.

235 **바조쉬 씨에게** (원주) 발자크의 동생 앙리는 1840년부터 프랑스 식민지 부르봉 섬(현 레위니옹)에 있었다. 발자크는 그 섬의 총독 바조쉬(Charles Louis Joseph Bazoche, 1784~1853)에게 동생의 안위를 부탁했고, 1843년 그에 대한 감사를 표하는 편지를 보낸 바 있다. 그 후 1844년 〈인간극〉 총서 발간 당시 발자크는 그에게 이 작품을 헌정했다.

부르봉궁 현재 대통령 궁으로 사용되는 엘리제궁의 옛 이름.

보케르 하숙집 『고리오 영감』의 무대가 되는 하숙집으로 네브 생트준비에브 가(현 투르느포르 가)에 있었다.

236 **뉘싱겐 부인** 당시 라스티냐크의 나이는 스물아홉이다. 뉘싱겐 부인은 1820년부터 그의 정부였으며, 그들의 관계는 1833년까지 지속된다. 두 사람의 관계는 『고리오 영감』의 주제 중 하나다.

237 **뉘싱겐** 〈인간극〉에서 최고의 부자인 독일계 유대인 은행가. 그의 재산 축적 과정은 1837년에 발표한 『뉘싱겐 은행』에서 상세히 서술된다.

238 **라부르댕 부인** (원주) 발자크 소설 『관리들』에 나오는 인물. 경매인의 딸이자 재무성 관리의 아내일 뿐이었지만, 그녀의 수수한 살롱에는 당시 파리에서 가장 출세한 젊은이들이 들끓었다.

루이 18세께서 자신의 마음에 대해 말했던 것처럼 (원주) 자신에게 결핍된 것에 대해 말하는 것을 의미. 늙고 불구였던 루이 18세의 애첩 카일라 백작부인에 대한 정신적 애정을 조소하는 표현이다.

240 **푸아레** 『고리오 영감』에 등장하는 두 인물로, 미쇼노는 인색하고 냉혹한 미혼녀이며, 푸아레는 퇴직한 하급 관료였다. 푸아레는 경찰의 첩자 노릇을 하면서 미쇼노 양과 공모하여 보케르 하숙집의 일원이던 탈옥수 보트랭을 염탐하다 경찰에 고발함으로써 하숙집에서 쫓겨난다. 그 후 두 사람은 결혼한다.

242 **19세기 파리에 있는 마호메트를 가정해 보겠나?** (원주) 마호메트에게는 열네 명의 부인이 있었다. 그중 첫 부인 카디자는 부유한 과부였다. 열다섯 살 연상인 그녀는 고용인이었던 마호메트와 결혼하여 마호메트의 첫 번째 신자가 된다.

로안 아름다운 여인 안 드 로안(Anne de Rohan-Chabot, 1648~1709)은 루이 14세의 정부가 되어 자기 가족과 남편을 위해 왕으로부터 재산과 명성을 얻는다.

243 **생미셸 기사단** 1469년에 창단한 프랑스의 왕가 기사단. 혁명 후인

1791년 해체되었던 이 기사단은 왕정복고와 더불어 1816년 다시 설립되었으며, 문학·과학·예술 분야에서 업적을 낸 사람들에게 훈장을 수여했다. 1830년 혁명과 더불어 다시 해체되었다.

244 **로베스피에르** Maximilien Robespierre(1758~1794). 법률가로서 프랑스 혁명을 주도한 혁명 정치가. 공포 정치를 행하다가 테르미도르의 쿠데타로 반대파에 의해 처형당했다.

245 **외무부 건물** (원주) 1816년부터 1853년까지 카퓌신 대로 37~43번지에 외무부 건물이 있었다. "자네 집 앞이군"이라는 말은 정계에 입문할 라스티냐크를 향해 던진 농담이다. 실제로 라스티냐크는 정계에 입문하여 장관도 되고 귀족원 의원도 되지만 외무부 장관으로 임명된 적은 없다.

246 **바로 그곳에 소르본대학이 있었던 것이다** (원주) 푸아르 가는 현 소르본대학의 북쪽에 위치한다. 중세 시대였던 13세기에 대학은 푸아르 가에서 대중 강의를 열었다. 바닥에 앉아 강의를 듣는 학생들이 편하게 앉기 위해 지푸라기를 가져온 데에서 길의 이름이 붙여졌다. 1304년 당시 학생이었던 단테는 『신곡』의 '천국' 편 10장에서 그 거리를 푸아르 가라고 불렀다고 한다. 피에르 아벨라르(Pierre Abélard, 1079~1142)는 중세 프랑스 철학을 대표하는 철학자이자 신학자로서 흔히 스콜라 철학의 아버지라 불린다. 그는 1102년부터 생트준비에브 언덕에서 신학을 강의했다. 장 제르송(Jean Gerson, 1363~1429)은 프랑스의 신학자이자 정치가다. 그는 파리대학 총장의 자격으로 콘스탄츠 공의회에 참석하여 교회의 분열을 막는 데 이바지했다.

12구 (원주) 당시에는 파리의 12구였지만 지금의 행정 구역은 5구다.

247 **볼로냐의 탑** 12세기 초 볼로냐에 세워진 벽돌로 만든 두 개의 탑 중 하나인 가리젠다 탑을 말한다. 그 탑은 약간 기울어져 있다.

249 **콜롱바주 양식** 기둥, 대들보 따위의 목재를 외부에 노출시키고 그

틈새를 석재·흙벽·벽돌 같은 것으로 메움으로써 골조가 겉으로 드러나 보이는 건축 양식.

249 위트레흐트산 벨벳 위트레흐트는 섬유 산업이 발달했던 네덜란드의 도시로서, 그곳에서 생산되는 벨벳은 거죽에 거친 모헤어가 촘촘히 돋아 있어 인테리어 재료로 쓰였다.

253 캉바세레스 Jean-Jacques-Régis de Cambacérès(1753~1824). 나폴레옹 제국 시절 대 서기장과 법무부 장관을 역임했던 법률가. 나폴레옹의 민법 제정에 큰 역할을 한 인물이다.

254 법무부 장관 (원주) 연구가들은 이 인물이 1815년과 1817~1818년에 법무부 장관을 역임했던 파스키에 공작(Etienne-Denis Pasquier, 1767~1862)이라고 추정한다.

256 퀴비에가 멸종 동물인 우제류의 뼛조각을 재구성 (원주) 조르주 퀴비에(Georges Cuvier, 1769~1832). 프랑스의 동물학자. 비교해부학자이자 고생물학의 창시자다. 척추동물의 화석에 흩어져 있는 뼛조각들을 재구성함으로써 멸종된 동물들의 존재를 증명했다. 발자크가 언급한 우제류는 화석화된 발굽이 짝수인 포유류로서 퀴비에가 몽마르트르의 석고에서 두개골과 파편들을 발견하여 그 조각들을 재구성하여 밝혀낸, 지금은 존재하지 않는 과거의 동물이다.

예심 판사 예심 판사 제도는 나폴레옹이 만든 후 200년 넘게 존속되었다. 1808년 형사 소송법은 형사 절차의 기능을 소추·수사·재판으로 구분하여, 소추는 검찰이, 수사는 수사 법원이, 판결은 판결 법원이 한다. 따라서 예심 판사는 우리나라 사법 제도에서 검사에 해당하는 법관이다.

258 연합군이 프랑스에 체류하던 시기 1815년 나폴레옹의 워털루 전쟁 패배 이후 프랑스는 5년 이내에 7억 프랑의 배상금을 연합국에 지불해야 했다. 그뿐만 아니라 배상금이 완납될 때까지 15만의 연합군은 프랑스 동부 일대를 점령하게 된다. 연합군 부양으

로 곡물은 바닥이 난 데다가 1816년의 흉작은 상황을 더욱 악화시켰다. 곡물가는 두 배에서 네 배까지 뛰었고 여기저기에서 폭동이 일어났다. 정부는 빵값의 급격한 인상을 피하고자 파리에 보상 금고를 설치했으며, 곡물을 수입하여 시장에 풀었다. 또한 노동자들이 일할 수 있도록 작업장을 세웠다.

258 **뱅상 드 폴** Vincent de Paul(1581~1660). 프랑스의 로마 가톨릭 사제로 수도회를 설립하였고, 신학교를 설립하여 사제를 양성하였으며, 구호소를 설립하여 가난한 사람들을 위해 봉사했다. 로마 교황청으로부터 1737년 시성되었으며, 1885년에는 수호성인으로 선포되었다.

259 **푸른 코트의 남자** (원주) 부유한 보석 상인 에듬 샹피옹(Edme Champion, 1764~1852)은 샤를 10세 치하이던 왕정복고 말기, 퐁네프 다리 근처에서 빈자들에게 자선을 베풀었다. 종종 소박한 푸른 코트를 입었다 하여 그에게 '푸른 코트의 남자'라는 전설적 이름이 붙여졌다.

267 **프티방키에 가** (원주) 현 와토 가.

272 **조항** (원주) 1806년 민사 소송법 378조 8항에는 소송이 시작되는 순간부터 법관이 소송 관련 당사자 중 한 사람의 집에서 먹거나 마시는 것을 금한다고 써 있다.

274 **브리에르 가** (원주) 파리의 팔레 루아얄과 빅투아르 광장 사이의 거리. 현재 1구에 속하나, 당시에는 4구였다.

빌파리지 (원주) 파리 동쪽 교외. 발자크 가족이 1821~1822년에 그곳에 살았다.

그랑드 베르트 가 (원주) 현 팡티에브르 가. 데스파르 후작부인의 저택이 있는 생토노레 구역에서 멀지 않다.

276 **메스머** Franz-Anton Mesmer(1734~1815). 만물이 유체로 가득하다는 동물 자기론을 주장한 독일 의사다. 메스머에 따르면 우주는 보이지 않는 유체로 가득 차 있다. 우주가 그러하듯 모든 생명

체는 보이지 않는 유체로 가득하며, 그 유체는 신체 안에서 순환한다. 그는 이 이론을 질병 치료에 활용했고 그의 치료법은 프랑스에서 대단한 성공을 거두었다. 발자크는 〈인간극〉 서문에서 1820년 경부터 동물 자기를 연구하기 시작했다고 밝히고 있다.

276 **의지력** (원주) 메스머의 제자 중 한 명인 피세귀르(Armand-Marie-Jacques de Chastenet, Marquis de Puységur, 1751~1825)는 자기 현상에서 보이는 의지의 중요성을 연구했다. 발자크는 의지에 대해 지대한 관심을 가졌다. 발자크의 자전적 소설 『루이 랑베르』에 나오는 루이 랑베르는 『의지론』을 집필하고자 한 바 있다.

287 **디안 드 푸아티에** (원주) Diane de Poitiers(1500~1566). 프랑수아 1세와 앙리 2세 시절 궁정을 출입했으며 열아홉 살 연하인 앙리 2세의 애첩이 된다. 노년기까지 미모를 유지한 여인으로 유명하다.

유명한 폴란드 여인 (원주) 폴란드 출신 장군으로 여러 차례에 걸쳐 나폴레옹 전투에 참여했으며, 훗날 러시아의 알렉산드르 1세에 의해 폴란드 부왕으로 임명된 자욘체크(1752~1826)의 아내. 프랑스 외과 의사의 딸. 파리와 빈의 상류 사회에서 활동하였으며, 엄격한 위생 생활을 통해 젊음을 유지했다고 한다. 그녀는 1845년 아흔여덟의 나이로 사망했다.

마리옹 드로르므 (원주) Marion Delorme. 초기 전기 작가들이 만든 전설과 달리 그 유명한 화류계 여인은 1613년에서 1650년까지만 살았다. 발자크는 1829년 7월 10일 빅토르 위고의 집에서 열린 『리슐리외 체제하에서의 결투』(훗날 『마리옹 드로르므』로 제목이 바뀜) 낭독회에 참석했다.

289 **코르넬리아** (원주) 그라쿠스 형제의 어머니. 일찍이 홀로된 후 자녀들의 교육을 위해 재혼하지 않았다고 한다. 어느 날, 보석을 자랑하는 한 부인이 그녀에게 "당신의 보석을 보여 달라"고 하자, 그녀는 두 아들을 가리키면서 "이들이 바로 내 보석입니다"라고 말했다고 전해진다.

290 **사교계의 여왕 자리에 앉게 되었다** (원주) 연대순으로 보아, 〈인간극〉에서 가장 먼저 사교계의 여왕 자리를 차지했던 여인은 『고리오 영감』에 등장하는 보세앙 자작부인이며, 『골동품 진열실』 등 여러 소설에 등장하는 모프리네즈 공작부인과 랑제 공작부인(『랑제 공작부인』의 주인공)이 그 뒤를 잇는다. 『피르미아니 부인』의 주인공 피르미아니 부인은 1824년 파리 전체에서 가장 귀족적으로 아름다운 여인으로 묘사된다.

290 **대공** (원주) 탈레랑 대공(Charles-Maurice de Talleyrand, 1754~1838)을 암시한다. 대혁명, 제1공화국, 나폴레옹 제국, 왕정복고, 7월 왕정을 거치면서 권력을 유지했던 정치가이자 외교관. 그는 루이 18세와 샤를 10세 치하에서 극우 왕당파들에 의해 밀려났지만, 1830년 루이 필립이 권좌에 오르자 다시 권력을 가지게 된다. 그의 조카인 디노 공작부인은 1897년부터 공작이 사망할 때까지 동반자로서 늘 그의 곁을 지켰다.

291 **외국 여인** (원주) 작가였던 플라오 백작부인(Adélaïde de Souza, comtesse Flahaut, 1761~1836)과 샤를 앙드레 포조 디 보르고(Charles-André Pozzo di Borgo, 1764~1842)를 암시한다. 코르시카 출신인 디 보르고는 나폴레옹의 반대편에 있던 러시아 알렉산드르 황제의 고문관이었다. 1807년 러시아 제국과 맺은 틸지트 협약 이후 나폴레옹의 요청으로 황제에 의해 직위를 잃은 그는 나폴레옹 제국에 적대적이던 스웨덴의 베르나도트 왕과 합류한 후, 상트페테르부르크로 갔다가 프랑스의 러시아 대사로 임명되어 1834년까지 파리에 머문다. 7월 왕정 당시 루이 필립과 러시아 황제의 화해를 위해 노력했다.

늙은 백작부인 (원주) 왕정복고 시기 정치적으로 자유주의파에 속할 뿐만 아니라 오를레앙 가 사람들과 빈번한 교류를 했음에도 궁정에 큰 영향력을 가졌던 부아뉴 백작부인(comtesse de Boignes, 1781~1866)을 암시한다. 그녀의 살롱은 7월 왕정 시대에 가장 유명한 살롱 중 하나였다.

루이 18세의 총아 (원주) 경찰부 장관, 내무부 장관 등을 역임한 드카즈 공작(Elie Louis duc Decazes, 1780~1860)을 암시한다. 루이 18세가 '나의 아들'이라 부를 정도로 총애했으나, 샤를 10세의 둘째 아들인 베리 공작이 암살당한 후 극우 왕당파들의 압력으로 밀려났다.

런던의 러시아 대사 부인 (원주) 베를린과 런던의 대사였던 리벤 장군의 부인인 리벤 공녀(princesse de Lieven, 1785~1857)를 암시한다. 1839년 남편이 사망한 후 파리에 정착하여 정치적 역량을 발휘했다. 1848년 혁명 당시 총리였던 기조의 정치적 조언자 역할을 하기도 했다. 그녀의 살롱은 당대 최고의 명성을 누렸다.

292 **포함되어 있었다** (원주) 모두 〈인간극〉에 등장하는 인물이다.

뉘싱겐이나 페르디낭 뒤 티에 (원주) 〈인간극〉에 나오는 인물들로서, 뉘싱겐의 아내 델핀은 신분이 낮은 제면업자 고리오 영감의 딸이자 보케르 하숙집에 살던 대학생 라스티냐크의 연인이다(『고리오 영감』). 뒤 티에는 1828년 당시 횡령 후 도주한 공증인 로갱의 부인이 그의 정부였으며, 1831년에 가서야 법관 그랑빌의 딸과 결혼한다(『세자르 비로토』, 『이브의 딸』).

295 **유명한 귀족 부인** (원주) 네 번의 결혼과 더불어 많은 남성과 염문을 뿌렸기에 영국 사교계에서 유명했던 제인 딕비(Jane Digby, 1807~1881)를 암시한다.

296 **알렉상드르 가브리엘 드캉** (원주) Alexandre-Gabriel Decamp (1803~1860). 프랑스의 낭만주의 화가. 1827~1828년 터키를 여행한 후 낭만주의적 오리엔탈리즘의 화가로 이름을 날리기 전 그는 풍자적 삽화가로 유명했다.

푸알데스 (원주) Antoine Bernardin Fualdès(1761~1817). 은퇴한 법관으로서 방칼 부인이 운영하던 프랑스 남부 지역 로데의 유곽에서 목이 잘려 살해되었다.

297 **베르니게로데** (원주) 1년에 한 번씩 마녀들이 이곳에 모여 집회를 열었다는 전설이 전해진다. 베르니게로데는 독일 하르츠의 산꼭대기에 있는 숲이 우거지고 안개 가득한 곳으로서, 많은 전설을 낳았다. 괴테는 『파우스트』에서 그 전설을 언급한 바 있다.

305 **오라토리오 예배당** (원주) 생토노레 가에 있는 개신교회. 루이 13세, 루이 14세, 루이 15세 시절에는 오라토리오 수도회의 소성당이었으나, 1811년 나폴레옹에 의해 개신교 교회로 바뀌었다.

306 **베르트 가** (원주) 지금은 8구의 로케핀 가로 편입되었다. 데스파르 부인의 저택이 있는 포부르 생토노레 가에서 도보로 10분도 안 걸리는 거리다.

307 **국채** (원주) 총재 정부(1795~1799) 시절 국채는 액면가 100프랑에 5퍼센트 금리였다. 1816년 국채 가격은 40프랑이었고 데스파르 후작이 장르노 가족에게 돈을 지급하기 시작한 1817년에는 52프랑이었다. 1821년에는 85프랑, 1824년에는 105프랑으로 오른다. 1825년, 혁명 때 토지를 몰수당한 귀족들에게 재산을 반환하는 법이 통과됨에 따라 국가는 새로운 국채를 발행하여 그 비용을 충당한다. 그리하여 3퍼센트 금리의 국채가 발행되었으며 당시 국채 가격은 75프랑이었다. 따라서 당시 실제 금리는 4퍼센트에 달한다. 백만 프랑의 이자는 4만 프랑에 이르는 것이다. 6만 프랑의 소득이 되려면 150만 프랑의 재산이 필요하다. 작가가 소설 뒷부분에서 밝히듯이 후작이 장르노 모자에게 지급한 보상금은 110만 프랑이지만, 1816년에서 1828년까지 국채 가격이 꾸준히 올랐으므로 가치 상승분을 고려해야 한다.

310 **순교자 라우렌시오** 라우렌시오(Laurentius, 225~258)는 초기 기독교 역사에서 가장 위대한 순교자로 평가된다. 교황 식스트 2세 치하에서 수석 부제 역할을 맡아 교회의 재산을 관리하고 가난한 사람들을 돌보았으나, 교회 재산을 탐낸 로마 황제 발레리아누스에 의해 258년 화형당했다.

보상금 대혁명 당시 해외로 망명한 귀족들은 사망자로 처리되었고 그들의 토지는 국가가 몰수하였다. 혁명 정부는 그렇게 몰수한 토지를 팔아 부족한 국고를 채웠다. 왕정복고 이후 다시 권력을 잡은 귀족들은 대혁명 당시 빼앗긴 토지에 대한 권리를 요구하였고, 격렬한 논쟁 끝에 1825년 4월 27일 '망명 귀족을 위한 10억 프랑 보상법'이 통과되었다.

316 **삼손의 칼** (원주) 구약 제7서 「사사기」에 따르면 삼손은 당나귀의 턱으로 수천의 필리스틴 사람들을 죽였다고 한다.

317 **앙크르 원수 부인** 레오노라 갈리가이(Léonora Galigaï, 1568~1617). 루이 13세의 어머니 마리 드 메디치의 젖형제였다가 왕비의 시녀가 된 여인. 마리 드 메디치의 총신이었던 남편 콘치니(당크르 원수)가 살해된 후 점성술과 마술로 여왕에 마법적 영향력을 행사하는 마녀라는 누명을 쓰고 참수형에 이어 화형당했다.

320 **적들을 넘겨받은 사건** (원주) 1630년 11월 11일, 루이 13세는 모친 마리 드 메디치에게 막강한 권력을 가진 재상 리슐리외 추기경 해임을 약속한다. 그러나 추기경은 왕에게로 달려와 그의 발밑에 엎드려 충성을 맹세함으로써 다시 왕의 신임을 얻는다. 루이 13세는 추기경에게 적들을 내주고 대비는 추방된다.

321 **소르본대학** (원주) 앙리 3세가 즉위한 해는 1574년이고 루이 13세가 사망한 해는 1643년이다. 1257년 설립된 소르본대학은 리슐리외의 명령에 따라 1626년 재건축되었다.

뒤 페롱 (원주) Jacques Davy du Perron(1556~1618). 칼뱅주의자였다가 가톨릭으로 개종한 성직자, 외교관, 시인. 1604년 추기경이 되었다가 1606년에는 상스의 대주교가 된다. 로마 교황청과 앙리 4의 화해를 얻어 낸 인물이다.

327 **대리 상속인 지정과 마조라** (원주) 대리 상속인 제도는 유언에 의한 조처로서, 한 명의 상속자에게 일정 재산에 관리권을 부여하는 것이다. 그가 사망할 경우, 또 다른 제3의 상속자에게 동등한 권리를

부여할 수 있다. 가문의 재산을 보존하기 위해 장자에게 우선권을 주었던 이 제도는 혁명 이후의 나폴레옹 법전인 『민법』에 의해 폐지되었고, 이후 가문의 재산은 자녀들에게 동등하게 상속되었다. 마조라에 대해서는 앞선 『결혼 계약』에서 상세히 다룬 바 있다.

330 **놀리 메 탄게레** Noli Me Tangere. 요한복음 20장 17절.
휴일인 목요일 (원주) 날짜의 오류로 보인다. 포피노는 데스파르 후작부인을 토요일에 만났고, 다음 날인 일요일에 장르노 부인을 만났으며 감기로 하루 쉬었으니, 그가 데스파르 후작을 방문한 날은 화요일이어야 한다.

333 **생루이 훈장** (원주) 생루이 훈장은 국가에 봉사한 관리들의 헌신에 보답하고자 1693년 루이 14세 치하에서 제정되었다. 대혁명 당시 폐지되었다가 왕정복고 시기인 1816년에 부활했으며, 1830년 혁명 이후에 폐지되었다.

334 **트롱솅식 책상** (원주) 책상 판의 기울기를 자유자재로 조정할 수 있는 책상으로 18세기 스위스의 저명한 의사 트롱솅(Téodore Tronchin, 1709~1781)이 고안했다고 하여 트롱솅식 책상으로 불린다.

338 **데 파르템 리오니스** Des partem leonis. 사자의 몫이라는 뜻이다. 사자들 세계에서 사냥의 주체는 암사자다. 암사자가 사냥한 먹이에서 가장 먼저 제일 좋은 부분을 수사자가 먹고, 다른 사자들은 남은 고기를 먹는다. 즉 '사자의 몫'이란 '가장 좋은 부분'이라는 뜻이다. 여기서 'se tailler la part du lion'이라는 프랑스어 표현이 나왔는데, 이는 '가장 좋은 부분을 취하다'라는 뜻이다.
네그르플리스 프랑스 남부 옥시타니 지방의 작은 도시다. 개신교 도시였던 이 마을은 1622년 루이 13세의 신교도 대학살의 배경이 되었다.
몽틀릭 (원주) 블레즈 드 몽틀릭(Blaise de Montluc, 1501~1577). 16세기 종교 전쟁 당시 남부 프랑스 지역에서 신교도들을 잔인하게 진압한 대위다.

339 그녀 앞으로 설정되었지요 대리 상속인 제도에 대해서는 327쪽의 미주 참조.

340 낭트 칙령이 폐지되었지요 낭트 칙령은 1598년 4월 13일 프랑스의 왕 앙리 4세가 낭트에서 공포한 칙령으로 종교의 자유를 보장한다는 내용이 담겨 있다. 그러나 1685년 루이 14세는 퐁텐블로에서 낭트 칙령을 폐지하였다.

341 하늘이 내린 아이 (원주) '신이 주신 아이'는 열렬히 원하던 아이가 태어났을 때 그 아이를 지칭하는 용어다. 모후인 안 도트리쉬가 결혼 후 23년 만에 낳은 루이 14세는 종종 그렇게 불렸다.

342 계속 보유하는 것이 정당할까? (원주) 실제로 1825년 대혁명 때 국가가 망명 귀족들로부터 몰수한 토지를 반환해 주는 망명 귀족 재산 반환법을 제정할 당시 그 법의 제정을 반대했던 자유주의자들이 끊임없이 제기했던 문제다.

351 자크 퀴르 (원주) Jacques Cœur(1395~1456). 샤를 7세 치하에서 활동한 대사업가이자 정치인. 공금 횡령죄로 감옥에 수감되었지만 탈옥에 성공한다. 루이 11세는 재심을 통해 그의 자손들에게 부당하게 빼앗긴 재산 일부를 돌려준다.

354 로마 황제 세자르의 아내는 의심받아서는 안 된다 (원주) 플루타르크에 의하면 세자르는 아무 증거가 없음에도 불륜을 의심받는 아내 폼페이아를 내쫓은 행위를 정당화하기 위해 이 말을 했다고 한다.

355 카뮈조 〈인간극〉에 나오는 인물 중 한 명으로 출세를 위해 권력을 이용하는 법관의 전형이다. 『골동품 진열실』에서 알랑송의 예심 판사였던 카뮈조는 빅튀르니엥 데그리뇽의 어음 위조 사건의 예심 판사로서 그를 무죄 방면케 함으로써 파리 법원 판사로 승진했다.

로바르드몽 (원주) 마티유 몰(Mathieu Mole, 1584~1656)은 자신의 신념을 지키면서 공정한 재판관으로서 정치권력으로부터의 독립을 지켰던 판사로 유명하다. 반면, 장 마르탱 드 로바르드몽(Jean Martin de Laubardemont, 1590~1653)은 불공정한 판사의 대명사로 사용될 정도로 당시 권력자이던 리슐리외의 명령에 따라 판결을 내렸다.

해설

『결혼 계약』과 여성의 재산권
『금치산』과 양심의 문제

송기정(이화여대 불문과 명예교수)

　근대 소설의 아버지로 불리는 오노레 드 발자크는 그 누구와도 비교할 수 없을 정도로 많은 양의 글을 남겼다. 90편이 넘는 소설이 들어 있는 그의 〈인간극〉 총서는 마르지 않는 샘물처럼 무궁무진한 이야기를 제공한다. 〈인간극〉에는 귀족, 부르주아, 노동자, 농민, 고리대금업자, 법관, 상인, 은행가, 예술가, 과학자, 사기꾼 그리고 살인자에 이르기까지 다양한 유형의 인물이 살아 숨 쉰다. 등장인물은 총 2천5백 명에 달하며, 그중 5백 명 이상은 '인물 재등장' 기법을 통해 여러 소설에 다시 등장한다. 주제도 다양하다. 풍속의 역사가를 자처했던 그는 정치, 경제, 사회, 역사, 문화, 예술, 과학, 법 등 다양한 주제를 작품에 담았다. 특히 돈과 법은 발자크 소설의 주요 테마다. 발자크는 법과대학에서 수학하면서 소송대리인 사무실과 공증인 사무실에서 서기로 일한 바 있다. 소송대리인 사무실에서는 다양한 소송을 목격했고, 공증인 사무실에서는 결혼과 지참금, 상속과 유언 등에 관한 계약서를 작성했다. 그 과정에서 그는 서류들 뒤에 숨어 있는 인간의 고통과 절망, 탐욕과 야심을 보았다. 교활함과 속임수도 목격했다. 무엇보다도 돈의 이해관계가 얽힌 욕망이 꿈틀거리는 세상을 보았다.

역자는 돈과 민법을 소재로 한 두 편의 소설에 주목했다. 〈사생활 장면〉에 속하는 『결혼 계약』과 『금치산』은 가족 간의 돈 문제에 법이 어떻게 개입하는지를 잘 보여 준다. 두 소설이 가진 또 하나의 공통점은 여성의 권리, 특히 여성의 재산권에 대한 작가의 문제 제기다. 나폴레옹 법전이라 불리는 민법(Code Civ.1)은 자유주의와 개인주의라는 대혁명의 정신을 법의 울타리 안으로 가져와 보호하는 법적 장치였다. 민법전에는 개인의 법적 지위, 결혼·이혼·상속과 관련된 가족 구성원의 권리 및 계약, 개인의 소유권과 소유권의 취득 방법, 채무 관계에 대한 의무 등 개인의 삶에 대한 모든 법규가 담겨 있다. 그것은 구체제의 종식을 드러내는 동시에 근대 시민 사회의 출발을 알리는 시대적 산물이었다. 그런데 민법에서 여성은 '미성년자'와 같은 존재로 인식되며, 재산을 관리할 권리가 없다. 나탈리는 100만 프랑 이상의 지참금을 가져가지만, 그중 80만 프랑은 남편 가족의 재산 형성에 기여해야 한다(『결혼 계약』). 데스파르 후작부인은 본인의 재산을 처분하거나 투자할 수 없다. 남편이 금치산 선고를 받을 경우 후견인이 될 수 없으며, 다른 남자를 후견인으로 내세워야 한다(『금치산』). 막대한 지참금을 가지고 결혼했음에도 늘 빚에 쪼들리는 고리오 영감의 두 딸을 비롯하여 〈인간극〉에는 그러한 예가 수없이 많다. 이렇듯 발자크는 가부장 제도의 정당성을 옹호하면서 장자 상속권을 주장했음에도 지참금 제도에 따른 여성의 권리 침해에 대해 근본적인 문제를 제기한다. 그 시대에 그런 작가가 있었던가! 나는 여기서 다시 한번 발자크와 발자크의 소설이 서로 충돌하는 양상과 마주하게 된다. 왕정주의를 표방함에도 진보적 정치관을 견지했듯이, 그는 가부장제라는 이념을 추구함에도 여성이 재산권을 가지지 못하는 당시 현실을 비판하고 있으니 말이다.

『결혼 계약』과 여성의 재산권

『결혼 계약』은 결혼과 관련된 민법상 계약에 관한 소설이다. 소설을 집필하던 1835년 10월 누이 로르에게 보낸 편지에서 발자크는 결혼 계약의 장면만으로도 예상할 수 있는 한 부부의 미래를 그리고자 했다고 말한다. 그리고 그러기 위해 결혼 계약서의 작성 과정에서 양측이 벌이는 논쟁에 집중한다. 계약의 협상은 소설의 중심이 된다. 소설에서는 두 가문을 대표하는 공증인들이 서로 유리한 조건의 계약을 체결하기 위해 투쟁하는 과정을 소상히 그린다. 여기서 특히 문제가 되는 것은 신부의 지참금이다. 전통적으로 프랑스에는 지참금 제도가 존재했기에, 결혼은 계약의 특성이 강했던 것이 사실이다. 그러나 대혁명 이후 급변하는 사회에서 신부의 지참금은 그 어느 때보다도 중요시되었다.

구체제하에서 귀족의 결혼은 가문의 영속을 위한 하나의 제도다. 결혼의 목적은 후손을 통해 가문의 계승을 보장하고 가문의 재산을 지키는 것이다. 그러나 대혁명 이후 모든 사회적 메커니즘이 그렇듯이, 가족의 의미는 변화하고 가족은 탈신성화된다. 1804년에 완성된 민법은 그것에 대한 명시적 증거다.

소설로 들어가 보자. 대혁명 시기인 1794년에 태어나 나폴레옹 제국 시절에 청년기를 보낸 후 파리에서 새로운 시대를 경험한 폴 드 마네르빌은 근대적 의미의 귀족, 즉 부르주아화한 귀족을 대표한다. 그가 생각하는 가족에 대한 개념은 구 귀족의 그것과 다르다. 그는 자신이 "사회의 법칙에 따라 행동"하는 평범한 대중에 속함을 강조하면서, 가정의 미덕에 근거한 행복을 추구한다는 지극히 부르주아적인 소망을 피력한다. 하지만 개인주의와 이기주의가 기승을 부리는 당시 상황에서 결혼은 이해관계의 결합일 뿐이다. 소설의 무대는 복고왕정이지만 소설의 집필은 1830년 이후, 돈이 모든 것의 가치 척도였던 7월 왕정 시절임을 기억하자. 따라서 폴의 파멸은 사회적 운명이다. 게다가 불행하게도 그에게는 귀족의 나약함과 부르주아의 결점만이 존재할 뿐, 귀족의 고귀함도 부르주아의 성실함도 없다. 결국 그는 아내와 장모와 공증인 솔로네로 구현되는 새로운 부르주아지의 희생물이 된다.

복고왕정 시절인 1821년 보르도에 도착한 마네르빌 백작은 귀족이라는 신분과 재산 덕분에 사교계에서 성공을 거둔다. 그런데 모계 쪽으로 스페인 귀족 가문의 피를 물려받은 미모의 나탈리 에방젤리스타 양에게 반해 버린다. 그는 나탈리가 백만 프랑의 지참금을 가진 신부라는 소문을 굳게 믿었기에, 그녀의 재산 상태를 알아볼 생각은 하지도 않은 채 그녀에게 청혼한다. 그러나 결혼을 결정하고 결혼 절차가 진행되는 순간, 결혼은 각자의 이권을 위해 싸워야 하는 전쟁이 된다. 이제 결혼은 "감정의 문제가 아니며", 순전히 "금전적 사업"이다. 즉, 신랑의 재산은 얼마인지, 신부는 지참금으로 얼마를 가져오는지, 두 사람의 재산을 공동 재산으로 할지 각자 몫으로 남겨 둘지, 자녀들에게 상속할 재산은 얼마가 될지, 배우자 중 한 사람이 먼저 사망할 경우 재산을 어떻게 배분할지 등 돈과 관련된 모든 것은 구체적으로 계약서에 기록되어야 한다. 그리고 이 모든 사항은 당사자가 아닌 양측이 의뢰한 공증인들에 의해 논의된다. 귀족인 폴은 귀족의 가치를 소중히 여기는 구시대의 공증인 마티아스에게, 에방젤리스타 부인은 개인적 이득을 우선시하는 새로운 시대의 젊은 공증인 솔로네에게 모든 것을 일임한다. 두 공증인은 각각 구시대와 신시대를 대표한다. 그들에게는 돈에 대한 개념도 가족에 대한 개념도 서로 다르다. 귀족적 가치를 중시하는 마티아스에게 결혼의 목적은 가문을 지키고 혈통을 잇는 것이다. 돈은 그것을 위해 필요한 수단이다. 반면 젊은 공증인 솔로네에게 중요한 것은 개인의 이해관계다. 그는 황금만능주의 시대의 신흥 부르주아를 대표한다.

협상 과정에서 폴과 마티아스는 에방젤리스타 부인이 재산을 모두 탕진했기에, 남편이 딸에게 남긴 지참금을 마련할 수 없다는 사실을 알게 된다. 전통 사회에서 부친이 딸에게 남긴 지참금은 딸이 갖는 권리다. 결국 부인은 딸에게 지참금에 해당하는 100만 프랑 이상의 빚을 지고 있는 셈이다. 마티아스는 망연자실했다. 사랑에 눈이 먼 폴조차 고민에 빠졌다. 그러자 교활한 솔로네는 마치 새로운 묘책이라도 발견한 듯, 부인이 저택과 국채를 판다면, 나탈리는 아버지로부터 상속받은 백만 프랑에 가까운 지참금을 가져올 수 있다고 말한다. 그러자 부인은 자신이 소유한 보석도 모두 양도하겠노라 선언하고 나선다. 겉으로는 그럴듯해 보이는 이 제안을 듣고 멍청한 폴은 기뻐서 어쩔 줄 모른다.

그러나 공증인 마티아스는 그 엉터리 계산과 그 밑에 감추어진 속임수를 모르지 않는다. 게다가 미래의 사치스러운 신부는 남편의 재산마저 탕진할 우려가 크다. 공증인으로서 대혁명 시기를 지나면서 얼마나 힘들게 지켜온 마네르빌 가문의 재산인가! 마티아스가 볼 때 이 결혼은 미친 짓이다. 그러나 사랑에 빠진 폴에게 합리적인 충고는 들리지 않는다. 폴의 눈에서 눈물을 본 마티아스는 그의 파산을 막고 마네르빌 가문의 재산을 지킬 해결책을 제시한다. 장자에게 세습되는 가문의 재산, 양도 불가능한 부동산인 마조라의 설립이 그것이다. 마조라는 세습되는 부동산으로서, 법적 권리자인 장자가 마음대로 처분할 수 없다. 담보도 압류도 불가능하다. 한국 전통 사회에서 종중 소유의 땅과 비슷한 개념이다. 1804년 민법은 자녀들 간의 균등한 상속을 권장했지만, 나폴레옹도 1808년 마조라 제도를 인정하면서 귀족의 전통을 존중할 수 있는 돌파구를 마련한 바 있다. 왕정복고 이후 루이 18세 치하에서는 장자를 위한 마조라 설립 허가를 받아야만 귀족원 의원이 될 수 있었다. 1830년 혁명과 더불어 탄생한 7월 왕정 체제하에서 마조라 제도는 격렬한 비판을 받았다. 1835년 5월 12일 법에 따라 마조라 설립은 금지되었으며, 1849년 5월 11일 법은 마조라 처분을 허락했다. 그런데 소설의 무대가 된 1822년은 마조라 설립에 호의적이었던 복고왕정 시절이다. 따라서 공증인 마티아스의 말대로 마조라 설립은 폴이 귀족원 의원으로 임명되는 데 유리한 조건이 될 터였다. 마티아스는 폴의 재산에 신부의 지참금을 더해 마네르빌 가문의 마조라를 설립할 것을 제안한다. 공증인의 이 제안에 신부 측이 동의함으로써 결혼은 성사된다.

결혼이 성사되지 못할까 봐 마음 졸이던 에방젤리스타 부인은 일단 안도의 한숨을 내쉰다. 하지만 결혼 계약에 서명하기로 한 날 아침, 부인의 머릿속에서는 '도깨비불' 같은 생각이 번뜩 떠오른다. 능수능란한 마티아스가 잠잠해졌다면, 분명 폴이 손해 보지 않기 때문이 아니겠는가! 그것이 부인의 머리를 스친 생각이었다.

계약서에 서명하기 전 부인은 마조라의 효력이 어떠한지, 마조라 설립이 딸에게 어떤 결과를 가져오는지 질문한다. 마티다스는 마조라의 개념에 대해 친절하게 설명한다. 마조라는 가문의 영지인 만큼, 남편이 아들을 남기고 먼저 사망할 경우 아내는 자신의 지참금 중 마조라에 투자한 금액을 제외한 액수에 대한 권리만 가지며, 마조라와 무관한 남편의 재산도 모두 아이들에게 증여해야 한다고 말이다. 즉, 100만 프랑이 넘는 지참금을 가지고 결혼함에도, 남편이 먼저 사망할 경우 나탈리는 마조라에 투자한 80만 프랑을 제외한 나머지 재산에 대해서만 권리를 가진다는 것이었다. 그렇다면 결국 나탈리는 재산을 거의 다 빼앗기는 것이 아닌가. 그녀는 폴을 완벽히 속였다고 생각하면서 승리를 기뻐했었다. 그런데 승자는 자신이 아닌 폴과 마티아스였다. 승리를 기뻐하고 있을 때 사실상 패배한 자는 자기 자신이었음을, 그리고 이 협상에서 희생양은 바르 자기 딸이었음을 깨달은 부인은 분노한다. 그 순간 그녀는 사위에게 한없는 증오심을 품게 된다.

부인의 분노를 간파한 솔로네는 교활한 꾀를 내어, 폴이 자손 없이 사망할 경우 마조라는 부부간에 조성된 부부 공동 재산이 속하며, 딸들만 남기고 사망할 경우 마조라의 설립은 무효가 된다는 조항을 첨부한다. 마네르빌 가문 사람들과의 소송을 피하기 위해서란다. 그러나 이 악마적 조항으로 인해 폴은 파멸한다. 나탈리는 아이를 가지지 않을 것이기 때문이다.

결국 에방젤리스타 부인은 결혼 후 5년 만에 사위를 완전히 파멸시켰고, 아무것도 모르는 폴은 빈털터리가 되어 프랑스를 떠난다. 그런데 겉으로 사라진 것처럼 보이는 폴의 재산이 실제로는 장모의 손에 넘어갔다. 보르도에 있는 폴의 영지에 남아 그 땅에서 나오는 수입을 모두 가로채면서 재산을 모은 부인은 허수아비를 내세워 폴에게 돈을 빌려주고 고리의 이자를 받았다. 그러고는 폴이 빚을 갚기 위해 영지를 팔 때, 그 영지를 모두 매입했다. 그러나 폴은 아내의 사랑과 장모의 헌신을 믿으면서 아내를 위해 돈을 벌고자 동인도제도로 간다. 그 후에 그는 어떻게 되었을까? 〈인간극〉에 더 이상 폴 드 마네르빌이 등장하지 않는 것으로 보아 그는 아마도 죽었을 것이다. 『결혼 계약』은 한 청년의 파멸을 보여 주지만, 그 청년이 무능한 귀족이라는 점에서 시사하는 바가 크다. 대혁명 이후 서서히 몰락의 길을 가던 귀족은 1830년 이후 완전히 추락한다는 사실을 말해 주는 듯하다.

언뜻 보아 작가는 에방젤리스타 부인의 탐욕과 사기 행위와 위선을 폭로하고 비판하는 것처럼 보인다. 독자들은 아내에 대한 사랑으로 파멸해 가는 폴에게 동정심을 느낀다. 그리고 에방젤리스타 부인에게는 곱지 않은 시선을 보낸다. 하지만 역자는 이 소설에서 당시 지참금 제도의 불합리성을 폭로하면서 여성의 재산권에 대해 문제를 제기하는 작가를 발견한다. 당시 관습에 따르면 신부는 결혼을 위해 지참금을 가져가지만, 그 지참금을 관리하는 권한은 남편에게 있다. 즉, 아무리 많은 지참금을 가지고 결혼했더라도 아내는 지참금을 마음대로 처분할 수도, 활용할 수도 없다. 게다가 지참금의 많은 부분은 마조라 설립에 기여해야 한다. 공증인 마티아스는 신부의 지참금이 "가족을 위해 파괴될 수 없는 견고한 재산"인 마조라 설립에 기여하는 것은 오히려 명예임을 강조하기까지 한다. 그러나 발자크는 바로 이런 점을 비판하면서 여성도 자신의 재산권을 가지는 것이 정당함을 주장하는 것처럼 보인다. "민법은 여성에게 피후견인의 지위를 부여했네. 여성을 미성년자나 어린이 취급을 했단 말일세"라는 마르세의 말을 통해 그는 민법의 부당함을 지적하고 있기 때문이다.

『금치산』과 양심의 문제

『금치산』은 1836년 1월부터 2월까지 다섯 차례에 걸쳐 발자크가 최대 주주로 있던 잡지 『크로니크 드 파리』에 연재되었다. 금치산이란 민법상 심신 상실자에게 본인 재산의 관리와 처분을 금지하는 것을 지칭하는 용어이며, 금치산 선고를 받은 사람을 금치산자라 부른다. 이 용어는 이제 더 이상 사용되지 않는 법률 용어로, 프랑스뿐 아니라 한국에서도 금치산 선고 제도가 폐지되었고 성년 후견제가 도입되었다. 금치산 선고 제도가 재산 관리에 중점을 두었다면, 성년 후견 제도는 재산 관리 및 신상 보호에 중점을 둔 복지 제도라 할 수 있다.

금치산 선고 청구라는 민사 사건을 다루고 있는 이 소설의 내용은 다음과 같다. 유서 깊은 가문의 데스파르 후작은 가문의 재산이 낭트 칙령 폐지 당시 한 신교도 가족으로부터 부당하게 몰수한 토지로 이루어졌음을 발견한다. 이에 후작은 그 집안의 후손인 장르노 모자에게 피해 보상을 결심한다. 사실 법적으로는 아무 책임도 없다. 그럼에도 그는 조상의 범죄 행위에 대해 양심의 가책을 느꼈고, 가문의 명예를 위해 고귀한 희생을 선택한 것이다. 그러나 파리 사교계의 중심인물인 그의 아내는 남편을 광인으로 몰아 금치산자로 만듦으로써 그의 재산을 빼앗고자 한다. 소설은 후작부인의 청원에 따른 소송 과정을 상세히 묘사한다. 금치산 선고를 청구한 후 담당 판사를 회유하려는 후작부인, 놀라운 통찰력을 가지고 진실을 밝혀내는 공정한 판사 포피노, 양심에 따라 조상이 저지른 범죄 행위에 대해 속죄하려는 고귀한 영혼의 소유자 후작 등이 소설의 중심인물들이다.

발자크가 『금치산』을 쓰게 된 배경은 무엇일까? 젊은 시절 법과대학에서 수학했고 소송대리인과 공증인 사무실에서 실무를 익히기도 했던 발자크는 『판결공보』를 즐겨 보면서 실제 소송 사건에서 소설의 소재를 얻곤 했다. 『판결공보』에는 금치산 선고 청원 사건이 다수 수록되어 있었는데, 그중에서도 10년이라는 긴 세월에 걸쳐 진행되었던 오몽 공작에 대한 금치산 선고 사건이 그에게 흥미롭게 다가왔을 것이다. 발자크는 이 사건으로부터 여러 요소를 가져왔다. 예를 들어, 데스파르 후작처럼 오몽 공작은 한 남작부인을 부양했으며, 후작의 조상처럼 오몽 공작의 조상도 신교도로부터 몰수한 재산으로 부자가 되었다. 또한, 오몽 공작부인은 신문을 창간하였으며,

이는 당시 귀족의 관례에 비추어 부적절하였기에 사람들의 비난을 샀다.

그런가 하면, 발자크는 개인적으로 소송 사건에 연루되어 있었다. 1836년 1월 그는 『골짜기의 백합』 저작권과 관련하여 『르뷔 드 파리』의 편집장 뷜로즈를 고소했다. 뷜로즈가 작가의 허락 없이 『골짜기의 백합』 교정 전 원고를 『르뷔 드 파리』와 『르뷔 드 상트페테르부르크』에 실었기 때문이다. 한편, 뷜로즈는 발자크가 원고료를 미리 받고도 『골짜기의 백합』 원고를 주지 않았다며 발자크를 맞고소했다. 이처럼 작가 자신이 고소인인 동시에 피의자가 되어 소송을 치르던 바로 그 시기에 그는 『금치산』이라는 민사 사건에 관한 소설을 쓴다. 소송 과정에서 그는 아마도 법의 공정성과 정의에 대해 많은 생각을 했을 것이다. 게다가 소설의 시간적 배경은 작가가 출판업, 인쇄업, 활자 주조업이라는 세 번에 걸친 사업 실패로 채권자들에게 시달리던 1828년이다. 그는 당시 민법상의 모든 권리를 박탈당할 위기에 놓여 있었다. 그러니까 이 소설에는 작가 자신이 경험했던 위기에 대한 아픈 기억이 고스란히 담겨 있다고 볼 수 있다.

이 소설에는 크게 두 가지 이야기가 전개되는바, 하나는 이처럼 법정 사건에 관한 것이며, 다른 하나는 프랑스에서의 개신교 박해와 그로 인한 재산 몰수다. 우선 금치산 청원이라는 민사 소송의 과정을 보자. 소설의 무대는 1828년이니, 본 청원의 소송 과정은 나폴레옹이 제정한 1804년 민법과 1806년 민사 소송법을 따른다. 민법의 완성과 전파는 근대 사회 체제의 확립을 의미한다는 점에서 나폴레옹의 가장 큰 업적으로 평가된다. 나폴레옹 자신도 민법전의 완성을 자신의 가장 중요한 성과로 여겼다. 그는 말한다. "나의 진정한 영광은 전장에서의 40번의 승리가 아니다. 워털루 전쟁은 내가 이룬 수많은 승리의 기억을 다 지울 것이다. 그러나 그 무엇으로도 지울 수 없는 것, 영원히 살아남을 것, 그것은 바로 나의 민법이다."

발자크는 1804년 민법의 금치산에 대한 항목에서 이 소설의 소재를 가져왔다. 민법 488조에 따르면, 성년이란 "21세 이상의 남성으로서 자신의 민법적 권리를 행사할 능력이 있는 자"다. 금치산자란 "나이에도 불구하고 자신의 권리를 행사할 수 없기에 법과 가족의 보호가 필요한 자" 혹은 "바보, 정신 착란, 혹은 격렬한 발작을 일으키는 자"로서 법률 행위 능력에 관해서는 미성년자와 유사한 취급을 받는 자다. 그런데 민법에는 바보나 정신 착란 등의 용어에 명확한 법적 정의를 부여하지 않았다. 바로 그 점을 이용하여 후작부인의 소송대리인은 그럴듯한 청원서를 작성한다. 소송대리인은 일종의 변호사다. 당시 프랑스에서는 서류를 작성하는 소송대리인과 법정에서 변론하는 변호사로 업무가 분리되어 있었다. 그러나 2012년 소송 대리 제도의 개혁에 따라 소송대리인과 변호사 업무가 통합됨으로써 소송대리인이라는 직업은 사라진다. 청원서는 장르노 모자에 의해 조종당하여 그들에게 막대한 재산을 넘기는 후작의 정신 나간 행위를 지적한다. 중국에 대한 편집증적 열정과 귀족 신분임에도 출판업이라는 사업을 한다는 사실도 후작이 정상적인 사고를 할 수 없는 자임을 증명하는 요소다. 그런 후작에 대항하여 아내는 아이들의 장래를 위해 가문의 재산을 지켜야 함을 강조한다.

청원서를 받은 지금의 파리 지역에 해당하는 센 지방의 일심 법원 법원장은 포피노를 사건 담당 판사로 임명한다. 포피노가 젊은 의사 비앙숑의 고모부라는 사실을 안 후작부인은 비앙숑을 통해 판사를 회유하고자 한다. 하지만 포피노는 그 누구의 회유에도 넘어갈 위인이 아니다. 사건의 진상을 파악하기 위해 후작부인을 방문한 그는 멍청한 척하면서 대화를 이끌어 가지만, 어수룩한 그의 얼굴 뒤에는 인간의 영혼과 양심을 꿰뚫어 보는 통찰력이 숨어 있었다. 그는 저택의 화려함과 사치를 측정한 후, 부인에게 막대한 빚이 있으며 아마도 그 빚을 갚기 위해 금치산 선고를 청구한 것은 아닌지 의심한다. 그 다음에 후작을 방문하여 신문한 후에는 자신의 의심이 옳았음을 확신한다. 포피노는 조상의 약탈 행위에 대해 속죄하고자 피해자의 후손에게 보상하려는 후작의 숭고한 행위에 감동한다. 그뿐 아니라 아이들에 대한 후작의 애정과 중국에 대한 열정에서 후작의 고귀한 성품을 본다. 포피노는 사건의 진상을 밝혀내고, 후작부인의 청원 내용이 사실과 다름을 확인한다.

그러나 불행하게도 판사 포피노의 공정한 판결은 소용없어진다. 포피노가 판결문을 제출하기 전에 후작부인은 법무부 장관을 초대했고, 장관은 법원장에게 판사를 교체할 것을 요구한다. 법원장은 포피노가 후작부인의 집에 차를 마시러 갔다는 사실을 핑계 삼아 판사를 교체한다. 1806년 민사 소송법 78조 8항에는 "소송이 시작되는 순간부터 법관이 당사자 중 한 사람의 집에서 먹거나 마시는 것을 금"한다고 명시되어 있기 때문이다. 물론 포피노는 후작부인의 집에서 차는커녕 물 한 모금도 마시지 않았다. 이러한 부당한 인사에 대한 보상으로 법원장은 포피노에게 레지옹 도뇌르 훈장을 약속한다. 장관과 법원장의 정치적 야합 앞에서 포피노 판사는 냉소적인 미소를 지을 수밖에 없다. 포피노의 후임으로 임명된 판사 카뮈조는 출세를 위해서라면 없는 죄도 만들어 낼 위인이다. 이처럼 공정한 판사는 정치 판사로 교체되고, 소설은 여기서 끝난다. 독자들은 소송의 결과를 알지 못한다. 그러나 『골동품 진열실』에서 앙랑송의 예심 판사였던 카뮈조가 젊은 데그리뇽 백작의 어음 위조 사건을 어떻게 처리했는지, 그 사건을 기회로 그가 어떻게 출세 가도를 달렸는지 기억하는 독자들은 책을 덮으면서 씁쓸한 느낌을 지울 수 없다. 하지만 그로부터 몇 년이 지난 후 출판된 『매춘부의 영광과 비참』을 읽으면서 독자들은 안도한다. 젊은 청년 뤼시앵 드 뤼방프레는 자신에게 증오심을 품고 있는 데스파르 후작부인에게 복수하기 위해 사교계에서 이 사건의 진실을 폭로했고, 그로 인해 여론이 나빠지자 사건의 심각성을 의식한 법무부 장관이 한발 물러섬으로써 후작부인이 패소하기 때문이다. 모든 소송 사건에는 정치가 작용하지만, 공정과 정의는 죽지 않는다는 것을 작가는

해설 391

말하고 싶었으리라.

 한편, 이 소설을 좀 더 깊이 이해하기 위해서는 치열했던 종교 갈등에 대한 이해가 선행되어야 한다. 사실 유럽의 역사는 종고 전쟁의 역사라 해도 과언이 아닐 정도로 구교와 신교 간의 갈등이 몇백 년 동안 지속되었다. 1517년 마르틴 루터의 종교개혁 이후 독일에서는 여러 지역의 제후들이 신교를 지지하면서 1555년 아우크스부르크 평화 협정을 체결하기에 이르렀고, 그 협정에 따라 각 지역의 주민들은 영주의 종교를 따르게 되었다. 프랑스의 경우 루터파의 세력은 크지 않았으나, 1540년 이후 칼뱅주의의 영향으로 위그노라 불리는 신교도의 세력이 확대된다. 도식적으로 말하기는 어렵지만, 구교가 주로 토지를 소유한 귀족이나 땅을 경작하는 농민의 종교였다면, 신교는 은행가, 상공업자 등의 신흥 부르주아 계층의 종교였다. 그것은 당연한 결과였다. 물론 구교의 과도한 부패가 종교개혁의 원인이었지만, 신교가 세력을 확장한 데는 현실적인 이유가 작용했음을 부인할 수 없다. 16세기는 십자군 전쟁과 지중해 무역을 통해 부를 축적한 신흥 자본가들이 성장한 시기다. 그런데 그들에게는 가톨릭이 아닌 새로운 사상이 필요했다. 가톨릭은 개인의 이윤 추구를 부정하고 죄악시했기 때문이다. 반면, 칼뱅주의는 현세에서 정당하게 부를 축적하여 성공한 사람은 내세에서도 성공을 보장받는다고 주장하면서 돈 버는 것을 장려했다. 따라서 상공업자, 은행가 등의 부르주아 계급이 신교로 몰리는 것은 자연스러운 현상이었다. 프랑스, 스페인 등 토지를 기반으로 하는 농업국이 구교를 신봉하는 나라였다면, 상공업이 발달한 독일, 스웨덴, 네덜란드 등에서는 신교를 적극적으로 수용했음이 그 사실을 증명한다.

프랑스에서의 종교 갈등은 1572년의 생바르텔레미 대학살에서 정점을 이룬다. 앙리 2세의 사망 후 섭정으로서 실제 권력을 장악한 카트린 드 메디치는 종교적 화합을 위해 자신의 딸 마고 공주를 피레네산맥 근처 나바르 왕국의 왕이자 신교도들의 우두머리인 앙리 드 나바르와 결혼시킨다. 그러나 결혼식에 참석한 위그노들은 구교파들에 의해 무참히 학살된다. 1589년 앙리 3세가 암살당하자, 급진 구교파 세력의 맹렬한 반대에도 불구하고 신교 국가인 나바르의 왕 앙리가 프랑스 왕으로 즉위하여 앙리 4세가 된다. 3년 후인 1592년 그는 국민 통합을 위해 구교로 개종한 후 1589년 종교의 자유를 보장하는 낭트 칙령을 공표한다. 1562년부터 프랑스를 혼란에 빠뜨렸던 종교 내전은 이렇게 막을 내린다.

그러나 구교와 신교의 갈등이 완전히 종결된 것은 아니었다. 상공업으로 부를 축적한 신교도들의 세력이 점점 커지자, 이를 좌시할 수 없었던 루이 13세와 재상 리슐리외는 많은 도시에서 신교도들을 박해했다. 소설에 등장하는 네그르플리스도 1622년 신교도들이 학살당했던 마을이다. 그렇지만 신교도들에 대한 박해는 정치적 목적에 따른 조치였기에 국가 차원에서 신교도들로부터 종교의 자유를 박탈한 것은 아니었다. 그러나 루이 14세 시기에 이르면 상황이 달라진다. 1685년, 루이

14세는 낭트 칙령을 폐지하는 퐁텐블로 칙령을 공표함으로써 종교의 자유를 금했다. 위그노들은 개종을 강요당했고, 개종을 거부하는 위그노들은 투옥되거나 살해되었다. 수많은 신교도가 프랑스 땅을 떠나 영국과 네덜란드, 독일, 스위스 심지어 아메리카로 이주했다. 신교도들의 대부분이 상공업자, 기술자, 장인 등이었기에 낭트 칙령의 폐지는 국가 재정의 위기를 초래했다. 낭트 칙령 폐지는 루이 14세의 가장 큰 실책 중 하나로 평가된다. 종교의 자유는 루이 16세 치하이던 1787년 베르사유 칙령을 통해 보장된다. 프랑스 국적을 잃었던 신교도들은 1789년에 국적을 회복한다.

소설에서 문제가 되는 것은 루이 14세의 낭트 칙령 폐지 당시 신교도들로부터 몰수한 토지를 취득함으로써 큰 재산가가 된 귀족의 재산에 대한 정당성 여부다. 사실 1825년 망명 귀족 보상법 제정 당시 이 문제는 뜨거운 논쟁거리였다. 이 법안에 반대하는 자유주의자들은 혁명 전 신교도들로부터 부당하게 몰수한 재산에 대해서는 정부가 아무런 보상도 하지 않았음을 상기했다. 그런데 망명 귀족들은 왜 이미 몰수된 재산에 대한 권리를 요구하는가? 혁명 정부가 낭트 칙령 폐지 당시의 왕정보다 더 부당하고 추잡하게 재산을 빼앗고 토지를 몰수했던가? 바로 이것이 후작이 제기한 문제다. 『금치산』에서 후작이 "망명 귀족들은 혁명 당시 몰수당한 재산을 환수해 달라고 요구하면서, 정작 그들 자신이 범죄로 획득한 재산은 돌려주지 않고 계속 보유하는 것이 정당할까요?"라고 말할 때, 발자크는 "가장 많은 보상금을 받은 가문들은 바로 낭트 칙령 폐지 당시 몰수된 토지를 획득했던 가문들이다"라는 자유주의자 뱅자맹 콩스탕의 비판을 떠올리는 것처럼 보인다. 비록 왕당파로 전향하긴 했지만, 과거 자유주의자였던 발자크는 반대파인 자유주의자들의 논리가 옳다고 보았던 것이다. 물론 재산의 근원에 대해 한없이 먼 역사로 거슬러 올라가 그것이 도덕적으로 합당했는지를 따지는 것은 무리일 수도 있다. 발자크 자신도 포피노의 입을 빌려 "만일 어떤 방식으로든, 그것이 아무리 사악한 방식일지라도 몰수한 재산을 소유하고 있는 사람이 150년이 지난 후 그 재산을 반환해야 한다면, 프랑스 땅에 합법적인 재산은 별로 없을 것"이라고 말하고 있다. 하지만 조상이 부당하게 획득한 재산을 돌려줌으로써 가문의 명예를 되찾으려는 후작의 행위를 통해 발자크는 고귀한 영혼과 완벽한 도덕성 추구의 한 사례를 보여 준다.

번역하는 사람은 누구나 그 어려움을 토로하지만, 발자크 소설 번역은 진정 고행의 여정이었다. 지나치게 상세한 공간 묘사와 지독하게 구체적인 인물 묘사, 현대어와는 완전히 다른 의미로 사용되는 19세기의 낯선 어휘, 도무지 이해할 수 없는 고약한 문장 구조 등은 역자를 질리게 했다. 21세기 한국 독자는 알 수 없을 사회 역사적 배경에 대한 지식은 또 어떠한가. 그러나 그것을 알지 못하면 소설을 온전히 이해하기는 불가능하기에, 가능한 한 피하려 했음에도 주석을 많이 붙일 수밖에 없었다. 독자들의 너그러운 이해를 구한다.

  부족한 능력에도 불구하고 역자는 오늘날 발자크 작품에 대한 이해 없이 주로 인간 발자크에 관한 이야기만 회자되는 현실이 안타까워 발자크의 소설을 번역하기로 결심했다. 나의 번역 작업이 이야기의 보고(寶庫)라 할 수 있는 〈인간극〉을 알리는 데 일조할 수 있다면 큰 기쁨이 아닐 수 없겠다.

판본 소개

『결혼 계약(*Le Contrat de mariage*)』

『결혼 계약』은 본래 1835년 샤를 베셰(Charles-Béchet) 출판사에서 『완두꽃』이라는 제목으로 발표되었다. 그 후 1839년 샤르팡티에(Charpentier) 출판사에서 같은 제목으로 출판되었고, 1842년 퓌른(Furne) 출판사에서 〈인간극〉 총서를 출판할 당시 『결혼 계약』으로 제목이 바뀌어 '사생활 풍경' 제3권에 수록된다. 역자가 대본으로 삼은 것은 앙리 고티에(Henri Gauthier)가 해설과 주석을 단 플레이아드판 〈인간극〉 총서 제3권에 담긴 것이다. 플레이아드판은 수정된 퓌른판 〈인간극〉을 바탕으로 작품마다 전문가들이 텍스트 내용과 집필 내력을 소개하고 주석을 단 역사·비평본이다. 그 밖에 피에르 시트롱(Pierre Citron)이 해설과 주석을 단 플라마리옹(Flammarion) 출판사의 문고본 『결혼 계약』도 참고하였다.

『금치산(*L'Interdiction*)』

『금치산』은 1836년 1월부터 2월까지 다섯 차례에 걸쳐 발자크가 최대 주주로 있던 잡지 『크로니크 드 파리(Chronique de Paris)』에 연재되었으며, 같은 해에 베르데(Berdet) 출판사에서 '철학연구'에 속하는 단행본으로 출판되었다. 그 후 작가의 수정을 거쳐 1839년 샤르팡티에 출판사에서 단행본으로 출판되었으며, 1844년에는 퓌른판 〈인간극〉 총서의 '파리 생활 풍경' 3권에 수록된다. 그러나 1845년 퓌른 수정판을 내면서 작가는 이 소설을 '사생활 풍경'에 포함시킨다. 역자가 대본으로 삼은 것은 기 사뉴(Guy Sagnes)의 해설과 주석이 달린 1976년 플레이아드판 〈인간극〉 총서 제3권에 담긴 것이다. 그 밖에 나딘 사티아(Nadine Satiat)가 해설과 주석을 달고 플라마리옹 출판사에서 『샤베르 대령』과 함께 묶어 출판한 문고본 『금치산』도 참고하였다.

오노레 드 발자크 연보

1799 5월 20일, 프랑스 중서부에 있는 루아르 강변 도시 투르, 라르메 디탈리 가 25번지(현 나시오날 가 47번지)에서 출생. 당시 아버지 베르나르 프랑수아 발자크는 53세, 어머니 로르 살랑비에는 21세. 아버지는 투르의 군량 공급부서 책임자였음. 출생 직후 근위병의 아내인 유모에게 맡겨져 4년간 양육됨.

1800 첫째 누이 로르, 1802년 둘째 누이 로랑스 출생.

1804 발자크 가족 나시로날 가 29번지(현 53번지)의 저택으로 이사. 지방 유지들이 모이는 살롱 운영.

1807 아버지가 다른 남동생 앙리 출생. 앙리의 생부는 발자크 집안의 친구인 사셰 성의 성주 장 드 마르곤.

1804~1807 투르의 르 게 기숙학교 통학.

1807 6월 22일, 방돔의 오라토리오 수도회 기숙학교 입학.

1813 4월 22일, 신경증 악화로 방돔 기숙학교를 그만두고 집으로 돌아와 요양. 파리의 토리니 가 50번지의 강세르 신부가 운영하는 기숙학교 입학.

1814 11월, 발자크 가족 파리 탕플 가 40번지(현 탕플 가 122번지)에 정착. 아버지가 파리의 군수품 조달회사 책임자로 임명됨. 튀랭 가 37

	번지 르피트르가 운영하는 학교 입학. 1815년 9월, 다시 강세르 신부가 운영하는 학교로 전학, 동시에 샤를마뉴 고등학교에서 수학.
1816	11월 4일, 소르본대학의 법률학부 등록. 동시에 소송대리인 기요네 메르빌 사무실에서 16개월 동안 서기로 근무.
1818	4월, 공증인 빅토르 파세 사무실에서 서기로 근무. 1819년 초여름까지.
1819	1월 4일, 법과대학에서 바칼로레아 획득. 7월 말에서 8월 초 사이에 발자크 가족, 경제적 이유로 파리 근교 빌파리지로 이사. 발자크, 작가가 되기로 결심. 8월, 파리 레디기에르 가 9번지의 다락방에 칩거하면서 집필에 몰두. 부모는 오노레에게 월 120프랑의 생활비 지급.
1820	5월, 운문 비극『크롬웰』완성, 가족 앞에서 낭독. 부정적 평가. 가족은 그에게 확고한 직업을 가지고 부수적으로 글을 쓰는 분별 있는 삶을 살 것을 권유. 9월, 누이동생 로르, 쉬르빌과 결혼.
1821	1월, 부모의 재정지원 중단으로 빌파리지의 본가에 들어감. 9월, 동생 로랑스 결혼.
1822~1825	오귀스트 르 푸아트뱅 드 레그르빌과 동업으로 삼류 소설 양산. 로르 룬, 오라스 드 생토뱅 등의 가명 사용.
1822	8월, 빌파리지의 이웃인 로르 드 베르니 부인과의 내밀한 관계 시작. 스물두 살 연상인 베르니 부인은 연인이자 어머니로서 발자크에게 조언자이자 후원자 역할을 함.
1824	문학 관련 신문에 글을 기고하며 저널리스트로서의 첫걸음을 내딛은 후 저널리즘 활동. 투르농 가 2번지에 작은 아파트 얻음.
1825	8월, 동생 로랑스 사망. 9월, 베르사유의 누이 집에 체류하던 중 만난 다브랑테스 공작부인과 사귀기 시작.
1825~1828	인쇄업, 출판업, 활자주조업 등에 투신. 자본금은 가족과 베르니 부인에게서 충당. 3년간의 사업 실패로 6만 프랑의 빚을 짐.
1828	문학으로 돌아와 역사물에 관심을 보임. 브르타뉴 지역에서 일어

난 올빼미당의 반혁명 운동을 소재로 소설을 쓰기로 함. 9월 17일부터 두 달 동안 브르타뉴의 푸제르에 사는 집안의 친구 포므뢸 남작의 저택에 기거하면서 증인들의 이야기를 듣고 현지를 답사. 4월, 빚쟁이들을 피해 누이의 남편 쉬르빌의 이름으로 카시니 가 1번지의 아파트 계약. 1836년까지 머뭄.

1829　3월, 자신의 이름으로 출판한 최초의 소설 『마지막 올빼미 당원 혹은 1800년 브르타뉴』 출간. 이 제목은 1835년 『올빼미 당원들 혹은 1799년 브르타뉴』로 바뀜. 6월 19일, 아버지 사망. 12월에는 익명으로 『결혼 생리학』 발표. 사교계 입성. 1809년, 여동생 로르를 통해 알게 된 쥘마 카로 부인과의 친분이 두터워짐. 카로 부인은 발자크에게 진지한 문학적 조언자의 역할을 하며 상당한 영향을 끼침.

1830　저널리즘을 통해 시사적 논평을 왕성하게 발표하는 한편 본격적인 문학 작품 생산에 돌입.

1831　4월, 7월혁명 직후 현실 정치 참여 야심 표명. 이 해와 이듬해에 국회의원 선거 출마를 계획하나 무위에 그침. 9월 말에서 10월 초 사이에 익명으로 보낸 카스트리 후작부인의 편지를 받음.

1832　정통왕당파로의 정치적 전향. 카스트리 공작부인과의 관계 시작. 8월에는 그녀와 함께 엑스 레 뱅, 제네바 등지에 체류. 10월, 제네바에서의 열렬한 구애에도 불구하고 거절당함. 몇몇 여자와의 결혼을 모색하지만 모두 실패함. 2월 28일, 발신지가 우크라이나의 오데사일 뿐이고 발신인은 '이국 여인'이라고만 표시된 한스카 부인의 편지를 받은 바 있음. 11월, 사랑의 좌절로 절망에 빠져 있던 그는 이국 여인으로부터 두 번째 편지를 받음. 그 이후 한스카 부인과의 서신 왕래가 시작됨.

1833　9월, 서신 교환만 하던 한스카 부인과 뇌샤텔에서 처음으로 만남.

1834　자신의 모든 작품을 하나의 체계 속에 집대성하고자 하는 계획을 세움. 총서의 통일성을 위해 '인물 재등장' 기법 고안. 1월, 제네바에서 한스카 부인 만남. 1월 26일은 "잊지 못할 날"로 기억됨. 6

월, 마리아 뒤 프레네와의 사이에서 딸을 얻음. 그녀는 후손을 남기지 않은 채 1930년 사망. 쥘 상도를 문하생 겸 비서로 삼음. 10월 한스카 부인에게 보내는 편지에서 자신의 작품 세계 전체의 구상을 밝힘. 「19세기 프랑스 작가들에게 보내는 편지」를 통해 작가의 권리에 대한 각성 촉구.

1835 오스트리아 여행. 빈에서 다시 한스카 부인을 만나지만 이후 8년 동안 둘은 서로 만나지 못한 채 서신만 주고받음. 메테르니히 공 접견. 평생 충실한 친구로 남을 기도보니 비스콘티 백작부인과 교제. 12월, 독자적인 발표 지면의 확보를 위해 정치 문예지 성격의 『크로니크 드 파리』를 인수하나 일곱 달 만인 1836년 7월에 청산. 다시 한 번 상당한 금전적 손실을 봄.

1836 1월, 『골짜기의 백합』 저작권과 관련하여 『르뷔 드 파리』 편집장 뷜로즈 고소. 국민군 복무 의무를 수행하지 않아 4월 27일부터 5월 4일까지 감옥에 구금됨. 7월 베르니 부인 사망. 7~8월, 기도보니 비스콘티 백작의 상속 문제를 해결하기 위해 이탈리아 토리노 여행. 남장한 마르부티 부인을 여행에 대동. 스위스를 거쳐 귀국. 9월, 빚쟁이들을 피해 카시니 가의 집을 버리고 샤이오에 있는 상도의 다락방으로 피신.

1837 2월, 빚쟁이들을 피해 또다시 기도보니 비스콘티 부인의 도움으로 이탈리아 여행. 5월, 거래하던 베르데 출판사 파산으로 경제적 위기 가중됨. 채권자 고발로 구속을 피하고자 피신. 9월, 파리 근교 세브르의 '레 자르디'에 땅을 매입하기 시작. 1838년 정착, 그곳을 파인애플 농장으로 만드는 작업에 착수하지만 막대한 비용만 탕진하고 포기함.

1838 사르데냐의 은광산 개발을 구상하고 이듬해 현지를 직접 방문하나 성공하지 못함. 후일 사르데냐의 은광산은 엄청난 매장량을 가진 것으로 판명됨. 2월 말~3월 초, 노앙에 있는 조르주 상드의 저택에 더물며 문학적 교분을 나눔.

1839   8월, 작가 협회 회장. 저작권 보호를 위한 맹렬한 활동을 펼침. 12월, 아카데미 프랑세즈에 처음으로 출마하나 고배를 마심.

1840   연극 『보트랭』 실패. 『크로니크 드 파리』의 실패 이후 다시 월간지 『르뷔 파리지엔』을 발간하나 7월호를 시작으로 총 세 호를 출간한 후 종간함. 9월, 마침내 '레 자르디'를 압류당하고 파시 지구의 바스 가 19번지, 현재 파리의 레이누아르 가 47번지에 있는 언덕배기 집으로 도피하듯 이주. 이 집은 오늘날 발자크 기념관이 됨. 〈인간극〉이라는 총서 제목 결정. 12월, 작가의 권리 보장을 위해 저작권법 제안.

1841   10월, 〈인간극〉을 제목으로 하는 자신의 작품 전집 출판 계약 체결. 9월 작가 협회 회장직 사임. 11월 한스카 부인의 남편인 한스키 백작 사망. 발자크는 이듬해 1월에야 그 소식을 들음.

1842   한스키 백작의 사망 소식을 듣고 한스카 부인과 결혼을 성사시키는 데 몰두. 7월과 12월, 아카데미 프랑세즈 회원이 되기 위해 출마하나 두 번 다 낙선. 〈인간극〉 서문 집필.

1843   여름. 상트페테르부르크를 방문하여 8년 만에 한스카 부인을 만남. 두 달간 체류.

1845   한스카 부인에게 창작에 대한 부담을 토로함. "참 딱한 일입니다. 나는 하루에 16시간을 일합니다만 아직도 빚이 10만 프랑이 넘습니다. 그리고 마흔다섯 살이고요! 슬프기 그지없는 일입니다." 한스카 부인과 프랑스, 독일, 네덜란드, 벨기에, 이탈리아 등 각지를 여행. 레지옹 도뇌르 훈장 서훈.

1846   한스카 부인과 이탈리아, 스위스 등지에서 생활. 8월, 퓌른 출판사에서 〈인간극〉 초판본 출간. 한스카 부인의 임신을 알고 결혼을 앞당길 수 있다는 기대에 부풀었으나 11월 사산 소식을 접하고 낙담. 창작 능력의 고갈과 자기 작품에 대한 대중의 무관심에 고뇌.

1847   2월~5월, 한스카 부인이 비밀리에 파리에 체류. 발자크는 6월에 유서 작성. 9월, 한스카 부인의 집이 있는 우크라이나의 비에르초브니

아로 떠남.

1848 우크라이나에서 6개월 체류한 후 2월 파리로 귀환. 2월혁명을 접하고 국회의원 선거 출마를 고려하기도 하나, 9월 다시 우크라이나로 떠나 1850년 4월까지 그곳에 체류. 아카데미 프랑세즈에 네 번째 도전. 이듬해 1월 선거에서 빅토르 위고의 적극적인 지지에도 불구하고 실패.

1849 1년 내내 우크라이나 비에르초브니아의 한스카 부인 집에 체류. 건강 악화. 한스카 부인은 러시아 황제에게 발자크와의 결혼 청원. 막대한 상속 재산을 포기하는 조건으로 허락받음.

1850 3월, 한스카 부인과 결혼. 5월 한스카 부인과 함께 파리로 돌아옴. 신혼살림을 위해 준비해 둔 포르튀네 가 14번지 저택에 체류. 내내 와병 중이던 발자크는 여러 날 의식불명 상태에 있다가 8월 18일 밤 11시 30분 사망. 생필립뒤룰 교회에서 장례식. 페르 라셰즈 묘지에 묻힘. 빅토르 위고의 추도 연설. 발자크의 부인이 된 한스카 부인은 발자크 사후 홀로 살다가 1882년에 생을 마침.

새롭게 을유세계문학전집을 펴내며

을유문화사는 이미 지난 1959년부터 국내 최초로 세계문학전집을 출간한 바 있습니다. 이번에 을유세계문학전집을 완전히 새롭게 마련하게 된 것은 우리가 직면한 문화적 상황에 적극적으로 대응하기 위해서입니다. 새로운 을유세계문학전집은 세계문학의 역할이 그 어느 때보다 중요해졌다는 인식에서 출발했습니다. 오늘날 세계에서 타자에 대한 이해는 우리의 안전과 행복에 직결되고 있습니다. 세계문학은 지구상의 다양한 문화들이 평등하게 소통하고, 이질적인 구성원들이 평화롭게 공존할 수 있는 문화적인 힘을 길러 줍니다.

을유세계문학전집은 세계문학을 통해 우리가 이런 힘을 길러 나가야 한다는 믿음으로 만들어졌습니다. 지난 5년간 이를 준비하기 위해 많은 노력을 기울였습니다. 세계 각국의 다양한 삶의 방식과 문화적 성취가 살아 있는 작품들, 새로운 번역이 필요한 고전들과 새롭게 소개해야 할 우리 시대의 작품들을 선정했습니다. 우리나라 최고의 역자들이 이들 작품 속 한 문장 한 문장의 숨결을 생생히 전하기 위해 심혈을 기울였습니다. 또한 역자들은 단순히 번역만 한 것이 아니라 다른 작품의 번역을 꼼꼼히 검토해 주었습니다. 을유세계문학전집은 번역된 작품 하나하나가 정본(定本)으로 인정받고 대우받을 수 있도록 최선을 다했습니다. 세계문학이 여러 경계를 넘어 우리 사회 안에서 주어진 소임을 하게 되기를 바라며 을유세계문학전집을 내놓습니다.

을유세계문학전집 편집위원단(가나다 순)
김월회(서울대 중문과 교수)
김헌(서울대 인문학연구원 교수)
박종소(서울대 노문과 교수)
손영주(서울대 영문과 교수)
신정환(한국외대 스페인어통번역학과 교수)
정지용(성균관대 프랑스어문학과 교수)
최윤영(서울대 독문과 교수)

을유세계문학전집

1. 마의 산(상) 토마스 만 | 홍성광 옮김
2. 마의 산(하) 토마스 만 | 홍성광 옮김
3. 리어 왕·맥베스 윌리엄 셰익스피어 | 이미영 옮김
4. 골짜기의 백합 오노레 드 발자크 | 정예영 옮김
5. 로빈슨 크루소 대니얼 디포 | 윤혜준 옮김
6. 시인의 죽음 다이허우잉 | 임우경 옮김
7. 커플들, 행인들 보토 슈트라우스 | 정항균 옮김
8. 천사의 음부 마누엘 푸익 | 송병선 옮김
9. 어둠의 심연 조지프 콘래드 | 이석구 옮김
10. 도화선 공상임 | 이정재 옮김
11. 휘페리온 프리드리히 횔덜린 | 장영태 옮김
12. 루쉰 소설 전집 루쉰 | 김시준 옮김
13. 꿈 에밀 졸라 | 최애영 옮김
14. 라이겐 아르투어 슈니츨러 | 홍진호 옮김
15. 로르카 시 선집 페데리코 가르시아 로르카 | 민용태 옮김
16. 소송 프란츠 카프카 | 이재황 옮김
17. 아메리카의 나치 문학 로베르토 볼라뇨 | 김현균 옮김
18. 빌헬름 텔 프리드리히 폰 쉴러 | 이재영 옮김
19. 아우스터리츠 W. G. 제발트 | 안미현 옮김
20. 요양객 헤르만 헤세 | 김현진 옮김
21. 워싱턴 스퀘어 헨리 제임스 | 유명숙 옮김
22. 개인적인 체험 오에 겐자부로 | 서은혜 옮김
23. 사형장으로의 초대 블라디미르 나보코프 | 박혜경 옮김
24. 좁은 문·전원 교향곡 앙드레 지드 | 이동렬 옮김
25. 예브게니 오네긴 알렉산드르 푸슈킨 | 김진영 옮김
26. 그라알 이야기 크레티앵 드 트루아 | 최애리 옮김
27. 유림외사(상) 오경재 | 홍상훈 외 옮김
28. 유림외사(하) 오경재 | 홍상훈 외 옮김
29. 폴란드 기병(상) 안토니오 무뇨스 몰리나 | 권미선 옮김
30. 폴란드 기병(하) 안토니오 무뇨스 몰리나 | 권미선 옮김
31. 라 셀레스티나 페르난도 데 로하스 | 안영옥 옮김

32. 고리오 영감 오노레 드 발자크 | 이동렬 옮김
33. 키 재기 외 히구치 이치요 | 임경화 옮김
34. 돈 후안 외 티르소 데 몰리나 | 전기순 옮김
35. 젊은 베르터의 고통 요한 볼프강 폰 괴테 | 정현규 옮김
36. 모스크바발 페투슈키행 열차 베네딕트 예로페예프 | 박종소 옮김
37. 죽은 혼 니콜라이 고골 | 이경완 옮김
38. 워더링 하이츠 에밀리 브론테 | 유명숙 옮김
39. 이즈의 무희·천 마리 학·호수 가와바타 야스나리 | 신인섭 옮김
40. 주홍 글자 너새니얼 호손 | 양석원 옮김
41. 젊은 의사의 수기·모르핀 미하일 불가코프 | 이병훈 옮김
42. 오이디푸스 왕 외 소포클레스 | 김기영 옮김
43. 야쿠비얀 빌딩 알라 알아스와니 | 김능우 옮김
44. 식(蝕) 3부작 마오둔 | 심혜영 옮김
45. 엿보는 자 알랭 로브그리예 | 최애영 옮김
46. 무사시노 외 구니키다 돗포 | 김영식 옮김
47. 위대한 개츠비 프랜시스 스콧 피츠제럴드 | 김태우 옮김
48. 1984년 조지 오웰 | 권진아 옮김
49. 저주받은 안뜰 외 이보 안드리치 | 김지향 옮김
50. 대통령 각하 미겔 앙헬 아스투리아스 | 송상기 옮김
51. 신사 트리스트럼 샌디의 인생과 생각 이야기 로렌스 스턴 | 김정희 옮김
52. 베를린 알렉산더 광장 알프레트 되블린 | 권혁준 옮김
53. 체호프 희곡선 안톤 파블로비치 체호프 | 박현섭 옮김
54. 서푼짜리 오페라·남자는 남자다 베르톨트 브레히트 | 김길웅 옮김
55. 죄와 벌(상) 표도르 도스토예프스키 | 김희숙 옮김
56. 죄와 벌(하) 표도르 도스토예프스키 | 김희숙 옮김
57. 체벤구르 안드레이 플라토노프 | 윤영순 옮김
58. 이력서들 알렉산더 클루게 | 이호성 옮김
59. 플라테로와 나 후안 라몬 히메네스 | 박채연 옮김
60. 오만과 편견 제인 오스틴 | 조선정 옮김
61. 브루노 슐츠 작품집 브루노 슐츠 | 정보라 옮김
62. 송사삼백수 주조모 엮음 | 김지현 옮김
63. 팡세 블레즈 파스칼 | 현미애 옮김
64. 제인 에어 샬럿 브론테 | 조애리 옮김
65. 데미안 헤르만 헤세 | 이영임 옮김

66. 에다 이야기   스노리 스툴루손 | 이민용 옮김
67. 프랑켄슈타인   메리 셸리 | 한애경 옮김
68. 굴명소사   이보가 | 백승도 옮김
69. 우리 짜르의 사람들   류드밀라 울리츠카야 | 박종소 옮김
70. 사랑에 빠진 여인들   데이비드 허버트 로렌스 | 손영주 옮김
71. 시카고   알라 알아스와니 | 김능우 옮김
72. 변신 · 선고 외   프란츠 카프카 | 김태환 옮김
73. 노생거 사원   제인 오스틴 | 조선정 옮김
74. 파우스트   요한 볼프강 폰 괴테 | 장희창 옮김
75. 러시아의 밤   블라지미르 오도예프스키 | 김희숙 옮김
76. 콜리마 이야기   바를람 샬라모프 | 이종진 옮김
77. 오레스테이아 3부작   아이스퀼로스 | 김기영 옮김
78. 원잡극선   관한경 외 | 김우석 · 홍영림 옮김
79. 안전 통행증 · 사람들과 상황   보리스 파스테르나크 | 임혜영 옮김
80. 쾌락   가브리엘레 단눈치오 | 이현경 옮김
81. 지킬 박사와 하이드 씨 · 존 니컬슨   로버트 루이스 스티븐슨 | 윤혜준 옮김
82. 로미오와 줄리엣   윌리엄 셰익스피어 | 서경희 옮김
83. 마쿠나이마   마리우 지 안드라지 | 임호준 옮김
84. 재능   블라디미르 나보코프 | 박소연 옮김
85. 인형(상)   볼레스와프 프루스 | 정병권 옮김
86. 인형(하)   볼레스와프 프루스 | 정병권 옮김
87. 첫 번째 주머니 속 이야기   카렐 차페크 | 김규진 옮김
88. 페테르부르크에서 모스크바로의 여행   알렉산드르 라디셰프 | 서광진 옮김
89. 노인   유리 트리포노프 | 서선정 옮김
90. 돈키호테 성찰   호세 오르테가 이 가세트 | 신정환 옮김
91. 조플로야   샬럿 대커 | 박재영 옮김
92. 이상한 물질   테레지아 모라 | 최윤영 옮김
93. 사촌 퐁스   오노레 드 발자크 | 정예영 옮김
94. 걸리버 여행기   조너선 스위프트 | 이혜수 옮김
95. 프랑스어의 실종   아시아 제바르 | 장진영 옮김
96. 현란한 세상   레이날도 아레나스 | 변선희 옮김
97. 작품   에밀 졸라 | 권유현 옮김
98. 전쟁과 평화(상)   레프 톨스토이 | 박종소 · 최종술 옮김

99. 전쟁과 평화(중)　　레프 톨스토이 | 박종소·최종술 옮김
100. 전쟁과 평화(하)　　레프 톨스토이 | 박종소·최종술 옮김
101. 망자들　　크리스티안 크라호트 | 김태환 옮김
102. 맥티그　　프랭크 노리스 | 김욱동·홍정아 옮김
103. 천로 역정　　존 번연 | 정덕애 옮김
104. 황야의 이리　　헤르만 헤세 | 권혁준 옮김
105. 이방인　　알베르 카뮈 | 김진하 옮김
106. 아메리카의 비극(상)　　시어도어 드라이저 | 김욱동 옮김
107. 아메리카의 비극(하)　　시어도어 드라이저 | 김욱동 옮김
108. 갈라테아 2.2　　리처드 파워스 | 이동신 옮김
109. 마담 보바리　　귀스타브 플로베르 | 진인혜 옮김
110. 한눈팔기　　나쓰메 소세키 | 서은혜 옮김
111. 아주 편안한 죽음　　시몬 드 보부아르 | 강초롱 옮김
112. 물망초　　요시야 노부코 | 정수윤 옮김
113. 호모 파버　　막스 프리쉬 | 정미경 옮김
114. 버너 자매　　이디스 워튼 | 홍정아·김욱동 옮김
115. 감찰관　　니콜라이 고골 | 이경완 옮김
116. 디칸카 근교 마을의 야회　　니콜라이 고골 | 이경완 옮김
117. 청춘은 아름다워　　헤르만 헤세 | 홍성광 옮김
118. 메데이아　　에우리피데스 | 김기영 옮김
119. 캔터베리 이야기(상)　　제프리 초서 | 최예정 옮김
120. 캔터베리 이야기(하)　　제프리 초서 | 최예정 옮김
121. 엘뤼아르 시 선집　　폴 엘뤼아르 | 조윤경 옮김
122. 그림의 이면　　씨부라파 | 신근혜 옮김
123. 어머니　　막심 고리키 | 정보라 옮김
124. 파도　　에두아르트 폰 카이절링 | 홍진호 옮김
125. 점원　　버나드 맬러머드 | 이동신 옮김
126. 에밀리 디킨슨 시 선집　　에밀리 디킨슨 | 조애리 옮김
127. 선택적 친화력　　요한 볼프강 폰 괴테 | 장희창 옮김
128. 격정과 신비　　르네 샤르 | 심재중 옮김
129. 하이네 여행기　　하인리히 하이네 | 황승환 옮김
130. 꿈의 연극　　아우구스트 스트린드베리 | 홍재웅 옮김
131. 단순한 과거　　드리스 슈라이비 | 정지용 옮김

132. 서동시집 요한 볼프강 폰 괴테 | 장희창 옮김
133. 골동품 진열실 오노레 드 발자크 | 이동렬 옮김
134. E. E. 커밍스 시 선집 E. E. 커밍스 | 박선아 옮김
135. 밤 풍경 E. T. A. 호프만 | 권혁준 옮김
136. 결혼 계약 오노레 드 발자크 | 송기정 옮김

을유세계문학전집은 계속 출간됩니다.

을유세계문학전집 연표

BC 458 **오레스테이아 3부작**
아이스퀼로스 | 김기영 옮김 | 77 |
수록 작품 : 아가멤논, 제주를 바치는 여인들, 자비로운 여신들
그리스어 원전 번역
서울대 선정 동서고전 200선
시카고 대학 선정 그레이트 북스

BC 434 **오이디푸스 왕 외**
/432 소포클레스 | 김기영 옮김 | 42 |
수록 작품 : 안티고네, 오이디푸스 왕, 콜로노스의 오이디푸스
그리스어 원전 번역
「동아일보」 선정 '세계를 움직인 100권의 책'
서울대 권장 도서 200선
고려대 선정 교양 명저 60선
시카고 대학 선정 그레이트 북스

BC 431 **메데이아**
에우리피데스 | 김기영 옮김 | 118 |

1191 **그라알 이야기**
크레티앵 드 트루아 | 최애리 옮김 | 26 |
국내 초역

1225 **에다 이야기**
스노리 스툴루손 | 이민용 옮김 | 66 |

1241 **원잡극선**
관한경 외 | 김우석·홍영림 옮김 | 78 |

1400 **캔터베리 이야기**
제프리 초서 | 최예정 옮김 | 119, 120 |

1496 **라 셀레스티나**
페르난도 데 로하스 | 안영옥 옮김 | 31 |

1595 **로미오와 줄리엣**
윌리엄 셰익스피어 | 서경희 옮김 | 82 |
미국대학위원회 선정 SAT 추천 도서

1608 **리어 왕·맥베스**
윌리엄 셰익스피어 | 이미영 옮김 | 3 |

1630 **돈 후안 외**
티르소 데 몰리나 | 전기순 옮김 | 34 |
국내 초역 「불신자로 징계받은 자」 수록

1670 **팡세**
블레즈 파스칼 | 현미애 옮김 | 63 |

1678 **천로 역정**
존 번연 | 정덕애 옮김 | 103 |

1699 **도화선**
공상임 | 이정재 옮김 | 10 |
국내 초역

1719 **로빈슨 크루소**
대니얼 디포 | 윤혜준 옮김 | 5 |

1726 **걸리버 여행기**
조너선 스위프트 | 이혜수 옮김 | 94 |
미국대학위원회가 선정한 고교 추천 도서 101권
서울대학교 선정 동서양 고전 200선

1749 **유림외사**
오경재 | 홍상훈 외 옮김 | 27, 28 |

1759 **신사 트리스트럼 섄디의
인생과 생각 이야기**
로렌스 스턴 | 김정희 옮김 | 51 |
노벨연구소 선정 100대 세계 문학

1774 **젊은 베르터의 고통**
요한 볼프강 폰 괴테 | 정현규 옮김 | 35 |

1790 **페테르부르크에서 모스크바로의 여행**
A. N. 라디셰프 | 서광진 옮김 | 88 |

1799 **휘페리온**
프리드리히 횔덜린 | 장영태 옮김 | 11 |

1804 **빌헬름 텔**
프리드리히 폰 쉴러 | 이재영 옮김 | 18 |

1806 **조플로야**
샬럿 대커 | 박재영 옮김 | 91 |
국내 초역

1809 **선택적 친화력**
요한 볼프강 폰 괴테 | 장희창 옮김 | 127 |

1813 **오만과 편견**
제인 오스틴 | 조선정 옮김 | 60 |

1816 **밤 풍경**
E. T. A. 호프만 | 권혁준 옮김 | 135 |

1817 **노생거 사원**
제인 오스틴 | 조선정 옮김 | 73 |

| 1818 | **프랑켄슈타인**
메리 셸리 | 한애경 옮김 | 67 |
뉴스위크 선정 세계 명저 10
옵서버 선정 최고의 소설 100
미국대학위원회 선정 SAT 추천 도서

| 1819 | **서동시집**
요한 볼프강 폰 괴테 | 장희창 옮김 | 132 |

| 1826 | **하이네 여행기**
하인리히 하이네 | 황승환 옮김 | 129 |

| 1831 | **예브게니 오네긴**
알렉산드르 푸슈킨 | 김진영 옮김 | 25 |

| 1831 | **파우스트**
요한 볼프강 폰 괴테 | 장희창 옮김 | 74 |
서울대 권장 도서 100선
미국대학위원회 SAT 권장 도서

디칸카 근교 마을의 야회
니콜라이 고골 | 이경완 옮김 | 116 |

| 1835 | **고리오 영감**
오노레 드 발자크 | 이동렬 옮김 | 32 |
서머싯 몸 선정 세계 10대 소설
연세 필독 도서 200선

결혼 계약
오노레 드 발자크 | 송기정 옮김 | 136 |

| 1836 | **골짜기의 백합**
오노레 드 발자크 | 정예영 옮김 | 4 |

감찰관
니콜라이 고골 | 이경완 옮김 | 115 |

| 1839 | **골동품 진열실**
오노레 드 발자크 | 이동렬 옮김 | 133 |

| 1844 | **러시아의 밤**
블라지미르 오도예프스키 | 김희숙 옮김 | 75 |

| 1847 | **워더링 하이츠**
에밀리 브론테 | 유명숙 옮김 | 38 |
서머셋 몸 선정 세계 10대 소설
서울대 선정 동서 고전 200선
미국다학위원회 SAT 권장 도서

제인 에어
샬럿 브론테 | 조애리 옮김 | 64 |
연세 필독 도서 200선
미국대학위원회 SAT 권장 도서
BBC 선정 영국인들이 가장 사랑하는 소설 100선
「가디언」 선정 가장 위대한 소설 100선

사촌 퐁스
오노레 드 발자크 | 정예영 옮김 | 93
국내 초역

| 1850 | **주홍 글자**
너새니얼 호손 | 양석원 옮김 | 40 |

| 1855 | **죽은 혼**
니콜라이 고골 | 이경완 옮김 | 37 |
국내 최초 원전 완역

| 1856 | **마담 보바리**
귀스타브 플로베르 | 진인혜 옮김 | 109 |

| 1866 | **죄와 벌**
표도르 도스토옙스키 | 김희숙 옮김 | 55, 56 |
미국대학위원회 SAT 권장 도서
하버드 대학교 권장 도서

| 1869 | **전쟁과 평화**
레프 톨스토이 | 박종소·최종술 옮김 | 98, 99, 100 |
뉴스위크, 가디언, 노벨연구소 선정
세계 100대 도서

| 1880 | **워싱턴 스퀘어**
헨리 제임스 | 유명숙 옮김 | 21 |

| 1886 | **지킬 박사와 하이드 씨 · 존 니컬슨**
로버트 루이스 스티븐슨 | 윤혜준 옮김 | 81 |

작품
에밀 졸라 | 권유현 옮김 | 97 |

| 1888 | **꿈**
에밀 졸라 | 최애영 옮김 | 13 |
국내 초역

| 1889 | **쾌락**
가브리엘레 단눈치오 | 이현경 옮김 | 80 |
국내 초역

| 1890 | **인형**
볼레스와프 프루스 | 정병권 옮김 | 85, 86 |
국내 초역

에밀리 디킨슨 시 선집
에밀리 디킨슨 | 조애리 옮김 | 126 |

1896 **키 재기 외**
히구치 이치요 | 임경화 옮김 | 33 |
수록 작품 : 섣달그믐, 키 재기, 탁류, 십삼야, 갈림길, 나 때문에

1896 **체호프 희곡선**
안톤 파블로비치 체호프 | 박현섭 옮김 | 53 |
수록 작품 : 갈매기, 바냐 삼촌, 세 자매, 벚나무 동산

1899 **어둠의 심연**
조지프 콘래드 | 이석구 옮김 | 9 |
수록 작품 : 어둠의 심연, 진보의 전초기지, 『청춘과 다른 두 이야기』 작가 노트, 「나르시스호의 검둥이」 서문
미국대학위원회 SAT 권장 도서
연세 필독 도서 200선

맥티그
프랭크 노리스 | 김욱동·홍정아 옮김 | 102 |

1900 **라이겐**
아르투어 슈니츨러 | 홍진호 옮김 | 14 |
수록 작품 : 라이겐, 아나톨, 구스틀 소위

1902 **꿈의 연극**
아우구스트 스트린드베리 | 홍재웅 옮김 | 130 |

1903 **문명소사**
이보가 | 백승도 옮김 | 68 |

1907 **어머니**
막심 고리키 | 정보라 옮김 | 123 |

1908 **무사시노 외**
구니키다 돗포 | 김영식 옮김 | 46 |
수록 작품 : 겐 노인, 무사시노, 잊을 수 없는 사람들, 쇠고기와 감자, 소년의 비애, 그림의 슬픔, 가마쿠라 부인, 비범한 범인, 운명론자, 정직자, 여난, 봄 새, 궁사, 대나무 쪽문, 거짓 없는 기록
국내 초역 다수

1909 **좁은 문·전원 교향곡**
앙드레 지드 | 이동렬 옮김 | 24 |
1947년 노벨 문학상 수상 작가

1911 **파도**
에두아르트 폰 카이절링 | 홍진호 옮김 | 124 |

1914 **플라테로와 나**
후안 라몬 히메네스 | 박채연 옮김 | 59 |
1956년 노벨 문학상 수상 작가

돈키호테 성찰
호세 오르테가 이 가세트 | 신정환 옮김 | 90 |

1915 **변신·선고 외**
프란츠 카프카 | 김태환 옮김 | 72 |
수록 작품 : 선고, 변신, 유형지에서, 신임 변호사, 시골 의사, 관람석에서, 낡은 책장, 법 앞에서, 자칼과 아랍인, 광산의 방문, 이웃 마을, 황제의 전갈, 가장의 근심, 열한 명의 아들, 형제 살해, 어떤 꿈, 학술원 보고, 최초의 고뇌, 단식술사
서울대 권장 도서 100선
연세 필독 도서 200선
미국대학위원회 SAT 권장 도서

한눈팔기
나쓰메 소세키 | 서은혜 옮김 | 110 |

1916 **버너 자매**
이디스 워튼 | 홍정아·김동욱 옮김 | 114 |

청춘은 아름다워
헤르만 헤세 | 홍성광 옮김 | 117 |
1946년 노벨 문학상 및 괴테 문학상 수상 작가

1919 **데미안**
헤르만 헤세 | 이영임 옮김 | 65 |
1946년 노벨 문학상 및 괴테 문학상 수상 작가

1920 **사랑에 빠진 여인들**
데이비드 허버트 로렌스 | 손영주 옮김 | 70 |

1923 **E. E. 커밍스 시 선집**
E. E. 커밍스 | 박선아 옮김 | 134 |

1924 **마의 산**
토마스 만 | 홍성광 옮김 | 1, 2 |
1929년 노벨 문학상 수상 작가
서울대 권장 도서 100선
연세 필독 도서 200선
「뉴욕타임스」 선정 '20세기 최고의 책 100선'
미국대학위원회 SAT 권장 도서

송사삼백수
주조모 엮음 | 김지현 옮김 | 62 |

1925 **소송**
프란츠 카프카 | 이재황 옮김 | 16 |

요양객
헤르만 헤세 | 김현진 옮김 | 20 |
수록 작품: 방랑, 요양객, 뉘른베르크 여행
1946년 노벨 문학상 수상 작가
국내 초역 「뉘른베르크 여행」 수록

1925 ### 위대한 개츠비
프랜시스 스콧 피츠제럴드 | 김태우 옮김 | 47 |
미 대학생 선정 '20세기 100대 영문 소설' 1위
모던 라이브러리 선정 '20세기 100대 영문학'
중 2위
미국대학위원회 추천 '서양 고전 100
「르몽드」 선정 '20세기의 책 100선'
「타임」 선정 '20세기 100대 영문 소설'

아메리카의 비극
시어도어 드라이저 | 김욱동 옮김 | 106, 107 |

서푼짜리 오페라·남자는 남자다
베르톨트 브레히트 | 김길웅 옮김 | 54 |

1927 ### 젊은 의사의 수기·모르핀
미하일 불가코프 | 이병훈 옮김 | 41 |
국내 초역

황야의 이리
헤르만 헤세 | 권혁준 옮김 | 104 |
1946년 노벨 문학상 수상 작가
1946년 괴테상 수상 작가

1928 ### 체벤구르
안드레이 플라토노프 | 윤영순 옮김 | 57 |
국내 초역

마쿠나이마
마리우 지 안드라지 | 임호준 옮김 | 83 |
국내 초역

1929 ### 첫 번째 주머니 속 이야기
카렐 차페크 | 김규진 옮김 | 87 |

베를린 알렉산더 광장
알프레트 되블린 | 권혁준 옮김 | 52 |

1930 ### 식(蝕) 3부작
마오둔 | 심혜영 옮김 | 44 |
국내 초역

안전 통행증·사람들과 상황
보리스 파스테르나크 | 임혜영 옮김 | 79 |
원전 국내 초역

1934 ### 브루노 슐츠 작품집
브루노 슐츠 | 정보라 옮김 | 61 |

1935 ### 루쉰 소설 전집
루쉰 | 김시준 옮김 | 12 |
서울대 권장 도서 100선
연세 필독 도서 200선

물망초
요시야 노부코 | 정수윤 옮김 | 112 |

1936 ### 로르카 시 선집
페데리코 가르시아 로르카 | 민용태 옮김 | 15 |
국내 초역 시 다수 수록

1937 ### 재능
블라디미르 나보코프 | 박소연 옮김 | 84 |
국내 초역

그림의 이면
씨부라파 | 신근혜 옮김 | 122 |
국내 초역

1938 ### 사형장으로의 초대
블라디미르 나보코프 | 박혜경 옮김 | 23 |
국내 초역

1942 ### 이방인
알베르 카뮈 지음 | 김진하 옮김 | 105 |
1957년 노벨 문학상 수상 작가

1946 ### 대통령 각하
미겔 앙헬 아스투리아스 | 송상기 옮김 | 50 |
1967년 노벨 문학상 수상 작가

1948 ### 격정과 신비
르네 샤르 | 심재중 옮김 | 128 |
국내 초역

1949 ### 1984년
조지 오웰 | 권진아 옮김 | 48 |
1999년 모던 라이브러리 선정 '20세기 100대 영문학'
2005년 「타임」 선정 '20세기 100대 영문 소설'
2009년 「뉴스위크」 선정 '역대 세계 최고의 명저' 2위

1953 ### 엘뤼아르 시 선집
폴 엘뤼아르 | 조윤경 옮김 | 121 |
국내 초역 시 다수 수록

1954 ### 이즈의 무희·천 마리 학·호수
가와바타 야스나리 | 신인섭 옮김 | 39 |
1952년 일본 예술원상 수상
1968년 노벨 문학상 수상 작가

단순한 과거
드리스 슈라이비 | 정지용 옮김 | 131 |

1955	**엿보는 자** 알랭 로브그리예	최애영 옮김	45	1955년 비평가상 수상	1982	**시인의 죽음** 다이허우잉	임우경 옮김	6
1955	**저주받은 안뜰 외** 이보 안드리치	김지향 옮김	49	 수록 작품 : 저주받은 안뜰, 몸통, 술잔, 물방앗간에서, 올루야크 마을, 삼사라 여인숙에서 일어난 우스운 이야기 세르비아어 원전 번역 1961년 노벨 문학상 수상 작가	1991	**폴란드 기병** 안토니오 무뇨스 몰리나	권미선 옮김 	29, 30	 국내 초역 1991년 플라네타상 수상 1992년 스페인 국민상 소설 부문 수상
1957	**호모 파버** 막스 프리쉬	정미경 옮김	113		1995	**갈라테아 2.2** 리처드 파워스	이동신 옮김	108 | 국내 초역
	점원 버나드 맬러머드	이동신 옮김	125		1996	**아메리카의 나치 문학** 로베르토 볼라뇨	김현균 옮김	17 | 국내 초역
1962	**이력서들** 알렉산더 클루게	이호성 옮김	58		1999	**이상한 물질** 테라지아 모라	최윤영 옮김	92 | 국내 초역
1964	**개인적인 체험** 오에 겐자부로	서은혜 옮김	22 | 1994년 노벨 문학상 수상 작가	2001	**아우스터리츠** W. G. 제발트	안미현 옮김	19 | 국내 초역 전미 비평가 협회상 브레멘상 「인디펜던트」 외국 소설상 수상 「LA타임스」,「뉴욕」,「엔터테인먼트 위클리」 선정 2001년 최고의 책
	아주 편안한 죽음 시몬 드 보부아르	강초롱 옮김	111	
1967	**콜리마 이야기** 바를람 샬라모프	이종진 옮김	76	 국내 초역
1968	**현란한 세상** 레이날도 아레나스	변선희 옮김	96 | 국내 초역	2002	**야쿠비얀 빌딩** 알라 알아스와니	김능우 옮김	43 | 국내 초역 바쉬라힐 아랍 소설상 프랑스 툴롱 축전 소설 대상 이탈리아 토리노 그린차네 카부르 번역 문학상 그리스 카바피스상
1970	**모스크바발 페투슈키행 열차** 베네딕트 예로페예프	박종소 옮김	36	 국내 초역
1978	**노인** 유리 트리포노프	서선정 옮김	89 | 국내 초역	2003	**프랑스어의 실종** 아시아 제바르	장진영 옮김	95 | 국내 초역
1979	**천사의 음부** 마누엘 푸익	송병선 옮김	8		2005	**우리 짜르의 사람들** 류드밀라 울리츠카야	박종소 옮김	69 | 국내 초역
1981	**커플들, 행인들** 보토 슈트라우스	정항균 옮김	7 | 국내 초역	2016	**망자들** 크리스티안 크라흐트	김태환 옮김	101 | 국내 초역